A Chave do Portão

KATIE HICKMAN

A Chave do Portão

Tradução de
VERA WHATELY

EDITORA RECORD
RIO DE JANEIRO • SÃO PAULO
2010

CIP-BRASIL. CATALOGAÇÃO-NA-FONTE
SINDICATO NACIONAL DOS EDITORES DE LIVROS, RJ

H536c Hickman, Katie
A chave do portão / Katie Hickman; tradução Vera Whately. - Rio de Janeiro: Record, 2010.

Tradução de: The Aviary Gate
ISBN 978-85-01-08134-6

1. Romance americano. I. Whately, Vera. II. Título.

10-2524

CDD: 813
CDU: 821.111(73)-3

Título original em inglês:
THE AVIARY GATE

Copyright © Katie Hickman, 2008

Texto revisado segundo o novo Acordo Ortográfico da Língua Portuguesa.

Todos os direitos reservados. Proibida a reprodução, no todo ou em parte, por quaisquer meios.

Direitos exclusivos de publicação em língua portuguesa somente para o Brasil adquiridos pela
EDITORA RECORD LTDA.
Rua Argentina, 171 – Rio de Janeiro, RJ – 20921-380 – Tel.: 2585-2000
que se reserva a propriedade literária desta tradução.

Impresso no Brasil

ISBN 978-85-01-08134-6

Seja um leitor preferencial Record.
Cadastre-se e receba informações sobre nossos lançamentos e nossas promoções.

EDITORA AFILIADA

Atendimento e venda direta ao leitor:
mdireto@record.com.br ou (21) 2585-2002.

Este livro é dedicado a meu filho
Luke
Nur Aynayya,
A Luz dos Meus Olhos,

que esteve ao meu lado desde o início.

Passos ecoam na minha memória
Pelo caminho que não seguimos
Em direção à porta que nunca abrimos
Do jardim das rosas. Minhas palavras ecoam
Assim, na sua cabeça.

T.S. Eliot — *Quatro Quartetos*

Elenco de personagens

(o asterisco indica que os personagens existiram na vida real)

Ingleses

*Paul Pindar — mercador da Levant Company; secretário do embaixador inglês

John Carew — seu empregado, e cozinheiro-chefe

*Sir Henry Lello — embaixador inglês

Lady Lello — sua esposa

*Thomas Dallam — fabricante de órgãos

*Thomas Glover — mercador da Levant Company, secretário do embaixador inglês

*William e Jonas Aldridge — mercadores, cônsules ingleses em Chios e Patras

*John Sanderson — mercador da Levant Company

*John Hanger — seu aprendiz

*Sr. Sharp e Sr. Lambeth — mercadores da Levant Company, estabelecidos em Aleppo

*Reverendo May — pároco da embaixada inglesa em Constantinopla

*Cuthbert Bull — cozinheiro da embaixada inglesa

Thomas Lamprey — comandante de navio

Celia Lamprey — sua filha

Annetta — amiga de Celia Lamprey

Otomanos

*Safiye, a sultana valide — mãe do sultão Mehmet III

*Esperanza Malchi — *kira* da sultana validé

Gulbahar, Ayshe, Fatma e Turhan — principais camareiras da sultana validé

Gulay, a *haseki* — concubina favorita do sultão

*Handan — concubina do sultão e mãe do príncipe Ahmet

Hanza — uma jovem do harém

Agá Hassan, também conhecido como Pequeno Rouxinol — eunuco-chefe negro

Jacinto — um eunuco

Agá Suleiman — um eunuco antigo

Cariye Lala — subchefe das termas do harém

Cariye Tata e *cariye* Tusa — escravas do harém

*Sultão Mehmet III — sultão otomano (1595-1603)

*Nurbanu — sua mãe, a ex-sultana validé

*Janfreda Khatun — antiga atendente do harém

Jamal al-Andalus — um astrônomo

Outros

*De Brèves — o embaixador francês

*Bailio de Veneza — o embaixador veneziano

Glossário de termos

Validé — mãe do sultão

Kira — atendente

Haseki — concubina favorita do sultão

Cariye — servente do harém

Gözde — concubina

Kadin — concubina de maior status

Kislar — escrava comum

Djinns — espíritos da mitologia árabe

Kismet — destino

Hammam — termas, casa de banho

Haram — tudo o que é proibido

Compendium — instrumento composto de sextante, bússola magnética, tabela de latitudes e relógio equinocial.

Prólogo

Oxford, dias atuais

O pergaminho encontrado por Elizabeth era âmbar, cor de chá velho, frágil como turfa.

Uma folha pequena, dobrada com cuidado em três partes para caber perfeitamente entre as páginas do livro. Em uma das dobras havia uma marca-d'água. Elizabeth deu uma olhada rápida no sumário dos verbetes — *opus astronomicus quaorum prima de sphaera planetarium* — e olhou para o papel dobrado de novo.

Eu encontrei isso.

Sentiu a garganta apertada. Ficou sentada ali um instante, de costas para a bibliotecária debruçada sobre uma pilha de livros. Olhou o relógio da parede em frente, faltavam cinco minutos para as 19 horas.

Dentro de cinco minutos, ou talvez menos, a biblioteca fecharia. Já tinham tocado a campainha, e a maioria dos leitores começava a arrumar suas coisas. Mas, mesmo assim, Elizabeth não conseguia desdobrar o papel. Pegou o livro, entreabriu-o com cuidado, com a lombada apoiada nas mãos em concha, e levou-o à altura dos olhos. *Cuidado agora, muito cuidado*, disse a si mesma.

Com os olhos fechados, cheirou o livro como se fosse um gato. E, de repente, sentiu o cheiro de poeira velha e um leve aroma de cânfora. E também de mar, definitivamente de mar. E sentiu mais alguma coisa, o que era? Cheirou de novo, dessa vez devagar.

Rosas. Tristeza.

Colocou o livro na mesa, com as mãos trêmulas.

Capítulo 1

Constantinopla, 31 de agosto de 1599

Noite

— Eles estão mortos?
— A menina está.

Uma figura esguia, com duas correntes finas de ouro nos tornozelos delicados, encontrava-se de barriga para baixo entre as almofadas do chão.

— E o outro?

A *kira* da sultana validé, a judia Esperanza Malchi, pegou uma lanterna e iluminou mais de perto o rosto do segundo corpo, esparramado de forma desajeitada no divã. Tirou do bolso da túnica um espelhinho cravejado de joias e colocou-o sob as narinas da mulher. A superfície do espelho ficou ligeiramente embaçada.

— Não, majestade. Ainda não.

Na sombra da porta que dava para o quarto de dormir, Safiye, a sultana validé, mãe da Sombra de Deus na Terra, puxou o véu em volta dos ombros, com um arrepio de frio. No dedo, uma esmeralda do tamanho de um ovo de pomba, ligeiramente iluminada pela lanterna de Esperanza, brilhava como um olho de gato.

— Mas não vai demorar a morrer. O que acha?
— Não vai demorar, majestade. Devo chamar o médico?

— Não! — ela respondeu com firmeza. — Nada de médico. Por enquanto.

Voltaram-se para a figura moribunda no divã, um monte maciço de carne negra e macia. No chão, ao lado do divã, viram uma bandeja virada e vários objetos espalhados pelo chão. Restos de um líquido, comida ou vômito, brilhavam como teias de aranha entre as almofadas. O líquido, escuro e ralo, escorria também de um dos ouvidos.

— Veneno?

— Sim, majestade — disse Esperanza, balançando a cabeça. — Olhe... — Inclinou-se e pegou algo preso no meio da porcelana quebrada.

— O quê?

— Não tenho certeza. Um brinquedo de criança, acho que é... um navio.

— Não parece um brinquedo.

Esperanza examinou melhor o objeto que tinha nas mãos, e um pedaço derreteu entre seus dedos.

— Não é um brinquedo, é um naviozinho feito de açúcar — disse, pensativa, tentando provar um pedaço.

— *Não coma isso!* — Safiye quase derrubou o navio de açúcar da mão dela. — É melhor eu guardá-lo, Esperanza... entregue-o para mim.

Por trás do divã havia uma janela aberta que dava para um corredor de ladrilhos verdes e brancos, decorado com vasos de jasmim. No silêncio da noite, ouviu-se um ruído repentino.

— Depressa, a lanterna.

Esperanza entregou-lhe a lanterna, e, por um instante, as duas mulheres não se mexeram.

— Um gato, majestade — a criada de Safiye, usando um véu como o da patroa para que Esperanza não visse seu rosto, falou suavemente por trás delas, no escuro.

— Que horas são, Gulbahar?

— Está quase amanhecendo, majestade.

— Já?

Do lado de fora via-se uma nesga do céu escuro acima das altas paredes do corredor. Quando as nuvens se dispersaram, a luz da lua, muito mais brilhante que a da lanterna de Esperanza, iluminou de repente todo o quarto. Nas paredes do pequeno aposento, os azulejos azuis e verde-prateados pareciam tremular como a água de uma piscina ao luar. O corpo inerte, praticamente nu — a não ser por um fino tecido de musselina branca que lhe cobria as costas —, também foi iluminado. Safiye distinguiu seu contorno. Era um corpo de mulher, macio e quase sem pelos: quadris voluptuosos, cintura fina, seios fartos, mamilos da cor de melado. Uma monumental escultura de carne. A pele, de dia tão brilhante e negra, agora tinha um tom pardacento, como se o veneno tivesse sugado toda a sua luz. E dos cantos dos lábios inchados e vermelhos, como flores de hibisco, saíam bolhas de espuma.

— Majestade... — Os olhos da judia viraram-se com um brilho nervoso para Safiye. — O que devemos fazer, majestade?

Mas Safiye parecia não ouvi-la. Deu um passo à frente e sussurrou:

— Meu Pequeno Rouxinol, meu velho amigo...

As coxas pesadas estavam abertas sobre as almofadas, tão sem pudor quanto uma mulher ao dar à luz. O gato que andava em volta da louça quebrada esparramada no chão subiu no divã. Seu movimento fez com que o tecido fino de musselina esvoaçasse, deixando à mostra essa parte do corpo. Esperanza fez menção de cobrir as coxas novamente, mas a sultana validé, com um gesto rápido, a impediu.

— Não, deixe-me olhar. Eu quero olhar.

Ela deu mais um passo para dentro do cômodo: a criada Gulbahar soltou um som surdo, um suspiro quase imperceptível. Como o resto do corpo, a virilha estava completamente depilada. Entre a voluptuosidade das coxas, onde as partes deveriam estar, não havia nada. No lugar delas havia um vazio: uma única cicatriz, dura e fibrosada como a de uma queimadura, onde o gume de uma faca, em um momento inimaginavelmente distante da sua vida inimaginavelmente longa, extraíra o pênis e os testículos do agá Hassan, eunuco-chefe negro da sultana validé.

Flutuando em uma nuvem de dor, o agá Hassan, o Pequeno Rouxinol, reconheceu em sua consciência fugidia que a sultana validé estava por perto. Os sussurros das mulheres eram confusos, não mais que um zumbido, mas o cheiro dela — a mirra e o âmbar-gris com os quais ela perfumava sua roupa de baixo, a pele das lindas coxas, o ventre e o sexo proibido — era inconfundível, mesmo agora, mesmo no seu leito de morte.

Ele voltou a delirar. A dor que dilacerava suas entranhas como um demônio amainara, como se seu corpo tivesse sido torturado demais. Inconsciente. Delirando, delirando. Estaria acordado ou seria um sonho? Dor, ele já sentira antes. A imagem de um menino lhe veio à mente. Um menino pequeno porém robusto, na época, com um tufo de cabelos curtos como se fosse uma touca preta descendo até bem junto da sobrancelha. Em algum ponto desse sonho ele ouviu uma voz de mulher gritando, depois uma voz de homem — seria seu pai? Mas como era possível? O agá Hassan, eunuco-chefe negro, não tinha pais. Ou talvez tivesse tido em outra vida, havia muito tempo, quando ainda era inteiro.

Em seu delírio, ainda à beira da consciência, outras imagens iam e vinham, girando na maré fluida de sua mente. À sua frente havia um horizonte, um horizonte vasto e azul. O menino de cabelos curtos andava em um caminho sem fim, seguindo sempre adiante. Às vezes, para animar-se um pouco, cantava para si mesmo, mas na maior parte do tempo só andava, através de matas e florestas, rios e planícies abertas. Certa vez, um leão rugiu à noite. De outra vez, um bando de pássaros, azuis e vermelhos, escapou das profundezas da floresta, brilhando no céu como fogos de artifício.

Havia alguém mais com ele? Sim, muitos outros, a maioria crianças como ele mesmo, todos com grilhões nos pés e no pescoço. Tropeçavam a toda hora, e alguns eram largados onde tinham caído. Tentou pôr a mão na garganta, mas não conseguiu sentir nada. Onde estavam seus braços e pernas? Onde, afinal, estava sua garganta? Foi tomado de uma curiosidade distante, e de uma vasta e vertiginosa sensação de deslocamento, como se todas as partes de seu corpo estivessem espalhadas, longe umas das outras como a lua e as estrelas.

Mas não sentiu medo. Já tivera essa sensação antes em algum lugar. Areia. Alguma coisa a ver com areia. Parou de caminhar e viu um novo horizonte à frente, dessa vez implacável e dourado, que fez seus olhos doerem.

Era noite quando foram buscá-lo, e estava frio. Entraram em uma cabana, e alguns homens lá dentro lhe deram alguma coisa para beber que ele a princípio cuspiu, mas que depois foi forçado a engolir. Teria cantado para os homens? Lembrou-se do brilho distante dos olhos deles, agachados junto à lareira, da cabeça girando e do gosto ruim na boca. Ficou contente quando o colocaram ao lado da lareira. Depois ouviu um ruído de metal na pedra, e uma sensação de grande calor. A mão de um homem levantou com cuidado sua roupa acima da cintura e expôs sua genitália. Deram-lhe um pedaço de madeira para morder, mas nem assim ele compreendeu o que estava acontecendo.

— Há três métodos — disse um homem diferente dos outros, com um turbante enrolado na cabeça, como era costume dos homens dos desertos do norte. — Nos dois primeiros, os testículos podem ser esmagados ou extraídos completamente. O pênis permanece, mas o indivíduo torna-se estéril. É um método muito doloroso, com algum risco de infecção, mas a maioria sobrevive, especialmente os mais jovens. No terceiro, toda a genitália é extraída. — O menino percebeu que o homem olhava para seu rosto. — O risco é maior, naturalmente: você pode perder todo o seu carregamento; mas a demanda por esse tipo é muito grande. Especialmente se eles forem feios... e esse *aí*! Esse é feio como um hipopótamo — disse, rindo para si mesmo.

— Quais são as chances? — perguntou o homem que tinha levantado a roupa do menino.

— Quando o cirurgião não é cuidadoso, poucos sobrevivem a esse método. Se a dor não os deixar loucos, a febre decorrente os mata. E se a febre não matar, há o perigo de os canais se fecharem quando o ferimento cicatrizar. O cirurgião deve dar um jeito de manter um canal aberto para passar a urina. Se isso não for muito bem-feito, não há esperança, o paciente morre. A pior e mais dolorosa de todas as mortes. Mas no meu caso, como sou muito experiente nessa arte, as chances são boas, metade dos meus pacientes sobrevive. E neste caso... — Mais uma vez o menino notou que a cabeça enrolada no turbante o olhava. — O garoto me parece bastante forte. Vocês podem vendê-lo para o harém do próprio Grande Senhor, tenho certeza.

Os homens ficaram confabulando em volta da lareira, e então o primeiro, que parecia ser o chefe, falou de novo:

— Nossa carga é valiosa. Percorremos um longo caminho, cerca de 20 quilômetros ou mais nas florestas do grande rio, e já perdemos muito durante a viagem para arriscar tanto. Estamos indo para Alexandria, e lá venderemos os escravos facilmente. Nosso lucro está assegurado. Mas é como você diz: uma grande fortuna poderá ser ganha com um único deles. Especialmente nos dias de hoje, com um menino dessa região. Dizem que um menino de boa qualidade vale tanto quanto todos os outros juntos. É voz corrente nos mercados, em Alexandria e no Cairo, que os senhores otomanos preferem hoje os eunucos negros aos brancos, que vêm das montanhas do leste do grande império turco. Os eunucos negros só podem ser adquiridos pelos haréns mais ricos do império. São mercadorias de luxo, por assim dizer, como penas de avestruz, ouro em pó, açafrão e marfim, vendidas pelas caravanas que atravessam esses desertos. Vamos correr o risco com um deles: que seja este menino que, como você diz, parece forte e provavelmente sobreviverá. Vamos pôr à prova suas habilidades desta vez, copta.

— O menino cantor, então. Que seja ele. — O homem de turbante deu sua aprovação. — Você é um verdadeiro mercador, Massouf Bhai. Vou precisar de óleo fervente para cauterizar o ferimento — acrescentou com toda a calma. — E quatro dos seus homens mais fortes para segurar o menino. A dor lhe dará uma força de dez homens.

Quase quarenta anos depois, no ar noturno fresco e aromático do estreito de Bósforo, o corpo nu do agá Hassan movimentou-se ligeiramente e os dedos tremeram nas almofadas do divã como mariposas monstruosas. Depois, no seu delírio, sua mente voltou mais uma vez ao passado.

Ainda era noite. Quando tudo terminou, cavaram um buraco na areia ao lado da cabana, por ordem do copta. Era um buraco estreito mas profundo, largo o suficiente para que o menino fosse enterrado de pé até o pescoço, deixando à mostra apenas a cabeça. Tudo terminado, os homens foram embora e deixaram-no lá. O menino não tinha lembrança disso, só se lembrou de que recobrou a consciência algum tempo depois, com um peso frio de areia à sua volta e a sensação de que seus braços e pernas estavam apertados junto ao corpo, como que enredados por uma aranha gigante.

Quanto tempo o deixaram enterrado naquele buraco? Cinco dias... uma semana? Nos primeiros dias, quando a febre tomou conta de seu corpo, quase que imediatamente após a intervenção, ele não sentiu o tempo passar. Apesar do calor terrível durante o dia, com o sol a pino que parecia ferver o sangue em seu tímpanos, ele tremia e delirava. E a dor entre as pernas era tão terrível que ele sentia um gosto amargo de bile na garganta. Mas pior que tudo era a sede, uma sede que o consumia, obcecava e atormentava. Porém, quando gritou pedindo água, com uma voz fraca como a de um gatinho, ninguém foi socorrê-lo.

Uma vez acordou e viu o homem de turbante, que chamavam de copta, olhando-o. Com ele estava o chefe dos feitores de escravos, um homem negro como a noite, vestido com uma túnica longa azul-clara.

— A febre cedeu?

O copta fez que sim.

— É como eu disse, o menino é forte.

— Então já posso pegar minha carga?

— Paciência, Massouf Bhai, a febre cedeu, mas o ferimento precisa cicatrizar, e cicatrizar bem. Se quiser sua carga inteira, deve deixar a areia agir. Ele ainda não pode ser tirado daqui.

— *Água...* — Será que ele tinha falado? Seus lábios estavam tão secos que rachavam e sangravam com o mínimo esforço para falar. E a língua, tão inchada que quase o sufocava. Mas os dois homens já tinham ido embora.

Foi naquela noite que a menina se aproximou pela primeira vez. A princípio ele não a viu, mas acordou de uma sonolência intermitente e sentiu um frescor na sobrancelha e nos lábios. Não emitiu som algum. A umidade da roupa cortava-o como uma faca.

Uma forma, insubstancial como um fantasma, ajoelhou-se ao seu lado na areia.

— *Água...* — disse ele, movendo com esforço os lábios.

— Não, não posso. — Ele piscou e viu o rosto largo e suave de uma menina. — Você não pode beber ainda. Primeiro precisa cicatrizar para depois beber.

Ela não estava com os outros durante a caminhada, disso ele tinha certeza, mas o tom da sua voz era familiar, e ele achou que a menina também devia vir das florestas que ficavam além do grande rio. Seus olhos ardiam, mas estavam secos demais até mesmo para lágrimas.

A menina molhou com cuidado seu rosto com um pano e tirou areia das suas pestanas, narinas e orelhas, mas quando tentou tocar seus lábios de novo ele encolheu-se com violência e emitiu um som áspero e inarticulado, como o grasnido de um corvo:

— Shhhh! — Ela pôs o dedo nos lábios, e na escuridão ele viu o branco dos seus olhos brilhar. Depois falou baixinho no seu ouvido: — Eu vou voltar.

Arrebanhou as bordas da túnica, e o menino ficou vendo aquela pequena forma desaparecer de novo na noite. Ainda sentia seu hálito quente no rosto.

Quando voltou, trazia uma garrafinha. Acocorou-se ao lado dele, mais uma vez, sussurrou em seu ouvido:

— Esse óleo é usado para cozinhar. Não vai machucá-lo.

Enfiou o dedo no óleo e passou-o levemente no lábio superior do menino. Embora ele se esquivasse, não gritou como da primeira vez.

A partir daí passou a esperá-la toda noite, e toda noite ela vinha tirar areia do seu rosto com o pano úmido e untar-lhe os lábios com o óleo. Embora se recusasse terminantemente a lhe dar água, dizendo que se bebesse seu ferimento não cicatrizaria, dava-lhe pequenas fatias de pepino que trazia escondidas nos bolsos da túnica. Conseguia passar as fatias entre seus lábios, e ele conseguia mantê-las ali, aliviando e amaciando a língua inchada. Os dois não se falavam, mas às vezes, depois que terminava o trabalho, ela sentava-se ao seu lado e cantava. E como haviam lhe roubado a voz, ouvia-a extasiado, olhando as estrelas vastas e brilhantes do céu do deserto.

Como imaginaram, o menino era forte e sobreviveu. Trataram-no melhor depois que o tiraram da areia. Deram-lhe uma nova túnica, verde com uma listra branca, e um pano para enrolar na cabeça, e explicaram que ele não seria mais acorrentado com os outros, viajaria na garupa do camelo do feitor de escravos, como convinha às mercadorias mais valiosas. O ferimento estava quase cicatrizado, e, embora ainda muito sensível, o canal não fora obstruído. O copta lhe deu um tubo fino e oco de prata e ensinou-o a enfiá-lo em seu próprio corpo.

— Quando você quiser urinar, coloque-o assim, está vendo?

Na hora da partida, o menino viu outro grupo de mercadores juntando suas cargas no pequeno pátio de caravanas. Um grupo desordenado de homens e mulheres com grilhões no pescoço e nos tornozelos, encostados no muro, protegia-se o melhor que podia do vento que varria as areias e açoitava-lhes o rosto. No final da fila reconheceu uma figura pequena, a menina que o ajudara.

— Como é seu nome? — perguntou.

A menina virou-se, e ele sabia que podia vê-lo agora, com a nova túnica verde e branca, montado no camelo atrás do feitor de escravos.

— Como é seu nome?

— Li...

Ela dizia um nome, mas suas palavras eram levadas pelo vento sibilante. Com o rangido do couro e o barulho dos sinos, a caravana seguiu adiante. A menina pôs a mão em concha sobre a boca e falou de novo:

— Li... Lilian — conseguiu dizer.

Enquanto o agá Hassan delirava entre a lembrança e a morte, a madrugada chegou ao estuário do Chifre de Ouro. Do outro lado das águas do Chifre, na parte da cidade que chamavam de Pera — refúgio de estrangeiros e infiéis —, John Carew, o cozinheiro-chefe, estava sentado na mureta do jardim do embaixador inglês, quebrando nozes.

A noite fora pesada e quente. Sentado no muro, o que era expressamente proibido pelo embaixador, Carew tirou a camisa, também expressamente proibido, e sentiu a brisa fresca da madrugada. Viu lá embaixo os bosques de amendoeiras e damasqueiros, e os barcos de madeira dos mercadores mais ricos e dos emissários estrangeiros à beira da água.

Embora a primeira chamada para as orações dos maometanos tivesse sido mais de meia hora antes, ainda se via um pequeno comércio naquela manhã, na água ou na cidade mais adiante. Uma ligeira névoa, com um tom rosado (uma cor que Carew sabia que era não só própria das madrugadas de Constantinopla, como também a cor da geleia de pétalas de rosa), ainda cobria a água e a costa lá embaixo. No momento, um único caíque, um barco a remo do estreito de Bósforo, penetrava na névoa, passando lentamente na direção da costa de Pera. Carew podia ouvir os remos sendo mergulhados na água e os guinchos das gaivotas sobrevoando os caíques, deixando ver a barriga branca e amarela à luz da madrugada.

Enquanto observava tudo isso, a névoa dispersou-se na costa oposta, revelando o palácio do sultão, com os ciprestes parecendo recortes pretos de papel, as cúpulas, os minaretes e as torres. Uma cidade encantada, cor-de-rosa e dourada, tremulando sobre as águas enevoadas como que suspensa por espíritos djinns.

— Você acordou cedo, Carew — disse uma voz vinda do lado do muro do jardim —, ou será que nem dormiu?

— Meu mestre — disse John Carew, encostado calmamente no muro, olhando na direção da voz e continuando a quebrar as nozes.

Paul Pindar, secretário de Sir Henry Lello, o embaixador inglês, pensou por um instante em repreendê-lo, como fazia várias vezes, mas decidiu ficar quieto. Depois de todos aqueles anos, aprendera que não era essa a forma de lidar com Carew, mas nunca conseguira convencer o embaixador disso e provavelmente nunca conseguiria. Dando uma olhada rápida para a casa onde todos ainda dormiam, também subiu na mureta.

— Coma uma noz. — Se Carew percebeu que Paul não estava satisfeito, não demonstrou.

Paul ficou pensativo, observando aquela figura por um instante: o cabelo crespo e despenteado batia nos ombros, e o corpo era frágil, mas desempenado e bem-feito, tão tenso quanto a corda de um arco. Ele sempre observava Carew no trabalho, maravilhando-se com a precisão e a graça com que ele se movimentava, mesmo num espaço mínimo e quente. Uma cicatriz descorada, consequência de uma briga na cozinha, descia-lhe da orelha até o canto da boca. Durante algum tempo os dois homens ficaram sentados ali em silêncio, um silêncio já conhecido depois de vários anos de uma amizade estranha.

— E que nozes são essas? — Paul perguntou depois de um instante.

— São chamadas "pistache". Olhe como são verdes, Paul! — disse Carew, rindo de repente. — Já viu tanta beleza em uma mera noz?

— Se o embaixador vir você aqui, Carew, depois de ter expressamente...

— Lello que se dane.

— Você vai se danar antes, meu amigo — disse Paul tranquilamente.

— Eu sempre disse isso.

— Ele falou que eu não preciso cozinhar mais, pelo menos não na sua casa. Vou deixar as cozinhas para aquele pedaço de banha de pés chatos, o Cuthbert Bull: aquele babuíno velho que não sabe nem cozinhar uma couve-de-bruxelas...

— Bom... — Paul pegou outra noz —, a culpa é toda sua.

— Sabe qual é o apelido dele?

— Não — disse Paul. — Mas é claro que você vai me dizer.

— Espeto.

Paul não fez nenhum comentário.

— Quer que eu diga por quê?

— Obrigado, acho que posso adivinhar.

— E você é o sorridente secretário Pindar.

— Eu? Eu sou o funcionário mais humilde de sua estimada excelência.

— Funcionário sim, Pindar, mas de humilde você não tem nada; só que ele não percebe isso.

— E você sabe tudo sobre humildade, suponho.

— Muito pelo contrário. Como você bem sabe, não sei nada sobre esse assunto. A não ser quando peço desculpas a ele. Mas sei tudo sobre a vida dos seus funcionários.

— Não o bastante, Carew. Meu pai sempre disse isso enquanto você esteve a serviço dele, se é que "serviço" é a palavra certa para suas dramatizações, o que eu duvido — disse Paul com suavidade. — Nosso estimado embaixador tem razão, pelos menos sobre isso.

— Ah, mas seu pai gostava de mim. — Sem se perturbar, Carew quebrou uma noz com uma só mão, com a maior habilidade. — Até Lello me chamar de novo para a cozinha, quero que ele se dane. Você o viu na manhã em que Thomas Dallam e seus homens finalmente abriram a grande caixa e encontraram o precioso presente quebrado e mofado? Nosso Thomas, que, para um homem de Lancaster, aliás, se exprime bastante bem, me disse, e isso é raro, que Sir Henry ficou enfurecido.

— Você sabe que às vezes vai longe demais, Carew. — Embora o tom de voz de Paul fosse manso, ele jogou fora o monte de nozes que tinha na mão com um gesto impaciente. — Ele é o embaixador e deve ser tratado com respeito.

— Ele é um mercador da Levant Company.

— É o emissário da rainha.

— Mas antes de mais nada é um mercador. Uma verdade muito conhecida entre os outros estrangeiros aqui de Constantinopla, especialmente entre os outros emissários, o bailio de Veneza e o embaixador da França, e eles nos desprezam por isso.

— Eles são uns tolos — disse Paul laconicamente. — Nós todos somos mercadores, pois estamos a serviço da Honorável Companhia, e não há nenhuma desonra nisso. Ao contrário, nossos destinos, o seu e o meu, e o destino de todo o nosso país, grave minhas palavras, baseiam-se nisso. E esse fato nunca prejudicou nossa situação com os turcos. Na verdade, eles nos têm em alta estima, mais do que nunca.

— Só enquanto isso os interessar politicamente.

— Mas é assim, tudo muito político — disse Paul num tom astuto. — Não só no comércio, que beneficia as duas partes, mas porque temos um inimigo comum: a Espanha. Eles podem tentar nos jogar contra os venezianos e a França, mas é só um jogo. O fato é que precisam quase tanto de nós quanto precisamos deles. Você sabe que a mãe do sultão, a sultana validé Safiye, que dizem ser uma dama poderosa (embora Lello não acredite nisso, acho eu), corresponde-se pessoalmente com nossa rainha? Já lhe mandou presentes, do mesmo valor do que os que trouxemos para ela da Inglaterra, e fará isso de novo, conforme fui informado. Eu é que vou levá-los quando voltar.

— Como pode alguém ser poderoso encarcerado naquele lugar? — disse Carew, indicando as cúpulas e as torres a distância, na borda das águas brilhantes lá embaixo. — O próprio Grande Turco é um prisioneiro, segundo dizem nossos janízaros.

A névoa do início da manhã já se dispersara completamente, e uns dez ou mais caíques, e algumas embarcações maiores, começavam sua atividade comercial ao longo da costa.

— Dizem que há centenas de mulheres lá, todas escravas e concubinas do sultão, e que nunca na vida poderão mostrar o rosto para nenhum outro homem — Carew continuou.

— Os costumes deles não são iguais aos nossos, por certo, mas talvez não seja exatamente como pensamos.

— Andam falando outra coisa também sobre a sultana validé — disse Carew, virando-se de novo para Paul. — Dizem que ela se encantou pelo secretário Pindar, um cavalheiro, quando ele foi lhe entregar os presentes da rainha. Meu Deus! — Os olhos de Carew brilhavam. — Espeto vai ficar mais enfurecido ainda quando souber disso.

Paul não pôde deixar de rir.

— E então, Paul, como ela é? A mãe do sultão, a favorita do velho turco, o sultão Murad. Dizem que quando ela era jovem sua beleza era tanta que ele lhe foi absolutamente fiel por mais de vinte anos.

— Eu não vi a sultana. Nós nos falamos através de uma treliça. Ela falou comigo em italiano.

— A sultana é italiana?

— Não, creio que não. — Paul lembrou-se da sombra por trás da tela, mais sentida que vista, como um padre em um confessionário. Lembrou-se de um perfume forte, misterioso como o jardim perfumado à noite e ao mesmo tempo doce e natural, de uma vaga impressão de muitas joias, e da voz milagrosa, baixa, penetrante e aveludada. — Seu italiano não é perfeito — disse, pensativo —, mas a voz é a mais linda que já ouvi na vida.

Os dois homens calaram-se de novo e ficaram admirando as águas do Chifre de Ouro mais uma vez, observando os cumes escuros e distantes dos ciprestes e, mais adiante, as torres semiocultas do palácio do sultão. De repente não foi mais possível evitar a verdadeira razão que os aproximara na privacidade do início da manhã no jardim do embaixador.

— A menina, Paul...

— Não.

— Ela está lá, Paul.

— Não!

— Não? *Eu sei* que está.

— Como você sabe?

— Porque eu a vi, Paul. Vi Celia com meus próprios olhos.

— Impossível! — Paul agarrou o pulso de Carew com força. — Celia Lamprey está morta.

— Estou dizendo que a vi.

— Você viu Celia com seus próprios olhos? Vou arrancar seus olhos, Carew, se você estiver mentindo para mim.

— Juro pela minha vida, Pindar. Era ela. — Silêncio. — Pergunte a Dallam. Ele estava comigo.

— É claro que vou perguntar. — Soltou o pulso de Carew e continuou. — Mas não tenha a menor dúvida, John: se algum turco ouvir qualquer tipo de comentário sobre essa aventura, sua vida corre perigo.

Capítulo 2

Oxford, dias atuais

— O que você descobriu? — Eve jogou na cadeira ao lado a sacola onde carregava seus livros e sentou-se em frente a Elizabeth. Tinham combinado encontrar-se no café do primeiro andar da Blackwell, livraria da Broad Street.

— A história sobre o cativeiro que eu estava contando.

— Não brinca. Verdade? — Eve tirou o chapéu de lã e o cabelo curto e preto ficou espetado. — Onde?

— Na sala de leitura da Biblioteca Oriental. Pelo menos acho que sim. Não tive oportunidade de ler ainda. Encontrei o papel exatamente dois minutos antes de a biblioteca fechar, mas tinha de contar para alguém.

Elizabeth falou sobre a folha de papel que encontrara dobrada dentro das páginas do livro.

— Então como sabe que é o que estava procurando? Pode ser qualquer outra coisa... uma lista de compras, por exemplo.

— Não, não poderia ser. É sobre Celia Lamprey. Tem de ser.

— Qual é, Sherlock! — Eve olhou zangada para Elizabeth por trás dos óculos grossos de armação preta. — Será uma das suas "intuições" estranhas? — perguntou, fazendo o sinal de aspas com as mãos.

— Mais ou menos — disse Elizabeth, pondo a xícara na mesa. — Vá pegar logo um café para você, quero contar o resto da história.

Eve foi até o balcão e ela a observou: uma figura pequena e diferente, com um vestido anos 1950 com estampa branca e vermelha e botas Doc Marten.

— Escrito à mão ou impresso? — Eve perguntou quando voltou.

— Escrito à mão — respondeu sem hesitar. — Acho que sim — corrigiu logo depois.

Fez-se uma pausa.

— Você sabe que essa coisa de médium não existe, não é? — disse Eve depois de algum tempo. — Especialmente quando diz respeito a pesquisas — completou, como se falasse com uma criança.

— Ah, por favor — disse Elizabeth, revirando os olhos. — Você diz umas bobagens às vezes.

— Bobagens? É bom ver como fala. Olhe só, já notei que você *tem* talento para suposições corretas. Tudo bem, aposto 50 pratas como está certa sobre o papel que acabou de descobrir.

— O quê! Eu acabei de lhe contar isso!

— Você mesma disse que nem olhou o papel. Então como pode ter tanta certeza?

— Como? — Elizabeth deu de ombros. Só Deus sabe como, pensou. Mas tenho certeza. Sempre tive. Pensou naquele cheiro delicado, e lembrou que quando passou os dedos pelo papel teve a sensação... de quê? Sensação da brisa do mar em uma superfície macia, um sussurro contra a pele. Muito... preciso, realmente. — Intuição. Só isso.

— Que pena não ter esse tipo de intuição sobre o presente.

— O que é isso, a Inquisição espanhola? Vamos deixar o presente fora disso, por favor.

Depois de outro olhar zangado, Eve abrandou.

— Está bem.

O café estava cheio de pessoas que faziam as primeiras compras de Natal e abrigavam-se ali contra o frio. Cheirava a lã molhada e pó de café.

— Então. Vai me contar?

— Bom, eu tive uma sorte incrível, na verdade... — Elizabeth puxou a cadeira para mais perto de Eve. — Como você sabe, venho pensando em fazer minha tese de doutorado de filosofia sobre histórias de cativeiro. — Durante meses Elizabeth fizera pesquisas sobre relatos escritos de europeus que sobreviveram a cativeiros, especialmente de corsários mediterrâneos. — Bom, no outro dia li o relato de um homem chamado Francis Knight. Ele foi um mercador que, ao ser aprisionado na costa da Berbera por corsários argelinos, passou sete anos em cativeiro na Argélia.

— Quando aconteceu isso?

— Em 1640. Seu relato foi dedicado a um homem chamado Sir Paul Pindar, ex-embaixador da corte otomana. Isso me pareceu estranho. Por que Pindar teria interesse específico por cativos? — Elizabeth fez uma pausa. — Depois descobri uma coisa ainda mais intrigante: alguém escreveu uma nota a lápis na página do prefácio, ao lado da dedicatória, dizendo simplesmente: "Ver também a narrativa de Celia Lamprey."

"Fiquei surpresa, pois não se conhecem narrativas de cativeiro escritas por mulheres antes do século XVIII, e mesmo assim são muito raras. Mas do outro nome, Pindar, Paul Pindar, eu tinha uma vaga lembrança."

— O que descobriu sobre ele?

— Encontrei um verbete bem longo no *Dicionário de biografias nacionais*. Pindar foi um mercador de grande sucesso. Aos 17 anos foi aprendiz de um mercador de Londres chamado Parvish, que o mandou no ano seguinte para Veneza como seu representante. Ao que parece, esteve em Veneza durante cerca de 15 anos, onde adquiriu o que foi descrito como "uma propriedade muito opulenta".

— Então ele era rico?

— Muito. No início do século XVI os mercadores estavam começando a fazer muito dinheiro com o comércio exterior, fortunas próprias, como os nababos da Companhia das Índias Orientais, e Pindar tornou-se muito bem-sucedido. Teve tanto sucesso que foi enviado, pela Levant Company, para Constantinopla como secretário do novo embaixador inglês, outro mercador, Sir Henry Lello. Isso ocorreu em 1599. Depois, parece que teve vários outros cargos diplomáticos, como por exemplo cônsul de Aleppo. Mais tarde voltou a Constantinopla, dessa vez como embaixador de Jaime I... Mas nada disso teve grande importância. O momento realmente crítico para Pindar foi essa missão em 1599, quando toda a habilidade britânica para comercializar no Mediterrâneo girava em torno de um presente para o novo sultão, um extraordinário relógio mecânico...

— Mas o que isso tem a ver com Celia Lamprey?

— Esse é o problema, não consegui encontrar até agora coisa alguma sobre ela. É sempre a mesma história: muitas informações sobre homens, nada sobre as mulheres.

— Então continue — disse Eve, impaciente. — Diga logo o que tem a dizer.

— Acontece que Paul Pindar era amigo de Thomas Bodley, e quando Bodley estava fundando a biblioteca aqui, dizem que começou a pressionar os amigos e a persuadi-los a juntar livros para ele. Com todas as suas viagens a terras exóticas, Pindar deve ter sido um ótimo candidato. Em resumo, ele deixou um legado de livros para a biblioteca, e hoje fui pesquisar esses livros. Foi uma pequena doação, cerca de vinte ao todo, quase todos em árabe e siríaco. Ao que pude perceber, a maior parte é de textos de medicina e astrologia. De qualquer forma, por mero acaso, um incrível acaso, quando estava me preparando para voltar para casa abri um dos livros a esmo e encontrei um pedaço de papel dentro, e soube *na mesma hora...* — Impressionada, Elizabeth parou no meio da frase.

— Soube na mesma hora...? — Eve repetiu. E então viu o rosto de Elizabeth. — O que aconteceu, você parece ter visto...

Eve fez menção de virar-se, mas Elizabeth agarrou sua mão.

— Não olhe agora, por favor. Continue a falar.

— Marius?

— Continue a falar comigo, Eve, por favor — disse Elizabeth, apertando a palma da outra mão no plexo solar.

— Marius — disse Eve com voz ácida, mas não se virou. Tirou os óculos e limpou-os em uma dobra do vestido, com pequenos movimentos em staccato. Seus olhos, sem os óculos, eram amendoados e muito pretos e brilhantes. — Com quem ele está dessa vez?

— Não sei — disse Elizabeth. — Com alguma... outra.

Olhou para onde Marius estava sentado, do outro lado do café. Não o via fazia mais de uma semana.

A mulher ao lado dele estava de costas, só dava para ver sua cabeça loura. Elizabeth sentiu um nó no estômago e achou que estava nauseada.

No King's Arms, Eve pegou duas vodcas duplas e escolheu um lugar num canto o mais longe possível dos outros clientes da sexta-feira.

— É muito nobre da sua parte não dizer nada — Elizabeth falou, bebendo um pouco da vodca. Podia ver que Eve estava quase explodindo com o esforço que fazia. — Pode falar, ponha tudo para fora.

— Não. Já disse tudo o que queria dizer. Várias vezes. — Remexeu a bolsa e tirou um lenço com a mesma estampa vermelha e branca do vestido e amarrou-o com força em volta da cabeça, como se fosse uma lavadeira.

— Vai dizer que ele me usa, que eu sou boa demais para ele e que todos os homens são uns cretinos?

Eve não respondeu.

— Pare de remexer a bolsa.

— Por quê?

— Você só remexe a bolsa quando está zangada comigo.

— Hmmmm.

— Está zangada comigo?

— Pelo amor de Deus, Elizabeth! — Eve colocou a bolsa na mesa. — Esse homem a deixa infeliz. Brinca com seu coração. Há muita... muita energia negativa a sua volta quando está com ele, ou quando tem alguma coisa a ver com ele, posso quase ouvir seu coração estalar. Vai acabar ficando doente. Doente de verdade.

Mas eu já estou doente, Elizabeth teve vontade de dizer. O que estou sentindo *é* uma doença. Bebeu outro gole de vodca. *Ele brinca com o seu coração.* O tipo de coisa que sua avó diria. Será que Eve usou essas palavras, ou ela estava imaginando?

— Está apaixonada por ele? — Eve perguntou, olhando-a com firmeza.

— Acho que devo estar.

— Mas ele trata você como um cachorro.

— Só às vezes — disse Elizabeth, conseguindo dar uma pequena risada.

— Está vendo? — disse Eve, olhando a coisa sob outro aspecto. — Você vivia rindo. Agora nem ri mais, Elizabeth.

— Não é verdade. — A vodca queimava sua garganta. — Acabei de rir.

— Você sabe o que quero dizer.

— Ele não é meu namorado, Eve. Nunca foi. — Elizabeth tentou não parecer triste. — Marius é meu amante.

— Ah, *entendi.* É isso que ele diz? Que coisa mais glamourosa. Será que preciso traduzir para você as palavras dele? Marius quer dizer que pode pegá-la e depois largá-la sempre que quiser. Poxa! — disse, com um grito exasperado. — Não entendo por que *ele não deixa você em paz...*

O telefone de Elizabeth começou a vibrar. Era uma mensagem de Marius. Seu coração deu um pulo. *Oi, belezinha, por que está tão triste?*

Elizabeth pensou com cuidado antes de retornar a mensagem. *Eu, triste?*

Depois de um instante a resposta veio: *Você está bebendo vodca, gata.*

Ao virar a cabeça viu-o chegando e sentando-se ao seu lado.

— Oi, belezinha — disse Marius, segurando sua mão. Estava despenteado, com o cabelo até os ombros e a jaqueta sempre cheirando a cigarro e couro úmido, nada erótico. — Oi, Eve. Que vestido bonito.

— Oi — disse Eve, apertando os olhos amendoados até virarem dois riscos pretos —, Marius.

Ele riu.

— Isso foi um sorriso ou você só mostrou os dentes para mim?

Olhou para Elizabeth com ar de cumplicidade, e ela não pôde deixar de rir também. Marius sempre a fazia rir, sempre a levava a crer que era o centro da sua vida. Pegou o copo dela e tomou o último gole de vodca.

— Humm, Grey Goose, muito bom. Mas não se preocupem, meninas, não vou atrapalhar seu pequeno tête-à-tête, só vim dar um oi.

Inclinou-se e beijou o pescoço de Elizabeth. Ao sentir seu cheiro, seu toque — aquele toque perigoso —, ela teve um arrepio de prazer.

— É só comigo ou sua amiga é completamente a prova de balas? — ele sussurrou no seu ouvido. Elizabeth sorriu novamente. — Não vá embora... tome um drinque conosco. — Mas ele já estava se levantando.

— Desculpe, querida, não posso ficar. Tenho uma reunião do departamento daqui a meia hora.

— Na sexta-feira à noite? — perguntou Eve num tom ácido. — Você trabalha muito, doutor.

Marius ignorou-a.

— Vou lhe telefonar, prometo — disse para Elizabeth, e com um aceno desapareceu no meio da multidão.

— Ele a seguiu até aqui! — disse Eve, olhando sua figura ao longe. — Deve ter feito isso. Por que não deixa você em paz? Ele não quer você, mas também não larga... ah, foda-se, vou buscar mais uns drinques para nós. — Levantou-se e continuou: — Além disso, alguém devia dizer a ele que está velho demais para usar calça de couro — acrescentou com desprezo.

Elizabeth nem se deu ao trabalho de protestar. De repente, sentiu-se exausta. Sua alegria ao ver Marius dissipou-se, dando lugar a uma sensação de vazio.

Nesse momento seu celular vibrou de novo, com a mensagem *Na minha casa, daqui a meia hora?* Guardou o telefone na bolsa e disse a si mesma que sabia que não devia ir, mas iria. Seu rosto estava vermelho. E o coração, antes desvalorizado, reanimou-se de novo.

— Desculpe, querida. Preciso ir embora.

— Espero que valha a pena — disse Eve.

— O que espera que valha a pena?

— O sexo.

Elizabeth beijou-a no alto da cabeça.

— Adoro você — foi tudo o que disse.

Mais tarde, Elizabeth ficou observando Marius vestir-se. Ele parecia preocupado. Ela não se importou. Ainda encantada com a atenção dele, estava mais uma vez em paz. Gostava de vê-lo se vestindo. Achava seu corpo bonito para um homem de mais de 40 anos. Gostava dos seus quadris esguios e do pelo enroscado em volta do umbigo. Ele estava vestindo um jeans desbotado e Elizabeth ficou apreciando suas pernas e ouvindo o couro do cinto estalar ao ser apertado.

Queria falar sobre a história do cativeiro, mas não sabia como começar. *Eu encontrei uma coisa emocionante hoje...* foi a frase que arquitetou na cabeça com cuidado. *Pelo menos acho que encontrei...* Ao pensar na sua descoberta entusiasmou-se, depois ficou preocupada, imaginando o que ele diria. Talvez fosse melhor esperar até ter certeza do que tinha encontrado.

— Aonde você vai?

— Àquela reunião do departamento que mencionei antes.

— Ah!

— Não é exatamente uma reunião. Tenho de me encontrar com eles para discutir umas coisas. Desculpe — acrescentou, dando um sorriso rápido.

O que significava *aquela*? Marius era melhor que qualquer outro que ela conhecia quando se tratava de esquivar-se de perguntas. Questões como: com quem ele iria realmente se encontrar. Será com outra mulher? A mulher com quem estava no Blackwell's naquele dia? Quem seria ela?

Elizabeth sabia por instinto que ele se aborreceria se ela fizesse uma dessas perguntas. Melhor esquecer.

— Quais são seu planos? — ele perguntou, sentando-se ao seu lado na cama.

Ela pegou a mão de Marius e levou-a aos lábios, desejando que ele não fosse embora logo.

— Posso ficar aqui? — perguntou, tentando parecer natural.

— Bom... pode, se quiser — ele disse.

Se houve relutância na sua voz, Elizabeth decidiu não notar.

— Vou esquentar a cama para você.

— Muito bem. Certo — ele falou, puxando devagarinho a mão que ela segurava.— Mas talvez eu chegue tarde.

— Não faz mal.

Minutos depois ouviu a porta bater e ele se foi.

Ficou deitada na cama de Marius, olhando para o teto. Era um quarto bonito, pelo menos em termos arquitetônicos. Janelas altas com vidraças quadradas dando para o pátio da universidade. Nas manhãs de verão o sol batia no quarto todo. Ela lembrou-se de que quando o conheceu, em junho do ano anterior: os dois ficaram nus na cama e um raio de sol incidiu sobre seus corpos. Ele a fez feliz naquele dia? Achava que sim.

Então sua paz de espírito foi esvaindo-se novamente. Ainda era cedo, só 21h30. Uma chuva irritante escorria pelas vidraças. Elizabeth olhou em volta, desesperançada. Sem Marius ali, sentiu-se mais solitária que em qualquer outro lugar. Para um homem tão meticuloso, ele era bem desarrumado. Pilhas de roupas usadas espalhavam-se pelo chão. Canecas sujas com saquinhos de chá empilhavam-se na cômoda ao lado da pequena pia, e uma caixa de leite a essa altura já azedo, embora o quarto estivesse frio como um túmulo, tinha sido deixada pela metade.

Seu corpo inteiro doía. *Espero que o sexo valha a pena*, Eve dissera. Talvez tivesse valido para ele, mas não para ela, pensou com amargor. Nem ao menos isso. Puxou o edredom para mais perto do corpo, tentando sentir o cheiro dele, tentando lembrar-se dos braços dele à sua volta.

Sentiu-se muito humilhada. Por que eu faço isso? *Ele brinca com o seu coração:* Eve tinha razão. Isso não é amor, é tormento. Não aguento mais, pensou. Sentia um vazio tão profundo que achou que poderia afogar-se nele.

Mais tarde, muito mais tarde, Elizabeth acordou e viu alguém de pé ao lado da cama, observando-a.

— Marius?

— Você ainda está aqui! — Seria surpresa o que ela ouviu naquela voz? Marius sentou-se junto dela, puxou o edredom e viu seus ombros nus. — Você tem um ar muito doce quando está dormindo, parece um ratinho. Está se sentindo bem?

— Estou. — Virou-se, sonolenta, contente por estar escuro e ele não poder ver suas pálpebras inchadas. — Não, na verdade não estou. Que horas são?

— É tarde. Achei que não a encontraria mais aqui.

— Marius... — O fato de não poder vê-lo muito bem lhe deu coragem. — Acho que não posso continuar com isso.

— Por que não? — perguntou, passando o dedo pela curva do seu ombro. — Pensei que você gostasse.

— Você sabe o que quero dizer — falou, virando-se para ele.

— Não sei, não. — Ele estava se despindo de novo, tirando os sapatos e a camisa. — Andou falando de novo com Rosa Klebb?

— Não diga isso, Eve é uma grande amiga minha. — Normalmente a brincadeira a teria feito rir, mas não dessa vez. — Ela diz que você não me quer realmente, mas também não me larga — Elizabeth falou na escuridão.

— Humm — Marius fez; um resmungo não comprometedor. Ela ouviu a fivela do cinto cair no chão e ele subir na cama. — Venha cá — falou, pondo os braços em volta dos seus ombros frios e apertando-a com força. Elizabeth esticou-se e encaixou-se na curva do corpo dele para aquecer-se.

— Desculpe — falou.

— Eve devia sair mais. — O hálito dele cheirava a uísque. — Você sabe que eu amo você, não sabe? — disse, beijando-a na testa.

— Será que sei? — ela perguntou na escuridão de novo.

— É claro que sim — ele falou, mas sem agressividade. Depois virou-se e perguntou: — Agora podemos dormir um pouco?

Capítulo 3

Constantinopla, 1º de setembro de 1599

Amanhecer

A residência do embaixador era um prédio quadrado e grande em estilo otomano, construído com argamassa e pedra, as janelas protegidas por elaboradas treliças de madeira. Situada nas proximidades dos muros do bairro de Gálata, tinha um ar de casa de campo, com um grande jardim cercado e trepadeiras. Congelante no inverno, era agradável no verão, com uma fonte de água corrente no pátio e cachos de flores de jasmim subindo pelas pilastras internas até os balcões de cima. A parte maior e mais confortável do segundo andar era ocupada pelo embaixador, Sir Henry Lello, e sua esposa. Os assessores mais graduados, inclusive o secretário Paul Pindar, moravam em quartos menores no terceiro andar. Para os demais eram reservados dormitórios no andar térreo.

A casa estava movimentada agora. Paul mandou Carew chamar Thomas Dallam, e os dois foram para seus aposentos, onde sabiam que não seriam ouvidos. Os passos fortes de Dallam soaram no assoalho de madeira do lado de fora.

— Um bom dia para você, Thomas.

— Secretário Pindar. — Thomas Dallam, um homem forte de meia-idade, nascido em Lancaster, meneou a cabeça para eles mas não entrou no quarto. Estava bem-vestido, com uma túnica turca solta por cima das roupas europeias, uma exigência para todos os estrangeiros que viviam em Constantinopla.

— Entre, Tom — disse Paul. — Sei que você está ansioso para ir ao palácio, não vou me alongar muito. Como vai sua maravilhosa obra? O Grande Senhor vai achar que valeu a pena esperar tanto pelo presente?

— Sim — disse Dallam laconicamente. — A Honorável Companhia não vai arrepender-se de sua escolha.

— Espero que não — disse Paul sorrindo —, a Honorável Companhia nos deixou esperando aqui durante três anos enquanto resolvia o que iria mandar. Dizem que o Grande Turco tem paixão por relógios, automáticos e por todo tipo de dispositivos mecânicos.

— É verdade — disse Dallam com um risinho. — Ele manda uma pessoa quase diariamente para ver se meu trabalho está terminado.

— E... está?

— Tudo a seu tempo, secretário Pindar.

— Muito bem, Thomas. Não quero pressioná-lo.

Todos sabiam que Dallam se irritava quando tocavam no assunto e que não aceitava interferência no seu trabalho e no dos seus cinco homens, que o tinham acompanhado no *The Hector* durante a viagem de seis meses para trazer o presente do sultão para Constantinopla.

— Ouvi dizer que você já reparou os danos causados ao órgão durante a viagem para cá, mas segundo Sir Henry seus homens levarão ainda algum tempo para montá-lo no palácio. É um bocado de trabalho, meu amigo.

— É verdade. — À menção do nome do embaixador, Dallam, que tinha tirado o chapéu, coçou a cabeça com impaciência e recolocou-o.

— Se não houver inconveniente, secretário Pindar, nosso caíque está pronto e os janízaros não gostam de esperar.

— É claro, é claro. — Paul levantou a mão. — Só mais uma coisa.

— Sim?

— Carew me disse que você o levou ao palácio ontem.

— Levei, senhor. — Paul viu os olhos de Dallam brilharem para Carew. — Um dos meus homens, Robin, o marceneiro, ficou doente. E com todos os seus problemas na cozinha, com Bull e tudo o mais... — Girou o chapéu nos dedos. — Bem, todos nós sabemos como John é bom com as mãos.

— Diga a ele o que vimos, Tom. — Carew, debruçado na janela, falou pela primeira vez.

Por um instante Dallam ficou em silêncio.

— Achei que tínhamos combinado nos calar, não é? — disse finalmente, com uma súbita insegurança.

— Nós combinamos, eu sei. Sinto muito, Tom, mas é inevitável. Eu confio no secretário Pindar — disse Carew. — Ele não oferece risco, garanto.

— Estou envaidecido de falarem bem assim de mim... — Impaciente, Paul deu três passos até a porta. Segurando Thomas Dallam pelo braço, puxou-o com firmeza para dentro do quarto e fechou a porta. — Chega, agora conte o que você viu — falou, com o rosto pálido. — Conte tudo desde o começo, a conversa ficará entre nós três.

Thomas Dallam olhou para Paul, e dessa vez não hesitou.

— Como o senhor sabe, nesse último mês meus homens e eu temos ido diariamente ao palácio montar o presente da Honorável Companhia para o sultão. Temos dois guardas a nosso serviço e um intérprete profissional; todo dia eles nos escoltam pelo primeiro e segundo pátios até um porão secreto, por trás do qual fica o jardim dos aposentos privados do sultão, e é lá que montamos o relógio. Isso só é possível porque o próprio Grande Turco não fica muito aqui nessa época do ano. Passa de um palácio de verão para outro a seu bel-prazer, e leva a maioria da corte e suas mulheres. Portanto, há um ar de férias no

45

palácio... — Dallam parou, parecendo um pouco envergonhado com o que diria em seguida.

Pindar estava sentado com os braços cruzados.

— Continue, Thomas.

— Nossos dois guardas são ótimas pessoas, meus conhecidos particulares, por assim dizer, depois de todo esse tempo trabalhando no palácio, e... começaram a nos mostrar o lugar, por assim dizer. — Dallam tossiu nervoso. — Às vezes mostravam outras partes dos jardins privados, às vezes as casas de prazer que chamam de quiosques; uma ou duas vezes aventuraram-se a nos mostrar os aposentos privados dos próprios aposentos do sultão. Mas ontem, por acaso, no dia em que Carew estava lá comigo, eles nos mostraram outra coisa.

— O que foi, Thomas?

— Enquanto meus dois carpinteiros trabalhavam, um deles levou Carew e a mim para um pequeno pátio quadrado pavimentado de mármore, e lá, na parede, nos mostrou uma pequena fenda na treliça. Não havia ninguém por perto, então nosso guarda fez sinal com as mãos, como é o costume de todos que trabalham no palácio, para nos aproximarmos, mas ele próprio não chegou mais perto.

"Ao olharmos pela fenda vimos que a treliça era muito grossa e protegida dos dois lados por fortes barras de ferro, e então vimos um segundo pátio secreto mais adiante, e nele umas trinta concubinas do Grande Turco brincando com uma bola."

— De início pensamos que fossem rapazes — disse Carew —, pois usavam calções amarrados abaixo dos joelhos. Mas quando olhamos melhor vimos que seus cabelos eram compridos e balançavam nas costas. Eram todas mulheres, e bonitas.

— John e eu... — Dallam olhou para Carew — sabíamos que não devíamos olhar. Nosso guarda ficou zangado por termos ficado tanto tempo ali, e bateu o pé no chão para nos afastarmos. Mas não conseguimos. Ficamos maravilhados, como dois homens enfeitiçados.

— E as mulheres viram vocês?

— Não. A fenda na treliça era muito pequena, mas nós as olhamos durante bastante tempo. Eram muito jovens, a maioria meninas. Nunca vi uma coisa, secretário Pindar, que me agradasse tão plenamente.

Thomas Dallam fez uma pausa e limpou a garganta.

— Mas o que John quer que eu conte é o seguinte. Havia uma mulher diferente ali. Eu notei porque era loura e as demais são todas morenas. O cabelo vinha até as costas, mas estava enrolado na cabeça e entremeado por um colar de pérolas. Parecia um pouco mais velha que as outras, as roupas eram mais ricas e usava joias nas orelhas e no peito. Mas foi sua pele que nos chamou atenção, uma pele linda, branca e luminosa como a lua. John pegou-me pelo braço e eu o ouvi dizer: "Meu Deus, Tom. Essa é Celia. Celia Lamprey." E isso é tudo o que sei.

Quando Dallam saiu fez-se longo silêncio no quarto. Do lado de fora da janela vinha um arrulhar de pombos nos beirais, aquele som incongruente, pensou Pindar, de uma tarde de verão na Inglaterra. Fazia 18 anos ao todo que tinha saído do seu país, primeiro para Veneza, como representante do mercador Parvish, depois como o próprio mercador da Honorável Companhia. Abriu a janela e olhou para o Chifre de Ouro e os sete morros da cidade antiga elevando-se por trás.

— Um relato e tanto para um homem de Lancaster.

— Eu lhe disse, ele fala bastante bem.

Paul sentou-se no parapeito da janela. Comparado ao ar insolente de Carew, ele parecia uma figura sóbria. Vestido sempre de preto, era ao mesmo tempo esguio e forte. Passou as mãos pelo cabelo escuro, deixando ver seu único ornamento, uma argola de ouro no lobo de uma orelha.

— Celia está morta — disse Paul com calma, ainda de costas para Carew. Tirou do bolso um curioso objeto redondo de metal dourado, mais ou menos do tamanho e forma do seu relógio de bolso, e começou a brincar com ele distraidamente. — Morreu em um naufrágio, afogada, há quase dois anos. Você está enganado, John. É impossível ter visto Celia, está me ouvindo? Impossível.

Carew não replicou.

Paul deu um peteleco no fecho do estojo de metal com o polegar para abrir a tampa, revelando discos de metal. Pegou um deles, que tinha marcas semelhantes às de um relógio de sol, e parecia lê-lo.

— Pode procurar a maioria das coisas no seu *compendium* — disse Carew secamente —, mas não vai encontrar Celia nele.

Com um movimento súbito, Paul levantou-se. Era bem alto, meia cabeça a mais que Carew.

— Nenhum homem pode olhar o harém do sultão. Nenhum homem, nem turco, que dirá um cristão ou um judeu, jamais entrou no harém. E você diz que ficou ali apenas cinco minutos, só uma vez, e quer que eu acredite nisso? Não, John. Nem mesmo sendo você, isso é demais.

— As coisas acontecem comigo, você sabe. — Carew deu de ombros, sem se perturbar. — Sinto muito, deve ter sido um choque. — Passou o dedo pela sua cicatriz. — Depois de todo esse tempo, sei como você deve se sentir...

— Não, você não sabe. — Paul interrompeu. — Não sabe como eu me sinto. Ninguém sabe. Nem mesmo você — disse, fechando o estojo.

Sentou-se abruptamente.

— Precisamos ter certeza, absoluta certeza. Mas mesmo assim, o que podemos fazer, John? — Esfregou as mãos no rosto e apertou com força as pálpebras até as luzes dançarem diante dele. — Mesmo que tenhamos certeza de que ela está lá, como poderemos admitir o que sabemos? Tudo será posto em risco. Quatro anos esperando aqui enquanto a Honorável Companhia decide que presentes vai mandar para o novo sultão... e agora isso. Mas espere, espere, estamos indo depressa demais. Primeiro preciso ter uma prova, uma prova totalmente positiva. — Passou os dedos pelo cabelo de novo e virou-se para Carew. — Você entrou no palácio. Seria difícil fazer algum tipo de mensagem chegar a ela? O que acha?

Carew deu de ombros de novo, com indiferença.

— Nada difícil — respondeu olhando para Paul.

Paul olhou-o também.

— Não estou gostando desse seu sorriso, Carew — disse, depois de um tempo. — Conheço esse sorriso há muito tempo. — Pôs uma das mãos no ombro dele e apertou o polegar com força na sua garganta. — O que você fez, Carew, seu caçador de ratos?

— Um confeito, só isso.

— Um confeito doce?

— Minha especialidade. Um barco todo feito de açúcar. O velho Bull chiou um pouco porque eu usei todo o seu estoque, mas não havia outro jeito. Um navio mercante completo, um dos meus melhores... — Paul aumentou a pressão do dedo. — Tudo bem, era a figura do *Celia*.

— Quero entender bem isso: você mandou um confeito com a forma do *Celia*, o navio mercante de Lamprey que afundou, para o palácio do Grande Turco? — perguntou Paul, soltando Carew finalmente.

— Não só para o palácio, mas para o harém — disse Carew, esfregando o pescoço e depois sorrindo. — Espeto queria que mandassem balas inglesas para as mulheres do sultão. Aparentemente é a moda nas embaixadas da França e de Veneza, e precisamos seguir as embaixadas em todas as coisas, como você sabe.

— E você achou que os impressionaria?

— Foi para isso que você me trouxe aqui, não foi? Para ajudar a impressionar os turcos. Aumentar o brilho do nosso pouco brilhante amigo Espeto. Ah, ah, que engraçado, é claro. — Balançou a cabeça de um lado para o outro. — Quem me aguentaria se eu não servisse para isso?

— Devo admitir, Carew, que você tem as ideias mais estranhas às vezes — falou, suspirando. — Mas essa... — virou-se de repente e bateu com o punho no alto do braço de Carew — essa foi boa. Brilhante, devo dizer. Se é que o confeito chegou às mãos dela, o que eu duvido muito.

— Você tem alguma ideia melhor? — Carew perguntou.

Paul não respondeu. Levantou-se e foi até a janela. Pegou o *compendium* de novo e virou-o para poder ler o moto gravado no aro de fora. "Assim como o tempo se vai, a vida do homem se esvai", leu. "Como o tempo não pode ser resgatado, use-o bem e que nenhuma hora seja perdida." Depois abriu-o de novo, e com o indicador examinou cuidadosamente um segundo fecho escondido dentro da base. Uma segunda tampa secreta abriu-se, deixando ver um retrato.

A miniatura de uma menina, de cabelo louro-avermelhado e pérolas sobre a pele leitosa. *Celia.* Seria possível?

— E eu já perdi bastante tempo — disse, quase sem pensar. Depois olhou firme para Carew de novo —, mas ainda precisamos de mais informações.

— Que tal o eunuco branco da escola do palácio? Aquele que dizem que é um inglês transformado em turco.

— Há vários outros intérpretes desse tipo. Talvez seja fácil chegar a eles. Um é um homem de Lancaster, disseram. Talvez fosse bom pedir que Dallam cuidasse dele... não, não se pode confiar nesses turcos. Além do mais, dizem que só os eunucos negros podem entrar nos aposentos das mulheres. Não. Precisamos de alguém que tenha acesso ao palácio, mas que não more lá. Alguém que entre e saia livremente.

— E alguém entra e sai livremente do palácio?

— É claro, muita, muita gente. Todo dia. É só uma questão de encontrar a pessoa certa — disse Paul, levantando a cabeça para olhar pela janela.

Carew aproximou-se dele. Embora o sol estivesse alto agora no céu, a lua quase cheia ainda mantinha-se visível, afundando lentamente no horizonte. Apoiou os cotovelos no parapeito da janela e olhou para o céu.

— Talvez as estrelas possam nos dizer o que fazer. Você deve perguntar ao seu amigo, como é mesmo o nome dele?

— Está se referindo a Jamal?

— Não sei se é esse o nome dele. O observador de estrelas.

— É ele. Jamal. Jamal-al-Andalus. — Paul começou a vestir a túnica otomana. — Chame o janízaro, mas seja discreto. Vamos, não temos tempo a perder.

Capítulo 4

Oxford, dias atuais

Querido amigo, recebi sua carta etc. Você deseja conhecer todos os detalhes da desventurada viagem e do naufrágio do belo navio *Celia*, e da ainda mais desventurada e trágica história de Celia Lamprey, filha do falecido capitão desse navio, que na véspera do seu casamento com um mercador da Levant Company, o futuro Sir Paul Pindar, honorável embaixador de Sua Majestade em Constantinopla, foi capturada pelos turcos e vendida como escrava em Constantinopla, e de lá escolhida para servir de *cariye* no harém do Grande Senhor. Esses detalhes, se Deus me ajudar, lhes serão enviados.

O coração de Elizabeth disparou. *Eu sabia.* Embora a tinta estivesse agora quase em sépia, continuava perfeitamente visível, e a grafia em si era bastante compreensível, uma letra bonita e clara, incrivelmente fácil de ler. O papel, fora a marca d'água em um dos lados dobrados, estava mais conservado do que ela poderia esperar.

Elizabeth levantou os olhos. Eram pouco mais de 9 horas de uma manhã de sábado, e ela era uma das duas ou três pessoas no Salão de Leitura Oriental. Instalou-se em um canto, o mais longe possível da mesa da bibliotecária. Sabia que teria de mostrar sua descoberta, mas queria ter a oportunidade de ser a primeira a ler a carta, fazer sua própria cópia, sem ninguém respirando por trás do seu pescoço.

Baixou a cabeça sobre o papel outra vez e leu.

O *Celia* saiu de Veneza no dia 17, com vento favorável e um carregamento de sedas, veludos, tecidos com fios de ouro, e todo tipo de moedas no porão. A última viagem que o comandante Lamprey faria antes das tempestades de inverno.

Na noite do dia 19, a 10 léguas de Ragusa, na costa árida da Dalmácia, por desígnio de Deus, o navio foi atingido por uma rajada de vento vinda do norte, e em seguida o vento aumentou tanto que todos a bordo temeram por suas vidas...

Embora as linhas seguintes estivessem ilegíveis em razão da marca-d'água, Elizabeth continuou a ler.

Como o *Celia* não tivesse laterais reforçadas, e as escotilhas estivessem abertas, tudo que se encontrava a sota-vento afundou no mar, todas as arcas contendo sedas, veludos e tecidos com fios de ouro, vários dos quais não pertenciam aos mercadores, mas eram parte do enxoval da noiva. Tudo que se encontrava entre os deques flutuou nas águas, e o canhão soltou-se das correntes, rolou a sota-vento, quase fazendo um rombo no casco.

Nesse ponto seguiram-se várias outras linhas ilegíveis.

Depois de algum tempo viram um veleiro vindo do oeste e deram graças a Deus, achando que a salvação estava próxima... e então notaram que o veleiro de umas 100 toneladas era um vaso de guerra turco. E quando o comandante Lamprey o viu, percebeu que não tinham chance de fugir, teriam de lutar ou encalhar nas rochas da costa. Então chamou a tripulação e perguntou se eles ficariam ao seu lado e enfrentariam o inimigo como homens, para que nunca se pudesse dizer que tinham fugido, sendo que o navio turco não era muito maior, embora possuísse mais canhões.

...O comandante Lamprey mandou que todas as mulheres a bordo, freiras do convento de Santa Clara, se fechassem na cabine do porão e trancassem as portas, e que cuidassem da freirinha mais jovem que estava com elas e também de sua filha Celia, e que não as deixassem sair, sob pretexto algum, até receberem ordem em contrário.

Elizabeth chegou a uma dobra do papel onde a marca d'água tinha destruído várias linhas do texto.

Vendo então o comandante Lamprey quem eles eram, chamou-os de cães sarnentos, mas que poderiam ficar com toda a prata e todas as moedas que pudessem carregar se os deixassem em paz. Porém, um dos chefes desses homens, um renegado que falava muito bem inglês, disse: "Seu cachorro, se eu encontrar alguma outra coisa que você não declarou, seu castigo será cem vezes pior e depois vocês serão jogados ao mar." Mas o comandante Lamprey não disse nada...

Nesse meio-tempo as mulheres continuavam trancadas na cabine do porão, apavoradas, com água quase até a cintura e as saias pesadas como chumbo. Como o comandante tinha ordenado, mantiveram-se em silêncio total. Não ousavam suplicar a Deus que as salvasse, pois se os turcos não as encontrassem tinham medo de serem tragadas pelo mar...

E eles fizeram com que três homens o levassem, puseram-no de bruços no deque de baixo, dois sentaram-se sobre suas pernas e um sobre o pescoço e lhe deram tantos socos que sua filha, por mais que as freiras implorassem que não saísse, destrancou depressa a porta da cabine, saiu do esconderijo e implorou que parassem com aquilo, que poupassem seu querido pai, e vendo que ele sangrava muito caiu de joelhos, mortalmente pálida, e implorou mais uma vez que os turcos a levassem, mas deixassem seu pai com vida. Então o comandante dos turcos agarrou-a, e no calor da luta, diante dos olhos da menina, deu uma facada no pai com sua cimitarra, depois carregou-o até a porta da cabine do porão e cortou seu corpo ao meio...

— E acaba assim, sem mais nem menos?

— Acaba, no meio de uma frase. Pensei que fosse a narrativa completa, mas era apenas um fragmento.

O Salão de Leitura fechava às 13 horas aos sábados, e Elizabeth ia almoçar com Eve no Alfie's do Covered Market. Embora ainda faltassem seis semanas para o Natal, a garçonete usava um avental vermelho e branco decorado com galhadas de renas feitas de lantejoula verde.

— Pare com isso, foi um achado e tanto. — Eve passava manteiga no último pedaço de pão. — Acho que então você me deve 50 pratas.

— Tudo bem.

— Pelo menos eu fiz você sorrir — disse Eve, contente. — Você está quase alegre hoje, menina. — Ia dizer mais alguma coisa, mas achou melhor parar por ali.

Será que falo sobre a noite passada?, Elizabeth pensou, ainda feliz por dentro; mas Eve estava tão melancólica que teve pena de falar novamente sobre Marius.

— Então, o que vai fazer agora? Vai poder olhar o manuscrito de novo?

— Eles o pegaram para mostrar ao especialista em manuscritos antigos, como eu esperava. Mas a bibliotecária acha que vão devolvê-lo para a seção Oriental depois.

— Não fique ansiosa — disse Eve com cinismo. — Pela minha experiência, quando os especialistas entram na jogada, *adeus*. O manuscrito nunca mais verá a luz do dia. Você devia ter mantido segredo sobre isso.

Elizabeth deu de ombros.

— Agora é tarde demais.

— Conseguiu fazer uma cópia do texto?

— Copiei a maior parte, mas alguns pontos estavam muito ilegíveis. — Elizabeth explicou sobre a marca d'água. — Mas consegui o suficiente para o que quero. O problema da autoria, por exemplo. — A garçonete apareceu com duas xícaras de café. — O texto é escrito na terceira pessoa, mas o relato é incrivelmente vivo, não dá para acreditar que a pessoa que escreveu não estivesse lá.

— E a carta não deu nenhuma indicação?

— Absolutamente nenhuma. Só que o texto foi escrito a pedido de alguém, mas não diz quem era. É um mistério.

— Que emocionante, adoro mistérios. — Eve tomou um gole do café e as lentes dos seus óculos ficaram embaçadas. — Alguma coisa mais?

— Fiz uma pesquisa no Google ontem. É claro que não havia nada sobre Celia Lamprey.

— E sobre Pindar?

— Um obscuro mercador elisabetano? — Elizabeth sacudiu a cabeça. — Você não vai acreditar, mas há centenas de ocorrências, literalmente centenas. Nem todas são sobre o próprio Pindar, é óbvio. Alguns referem-se a um pub em Bishopsgate, construído no local onde ficava a casa de Pindar. — Elizabeth tomou uma colherada de sopa. — Diversas casas, ao que parece, parte da mansão que ele construiu para morar quando se aposentou, foram demolidas no século XIX quando criaram a estação da Liverpool Street. Mas isso não é relevante — disse, balançando a colher no ar. — O mais interessante sobre ele parece ser a missão da qual participou na Levant Company, em 1599.

— Eu me lembro que você mencionou isso antes.

— Estou sempre voltando a isso. A companhia queria renovar seus direitos de comercialização nas áreas do Mediterrâneo sob controle otomano, e, para tal, segundo a etiqueta, era preciso oferecer um presente maravilhoso ao sultão. Um presente melhor que todos os outros, especialmente os que foram ofertados pelos franceses e venezianos, seus rivais no comércio. Então, depois de muita discussão acabaram encarregando Thomas Dallam, um fabricante de órgãos, de criar um maravilhoso brinquedo mecânico.

— Pensei que fosse um relógio.

— Era mais um autômato, uma espécie de robô, parte relógio, parte instrumento musical. O relógio era o mecanismo principal, mas quando batia as horas acontecia todo tipo de coisas: sinos repicando, dois anjos tocando trombetas prateadas, o órgão tocando uma música, e finalmente um arbusto de azevinho cheio de pássaros mecânicos, melros e tordos, sacudindo as asas e cantando.

— E foi um grande sucesso?

— Foi quase um completo desastre. Thomas Dallam levou seu fantástico dispositivo até Constantinopla, viajou seis meses a bordo do navio da companhia, *Hector*, mas descobriu que durante a viagem quase tudo tinha sido destruído. A água do mar entrou nos caixotes, e grande parte da madeira foi molhada e apodreceu completamente. Os mercadores ficaram decepcionados, é claro. Tinham esperado quatro anos para presentear o sultão. Mas o único jeito foi Thomas Dallam reconstruir a coisa toda do começo ao fim. Ele próprio fez um relato de suas aventuras. — Procurou nas suas anotações. — Aqui está, aparentemente inserido nas obras de Haklyut: *Relato sobre um órgão ofertado ao Grande Senhor e outros assuntos curiosos, 1599.*

— O que seriam os outros assuntos curiosos?

— Depois eu conto. — Elizabeth fechou o caderno de anotações. — Espero localizar isso hoje à tarde.

Eve olhou o relógio.

— Meu Deus, já é tão tarde? Desculpe, querida, mas tenho de ir. — Deu um pulo da cadeira, tirou uma nota de 10 libras e colocou sobre a mesa. — Será que é suficiente?

— É claro que sim. Pode ir.

Elizabeth observou-a vestir o casaco cor-de-rosa de mohair. Eve estava quase na porta quando de repente, sob um impulso, voltou à mesa.

— Você é ótima! — disse baixinho. E inclinou-se para dar um beijo rápido no rosto de Elizabeth.

Elizabeth não estava com pressa. Pediu outra xícara de café e ficou revendo suas anotações. A expectativa do trabalho à sua frente lhe deu uma súbita energia. Percebeu que se sentia mais calma e concentrada, como não se sentia há dias.

Ouviu duas mulheres conversando em uma mesa atrás da sua. Virou ligeiramente a cabeça e reconheceu a mais velha, uma colega norte-americana de Marius que ele lhe apresentara no verão anterior em uma festa na Faculdade de Inglês, nos primeiros dias do seu namoro. Por razões que não se lembrava mais, não tinha gostado dela. "Ela tem alguma coisa... falsa", disse para Marius. "Por que será que acho isso?." E ele riu.

Agora, embora fosse inverno, a norte-americana usava sandálias brancas abertas Birkenstock. Sua pele estava muito bronzeada, da cor exata, e possivelmente da textura exata, Elizabeth pensou com uma ponta de sarcasmo pouco característica dela, de uma madeira tropical em extinção. Na época, a norte-americana dera-lhe muita atenção, como dava agora à mulher mais moça, possivelmente uma de suas alunas. Sua voz tinha a qualidade peculiar de certos acadêmicos: não exatamente estridente, mas de certa forma... implacável. Seu ritmo vocal, com vogais alongadas, subia e descia como as ondas do oceano Pacífico. Faziam tese de doutorado em filosofia e as palavras "gênero" e "discurso" impregnavam a conversa.

Elizabeth voltou para suas anotações e tentou concentrar-se, mas as duas mulheres estavam sentadas tão perto que era impossível não ouvir a conversa. Ela estava procurando a garçonete quando ouviu a mulher mencionar o nome Marius.

— Na verdade, um grande amigo meu acabou de publicar um trabalho exatamente sobre isso. Dr. Jones. Marius Jones. Acho que você o conhece.

A estudante deu um risinho que Elizabeth não conseguiu captar.

— Bom, creio que todas as estudantes conhecem Marius!

Por algum motivo o nome dele nos lábios daquela mulher parecia uma impertinência. Você não o conhece *tão* bem, moça, Elizabeth pensou. Mas sabia que sua irritação era absurda.

— E quanto a isso, devo dizer... — A mulher baixou a voz num tom de confidência. — Sei que não devo, mas... — Disse mais alguma coisa, com um tom sério tentando não ser tão sério. — ... completamente louco por ela. E sabe do melhor? Ela não dá a *mínima* para ele. Minha querida, todas as outras putinhas estão totalmente desesperadas...

Elizabeth não esperou a conta. Colocou a nota de 10 libras de Eve e mais uma outra na mesa e saiu do restaurante. Na porta, passou por uma mulher de cabelo louro, que entrou sem vê-la, com um olhar intrigado. Pela vidraça do restaurante, Elizabeth viu-a cumprimentar a norte-americana e a estudante e puxar uma cadeira. Era a loura que Elizabeth tinha visto no Blackwell's, não havia dúvida. Não viu seu rosto, só o da norte-americana, levantado-se para cumprimentá-la. Um sem graça, mais velho do que parecia, com o cabelo queimado de sol caindo nos ombros. E por trás do sorriso dela, Elizabeth percebeu de repente um ar de tal desolação, que sua hostilidade dissolveu-se.

Ah, meu Deus, você também não. É óbvio. Ah, Marius!

Capítulo 5

Constantinopla, 1º de setembro de 1599

Amanhecer

Naquela mesma manhã, enquanto John Carew quebrava nozes na mureta da embaixada inglesa e o agá Hassan estava quase morrendo, a sultana validé Safiye admirava, dos seus aposentos privados, as águas do Chifre de Ouro ao amanhecer.

Embora possuísse quatro camareiras pessoais, não se ouvia nenhum som no quarto, como de costume. As moças ficavam encostadas à parede, totalmente imóveis, e esperariam o dia inteiro e a noite toda se necessário, até receberem ordens ou serem dispensadas pela sultana.

Aparentemente bem-composta, Safiye continuou a olhar pela janela, com um olhar fixo nas águas cinza-rosadas abaixo. Internamente, por longo hábito e através do misterioso sexto sentido que parecia lhe dar a capacidade de ver sem olhar, observava as moças de forma crítica. A primeira, que acordara nitidamente com muita pressa naquela manhã, prendera a touca torta por cima dos cachos escuros; a segunda continuava com o mau hábito de balançar-se ligeiramente nos calcanhares (será que não via que parecia um elefante na cocheira?). E a terceira, Gulbahar — a que estava com ela quando haviam descoberto o Pequeno Rouxinol —, tinha olheiras escuras naquela manhã.

— Parece que seus olhos ficam atrás da cabeça — a *cariye* Mihrimah costumava sussurrar para ela com admiração.

— É só um truque, uma coisa que meu pai me ensinou — dizia Safiye baixinho. — No meu país, nas montanhas, somos todos caçadores, sabia? É preciso saber manter-se alerta. Vou lhe ensinar, *cariye* Mihrimah.

Mas a *cariye* Mihrimah não sobreviveu bastante tempo para aprender muito mais, a não ser perfumar os grandes lábios de seu lindo sexo com âmbar-gris e colorir os pequenos mamilos de menina com rosa.

A validé voltou a pensar na noite anterior. Tinha certeza de que podia contar com a discrição de Esperanza. Mas talvez tivesse cometido um erro deixando Gulbahar presenciar tudo aquilo. Uma leve brisa vinda do caixilho da janela fez com que ela estremecesse ligeiramente. Embora ainda fosse início de setembro, o ar da manhã já estava mais frio, e as folhas das árvores do jardim do palácio davam os primeiros indícios do outono. Sentiu os pesados brincos de pingentes, com pérolas e rubis de tamanho e transparência raros, baterem no seu pescoço. Os lobos das orelha doíam com todo aquele peso e ela gostaria de tirálos, mas tinha por hábito ignorar o desconforto físico ou qualquer sinal de fraqueza ou fadiga.

— Ayshe — disse, olhando pela janela —, minha pele.

Ayshe, a quarta e mais nova camareira, tinha previsto esse comando e logo começou a ajeitar o xale bordado, forrado de marta, em volta dos ombros da sultana. Ayshe estava se saindo bem, pensou Safiye, concentrando-se mais uma vez no presente e dando um sorriso para a menina. Era perspicaz e tinha a habilidade de saber de antemão o que lhe pediriam — talento valioso a ser cultivado na Casa da Felicidade. Safiye fizera bem em aceitar os presentes da concubina favorita: as duas escravas, Ayshe e a outra, como se chamava mesmo? Observou os dedos de Ayshe terminando de ajeitar o xale com destreza. Uma escrava tão escura e a outra tão pálida — uma pele muito clara, quase um milagre. Sem uma mancha. Mehmet, o sultão seu filho, com seus gostos exóticos, devia tê-la apreciado na noite anterior, estava certa disso. Qualquer coisa para acabar com sua paixão pela favorita, aquela que era conhecida no harém simplesmente como *haseki*. Ela devia ser afastada, e logo. Teria de providenciar isso.

Do lado de fora da suíte, no corredor que ia do pátio das mulheres aos aposentos dos eunucos, a sultana Safiye podia ouvir o leve ruído da louça. A criada responsável pelo café, e seu séquito, esperavam do lado de fora. Safiye saberia que havia mulheres ali mesmo sem ouvi-las: um ligeiro sentimento de apreensão, um espessamento do ar. Como descrever sua sensibilidade para essas coisas? Mas apesar de não ter dormido um só instante naquela noite, tinha ordenado que não a incomodassem. Não precisava nem de refrescos nem de descanso, pois uma vida inteira de vigílias na cabeceira do seu mestre, o velho sultão Murad, a acostumara a ficar sem dormir. O que precisava agora era de silêncio e espaço para pensar.

Houve um tempo, logo que chegou à Casa da Felicidade, em que aquele silêncio a oprimia e perturbava. Era muito diferente do palácio de Manisa. Os três Rouxinóis estavam juntos então. Ao olhar para trás, lembrava que aqueles dias eram cheios de sol. Mas depois que se tornou sultana validé, finalmente reconheceu que o silêncio era precioso: um instrumento a ser usado, um truque de caça como todos os outros.

Puxando a pele mais para junto do corpo, virou-se para a familiar vista do Chifre de Ouro. Lá do outro lado, à beira da água, ficavam os depósitos dos mercadores estrangeiros, e bem atrás deles a visão familiar da torre de Gálata. À direita da torre, os muros do enclave estrangeiro davam para um campo aberto e para as casas dos embaixadores, rodeadas de trepadeiras. Por trás de tudo isso o sol já tinha nascido. Adiante de Gálata, à direita, passava o estreito de Bósforo, e nas suas margens ainda sombrias via-se uma floresta verde. Safiye lembrou-se da dama grega, Nurbanu, que como a sultana validé da época sentara-se naquele mesmo divã, com aqueles mesmos brincos de pingentes com rubis e pérolas, e que ela própria a servira. "Eles acham que eu não sei que estão esperando lá fora", ela tinha dito um dia. "Eles acham que não posso ouvir.

Acham que não posso ver. Mas neste silêncio, Safiye, não há nada que eu não veja. Posso ver através das paredes."

Os primeiros raios de sol incidiram nas treliças das janelas, transformando as incrustações de madrepérola em pontinhos brilhantes de luz. Safiye pôs o braço para fora do xale forrado de pele e colocou-o no batente da janela. Sentiu um leve aroma de madeira quente. A pele dos seus braços e das mãos era leitosa e macia, pele de concubina, milagrosamente intocada pelos anos. No dedo, recebendo os raios de sol, a esmeralda de Nurbanu ardia com pontos de fogo negro.

Se você estivesse no meu lugar, Safiye imaginou, o que faria agora?

Fechou os olhos por um instante, sentindo o sol finalmente aquecer a pele do seu rosto. A imagem do Pequeno Rouxinol — um corpo inchado, com a genitália amputada — veio-lhe de novo à cabeça. E finalmente disse a si mesma com certeza, "Nada. É o destino".

Não foi Nurbanu que respondeu, era a voz de outra pessoa vinda do túmulo.

— *Cariye? Cariye* Mihrimah?

— Não faça nada. É o destino. Depois de todos esses anos. *Kismet*. A única coisa que você não pode sobrepujar. Nem mesmo você.

— Fatma! — Os olhos de Safiye abriram-se tão de repente que assustaram até mesmo Ayshe, com toda a sua vigilância.

— Sim, majestade. — Apanhada desprevenida, Fatma, a primeira camareira, gaguejou e corou.

— Está dormindo, menina? — a validé falou com suavidade, como sempre, mas com um tom tão frio que deixou as palmas das mãos da jovem frias e pegajosas e os ouvidos zumbindo.

— Não, majestade.

— Então traga meu café. Por favor.

Com pés suaves e silenciosos, as camareiras de Safiye atravessaram o quarto para atendê-la.

Embora o sol já tivesse nascido por completo, a luz nunca penetrava nos aposentos da validé. Esses quartos, posicionados bem no centro da

Casa da Felicidade, os aposentos privados do sultão, eram internos, não davam para fora. Os quartos das mulheres, e os aposentos maiores das concubinas favoritas do sultão, eram todos ligados com os quartos da validé. Ninguém, nem mesmo a *haseki*, a concubina favorita do sultão, podia tentar entrar ou sair sem passar pelos seus aposentos.

Com exceção dos quartos do sultão, a suíte da validé era de longe a maior do palácio. Suas profundezas sombrias, iluminadas em tons de azul e verde, eram frescas no verão e aquecidas com braseiros e pilhas de peles no inverno. As mulheres, movimentando-se na sua dança familiar, pareciam um pequeno cardume de peixes prateados deslizando nas profundezas subaquáticas.

Em um instante uma bandeja de cobre foi colocada diante de Safiye, pousada sobre dois pés de madeira dobráveis, com um pequeno braseiro por baixo aromatizado com cedro. Ajoelhando-se diante dela, a primeira camareira segurou uma tigela e a segunda despejou aos poucos água de rosas de um jarro de cristal de rocha para molhar as pontas dos dedos de Safiye. Retiraram-se em silêncio e foram substituídas pela terceira camareira, que também se ajoelhou e ofereceu-lhe um guardanapo bordado para secar as mãos. A seguinte ofereceu-lhe o café. Depois, ajoelhadas à frente da sultana, uma estendeu uma xícara decorada com pedras preciosas, a segunda serviu o café, a terceira colocou cuidadosamente sobre a mesa uma segunda bandeja dourada com romãs, damascos e figos dispostos por cima de pétalas de rosa cristalizadas, e a quarta trouxe guardanapos limpos.

Safiye tomou o café lentamente e sentiu o corpo relaxar. Afinal, não via sinal algum de nervosismo entre suas camareiras, em geral uma indicação certa de que corriam muitos boatos do harém. Foi uma sorte a maioria das mulheres e dos eunucos ainda estar no palácio de verão. O sultão decidira voltar para o palácio inesperadamente por uma noite e ela tinha voltado com ele, juntamente com um grupo das mulheres mais antigas. Se a Casa da Felicidade estivesse cheia não haveria possibilidade alguma de ocultar os acontecimentos que se deram à noite. A lealdade de

Esperanza e Gulbaha, as únicas presentes, era absoluta e inquestionável. Da mesma forma, fora uma boa ideia mantê-las lá por algum tempo — por sua experiência, era sempre um excelente teste de nervos. A primeira camareira parecia assustada, mas esse era sempre o seu estado de espírito, especialmente depois que a chefe do harém descobriu cartas de amor que o eunuco Jacinto lhe enviara, um pequeno caso frustrado que ela ainda acreditava secreto.

"Nunca aja com pressa", Nurbanu lhe dissera um dia. "E não se esqueça: saber é poder."

Você está errada, *cariye* Mihrimah, Safiye disse a si mesma. Pode ser *kismet*, como você diz — na sua imaginação, inclinou-se para beijar a *cariye* Mihrimah no rosto —, mas desde quando isso impediu que eu soubesse exatamente o que fazer?

— Agora prestem atenção, todas vocês — disse Safiye, tomando o resto do café e colocando a xícara no pires. — Mandei o agá Hassan, o eunuco-chefe negro, ir a Edirne por uns dias para cuidar de alguns negócios meus. — Estava dando mais informação a suas mulheres do que normalmente acharia apropriado, ou necessário; será que achariam estranho? Um risco indispensável, decidiu. — Gulbahar, fique aqui comigo. Preciso que você dê alguns recados. As outras podem ir. — E fez um sinal para dispensá-las.

— Ayshe.

— Sim, majestade.

— Traga sua amiga, o outra jovem nova, esqueci o nome dela...

— Está se referindo a Kaya, majestade?

— Sim. Espere lá fora com ela até Gulbahar voltar. Até então, não deixe ninguém entrar.

Subitamente o agá Hassan acordou. Curtos momentos de lucidez entremeavam seus sonhos estranhos e fantasmagóricos, mas ele não sabia dizer há quanto tempo se encontrava nesse estado. Como que por um longo hábito, quando o mínimo ruído ou a menor distração dos problemas comuns do harém o deixava alerta, seus olhos se abriram. Ele não estava mais nos seus aposentos, isso era certo, mas para onde o tinham levado? Estava escuro ali, mais escuro que à noite. Mais escuro, na verdade, do que quando os olhos estavam fechados e riscos e feixes de luz pareciam cair em cascata como estrelas no horizonte das suas pálpebras.

Estaria morto, então? A ideia lhe passou vagamente pela cabeça, e constatou que não temia essa possibilidade. Mas uma queimação nos intestinos e também nos ouvidos lhe mostrou que não. Tentou mover o corpo, mas o esforço fez com que sua testa ficasse coberta de um suor pegajoso. Sentiu um gosto metálico e estranho nos lábios. Seu corpo ergueu-se com uma convulsão, mas não restava mais nada no estômago. Um caroço duro como pedra parecia arranhar sua garganta, e o ar em volta estava impregnado de umidade. Estaria em algum subterrâneo? Como teria ido parar lá?

Então, da mesma forma como acordara, subitamente foi perdendo a consciência de novo. Não imaginava há quanto tempo estava naquele estranho limbo de escuridão. Teria sonhado ou não? Teria dormido ou não? De repente, no final das eras, que talvez fossem apenas algumas horas... uma luz.

Primeiro viu duas linhas finas, uma horizontal e a outra vertical. Logo viu que eram muito pálidas, pálidas como a primeira luz cinzenta da madrugada. Ao observá-las melhor, as linhas convergiram de forma súbita e vertiginosa para um único ponto de luz. E por trás do ponto de luz surgiram as inconfundíveis sombras de duas pessoas, duas mulheres, vindo na sua direção.

— Pequeno Rouxinol — falou uma voz.

De muito, muito longe ouviu sua própria voz responder.

— Lilian — disse a voz —, é você?

Capítulo 6

Istambul, dias atuais

Elizabeth ligou para Eve do telefone de seu quarto.

— Onde você disse que está? — Eve perguntou, com uma voz especialmente fraca.

— Em Istambul — disse Elizabeth com cuidado de novo, afastando o fone do ouvido.

— *Istambul?* — Houve uma pausa. — E o que diabos está fazendo aí?

— Tomei um avião para cá. Na noite passada.

— Mas nós almoçamos juntas. Você não me disse nada.

— Consegui uma passagem de última hora. Tive sorte, só isso.

Elizabeth queria falar sobre a norte-americana, sobre o que tinha acontecido no Alfie's, mas de alguma forma achou que não devia falar, não para Eve.

— Eu preciso... — começou, com um nó na garganta — ... parar com tudo isso. — Fez-se silêncio do outro lado da linha, mas sabia que Eve estava ouvindo. — Você sabe... tudo isso — conseguiu falar afinal.

Deixe de rodeios. Ponha tudo para fora. Conte tudo. Eu arrancaria a verdade de dentro do meu coração se soubesse como, pensou. Uma sensação de histeria tomou conta dela.

— Só preciso... parar. Por favor.

— Tudo bem, tudo bem. — Podia ouvir a voz de Eve falhar. — Não diga nada, só respire! Tudo bem, querida? Só respire...

Entre lágrimas, Elizabeth não pôde deixar de rir.

— Querida Eve, você está chorando também.

— Não posso fazer nada. — Ouviu Eve assoar o nariz com força. — É contagioso. — Depois disse zangada: — Você sabe que isso seria *muito* mais fácil em Oxford.

— Eu sei. — Apertou a palma de uma das mãos nos olhos quentes. — Esse é o problema. Preciso... ter controle sobre isso. Não aguento ser assim. — A autopiedade cresceu no seu peito. — Não posso ser um peso para você.

— Querida Liz. Você não é um peso, nunca....

— Decidi terminar com Marius. Desta vez não vou voltar. — Pronto, tinha dito. Tinha dito, então devia ser verdade. — Pelo menos — acrescentou, sabendo que era mais verdadeiro —, disse para ele que não quero mais vê-lo.

Podia sentir Eve tentando avaliar a situação do outro lado da linha. Mas quando ela falou, o alívio na sua voz era palpável.

— Você deu o fora nele? Fez muito bem. Muito *bem*, Lizzie. Desta vez foi para sempre?

— Foi, sim, desta vez foi para sempre.

— E onde você está, afinal? Quer dizer, em que hotel? Imagino que esteja em um hotel, não é?

— Bom, na verdade... — Elizabeth olhou em volta. A verdade é que não tinha ideia do nome do hotel. Um táxi a levara na noite anterior. A cama era limpa. Ela não fez nenhuma pergunta. — Estou no quarto 312.

— O número estava na base de um telefone antiquado de resina ao lado da cama. — Vou lhe dar o número do telefone.

Eve pareceu satisfeita.

— Quanto tempo pretende ficar aí?

— Não sei bem — respondeu Elizabeth, dando de ombros. — O quanto for necessário.

— Para esquecer Marius?

— É — disse rindo. — Mas para fazer algum trabalho também. Quando contei à minha supervisora sobre o fragmento de papel que encontrei, ela sugeriu que eu procurasse nos arquivos daqui também, e achei uma boa ideia. — Qualquer coisa para sair de Oxford, para não ser tentada a perdoar. — A Dra. Alis concorda comigo que a outra metade da narrativa de Celia Lamprey deve estar em algum lugar, e tenho um palpite de que está aqui. Lembra-se de Berin Metin?

— Do programa de intercâmbio?

— É. Eu telefonei para ela... ontem à tarde, e ela disse que pode arranjar para que eu leia uns documentos aqui na Universidade de Bósforo. Eles têm uma biblioteca em inglês, e eu posso continuar minha pesquisa enquanto espero a permissão para ler os arquivos.

Depois de desligar o telefone, Elizabeth tornou a deitar-se. Ainda era cedo, 7 horas pelo horário de Istambul, só 5 horas pelo horário inglês; pobre Eve.

Seu quarto era grande, mas muito simples. Duas camas de solteiro com estrados de ferro batido e um guarda-roupa antiquado. Na janela havia uma reentrância, uma espécie de pequena alcova, onde ficava uma mesa de centro e uma cadeira. As tábuas do assoalho, ligeiramente desniveladas na frente do quarto, eram pintadas de marrom escuro, sem tapetes orientais ou *kilins*, nem do algodão mais barato. Não havia nada no quarto que sugerisse que ela estava em Istambul, ou em qualquer outro lugar.

Pôs com cuidado a mão na parede. Fechou os olhos e correu os dedos pelo reboco. Mas nada. O lugar tinha um ar monástico, parecia o dormitório de um convento. Ou a cabine de um navio.

Amanhã vou começar, disse para si mesma.

Deitou-se na cama de novo e tirou da sua sacola as anotações que tinha feito na sala de leitura da Biblioteca Oriental:

... que sua filha, por mais que as freiras implorassem que não saísse, destrancou depressa a porta da cabine, saiu do esconderijo e implorou que parassem com aquilo, que poupassem seu querido pai, e vendo que ele sangrava muito caiu de joelhos, mortalmente pálida, e implorou mais uma vez que os turcos a levassem, mas deixassem seu pai com vida. Então o comandante dos turcos agarrou-a, e no calor da luta, diante dos olhos da menina, deu uma facada no pai com sua cimitarra, depois carregou-o até a porta da cabine do porão e cortou seu corpo ao meio...

Celia. Pobre Celia.

Ainda com o papel sobre o peito, caiu num sono sem sonhos.

Capítulo 7

Constantinopla, 1º de setembro de 1599

Manhã

Ayshe, a camareira da validé, encontrou Kaya ao lado da fonte do Pátio das Favoritas.

— Ela quer ver você.

Na Casa da Felicidade, ninguém, nem mesmo as novatas, precisava perguntar quem era "ela".

— Agora?

— Sim, venha comigo. Depressa, mas sem correr — disse, pousando a mão no braço da jovem. — Elas não gostam que a gente corra.

— Deixe de bobagem, ninguém está nos vendo aqui.

O êxodo anual para o palácio de verão da validé em Bósforo — onde todas, exceto um pequeno grupo de *kislar* muito jovens e as criadas mais velhas, ainda estavam hospedadas — dava a esse canto do harém do sultão um ar de feriado.

— Você não aprendeu nada? — Ayshe perguntou, irritada. — *Alguém* pode ver você. Elas sempre veem.

Ayshe e Kaya passaram do terraço pavimentado, com a fonte e uma série de degraus de pedra, para o jardim do palácio; duas pequenas figuras, de vermelho e dourado, esvoaçando como libélulas no silencioso jardim da manhã.

— Você vai ficar aqui ou vai falar com ela também? — Tentando acompanhar as passadas rápidas de Ayshe, Kaya tropeçou e quase caiu.

— Não ande tão depressa!

— Ande perto de mim, não consegue? Tenha paciência, eu respondo quando estivermos lá dentro.

— Paciência! Se ao menos você soubesse... eu juro, estou cansada de ser paciente.

Nos muros do jardim fizeram uma curva para a esquerda, passaram pelo hospital do harém e por um segundo pátio. Virando mais uma vez para a esquerda, subiram alguns degraus de madeira que davam em um pátio pavimentado retangular, no centro das acomodações das mulheres. Ali, em um pequeno vestíbulo azulejado, no final do corredor de pedra que levava às acomodações dos eunucos, Ayshe finalmente parou.

— O que foi agora?

— Temos de esperar aqui — disse, dando de ombros. — Quando ela estiver pronta vai mandar Gulbahar buscar você.

— Daqui a quanto tempo?

— Como posso saber, tola? — disse Ayshe, de cara amarrada. — Uma hora. Duas horas.

— Duas horas!

— Quietinha, está bem?

As duas ficaram em posição de espera, lado a lado, encostadas na parede. Kaya esperava que a batida forte do seu coração diminuísse, e apertava as mãos úmidas para que sua respiração voltasse ao normal.

Havia poucas mulheres por ali naquela manhã. Duas escravas negras, decrépitas e sonolentas demais para serem incluídas em qualquer das excursões da validé, varriam o pátio com folhas velhas de palmeira.

— Saiam daqui agora, saiam. — Com impaciência, Ayshe acenou para elas. — A validé vem para cá daqui a pouco e não quer conspurcar seus olhos com vocês, velhas nojentas.

— Sim, *kadin*... — As duas escravas começaram a se retirar, com uma reverência respeitosa. — Sim, minha senhora.

Kaya olhou para a amiga.

— O que elas estavam fazendo de mal?

— Não quero que nos ouçam, só isso. Que ninguém nos ouça. E fale baixo — Ayshe disse com suavidade. — Garanto que ela consegue ouvir tudo.

— O que ela quer de mim, você sabe? — Kaya sentiu os músculos do estômago se retesarem de apreensão.

— Como se você não soubesse! Provavelmente quer saber se você... você sabe...— Pôs a mão na boca para ocultar um sorriso súbito. — Se você ainda é *gözde*. Aos olhos do sultão. — Olhou de lado para a amiga. — Ainda é?

— Ela já saberia.

— Saberia mesmo — Ayshe concordou. — Provavelmente espiona tudo por si mesma...

Kaya emitiu um som incompreensível.

— É verdade. Estou falando sério. Não há nada que ela ache que deva ignorar.

— Sim, mas ninguém realmente *espiona* — disse Kaya, olhando de novo para a amiga. — Eles... eles escrevem em um livro. Eu sei. O agá Hassan, o eunuco, me mostrou. — Fez-se um curto silêncio. — Não, eles não escreveram meu nome lá ainda.

Por um instante as duas mantiveram-se juntas, sem falar, com certa vergonha uma da outra. No pátio onde as mulheres velhas estavam varrendo, a luz do sol mudou de repente. De lá vinham as vozes das criadas e das mulheres nas termas, e da água correndo pela pedra. A mesma sensação de esvaziamento durante as férias estava presente no próprio coração do harém. Kaya, pouco habituada a essas longas esperas, sentia-se desconfortável e mexia os pezinhos de um lado para o outro, calçados nas macias botas de criança.

— Quanto tempo mais? Minhas costas estão doendo.

— Paciência, pombinha...

— Você já disse isso...

— E não se mexa tanto, pelo amor de Deus, ela detesta isso. Fique parada, está bem?

Outro silêncio.

— Estou sentindo falta de você, Annetta.

— E eu de você, Celia.

No pátio, um fio de água escorreu lentamente da porta das termas para a pedra quente.

— Não chore, pombinha.

— Eu? Eu nunca choro.

— Seu nariz vai ficar vermelho.

— Ele disse isso, lembra-se? No dia em que fomos vendidas.

— Eu me lembro.

Como poderia não se lembrar?, Celia pensou no dia em que tinham chegado à Casa da Felicidade, depois do naufrágio. Há quanto tempo? Há dois verões, pelos seus cálculos. Fizeram uma longa viagem e ficaram um tempo, ainda mais longo, com a chefe das escravas, em Constantinopla; e então, meses antes, sem qualquer aviso, chegou uma liteira carregada por eunucos e as duas foram colocadas lá dentro e levadas para o palácio. Uma grande dama as comprara para dar de presente à mãe do sultão, tinham dito. Elas não eram mais Celia e Annetta, e sim Kaya e Ayshe, mas ninguém pensava em lhes contar o que as esperava.

Celia lembrou-se do balanço enjoativo da liteira ao atravessarem a cidade e da hora em que finalmente passaram por um porta adornada de metal dourado, a maior e mais sombria porta que já havia visto na vida. Estava tão escuro lá dentro que, a princípio, ela mal conseguia enxergar. Lembrou-se de que sentiu medo quando os eunucos as tiraram da liteira, e ouviu sua própria voz gritando: *Paul, ah Paul!*, quando a porta fechou-se por trás delas.

Uma agitação súbita e um bater de asas de dois pombos sobre o telhado inclinado fizeram com que as duas se assustassem.

— Annetta?

— O quê?

— Você acha que algum dia vamos esquecer? Esquecer nossos nomes de verdade? Perguntei a Gulbahar uma vez e ela falou que não se lembrava do seu.

— Mas ela só tinha 6 anos quando chegou aqui. É claro que não consegue lembrar. Nós lembraremos de tudo. — Annetta apertou os olhos. — Como poderíamos esquecer?

— E você quer lembrar, não é?

— É claro, pombinha! — Fez-se um curto silêncio. — Mas agora estamos aqui e precisamos tirar o melhor partido das coisas. Você sabe, Celia, talvez fosse melhor se... — Annetta empertigou-se de repente. — Ssshhh!

— Não consigo ouvir nada.

— Gulbahar está vindo.

— Mas como...?

— Eu presto atenção, é como ela faz — disse Annetta, baixinho, no ouvido de Celia. — Mas não se importe com isso agora, apenas ouça. Tente não falar muito, em nenhuma circunstância. Ela vai usar tudo o que você disser, *capito?* Tudo mesmo. Mas não gosta de gente medrosa. Não tente se fazer de boba, em nenhuma circunstância. — Seus olhos escuros viraram-se para a porta. Celia manteve-se ao seu lado, absolutamente imóvel, com o coração batendo rápido como o de um passarinho assustado. — Preste atenção, Celia. Alguma coisa aconteceu...

— Que tipo de coisa? — Celia virou-se para ela, alarmada. — Como? Como você sabe?

— Eu... realmente não sei. Mas sinto. — Annetta apertou o estômago. — Lembre-se do que eu disse, é o melhor que posso fazer. Agora... vá!

É claro que Celia já estivera na presença da validé muitas vezes depois que ela e Annetta foram levadas para a Casa da Felicidade.

Havia muitos acontecimentos na vida das mulheres do palácio — entretenimentos e dança para o sultão, piqueniques ao ar livre nos jardins do palácio e passeios de barco pelo estreito de Bósforo — dos quais a validé participava. Nessas ocasiões, quando a música tocava e o som de vozes e das risadas das mulheres elevava-se no ar perfumado de rosas, quando elas eram levadas para ver os golfinhos brincando no mar de Mármara, ou quando a lua brilhava sobre a água do Bósforo e os barquinhos das mulheres, iluminados como vaga-lumes, seguiam a barcaça do sultão e da sua mãe Safiye, com a popa incrustada de pedras preciosas, brilhando com marfim e madrepérola, dentes de cavalos-marinhos e ouro. Nessas ocasiões, Celia achava que era fácil ver a validé como mãe de todas elas. Eram horas de encantamento, em que as mulheres do palácio pareciam as mais felizes e abençoadas de todas as mulheres do império do sultão. Nessas horas ninguém ficava em vigília nem espionava. A formalidade e a etiqueta do palácio eram deixadas de lado. E Celia não sentia medo, nem a dor estranha e reprimida — quase constante agora — do lado esquerdo do abdômen, sob suas costelas.

As mulheres do palácio viam a sultana validé com frequência, algumas até diariamente, mas muito poucas pessoas tinham permissão de entrar nos seus aposentos privados. Eram elas: as quatro camareiras pessoais que sempre a atendiam, escolhidas pela própria validé; a chefe do harém, seu braço direito e a mulher mais poderosa do palácio depois dela; a chefe da lavanderia e despensa, responsável pelo café e pelo jarro das abluções, e as escravas graduadas que cuidavam da organização diária dos aposentos das mulheres; além delas, o tesoureiro, o escriba e o cabeleireiro mudo.

Gulbahar levou Celia à presença da validé e, como orientada, manteve os olhos no chão, sem ousar olhar para cima. Gulbahar retirou-se, mas Celia não a viu nem ouviu sair. Ficou de pé ali durante longo tempo, consciente do profundo silêncio que a rodeava no quarto da validé, com as paredes altas e os grandes espaços iluminados por uma luz fria verde e dourada.

— Pode levantar a cabeça agora.

Então era verdade o que diziam. A voz da validé era suave e baixa, ao mesmo tempo dourada e misteriosa como a de um anjo.

— Venha, *cariye*. — Uma mão ergueu-se, mostrando a esmeralda verde e brilhante no dedo. — Venha, escrava, quero ver você.

Celia deu três pequenos passos à frente, na direção da voz. Uma figura empertigada, menor do que ela esperava, estava junto da janela com uma capa de pele jogada por cima dos ombros. As orelhas e o pescoço eram cobertos de joias, e a túnica, abaixo do forro de pele da capa, era feita de fios de puro ouro. Cordões com pérolas mínimas entremeavam seu cabelo, que caía de um lado do ombro em uma trança, semelhante às tranças de uma sereia.

— Qual é o seu nome?

— Kaya... majestade.

Ainda amedrontada, Celia olhou para cima. Para sua surpresa, a validé estava sorrindo. A pele da capa deslocou-se ligeiramente, e ela viu que um grande gato estava enroscado no seu colo. Um gato de pelo muito branco, e um olho azul e outro verde.

— Ah.— A esmeralda brilhou de novo à luz do sol. — Sente-se aqui, pequena Kaya. Sente-se comigo um instante. — Apontou para algumas almofadas perto dela no divã. — Esta é Gata. Você gosta de gatos? Foi um presente do meu filho, o sultão. Não é um nome muito original, mas é assim que os eunucos a chamam, e combina com ela. — Sua voz era gentil e até mesmo alegre. — Está vendo seus olhos? — A gata, percebendo que falavam dela, olhou fixo para Celia, sem piscar. — Esses gatos vêm de Van, a leste do império, perto das montanhas do Cáucaso. São bonitos, não acha?

— São — disse Celia, tensa. Depois, lembrando-se das palavras de Annetta, acrescentou com coragem: — Eu sempre gostei de gatos.

— É mesmo? — Safiye falava como se nada pudesse ser mais delicioso que ouvir isso. — Então temos uma coisa em comum, você e eu. — Os dedos cobertos de joias acariciaram a cabeça da gata. — E você, *signorina* Kaya? Onde vivia antes de chegar ao palácio? *De dove viene?* — Ela riu de repente, encantada. — Está vendo? Eu falo a língua de Veneza. Está surpresa? Você é de Veneza, não é?

— Não... quer dizer, sim, majestade — Celia respondeu, com medo de desapontá-la. — Eu viajava frequentemente para lá com meu pai. Ele era mercador e seu comércio era em Veneza, antes de... antes de morrer.

— *Poverina.* — A voz da validé era suave e bondosa.

— Eu sou da Inglaterra. Annetta é que nasceu em Veneza — disse Celia, esperando não estar falando demais. — Nós estávamos no mesmo navio quando fomos... — Celia hesitou, sem saber como referir-se ao episódio brutal e sangrento que ainda a assombrava em sonhos. — Isto é — corrigiu —, antes de sermos trazidas para cá. Para a Casa da Felicidade.

— Annetta? Está se referindo à sua amiga de cabelo escuro?

Celia fez que sim. Começava a relaxar um pouco, ajeitando-se com mais conforto nas almofadas.

— Acho que sua amiga nasceu em Ragusa, de onde vem a mãe dela — disse a validé.

— Ah, a senhora sabia disso?

— É claro. — No colo sedoso da validé a gata bocejou de repente, mostrando os dentes afiados como uma navalha. — Há pouca coisa sobre minhas mulheres que eu não sei, mas ela provavelmente já contou isso, não é?

— Não... — Celia fez uma reverência e corou. — Sim, majestade.

— Você deve me dizer a verdade, isso é muito bom. Ayshe é uma menina esperta, ela percebe as coisas, mas como é muito esperta, não expõe o que sabe. Pelo menos, na maioria das vezes. Ela pode ir longe. Mas não é por isso que está comigo agora, não é por isso que é uma das minhas *cariye*. Sabe por que eu a escolhi?

Celia sacudiu a cabeça.

— Eu a escolhi porque ela vem de um lugar muito próximo ao qual eu nasci, na vila de Renzi, perto das montanhas da Albânia. Ragusa também pertencia a Veneza; nossas montanhas estão nas terras do sultão, mas ficam tão próximas de Veneza que muita gente nossa ainda fala a língua veneziana. Você compreende?

Safiye virou-se, olhou pela janela na direção das águas cinzentas e viu o Chifre de Ouro iluminado pelo sol.

— Montanhas! — disse, com um pequeno suspiro. — Quando eu tinha a sua idade, ansiava por ver as montanhas de novo. Vou lhe dizer uma coisa, *cariye*, até mesmo eu me sinto solitária às vezes. Está surpresa? Sim, mesmo no meio de tudo isso. — Os dedos com joias fizeram um arco gracioso descrevendo o quarto. — Meu senhor, o antigo sultão, morreu. Todos as nossas companheiras dos dias de Manisa, antes de nos mudarmos para Constantinopla, quase todas se foram também.

Virou-se para a menina fascinada.

— Nós viemos para cá como escravas, todas nós, escravas do sultão. Desistimos de tudo, até mesmo dos nossos nomes. É estranho, não acha? Nenhuma de nós nasceu otomana, ou muçulmana. Nenhuma de nós. Não há nada que nos una a não ser o fato de termos a honra de sermos mulheres do sultão. E não se esqueça disso, *cariye*, não há honra maior que essa. — Safiye fez uma pausa. — Eu quis vir para cá quando era criança, escolhi esta vida por livre e espontânea vontade. Mas você deve saber disso. Todo mundo comenta, não é? Toda mulher daqui tem uma história para contar. Como você, *poverina*. Você tem sua história, e um dia vai me contar.

Safiye fez outra pausa, ligeiramente mais longa que o normal, para que suas informações fossem assimiladas. Apertando os olhos, olhou para o navio mercante inglês ancorado do outro lado do rio, com a bandeira vermelha e branca tremulando à brisa da tarde. O *Hector*. Um navio poderoso, de longe o maior da baía, como os ingleses tinham calculado: um símbolo do poder do seu país. Lembrou-se da comoção que causara dias antes, quando fez sua entrada formal no Chifre de Ouro. Veio-lhe a lembrança do inglês que lhe entregou os presentes enviados pela rainha da Inglaterra. Uma figura impressionante, toda de preto. Pele clara, olhos duros. Por alguma razão, não sabia bem qual, a lembrança ainda permanecia na sua cabeça. Seria possível, seria concebível — ocorreu-lhe de repente — que o navio de açúcar que encontrara no quarto do Pequeno

Rouxinol tivesse sido enviado por ele? Afinal, seria natural e interessante desejarem chamar atenção para eles, para não perderem a vantagem. E ela tinha visto um nome — não tinha? —, um nome na lateral do navio. Mas não era *Hector*...

Virou-se novamente para Celia, com um sorriso.

— Para todas nós há sempre alguma coisa, alguma coisa que nos faz lembrar do que éramos. Para mim são as montanhas. As montanhas de Rezi, onde nasci. Mas para você, o que será? Chegue mais perto de mim. Olhe lá ao longe e diga o que vê.

Celia olhou pela janela.

— Vejo água.

— E o que mais?

— A copa das árvores dos jardins do palácio — Celia acrescentou, sem saber por que a validé a observava com tanto cuidado. — E nuvens.

Uma pausa.

— E os navios?

— Navios. É claro, os navios também.

A sultana Safiye ficou em silêncio, enrolando o cabelo entremeado de pérolas entre os dedos.

— Quando eu era jovem gostava de observar os navios do Bósforo — disse, depois de um instante. — Ficava imaginando quais teriam vindo do meu país, e se um dia me levariam de volta. Mas eu sabia das coisas desde menina. Sabia que mesmo que pudesse, nunca voltaria. — De repente, pareceu sair do seu devaneio. — Ora! Não a chamei aqui para ouvir uma lição de história.

Com um movimento impaciente a gata pulou do seu colo e ficou sacudindo uma pata na frente dela. Um sininho preso por uma corrente de ouro no seu pescoço tocou.

— Tudo bem, Gata, vá embora. Saia daqui — disse a validé, fingindo enxotar a gata. Virou-se mais uma vez para Celia, com um semissorriso.

— Até parece que Gata faz alguma coisa que *eu* mando. É por isso que gostamos tanto de gatos, não é, *cariye*?

— Isso mesmo, majestade. — Tomando coragem, esticou as pontas dos dedos para o gato cheirar.

— Olhe só, ela gostou de você. Preferiu você! Vai sentar-se no seu colo agora.

A gata ajeitou-se ao lado de Celia e deixou-a acariciá-la. Era possível sentir os ossos e o tórax extremamente frágil debaixo do pelo espesso.

— E há outra pessoa que eu gostaria que a preferisse, *cariye*. — A voz da validé era meiga. — Alguém que, creio, gostará muito de você. Mas você não desempenhou seu papel muito bem na noite passada, não é?

Aquela abordagem súbita pegou Celia de surpresa. Ela levantou os olhos, corou e olhou para baixo de novo.

— Ah... Eu não...

Qual era mesmo a palavra? Que palavra poderia usar para o ato que não se concretizara?

— Eu não... recebi a honra na noite passada.

— Quieta! Eu não a trouxe aqui para críticas. Então, não sou sua amiga? Ora, você está tremendo. Deixe disso, sua tola, dê-me sua mão. — E pegando-a pelo pulso, a validé deu sua risada de ouro. — O que andaram lhe dizendo? Não sou tão assustadora assim, sou? — Celia sentiu os dedos leves e macios passando pela palma da sua mão. — Não seria inteligente da minha parte criticar aquela que pode vir a tornar-se a nova concubina do sultão; e um dia talvez até mesmo sua favorita, sua *haseki*, seria?

Celia conseguiu dar um sorriso fraco.

— Assim está melhor. Agora me conte tudo. Mas primeiro, pequena Kaya — disse, passando a mão pelos dedos de Celia —, primeiro me diga qual é o seu nome. O nome que recebeu ao nascer. O nome que seu pai lhe deu.

— Meu nome era Celia, majestade. — E por que, ao responder, pensou ter visto a validé franzir as sobrancelhas? — Meu nome era Celia Lamprey.

Capítulo 8

Istambul, dias atuais

Elizabeth acordou tão de mansinho que por um instante não sabia se tinha realmente dormido ou não. O relógio marcava 10 horas. Tinha dormido três horas. Vestiu-se e, ao descer, viu que o café da manhã ainda a esperava na sala sem janelas do porão. Não havia ninguém em volta, e ela serviu-se de ovos cozidos, azeitonas, pepinos e tomates, pãezinhos e uma geleia cor-de-rosa pegajosa, parecendo feita em casa, de pétalas de rosas.

Ao voltar para o quarto viu uma senhora idosa sentada no saguão. Sua cadeira, um objeto curioso, parecendo feito de corda, estava colocada em posição de comando, entre dois grandes vasos dourados de palmeiras ao pé da escada. Estava toda de preto.

— Com licença — disse Elizabeth ao passar por ela. — Sei que vai parecer uma pergunta estranha, mas pode me dizer o nome deste hotel?

A mulher, que lia um jornal turco, olhou-a por trás dos óculos de leitura de aro de chifre. Apesar da roupa preta gasta, ela usava brincos dourados sofisticados de desenho bizantino.

— Hotel? Minha querida, isto não é um hotel.

— Não?

O tom da voz de Elizabeth devia ter denotado certo pânico, pois a mulher deu um risinho.

— Não entre em pânico. Por favor... — Indicou uma outra cadeira feita de corda ao seu lado.

Elizabeth sentou-se, muito surpresa.

— Você dormiu bem?

— Dormi — disse Elizabeth, olhando fixo para ela. — Obrigada.

— Que bom. Você já dormiu, comeu, e daqui a pouco vai me contar quais são seus planos. Mas primeiro, por favor, tome uma xícara de chá comigo. Já experimentou nosso chá de maçã?

— Não... — Elizabeth percebeu que devia estar olhando muito para a mulher, e forçou-se a desviar o olhar.

— Não? Então precisa experimentar. A propósito, meu nome é Haddba. Muito prazer em conhecê-la.

— Como vai? — Elizabeth viu-se apertando a mão dela. — Com licença, se aqui não é um hotel...

— Um momento, por favor. Rashid!

Um menino de uns 10 anos apareceu e ela mandou que trouxesse o chá.

— Agora. — Haddba examinou Elizabeth de alto a baixo. Elizabeth notou que seus olhos tinham uma forma estranha, pareciam gotas de lágrimas; as pálpebras, com consistência cremosa de pétalas de gardênia, eram caídas, dando-lhe um ar sonolento, totalmente em desacordo com os olhos pretos penetrantes. — Acho que devo explicar, aqui é uma pensão, não um hotel.

— Ah, entendi! — disse Elizabeth, aliviada. — Então por isso é que vocês não têm um nome.

— Aqui na rua Beyoglu somos conhecidos simplesmente por número 159 — disse a mulher. — É o endereço que você deve dar. — Seu inglês, embora com muito sotaque, era bom, como se tivesse aprendido em um livro eduardiano. — Nossos hóspedes em geral ficam aqui bastante tempo. Várias semanas e até mesmo vários meses. — Piscou uma vez, duas vezes, muito lentamente, com as pálpebras pesadas. — Nós não constamos em nenhum guia de turismo.

— Por que será que o motorista do táxi me trouxe para cá?

— É que você está planejando ficar muito tempo. — Uma declaração, não uma pergunta.

— Estou, sim — disse Elizabeth franzindo as sobrancelhas. — Mas não me lembro de ter dito isso a ele.

— Era tarde — disse Haddba, tirando com exagerada meticulosidade um fio de pelo branco da manga do seu casaco. — E sem dúvida ele viu o tamanho da sua mala. — Deu uma risada, fazendo os brincos dourados balançarem.

Capítulo 9

Constantinopla, 31 de agosto de 1599

Dia e noite

A não ser pela própria validé, nenhuma das mulheres mais antigas do palácio estava presente na Casa da Felicidade no dia em que Celia foi levada ao sultão, uma ocorrência inusitada; portanto, o ritual de abluções — aromatização das roupas e do corpo, escolha especial do vestido e das joias, e todas as outras preparações costumeiras para uma nova concubina — foi preparado pela *cariye* Lala, a subchefe das termas.

Ninguém se lembrava de quando Lala chegara à Casa da Felicidade. As outras *cariyes* diziam que chegara antes da própria sultana validé, e que era uma das poucas que serviram na época da antiga validé Nurbanu e da chefe do harém, a poderosa Janfreda Khatun. Com a morte do sultão Murad, a maioria da guarda antiga, suas mulheres e suas filhas, tinha se mudado, conforme o costume, para o Eski Saray, o palácio antigo ou "Palácio das Lágrimas". Quando uma ou outra mulher mais moça, curiosa sobre sua vida, lhe fazia perguntas, a *cariye* Lala respondia:

— Eu me lembro do dia em que todas foram embora. Como nós choramos! E a princesinha foi morta, foram todos mortos para deixar o novo sultão seguro. — Seus olhos gastos enchiam-se de lágrimas. —

Algumas eram ainda bebês. Nós choramos tanto que pensamos que ficaríamos cegas.

A *cariye* Lala, agora com ossos curvados e a pele começando a murchar, o rosto mudando aos poucos, as feições envelhecidas, nunca fora bonita o suficiente, nem quando jovem, para atrair o sultão. Depois de ter sido vendida para o palácio, foi treinada, como faziam com as mulheres que entravam para a casa do sultão, em todos os departamentos, terminando como chefe das termas e aí se mantendo durante todos aqueles anos. Nunca foi inteligente ou ambiciosa o bastante — ou pelo menos era o que pensavam — para chegar ao topo da hierarquia, mas mesmo assim tornou-se uma peça importante na vida do palácio, um último elo empoeirado com os dias passados, uma especialista do ritual e da etiqueta do palácio.

— Não é o único tipo de etiqueta que ela conhece — disse um dia a primeira camareira para as duas novas escravas, Ayshe e Kaya.

— Dizem que conhece todos os truques — a segunda camareira acrescentou.

— Que tipo de truques? — perguntou Celia.

As outras olharam-na e riram.

— Então você deve subornar Lala para que lhe conte — falou Annetta com seu jeito direto naquela manhã, a manhã em que Celia soube que era uma *gözde*.

— Subornar? — Celia ainda estava confusa.

— Com dinheiro, é claro, sua desmiolada. Você tem algum dinheiro guardado?

— Tenho, como você mandou. — E mostrou sua bolsa.

— Cento e cinquenta *aspers*! Muito bem. — Annetta contou as moedas rapidamente. — E eu tenho mais 100. O que foi que eu disse? Não adianta gastar com bobagens como as outras. É para isso que serve nosso pagamento. Pegue o meu.

— Annetta, não posso...

— Não discuta comigo. Pegue logo.

— Mas são 250 *aspers*.

— Provavelmente não mais que o salário de uma semana da nossa velha Lala — disse Annetta —, não muito para a experiência de uma vida inteira. Ou é o que esperamos. Tomara que ela seja boa! Lembro de uma poesia que minha mãe costumava recitar antes de me mandar para o convento. *Cosi dolce e gustevole divento/ Quando mi trovo in letto...* — Disse as palavras num tom de deboche. — "Tão doce e apetitosa eu me torno/ Quando me encontro na cama com ele/ Que me ama e me recebe/ Que nosso prazer ultrapassa todas as delícias." Você precisa descobrir como se fazer doce e apetitosa, só isso. Pobre Celia!

Inclinando-se, Celia pôs as mãos sob as costelas do lado esquerdo e gemeu baixinho.

— Você não pode ir no meu lugar?

— Por quê? — disse Annetta num tom ácido. — Porque eu fui criada em um bordel? *Santa Madonna*, acho que não.

— Mas você... você sabe essas coisas.

— Eu não, doce Celia — Annetta falou. — Eu não.

— Mas você sabe, sabe muitas coisas. E eu... — Celia deu de ombros em desespero — eu estou perdida.

— Tsh! Você é maluca! — Annetta deu um beliscão no braço de Celia.

— Ai!

— Não está vendo? Não notou como todas olham para você agora que é uma *gözde*? Pare com seu rubor de donzela — disse, quase cuspindo no seu ouvido. — Nós tivemos uma chance e você, minha querida, é essa chance. Talvez seja a única.

Foram buscar Celia mais tarde e levaram-na, sem cerimônia, direto para os aposentos privados da validé. A *cariye* Lala foi encontrar-se com ela.

— Tire a roupa, não precisa ter vergonha — disse para Celia. As íris dos seus olhos eram incrivelmente azuis e o branco, muito branco.

Sua criada, uma menina negra muito jovem, por volta dos 12 anos no máximo, ajudou Celia a tirar o vestido e a túnica. Celia notou que sua atitude era tão reverente que mal levantava a cabeça, muito menos os olhos, nem a olhava diretamente. Suas mãos, de palmas rosadas, eram mãos de uma pobre criatura enjaulada, hesitantes e trêmulas ao desabotoar a longa carreira de botões de pérolas na frente do vestido.

De onde será que você vem?, Celia pensou. Está feliz aqui, como muitas mulheres dizem que estão, ou gostaria de voltar para casa, como eu, a cada minuto que passa? Um sentimento súbito de pena daquela menina tomou conta dela. Tentou um sorriso de encorajamento, mas isso pareceu deixá-la ainda mais trêmula.

Preciso parecer muito superior, Celia pensou de repente. Sou a nova concubina do sultão! Ou talvez venha a ser, lembrou, pois não foi ele quem me escolheu, sou um presente da sua mãe, a validé. Como seria diferente se Annetta tivesse sido escolhida no meu lugar. Annetta é inteligente, ativa, rápida como um macaco: saberia como agir. Eu acho tudo muito estranho e irreal.

A *cariye* Lala puxou-a pela mão e ajudou-a a calçar um par de tamancos de madeira com os lados incrustados de madrepérola. Do quarto de vestir levou-a a um segundo quarto. Era mais quente ali e quase escuro, a não ser por um pequeno braseiro em um canto. Um vapor com ligeiro aroma de eucalipto pairava no ar como fiapos de nuvens. Em três paredes havia nichos de mármore de onde descia água em cascata, impregnando o lugar com seu som.

— Deite-se aqui.

Apontou para uma laje de mármore octogonal no meio do quarto. No teto havia uma pequena cúpula com as laterais perfuradas para deixar passar a luz natural.

Cuidadosamente, Celia atravessou o quarto com os sapatos de madeira estalando no chão. Embora estivesse agora uns 10 centímetros mais alta, sentia-se diminuída pela sua nudez. Pela primeira vez hesitou. Em vez de deitar, sentou-se desajeitadamente na laje, sentindo o mármore branco e frio nas nádegas. Com uma das mãos segurava a bolsa que Annetta lhe dera.

— *Cariye?*

Seu coração batia mais forte agora. Não dava mais para esperar. A bolsa estava pesada e lhe causava aflição. E se a *cariye* Lala não entendesse? Como poderia explicar o que esperava receber em troca desse dinheiro, as 250 *aspers*, uma pequena fortuna para ela própria, que, apesar de ser *gözde*, ainda estava em um dos segmentos mais baixos na hierarquia do harém? Só de pensar nisso seu rosto ficou vermelho de vergonha. Pensou em Annetta, e tomou coragem.

— *Cariye* Lala?

Mas a *cariye* Lala não ouviu, estava perdida diante de um mundo de loções, cremes de depilação, preciosos frascos de essência de rosas, bálsamo de Meca e vidros de unguentos com mel, todos enfileirados como na vitrine de uma farmácia. Enquanto trabalhava, cantava baixinho, com uma voz surpreendentemente suave e clara que ecoava pelas paredes de mármore. A boca de Celia estava seca, e gotas de suor, como pequenas pérolas, desciam das suas sobrancelhas. Desesperada, levantou-se, equilibrando-se nos sapatos instáveis.

— Para você, *cariye* Lala — disse, tocando suavemente seu braço. Sem uma palavra a mulher pegou a bolsa, que desapareceu imediatamente. Estaria escondida em alguma dobra da sua túnica? Celia piscou. Onde a teria guardado? Duzentas e cinquenta *aspers*! Tentou não pensar no que Annetta diria. A transação toda foi tão rápida que era como se não tivesse ocorrido.

Celia piscou de novo, sem saber o que fazer, mas a *cariye* Lala levou-a de volta à laje de mármore. O quartinho estava cada vez mais quente. Estremecendo, imaginou mãos invisíveis por trás das paredes alimentando a fornalha abaixo do chão com troncos pantagruélicos, abatidos nas florestas do mar Vermelho e levados especialmente pelos cargueiros de madeira do sultão. Dos jardins do palácio, as mulheres sempre observavam esses cargueiros subindo o Bósforo.

Para lavar Celia, a *cariye* Lala teria de se molhar. Ficou quase nua, com um pano fino amarrado no quadril ossudo e os seios velhos livres, deixando à mostra os mamilos longos e murchos, da cor e textura de ameixas secas. Em certos momentos eles batiam nas costas e pernas de Celia, deitada de barriga para baixo no mármore.

E agora?, pensou a pobre Celia, atormentada. O que devo fazer agora? Devo dizer alguma coisa ou me manter calada? O mármore, queimando ao toque, fazia arder seu rosto e pescoço. Para uma mulher com ar tão frágil, a *cariye* Lala tinha uma energia surpreendente. Pegou-a por baixo do braço e pôs mãos à obra.

Enquanto trabalhava, a criada lhe passou água em vasos de prata, primeiro quente depois muito fria. A *cariye* Lala lavava-a e esfregava-a, e com uma luva grossa escovava todo o corpo de Celia. A pele era tão clara que aquele branco leitoso, que seria oferecido dentro de poucas horas ao sultão para seu divertimento, tornou-se rosado e finalmente tomou uma coloração carmim. Um gemido escapou dos lábios de Celia. Ela tentou desvencilhar-se, mas Lala agarrou-a com a maior facilidade, como se fosse uma campeã de luta. Celia reagiu um pouco mais, depois ficou imóvel.

Virando-a de barriga para cima, a velha começou tudo de novo, com renovado vigor. Nenhuma parte do corpo escapou a essa lavagem cuidadosa: da pele macia dos seios e da barriga às solas e arcos dos pequenos pés. Nenhuma parte foi poupada. Celia corou e retesou-se ao sentir as mãos da *cariye* Lala separando suas nádegas, os dedos enfiando-se nas dobras rosadas no alto das coxas.

A criada tirou do braseiro um pequeno pote de barro cheio de argila, que Celia sabia que se chamava *ot*. Desde que entrara na Casa da Felicidade habituara-se aos banhos que ocorriam constantemente entre as mulheres do palácio. O ritual de limpeza era um requisito da nova religião que todas deviam abraçar e que normalmente ocorria na agitação e tagarelice dos banhos comunitários no pátio das *cariyes*. Essa atividade era vista com espanto e possivelmente com aflição pelos ingleses e italianos, que raramente ou quase nunca se banhavam. Mesmo nos primeiros dias de Celia no palácio, ela divertiu-se durante aquelas longas horas nos banhos aromatizados, um dos poucos lugares onde podia conversar livremente com Annetta e as outras meninas sem vigilância, sem repressão. Mas a aplicação do *ot* era a única parte dos banhos que ela ainda via com repulsa e medo.

A *cariye* Lala pegou uma colher achatada de madeira, tirou uma colherada de argila do pote e lambuzou com habilidade a pele de Celia. O *ot*, uma argila pegajosa, não a desagradou de início, parecia macio, perfumado e quente. Celia deitou-se de costas e tentou respirar devagar e com calma — uma sugestão que Gulbahar lhe dera depois da sua primeira vez, quando não sabia o que ia acontecer e deu um tapa na cara da chefe das termas, o que lhe causara vergonha e problema. Mas de nada adiantou a respiração. Uma dor ardida, como se estivessem lhe aplicando um ferro em brasa, espalhou-se pela pele sensível do seu sexo, fazendo-a sentar-se com um grito.

— Menina! Que estardalhaço! — A *cariye* Lala foi inflexível. — É assim que tem de ser. Veja como você vai ficar macia e gostosa de ser tocada.

Celia olhou para baixo e viu gotículas de sangue na pele, como se tivesse sido espetada por uma agulha fina de bordar. E onde poucos momentos antes tinha um tufo dourado entre as pernas, viu horrorizada uma espécie de botão em forma de damasco como o de uma menina.

Mas a *cariye* Lala ainda não havia terminado. Empurrou Celia para baixo de novo, e com uma pinça dourada puxou os fios restantes deixados pelo *ot*. A criada segurava uma vela tão perto que Celia teve medo de que caísse alguma cera na sua pele. Mas mesmo com a ajuda da vela, a velha teve de baixar-se tanto que Celia sentiu seu hálito quente e as cócegas que o cabelo dela fazia ao encostar na sua pele.

Não sabia dizer há quanto tempo estava nas mãos da *cariye* Lala. Depois que constatou, finalmente, que não restava um único pelo no corpo de Celia, deu-lhe permissão para sentar-se de novo. Escovada, esfregada e raspada com uma sucessão de ervas e unguentos, a pele clara brilhava translúcida no banho turco enfumaçado. Suas unhas estavam pintadas. O cabelo, tão ondulado que brilhava como a luz do sol, estava trançado com fios de pérolas de água doce. Nas orelhas, mais pérolas, do tamanho de avelãs, caíam discretamente ao longo do pescoço.

Celia não sabia se era o calor do banho turco ou o cheiro de mirra do pequeno braseiro que a criada mantinha aceso no canto da sala, mas aos poucos começou a relaxar. O trabalho da *cariye* Lala foi doloroso em alguns momentos, mas ela não teve intenção de machucar, como outras chefes mais antigas faziam, beliscando e puxando os cabelos das *gözdes* à menor desobediência às regras. Uma espécie de passividade e indiferença ao seu destino tomou conta de Celia. O jeito lento e prático da *cariye* Lala teve um efeito calmante. Era uma tranquilidade não ter de pensar.

Foi então que, com uma leve sensação de constrangimento, deixou que pintasse seus lábios e mamilos com um pó rosado, e o constrangimento aumentou quando sentiu a *cariye* Lala deslizar uma das mãos pelo alto da sua coxa. Abriu os grandes lábios com os dedos, examinou bem, e enfiou os dedos dentro.

Com um grito Celia pulou da laje de mármore, como se tivesse sido mordida. O pote de *ot* que estava junto dos seus pés caiu no chão, espatifando-se de encontro à parede.

— Não me toque mais! — disse.

Atravessando para o outro lado do quarto viu-se em uma alcova escura, o terceiro dos quartos interligados dos banhos da validé. A não ser pelas sombras, não havia nada ali com que pudesse cobrir sua nudez. Veio aos seus ouvidos um som de água corrente. Agachou-se, dando as costas para a parede. Uma gotícula de alguma coisa quente e escura desceu pela sua coxa.

A *cariye* Lala não tentou segui-la. Celia viu que ela ria e sacudia a cabeça. Depois virou-se para a criada e, com um sinal com a mão, a linguagem costumeira de todas as servas do palácio, deu uma instrução rápida.

— Pode sair daí agora. — Por um instante a *cariye* Lala ficou na porta da pequena alcova, com as mãos nos quadris. — Não tenha medo.

No escuro, Celia sentiu que seu coração ia pular do peito. Mas a voz da velha não era de raiva.

— Foi isso, sua bobinha, olhe. — E mostrou uma caixinha de cedro com filigrana de prata. — Perfume. — Cheirou dentro da caixa. — A própria validé mandou para você.

— Vá embora! — Os olhos de Celia começaram a arder.

— Tsk! — A *cariye* Lala estalou a língua contra os dentes, impaciente. — Era o que você queria, não era? — Balançou a cabeça para o lado, com os olhos brilhando como os de um melro. — Olhe, com você usei só este dedo.

Levantou as mãos, e Celia viu que as unhas de todos os seus dedos eram longas e curvas. Só o indicador da mão direita, que ela dobrou lentamente para a frente e para trás, tinha a unha curta e limpa.

— Você tem sorte. As outras nem sempre cortam as unhas.

Celia concordou em ser levada para o segundo quarto. Não se sentia mais capaz de reagir. Vestiram-na com um camisão de cambraia, tão fino que chegava a ser transparente. A *cariye* Lala falava o tempo todo, às vezes consigo mesma, às vezes com Celia, repreendendo-a e acalmando-a ao mesmo tempo.

— Quanto estardalhaço, não precisa ter medo. Afinal, é só um homem. E veja como sua pele está linda, branca como creme, como dizem, sem uma só mancha. Prazer, quanto prazer ele vai poder ter. Mas não devemos ter medo, não, não é bom, não é bom mesmo.

Por um instante não tentou tocar em Celia de novo. No meio dos vidros à sua disposição, pegou mais duas caixinhas — uma de prata e a outra de ouro. Levou-as ao meio do quarto, onde havia mais luz, abriu-as e examinou com cuidado os conteúdos.

"*Hmmm, hmmm...* Quente? Ou morna?", Celia ouviu-a dizer para si mesma. Viu a *cariye* Lala colocar as duas caixas na palma de uma das mãos e, esticando os dedos da outra mão, mexer nas caixas como se estivesse "benzendo" a água. "Quente? Ou morna?" Olhou para Celia com ar especulativo.

— Não deve dar coceira — disse com voz quase inaudível, sacudindo a cabeça. — Ainda não.

Da caixa de ouro tirou o que pareceu a Celia uma conta colorida e brilhante, e entregou-lhe.

— Coma isso.

Era um pequeno losango folheado a ouro. Obedientemente, Celia engoliu-o.

A criada entrou no quarto de novo com uma pequena xícara de uma coisa quente para Celia beber e um prato de frutas. A *cariye* Lala pegou a xícara e o prato e mandou-a embora. Escolheu um pedaço de pera dentre a grande variedade de frutas e sentou-se ao seu lado.

— Agora, menina — disse, dando um tapinha no seu braço. — Não está mais com medo, não é? — Era ao mesmo tempo uma pergunta e uma repreensão.

— Não, *cariye* — Celia respondeu. Mas mesmo enquanto falava seu coração batia com força no peito.

— Não se preocupe, ainda há tempo.

A *cariye* Lala pegou a pera, como se oferecesse para Celia. Ela sacudiu a cabeça, não podia nem pensar em comer nada. Mas então viu que a velha é que ia comer a pera.

— Agora, preste atenção — disse, segurando com firmeza a ponta da pera e fechando a mão. — Primeiro você segura assim. Depois põe o polegar aqui. — E o polegar começou a fazer pequenos movimentos em círculos na casca verde da base da pera.

Celia ficou olhando da pera para a *cariye* Lala. A velha levou a fruta aos lábios como se fosse mordê-la, mas em vez de abrir a boca a ponta da sua língua começou a fazer os mesmos pequenos movimentos em círculos na base da pera. Uma ardência quente, começando nas axilas recémraspadas de Celia, subiu-lhe pelos ombros, pescoço e bochechas. A língua da *cariye* Lala subiu em movimentos circulares até a ponta da pera, lambeu-a rapidamente e desceu de novo. Um salpico de saliva brilhava no seu lábio superior.

Celia queria desviar o olhar, mas não conseguia. Do lado de fora do quarto de banho uma mão invisível, talvez da pequena criada, deteve o fluxo da água da fonte, e fez-se silêncio absoluto no quarto. A língua velha e rosada da *cariye* Lala subia e descia, subia e descia. De repente seus lábios enrugados prenderam a ponta da pera e ela enfiou-a até o fundo da boca.

Uma risada alta e estridente formou-se na garganta de Celia, mas não chegou a ser emitida. Ao mesmo tempo ela conscientizou-se de que alguma coisa estranha estava acontecendo com o resto do seu corpo. Uma sensação de calor, bem diferente do sentimento de vergonha que a consumira um instante antes, envolveu-a; uma sensação de lassidão, calor e bem-estar. Com um pequeno suspiro deixou cair os ombros. Seus dedos, que estavam fechados na mão, soltaram-se. Seus batimentos cardíacos desaceleraram-se. A demonstração da *cariye* Lala não havia terminado ainda, mas agora, por algum milagre, Celia percebeu que não tinha mais medo de olhar. Seu rosto, ainda havia pouco tenso, relaxou, e ela deu um sorriso. Uma sensação de leveza, quase de flutuação, tomou conta do seu corpo, e ao mesmo tempo teve a impressão de estar sendo envolvida em veludo. Embora não soubesse, o ópio que a *cariye* Lala lhe dera começava a fazer efeito. Voava agora, rodopiando como um pássaro engaiolado, perto da cúpula perfurada no teto.

Naquele momento ouviram no corredor o barulho de aldrabas na madeira.

— Estão prontos para recebê-la — disse a *cariye* Lala, secando os lábios com um pedaço de pano. — Vamos, está na hora.

Celia levantou-se, sem peso no corpo. A criada, que aparecera de novo discretamente, ajudou-a a colocar um vestido longo, sem mangas, de seda clara. A *cariye* Lala pegou um turíbulo com carvão em brasa e Celia foi envolvida pela fumaça, que se impregnou nas dobras do vestido, por baixo do camisão de cambraia transparente, entre as pernas, e por trás do cabelo.

Ficou ali passivamente, observando a *cariye* Lala e a criada — como se observasse a si própria — sentindo-se desprendida como em um sonho.

Um raio de sol tardio surgiu pela cúpula do teto, atravessando o vapor. Todos os seus movimentos eram lentos e sonhadores. Os eunucos, lhe explicaram depois, a escoltariam aos aposentos do sultão, mas nem mesmo essa ideia teve o poder de fazer seu coração bater com força e deixar sua boca seca. Levantou a mão para examinar os anéis de ouro que a *cariye* Lala pusera em seus dedos. Pensou em Paul. O que ele pensaria se pudesse vê-la agora? Sorriu ao olhar seus dedos, que pareciam pertencer a outra pessoa. Como se fossem pequenas franjas cor-de-rosa e brancas de uma anêmona do fundo do mar.

— *Kadin.* — Aos poucos Celia percebeu que a criada tentava falar com ela. Segurava com as duas mãos a bebida que trouxera antes, e que continuava intacta na bandeja. Mas Celia não tinha vontade de comer nem de beber.

— Não — disse, sacudindo a cabeça.

— Sim, minha senhora, sim. — Pela primeira vez a criada ousou levantar os olhos e fitar o rosto de Celia. Seu rosto era pequeno e pontudo, mas os olhos pareciam selvagens, brilhando na direção da *cariye* Lala, que estava de costas, fechando com todo o cuidado o porta-joias. Mesmo drogada, Celia pôde ver o medo nos olhos da criada e quase sentiu o cheiro na sua pele.

A voz da criada tremeu.

— Por favor, *kadin*, beba.

Celia levou lentamente a tigelinha aos lábios. O líquido tinha esfriado, e ela tomou tudo com facilidade em três goles. Notou que deixava na boca um gosto amargo curioso, como o losango dourado da *cariye* Lala.

Seguida pela *cariye* Lala e a criada, saiu do quarto de banho e atravessou o pátio da validé. No portão hesitou, e pela primeira vez desde que tinha sido trazida para o palácio viu-se saindo da Casa da Felicidade. Uma leve sensação de falsa liberdade passou pelo seu corpo.

Mas ela não era livre. O agá Hassan, o próprio eunuco-chefe negro (cujo destino, embora ele não soubesse ainda, estava tão ao alcance das suas mãos quanto Celia), e quatro dos seus eunucos esperavam no portão para escoltá-la aos aposentos do sultão.

Olhou para os eunucos com um arrepio de repulsa. Mesmo depois de vários meses no harém, ainda não se habituara a essas criaturas ambíguas, com barrigas gordas e moles e voz estranha, em tom agudo. Lembrou-se de ter visto um deles, certa vez, com seu pai, na praça de São Marcos, em Veneza. O eunuco era parte de uma delegação de mercadores enviada pelo Grande Turco. Era branco, mas usava o mesmo tipo de roupas vistosas dos seus compatriotas adotados, e em um dia tornou-se a grande curiosidade naquela cidade de curiosidades, uma maravilha que rivalizava com os saltimbancos e os lutadores circassianos, e até mesmo com a imagem falante e milagrosa da Madona situada acima do portal da igreja de São Bernardo, que eram os mais recentes e populares espetáculos da Sereníssima naquele verão.

Celia era uma menininha na época, e o pai levantou-a nos ombros. "Olhe o castrato, o homem castrado", disse, embora ela tivesse apenas uma ligeira noção do que isso significava. Lembrou-se da barba sedosa do pai quando passou os dedos em volta do seu pescoço. Fascinada, ficou olhando para aquela criatura estranha, sem pelos, com rosto suave de mulher, piscando por baixo das dobras do turbante.

Mas não havia nada de suave nos eunucos que guardavam a Casa da Felicidade. Desde o início lhe pareceram criaturas de outro mundo, com os corpos pesados e olhos injetados, pele muito negra, como se toda a luz lhes tivesse sido sugada; criaturas que se moviam sem qualquer ruído, quase sem serem vistos, pelos corredores sombrios que circundavam os aposentos das mulheres, quase mais reais e não menos amedrontadores que os *efrits* que as velhas serventes negras diziam que se escondiam nas sombras do palácio à noite.

Annetta, naturalmente, que por algumas semanas nos seus primeiros dias no palácio tinha trabalhado nos alojamentos dos eunucos, ficava irritada com o medo de Celia.

— Homens sem *cogliones*! — dizia, com a mão no quadril. — E com cada nome! Jacinto, Gerânio, Crisântemo e não sei mais o quê. Ora! Por que ter medo?

Mas até mesmo ela tinha medo do agá Hassan.

— Parece o urso dançarino que vi em Ragusa — disse baixinho para Celia quando as duas o viram pela primeira vez no palácio. — E as bochechas parecem dois grandes pudins. Minha madre superiora tinha mais pelo no queixo que ele. E aqueles olhinhos vermelhos! *Santa Madonna*, escolheram esse aí a dedo! O homem é feio como um rinoceronte.

Mas ao seu olhar, um olhar que teria feito as outras *cariye* desmaiarem de medo, ela calou a boca e rapidamente baixou os olhos.

Agora Celia não tinha mais medo. O agá Hassan olhou-a sem dizer nada, girou nos calcanhares e foi andando na frente por um corredor escuro.

Já era noite, e os quatro eunucos que o acompanhavam levavam tochas nas mãos. Celia viu a figura do eunuco-chefe negro afastar-se, seu barrete branco e alto parecendo uma silhueta fantasmagórica à sua frente, no escuro. Para um homem grande, seus pés eram incrivelmente ágeis.

Ladeada pelos quatro eunucos mais novos, ela também começou a andar pelo corredor. Não sentia mais as pernas, mas notou que parecia estar deslizando e quase flutuando. Suas sapatilhas douradas mal tocavam o chão. Um langor delicioso tomou conta do seu corpo. Pôs a mão no pescoço, e sorriu ao sentir as pesadas pérolas. Estava tudo tão silencioso que podia ouvir a seda da sua túnica raspar a pedra. Parecia um sonho, não havia nada a temer.

A figura do agá Hassan tornou-se pouco nítida, mas entrou em foco subitamente. Um dos eunucos esticou a mão para apoiá-la, mas ela recusou a ajuda, enojada. O corredor adiante não terminava nunca. Sombras estranhas sem forma, alaranjadas e pretas, subiam pelas paredes de pedra. Era a noite do seu casamento, não era? Estavam levando-a para Paul? Ao pensar nele, sentiu o coração pular no peito. Mas suas pálpebras pareciam de chumbo.

— Segurem-na! A menina não está se aguentando de pé.

Duas mãos, uma de cada lado, agarraram-na pelos cotovelos, e dessa vez ela não reagiu.

Quando deu por si estava sendo carregada para a enormidade do quarto abobadado do sultão. Não se lembrava de como havia chegado lá, mas tinha uma vaga recordação do agá Hassan, com as dobras do pescoço adiposo brilhando de suor, colocando-a no meio de um enorme divã em um canto do quarto, com o dossel incrustado de pedras preciosas apoiado em quatro colunas retorcidas. Paul? Não, lembrou-se então de que não ia encontrar Paul. Olhou para cima e viu uma cúpula imensa como a de uma basílica de igreja.

— O que fizeram com ela? — perguntou o agá Hassan.

Celia nunca pôde se esquecer daquela voz, de um timbre agudo estranho. Era absolutamente proibido falar nos aposentos do sultão, e ali estava o grande agá Hassan sussurrando como um menino. Não parecia agora o mestre da Casa da Felicidade.

A *cariye* Lala, por sua vez, parecia selvagem.

— Eu não fiz nada! — Seus dedos, tão seguros e ágeis no quarto de banho da validé, mexiam nos botões da túnica de Celia. — Ela deve ter pegado mais ópio em algum lugar, alguém deve ter lhe dado uma dose dupla...

— Quem? — perguntou o agá Hassan de novo.

— Quem você acha que foi? — ela disse, cuspindo as palavras. — Quem poderia ter sido?

A cabeça de Celia caiu sobre o peito. De algum lugar próximo veio um gemido baixo e desesperado. Tentou olhar em volta, mas seus olhos giravam nas órbitas e o sono levou-a para baixo, para baixo, para baixo, até o abismo. Mãos a despiram. Ela não protestou. Seu corpo estava abandonado e fraco como o de uma criança. Tiraram sua túnica, mas deixaram o camisão branco cobrindo-lhe recatadamente os ombros e os seios. O gemido estava mais perto agora.

— Ajudem a menina.

Aquele gemido de novo, vindo de bem perto. Celia sentiu outras mãos, dessa vez pequenas, movimentando-se perto, ajeitando-a, quase sentando-a, apoiada em muitos travesseiros de rolo e colchas de seda. O rosto da criada que a atendera, brilhante e inchado de lágrimas, apareceu junto dela por um instante, mas logo desvaneceu-se. As bochechas da criada e do agá Hassan quase se tocaram. Era dela, Celia percebeu, que vinha o gemido — um som animal inarticulado de terror.

Celia afundou na escuridão mais uma vez.

Encontrava-se em casa, na Inglaterra. Sua mãe estava sentada ao lado da janela, costurando, com um vestido vermelho. Estava de costas e Celia não podia ver seu rosto, só o cabelo castanho brilhante como o de uma lontra, preso na nuca com uma rede dourada. O sol de fim de tarde brilhava nas vidraças. Ela tentou chamar a mãe, tentou correr, mas não conseguiu. Nenhum som saía da sua boca, e as pernas não se mexiam, como se estivessem afundadas em areia movediça.

Quando acordou de novo estava estirada no divã, de barriga para baixo. Um som de água vinha da parede do outro lado do quarto, onde havia uma fonte em uma reentrância, mas fora isso não se ouvia nada. Entre os travesseiros e colchas havia uma pele de tigre cujas listras brilhavam à luz da vela. Esticou a mão para tocar a pele, e sentiu a bainha de uma túnica masculina movimentar-se.

Por um instante manteve-se imóvel, com os olhos fechados. A boca estava seca, a língua tinha um gosto amargo, e uma lassidão quente e sonolenta paralisava suas pernas e braços. Abriu um olho com cuidado. A bainha da túnica continuava no mesmo lugar, mas ela não via nenhum pé por baixo. Ele devia estar de costas para ela. A túnica movimentou-se de novo e Celia ouviu um leve tinido de porcelana, como se colocassem em uma mesa uma taça ou um prato, e uma tosse suave. Seus olhos se abriram mais uma vez. Seu corpo flutuava sobre as colchas de seda, como se estivesse boiando em um mar quente.

— Finalmente acordou, sua dorminhoquinha?

Com esforço Celia voltou à superfície. De alguma forma conseguiu ajoelhar-se no divã, com os braços cruzados sobre o peito e a cabeça tão baixa que não dava para ver o homem que se aproximava.

— Não tenha medo — disse, ao seu lado agora. — Ayshe, não é?

Celia pensou em Annetta, lembrou como tinham se agarrado uma à outra na hora em que o navio afundara. Nós sobrevivemos ao naufrágio, Annetta dissera, e sobreviveremos a isso.

— Não, majestade — disse com esforço, enrolando a língua. — Eu sou Kaya.

— Kaya, então.

Ele sentou-se junto dela e puxou o camisão fino de um lado do ombro. A pele da sua mão era clara, ligeiramente sardenta, e as unhas polidas brilhavam como luas. No polegar usava um anel de jade esculpido. Será que esperava que Celia olhasse para ele? Ela não sabia, e não se importou muito. O homem começou a acariciá-la no ombro, e nesse momento sua túnica se abriu e ela viu que ele também estava nu, e tão perto que dava para sentir seu cheiro. Um homem grande. Um cheiro doce e almiscarado emanava das dobras da sua túnica, e misturado a esse perfume havia outro aroma inconfundível: o forte odor masculino de suor vindo das axilas e da virilha.

— Como você é linda... — disse, passando os dedos com suavidade no seu pescoço e costas, fazendo-a estremecer. — Posso olhar para você?

Nesse momento Celia percebeu o que ele lhe pedia. Então, ainda ajoelhada, levantou os braços e tirou o camisão. Embora a noite estivesse quente, o ar do quarto era fresco. Sentiu um ligeiro arrepio, mas manteve-se calma. Submissa. Será que vai doer? Olhe, não estou com medo, imaginou-se dizendo para Annetta, não estou com medo algum.

— Deite-se de costas.

A voz dele era suave. Com um pequeno gemido, Celia deitou-se por cima das almofadas cor de pavão. Suas pernas estavam flexíveis e quentes, e pareciam não ter ossos. Quando ele afastou-as, ela virou a cabeça de lado e desviou os olhos. Mas era gostoso estar ali, e o toque dele na sua pele era tão delicado que ela não tentou esquivar-se, nem mesmo quando ele enfiou os dedos entre suas pernas e acariciou-lhe as coxas leitosas. Todas as sensações foram ampliadas: a pele acastanhada do tigre tocando-lhe o rosto e o peso das joias no pescoço e nos lobos das orelhas. Percebeu que usando apenas joias sentia-se duplamente nua, mas não se envergonhou. Ele segurou um de seus seios, beliscou-o e chupou o mamilo até deixá-lo rígido. Ela arqueou as costas e enroscou-se mais na cama.

Não sabia dizer quanto tempo permaneceu assim. Durante longos momentos, quase que em transe, conseguiu esquecer que estava ali. Como ele não fez menção de beijá-la, Celia manteve a cabeça de lado e ficou olhando em volta do quarto. No centro, em uma mesa dobrável, viu uma bandeja com frutas e flores e uma garrafa com uma bebida refrescante, água gelada ou sorvete.

Perto deles um objeto curioso chamou-lhe a atenção. Era um navio. A figura de um navio em miniatura. Não uma embarcação qualquer, era do tamanho e da forma exata de um navio mercante. Celia piscou. Estava vendo a réplica exata do navio do seu pai. Parecia ser feita de uma coisa fina e frágil, cor de caramelo. É um navio de açúcar! Como os que John Carew fazia! Mas não pode ser, pensou, o que uma coisa assim estaria fazendo ali?

Era um sonho, é claro. Mas o naviozinho parecia tão real que por um instante suas velas deram a impressão de enfunar-se, as flâmulas esvoaçando na brisa e marinheiros mínimos, do tamanho de um dedo, nos deques. E sentiu tanta tristeza que quase soltou um grito.

De repente ouviu-se uma comoção lá fora. Bateram na porta com força e uma mulher com sapatilhas entrou correndo, perseguida por eunucos, os mesmos que tinham escoltado Celia até o quarto do sultão.

— Gulay! — O sultão sentou-se. — O que é isso?

— Meu senhor... meu leão. — Uma jovem, que Celia reconheceu como a *haseki*, a favorita do sultão, estava chorando, agarrada aos seus pés, beijando-os e secando-os com o longo cabelo preto. — Não deixe que ela... não deixe que ela me afaste de Vossa Majestade.

— Gulay! — Tentou afastá-la, mas ela agarrou-se a seus pés, ainda chorando. — Que bobagem é essa, Gulay?

Ela não respondeu, sacudiu a cabeça de forma incoerente.

— Levem a menina daqui — ordenou o sultão, com um sinal brusco para os eunucos. — Levem tudo isso e saiam.

Fazendo uma reverência, levantaram Celia e tiraram-na depressa do quarto.

Capítulo 10

Istambul, dias atuais

A solicitação de Elizabeth para o passe de leitora na universidade levou vários dias para ser aprovada. Enquanto ela esperava, passava os dias tentando alternadamente dormir e não pensar em Marius. Não conseguiu nem uma coisa nem outra.

Suas noites não lhe traziam paz. Às vezes ela sonhava que reencontrava Marius; outras, que o perdia, e acordava a cada manhã com tal sentimento de desolação no peito que se perguntava quanto tempo mais conseguiria aguentar.

Estava frio e ela não sentia vontade de sair. A infelicidade parecia ter esgotado sua energia até mesmo para coisas básicas. Ela ficava sentada com Haddba no saguão, pois achava sua companhia tranquilizante. Haddba aceitava sem perguntas a necessidade de Elizabeth de ficar quieta.

As duas não falavam muito. O menino Raschid levava chá em uma bandeja, servido em dois copinhos semelhantes a frascos de perfume. O líquido era muito doce, levava mais açúcar que maçãs.

— Se precisar de alguma coisa, jornal, cigarros, qualquer coisa, é só mandar Rashid comprar — disse Haddba.

Eu vou embora amanhã, pensava Elizabeth, mas nunca ia.

Querida Eve,

Parece estranho escrever uma carta, mas é preciso seguir o espírito deste lugar, que parece não ter mudado nada nos últimos cinquenta anos e até hoje não tem conexão de computador de forma alguma. (Chego a pensar que o papel de carta deve estar na gaveta também há uns cinquenta anos. Está vendo o endereço telegráfico antigo na parte de baixo da página? Não imagino quando foi a última vez que alguém mandou um telegrama daqui.)

Elizabeth tirou os sapatos e sentou-se no sofá de pernas cruzadas, para se aquecer. Mordeu a ponta da caneta. *O dia está frio e cinzento...*, escreveu depois de algum tempo, mas uma voz lá dentro ficava dizendo: eu estou fria e cinzenta e quero voltar para casa, só o orgulho me mantém aqui. Examinou o celular para ver se tinha alguma mensagem. *E Marius não me mandou nenhuma mensagem desde que estou aqui... Não, não, não!* Riscou as palavras sobre o tempo e observou o quarto para ver se encontrava alguma coisa sobre a qual escrever.

Já lhe contei? [escreveu, com uma animação que não sentia.] Aqui não é um hotel, é uma espécie de pensão. Um cineasta alugou um quarto por três meses; um professor de francês, idem; e há uns russos de aspecto sinistro que não falam com ninguém e que acho que estão ligados ao comércio de escravos brancos. Ah, e também uma senhora idosa norte-americana que usa contas de âmbar e turbante e parece saída de uma história de Agatha Christie...

Ouviu um som fraco do outro lado da sala, e, ao levantar-se, viu que não estava mais sozinha. Havia um homem ali agora, escondido por trás do jornal que Rashid lhe comprara.

Os outros hóspedes são quase todos turcos, se é que podem ser chamados de hóspedes. Parece que não dormem aqui, vêm apenas tomar chá com a proprietária, fazer palavras cruzadas ou jogar damas.

Levantou os olhos de novo. O turco ainda estava lendo o jornal. O ruído pacífico do papel sendo dobrado quebrava o silêncio absoluto que pairava no resto da sala.

Todo dia me encontro com os outros hóspedes no café da manhã e às vezes na sala, que é um lugar incrível, cheio de palmeiras em vasos de bronze e móveis eduardianos, uma vitrola antiga, como a que meus pais tinham (estranho pensar que é atualmente uma espécie de peça de museu.) Nela pode-se tocar os antigos LPs que ficam empilhados um em cima do outro, quase todos já bem arranhados. Quando a agulha emperra em um dos discos, nós todos esperamos para ver quem vai ser o primeiro a levantar-se para soltá-lo...

Assim que puder vou procurar outro lugar...

Mais tarde, encantada com a luz do sol, Elizabeth foi dar uma volta. Dentro do bolso do casaco sentiu o celular, macio como um talismã. Nenhuma mensagem. Foi andando pelas ruas estreitas, com inúmeras pequenas galerias, onde homens com ar de intelectuais e chapéus de feltro jogavam dominó ou liam jornal, passando pelos espectros de velhas embaixadas na rua principal, Istiklal Caddesi, e por lojas de doces e delicatéssens.

Em qualquer outra situação teria se divertido com tudo isso. Mas agora só estava preocupada em se proteger do frio e continuar andando. Embora ainda estivessem em novembro, dava para sentir o cheiro da neve e o ar cortante contra a pele.

Tudo está cinzento, eu estou cinzenta, pensou de novo, arrastando-se indiferente pela ponte de Gálata. Homens com varas de pescar enfileiravam-se nas balaustradas. Mais adiante, do outro lado, os minaretes das mesquitas e as curiosas cúpulas atarracadas pareciam sinistras, elevando-se no horizonte como insetos fantásticos.

Nas docas de Karakoy, do outro lado da ponte, Elizabeth parou. Subiu rapidamente os degraus da Yeni Cammi, a mesquita "nova" construída no século XVI por uma sultana validé, mas não teve ânimo de entrar. Desceu e foi ver as barcas atracarem.

Então esta é Constantinopla, disse a si mesma. E este braço de rio que a separa de Gálata é o Chifre de Ouro. Sentiu um arrepio. A água era escura, quase preta, com ligeiros reflexos coloridos da película de óleo. Alguns homens torravam castanhas em fogareiros à beira da água, outros vendiam gulodices em bandejas: rodelas de pão cobertas com gergelim, pistaches, mexilhões fritos que mais pareciam estranhas raízes.

Elizabeth comprou um saco de pistaches para Rashid e um sanduíche de peixe para si mesma. Ficou comendo o sanduíche, olhando pela água o lado de onde viera, tentando distinguir a rua onde ficava a pensão de Haddba. Mas àquela distância só conseguia identificar a torre de Gálata, e abaixo um emaranhado de fios telegráficos, cartazes e prédios em amarelo e cor-de-rosa, ao longo da beira da água.

A fumaça das castanhas assadas esvoaçava. Elizabeth olhou para a outra margem, para o lugar onde Paul Pindar morara, conhecida como Vinhas de Pera. Tentou imaginar como seriam as casas dos mercadores estrangeiros do outro lado do Chifre de Ouro, com o cais em frente cheio de peças de tecidos com nomes sofisticados: cambraias, adamascados, galões, sedas "tiffany", tafetás e algodão pele de ovo.

Os genoveses foram os primeiros a comerciar com os otomanos em Constantinopla, depois os venezianos e os franceses. Os mercadores ingleses eram relativamente recém-chegados, furaram a fila com toda a energia e impetuosidade da juventude e conquistaram seu lugar entre os poderosos comerciantes estabelecidos. Decerto mudaram as regras do jogo, pensou sorrindo. Seriam considerados emergentes? *Nouveaux?* Imaginou vendedores ambulantes usando jaquetas justas e calças fofas.

Sentiu o celular vibrar dentro do bolso. Pegou-o com os dedos frios e quase o deixou cair na calçada na aflição de responder. *Ah, Marius, Marius meu...* Mas não era Marius.

— Alô, Elizabeth — disse uma voz de mulher. — Aqui é Berin.

— Berin! — Elizabeth falou, tentando parecer contente.

— Tenho uma boa notícia para você. Pelo menos espero que goste.

— Conseguiu meu passe de leitora?

— Ainda não, mas não se preocupe, não vai demorar. É outra coisa. Lembra que falei que estava trabalhando como intérprete naquela empresa inglesa de cinema que está fazendo um filme aqui?

— Lembro.

— Conversei com a assistente do diretor e falei do seu projeto, e ela ficou muito interessada. Disse que na segunda-feira, se você quiser, pode ir conosco ao palácio, onde vão filmar. Normalmente o lugar fica fechado ao público às segundas-feiras, mas eles obtiveram permissão especial para filmar dentro do antigo harém. Vão colocar seu nome na lista como uma das pesquisadoras, e você poderá dar uma boa olhada em tudo.

— Isso é fantástico, Berin.

— Normalmente só se pode entrar lá com hora marcada e por apenas uns 15 minutos, com um guarda ao lado o tempo todo. Alguém lá em cima...

Berin ainda estava falando quando uma das barcas apitou.

— O que você disse?

— Disse que alguém lá em cima deve gostar muito de você.

— Obrigada, Berin — disse Elizabeth, com um sorriso frio. — Que bom que alguém gosta de mim.

Capítulo 11

Constantinopla, 1º de setembro de 1599

Manhã

A casa do astrônomo Jamal al-Andalus ficava no alto de uma rua estreita, no cruzamento de vielas sinuosas e íngremes que desciam da torre de Gálata para o cais dos mercadores, na zona portuária. Paul e Carew foram escoltados até lá por dois janízaros da embaixada. Ainda era cedo e não havia muita gente nas redondezas. As casas eram bem juntas umas das outras, com as paredes de madeira cobertas por uma rica pátina marrom. Trepadeiras subiam nas treliças entre elas, projetando sombras no chão.

— Quem é esse sujeito? Esse astrônomo? — Carew perguntou a Paul enquanto andavam.

— Jamal? Eu o conheço desde que cheguei a Constantinopla. Você sabe há quanto tempo estou aqui, esperando a Honorável Companhia decidir que presentes devem ser enviados ao novo sultão. Ouvi falar logo em Jamal al-Andalus, antigo aprendiz do astrônomo Takiuddin. Descobri onde ele morava e lhe pedi para me ensinar astronomia.

— Takiuddin?

— Seu mestre já morreu, mas foi um grande homem na época. Construiu um famoso observatório aqui em Constantinopla, nos tempos do antigo sultão Murad III. Jamal era um dos seus pupilos, o mais brilhante, segundo dizem.

— É para lá que estamos indo? Para o observatório?

— Não exatamente. É uma espécie de observatório, mas não o de Takiuddin. Este foi destruído há anos.

— O que aconteceu?

— O sultão foi persuadido por líderes religiosos de que investigar os segredos da natureza era contra a vontade de Deus. Esses líderes enviaram um pelotão de demolidores para acabar com o observatório. Livros, instrumentos, tudo. — Paul sacudiu a cabeça. — Dizem que os instrumentos que Takiuddin construiu aqui eram os melhores do mundo, mais precisos que os de Tycho Brahe, do Observatório de Uraniborg.

Tinham chegado a uma casa que parecia uma pequena torre. Um dos janízaros bateu na porta com seu bastão.

— Muito bem — disse Carew, olhando em volta —, mas qual é a ligação dele com o palácio? Foi para isso que viemos aqui, para ver se pode nos ajudar, não é?

— Jamal vai à escola do palácio ensinar os números para a princesinha.

— Você sabe com que frequência ele faz isso?

— Não tenho certeza. Com bastante frequência. As pessoas fazem comentários, e ele poderia captar alguma coisa se soubesse o que deveria ouvir.

— E você realmente acha que ele faria isso por você? — Carew estava cético. — Por quê? Não é perigoso espionar para um estrangeiro, um cristão?

— Não vou pedir que espione, só que nos ajude a encontrar uma coisa.

— Espeto não vai gostar disso.

— Espeto não vai saber.

O criado de Jamal, um menino de cerca de 12 anos, abriu a porta e os fez entrar. Carew esperou com os janízaros enquanto Paul, em razão do seu status superior, era levado à antecâmara. Depois de alguns minutos um homenzinho de meia-idade, com uma túnica longa de algodão muito alva, entrou.

— Paul, meu amigo.

— Jamal!

Abraçaram-se.

— É cedo para visitas. Espero não ter interrompido seu sono.

— De forma alguma, de forma alguma. Você me conhece, eu nunca durmo. O que importa é que você está aqui. Faz semanas... Achei que tinha esquecido de mim.

— Esquecer de você, Jamal? Você sabe que eu nunca faria isso.

— Você tem estado ocupado, é claro, com os problemas da embaixada.

— Tenho sim. O navio da nossa companhia, o *Hector*, chegou finalmente, há duas semanas.

— Aliás, meu amigo, seria difícil não saber disso — falou o astrônomo com os olhos brilhando. — O *Hector* é o assunto do momento. E dizem que trouxe para nosso sultão e nossa sultana validé, que sejam abençoados, presentes maravilhosos. E para Sua Majestade um relógio mecânico que toca música, será verdade?

— A companhia está presenteando o sultão com um órgão. Mas creio que ele vai ganhar também um relógio, anjos tocando trombetas, um arbusto repleto de passarinhos cantando, e várias outras coisas. Tantas maravilhas automatizadas quanto nosso engenhoso construtor de órgãos pôde criar. É o aparelho mais maravilhoso que o sultão já viu, ou verá, assim que for consertado pelo nosso construtor de órgãos. Seis meses no porão do *Hector* causaram um estrago, infelizmente, mas valerá a pena ter esperado. Então, desta vez os boatos são verdadeiros — disse Paul sorrindo.

— Boatos e verdade? Eu tomaria muito cuidado ao usar essas duas palavras juntas. Mesmo assim, meus parabéns — disse o astrônomo, com uma reverência. — Agora seu embaixador, o estimado Sir Henry, poderá finalmente apresentar suas credenciais. Como vê, sou um espião do palácio! Eu sei tudo. — Avistou Carew, ainda esperando na antecâmara, e perguntou. — Quem é o seu amigo? Trouxe alguém para me conhecer, ao que estou vendo. Mande-o entrar, por favor.

— Trouxe John Carew comigo.

— O famoso Carew? Aquele que está sempre criando encrencas? Com quem está se metendo desta vez?

— Ele é o cozinheiro do meu estimado embaixador. É uma longa história. Não o leve a sério, Jamal. Suas maneiras são... como posso dizer?... um pouco grosseiras às vezes. Trabalhou na casa do meu pai durante anos, e agora trouxe-o para a minha, mas para dizer a verdade ele é mais um irmão do que um empregado.

— Então será um irmão para mim também.

Paul fez um sinal para Carew aproximar-se.

— Jamal perguntou se você é o sujeito que está sempre criando encrencas. O que devo dizer a ele, John?

— Diga que sou o sujeito que viajou meio mundo numa banheira velha cumprindo as ordens do meu mestre. — Olhou fixo para o astrônomo, como ele o olhava. — Diga que ajudei você a sair de tantas encrencas quanto as encrencas em que entrei. Diga para ele cuidar da própria...

— Saudações, John Carew. *Al-Salam alaykum.* — O astrônomo fez uma reverência, pondo a mão direita no coração.

— Saudações, Jamal al-Andalus. *Wa alaykum al-Salam.* — Carew retornou à saudação costumeira, e virou-se para Paul. — Pelo que você me disse, pensei que ele fosse mais velho.

— Sinto muito desapontá-lo — Jamal falou com um sorriso hesitante, porém brilhante. — Você, por outro lado, John Carew, é exatamente como seu mestre descreveu — disse com gentileza.

— Minhas desculpas, Jamal, pela má educação do meu empregado — Paul falou. — Jamal al-Andalus é um acadêmico famoso, e um homem muito sábio. Sábio demais para sua idade, aliás. Sábio o bastante, felizmente, para não prestar atenção em um idiota como você.

— Sabe de uma coisa? — disse Carew com um sorriso para o astrônomo. — Às vezes meu mestre parece o pai dele falando.

Jamal al-Andalus olhou de um para o outro. Seus olhos, muito pretos e brilhantes, pareciam refletir diversão.

— Venham, cavalheiros! Por favor, quero lhes oferecer um refresco.

Subiram ao primeiro andar da casa e passaram por uma segunda pequena antecâmara. Almofadas tinham sido colocadas em uma plataforma elevada, e janelas de treliça davam para a rua. Do alto dos telhados via-se uma nesga do Bósforo. O mesmo criado que lhes abrira a porta trouxe um pote e algumas xícaras mínimas em uma bandeja.

— É a nossa *kahveh*, uma bebida árabe do Iêmen. Gostaria de experimentar, John Carew? Paul já aprendeu a gostar.

Carew provou o líquido aromático, que deixava um gosto intenso e agridoce na língua.

— Tem propriedades muito interessantes — disse, esvaziando sua xícara. — Uma delas é me manter acordado à noite para que eu possa trabalhar mais tempo. — Virou-se para Paul. — Mas você veio um pouco cedo demais para ver as estrelas, meu amigo.

— Eu não vim para isso. Vim lhe trazer um presente, uma pequena prova da minha estima. Pedi para Carew trazer com ele no *Hector*. — Pegou um pequeno livro encadernado em couro e o deu ao astrônomo. *De revolutionibus orbium coelestium libri sex* (Seis livros sobre a revolução das esferas celestes).

— Ah, seu Nicolau Copérnico — disse o astrônomo, sorrindo. — Meu mestre, Takiuddin, que descanse em paz, me falava muito sobre ele. Como posso lhe agradecer? Meus livros foram todos destruídos, como você sabe. Quase todos.

— Depois de tudo o que me ensinou, não há o que agradecer — disse Paul.

— Livros são caros — disse Carew, sem ressentimento. — Mas o secretário Pindar é rico, ouvi dizer que seus anos em Veneza o deixaram mais rico que nosso próprio embaixador. — Olhou para Paul, de repente alegre de novo. — Ele pode pagar.

— É muito bonito — Jamal falou, examinando o livro e passando os dedos pela capa de couro. Abriu-o com cuidado e olhou o título da página. — Em latim, naturalmente.

— Mandei encadernar para você em Londres, sabia que ia querer o original — disse Paul. — A embaixada tem um escriba, um judeu espanhol. Pedi a ele que transcrevesse para você.

— Mendoza? Eu o conheço. Deve ter feito um bom trabalho. As ideias desse Copérnico são ainda muito controvertidas no seu país, não é?

— Nossos dirigentes religiosos não gostam dele, isso é certo. O homem já morreu há anos, mas só agora suas ideias estão começando a ganhar eco. Uma visão heliocêntrica dos céus, dizem alguns. Outros dizem que é pura heresia.

— Vocês, europeus... — Jamal sorriu —... tão inflexíveis!

— Quando eu era menino me diziam que a lua era feita de queijo — Carew falou, animado —, mas eu não acreditava.

— Na nossa tradição não há tanto conflito. — Jamal virou as páginas do livro, pensativo. — O Corão diz simplesmente: "Foi Ele quem fez o sol brilhar de forma radiante e deu luz à lua, determinando suas fases para se poder saber o número de anos e como calculá-los. Ele explica seus sinais àqueles que compreendem." — Com os olhos fechados, repetiu o *suras*. — "Na sucessão da noite e do dia, e no que Deus criou nos céus e na terra, há sinais verdadeiros para aqueles que têm consciência dele." — Pôs o livro na mesa. — Isso significa o seguinte: os movimentos das estrelas e dos planetas devem ser estudados com seriedade para se descobrir a verdadeira natureza do universo.

— Não foi isso que o ulemá disse quando destruíram seu observatório.

— É mesmo. Mas isso foi há muito tempo — disse o astrônomo com um suspiro. — Eu acredito que fazemos o trabalho de Deus.

Como que ansioso para terminar a conversa, levantou-se.

— Vocês gostariam de ver meu observatório? Não é nada de mais, mas tenho um novo instrumento, Paul, que sei que vai interessá-lo.

Abriu uma cortina à direita da sala onde estavam sentados e subiu por uma escada estreita em espiral. No alto viram-se em uma pequena sala octogonal com janelas de venezianas nos oito lados, cada qual podendo ser aberta ou fechada separadamente.

— Como veem, onde quer que a lua nasça, eu posso encontrá-la — explicou Jamal. — A torre não é muito alta, mas é surpreendente como se tem uma visão clara daqui, e não só dos céus.

Debruçando-se na janela, Paul viu os telhados das casas de Gálata à sua frente, com suas vigas gastas cobertas por uma pátina cinzenta que brilhava ao sol. Ouviu o grito distante de um vendedor de água e, na viela enlameada logo abaixo, observou duas mulheres usando túnicas que deixavam ver apenas os olhos.

Virou-se para a sala, maravilhado com aquela beleza casta, como ficava toda vez que ia até ali. Abaixo de cada janela havia um nicho caiado, onde Jamal tinha colocado seus instrumentos. Paul atravessou a sala e pegou um deles.

— Isto é um astrolábio — disse, mostrando a Carew um disco de cobre coberto por uma elaborada grade de linhas e sobreposta por vários mostradores móveis, cada um gravado com números arábicos.

Tirou o astrolábio da mão dele.

— Os astrônomos usam isso para várias finalidades, mas especialmente para procurar e interpretar as informações das estrelas. — Segurando o disco entre dois dedos, levou-o a um olho. — Pode-se saber a hora pela posição das estrelas, e a posição das estrelas pela hora.

Pegou outro instrumento, uma tabuinha menor de cobre gravada com uma trama de linhas semelhantes e inscrições.

— Isto é o que chamamos de quadrante. É como um astrolábio, mas dobrado em quartos. Usamos esse instrumento para saber a hora de nossas orações diárias. Vejam aqui — disse, apontando para as inscrições arábicas — este é para a latitude do Cairo; este, para a de Damasco; o outro para Granada, de onde veio minha família.

Passou o instrumento para Carew, que o segurou entre os dedos.

— Agora sei por que Paul vem aqui. Instrumentos! Você dois são igualmente loucos por eles. É uma bela coleção.

Carew pegou outro dispositivo mais ou menos do mesmo tamanho que o astrolábio, e examinou seu acabamento.

— Esse é um relógio de sol — disse Jamal.

— *Charolus Whitwell Sculpsit* — Carew leu. — Eu sei quem é Charlie Whitwell: o desenhista de mapas que tem uma loja perto de St. Clements. Se eu ganhasse um centavo para cada libra que Pindar gastou lá, estaria rico hoje.

Examinou novamente o relógio de sol. Os signos do zodíaco, separados por arabescos e flores, estavam gravados nas bordas.

— Você também acha tudo isso bonito, dá para ver — disse Jamal.

— E tem razão, foi o amor a instrumentos como estes que fez com que Paul e eu ficássemos amigos. Na verdade, foi Paul quem encontrou muitos deles para mim. A maioria veio da Europa e, como seus olhos rápidos notaram, vários são de Londres, aliás, os melhores.

— Foi Jamal quem me ensinou a usar o compendium — disse Paul. — Especialmente o noturno, eu sempre tive problemas com isso.

— E hoje você pode saber a hora pelas estrelas tão bem quanto um astrônomo. — Jamal virou-se para Carew de novo. — Esses são os instrumentos básicos com que eu trabalho. Mas ali há outras coisas, olhe.

Apontou para uma pequena caixa de cobre contendo um magneto, um compasso para medir o globo, dois globos de bronze, uma esfera armilar em miniatura.

— Eu não conhecia isso ainda — disse Paul, pegando uma caixa redonda de bronze e mostrando-a para Jamal.

— Ah, sim, era o que eu queria mostrar-lhe. Esse é um indicador de *qibla*. — Virou-se para Carew e explicou. — Com isso pode-se sempre encontrar a direção de Meca. Inclui uma bússola e, olhe — abriu a caixa e mostrou uma lista de inscrições no interior da tampa —, esta é uma lista de lugares, juntamente com a orientação da bússola para Meca. — Virou-se para Paul de novo. — Uma coisa linda, não é?

Nesse momento bateram na porta da frente lá embaixo. Um instante depois, entrou um menino e sussurrou discretamente alguma coisa para seu mestre.

— Só um instante, por favor, cavalheiros — Jamal desculpou-se. — Parece que tenho outra visita, mas não vai demorar muito.

Quando ele saiu, Carew virou-se para Paul.

— Isso é tudo muito lindo, mas quando você vai pedir a ele?

— Tudo a seu tempo, não se pode apressar coisas assim, seu idiota.

— Muito bem, mas espero que saiba o que está fazendo.

Carew pegou um dos astrolábios de cobre, levou-o ao olho e posicionou a alidade, apertando o olho para observar através da pequena abertura, como vira Jamal fazer. Sobre uma mesa havia vários pergaminhos cobertos com grades de figuras e símbolos estranhos, e vários compassos, réguas e penas para desenhar espalhados entre pincéis de caligrafia e potes de tinta, algumas folhas de papel dourado, potes de minerais finamente moídos, vermelhos, azuis e verdes.

— Um verdadeiro sábio, seu amigo Jamal — disse Carew, olhando tudo em volta. — Tem certeza de que é só matemática que ele ensina? — Pegou um dos potes e cheirou. — Ainda não consigo ver como ele pode nos ajudar. — Colocou o pote na mesa e pegou um pedaço de pergaminho, um mapa cheio de figuras, e virou-o de um lado e de outro, tentando entender.

— É uma eféméride, Jamal chama-as de *zij* — Paul explicou. — São tabelas com as quais os astrônomos preveem o movimento das estrelas. Eu poria isso de volta no lugar, antes que se rasgue.

Mas Carew não estava disposto a desviar-se do assunto.

— Você não respondeu a minha pergunta. Ele é parte da sua "inteligência"? Tem um número em código, como o sultão e o grão-vizir, para Espeto colocar nas suas cartas?

— Não exatamente — disse Paul, olhando para Carew. — É como eu já disse, conheço Jamal desde que cheguei a Constantinopla. Fizemos um trato: ele me ensinava astronomia...

— E em troca você o ajudava a fazer uma nova coleção de instrumentos.

— Você tem uma língua afiada, Carew, qualquer hora vai se cortar.

— Ora, Paul. Lembra-se do relógio de sol de Charlie Whitwell? Eu estava com você quando o comprou. E sei quanto custa, mais que uma aula de astronomia, com certeza.

— Foi uma troca justa. *Quid pro quo.*

— Não pense que pode me tapear com seu latim. Está tentando parecer inteligente.

— Quando conhecer Jamal melhor, vai compreender. Vamos chamar de... encontro de mentes. Eu me considero o ganhador.

— Você é quem sabe, secretário Pindar. — Pegou um dos astrolábios, pôs o dedo através do anel do alto e testou seu peso. — Mas esses presentes são caros.

— Não foram presentes. Eu dei a ele o relógio de sol de Whitwell e um dos astrolábios. Mas os outros instrumentos ele comprou.

Carew observou a sala simples.

— Então ele realmente deve ser um sábio.

— Jamal? — Paul riu. — Acho que não.

Carew olhou sério para Paul.

— Mas ele vai nos ajudar, assim mesmo.

Naquele momento Jamal e seu servente voltaram. O astrônomo estava vestido para sair, com uma túnica por cima das roupas caseiras.

— Meus amigos — falou, desculpando-se —, sinto muito, mas preciso sair. Uma coisa... inesperada. — Pareceu cansado de repente. — Mas por favor, fiquem. Olhem tudo o que quiserem. Meu menino aqui vai cuidar de vocês — disse, passando a mão com carinho na cabeça do menino.

Quando estava saindo, virou-se e disse:

— Você está bem, não é, Paul?

— É claro. Por que pergunta?

— Parece... inquieto. Mas creio que estou enganado. — E com um sorriso, foi embora.

Depois que Jamal saiu da sala houve uma pausa.

— Não diga que não avisei.

— Não se preocupe, ele vai voltar.

Paul foi para uma das janelas de treliça e ficou olhando pensativo para o alto dos telhados abaixo. Enquanto olhava, viu na viela Jamal saindo da casa. Com ele, uma mulher sem véu, com roupas características de judia.

— Espere um instante, tenho certeza de que conheço essa mulher de algum lugar — disse Carew, que se aproximara dele e também vira a mulher.

— Conhece, sim — Paul falou. — Todo o mundo a conhece.

— É aquela Malchi?

— Esperanza Malchi — disse Paul, afastando-se da janela para não ser visto —, a *kira* da validé, uma espécie de agente ou mensageira. Ela tem acesso ao harém do sultão... — falou, esfregando o queixo, pensativo. — Estava com a validé no dia em que levei os presentes da rainha.

— O que será que ela quer com Jamal?

Paul não respondeu. Ficou observando a judia caminhando à frente de Jamal com um andar ondulante pela rua estreita. Esperanza tinha um ar de quem está acostumada a ser seguida, pensou. Tirou o *compendium* do bolso e ficou virando-o na palma da mão.

— Suponha que Jamal descubra para você que uma inglesa, Celia, está realmente lá. O que pretende fazer, Pindar? — disse Carew por trás dele.

— Se Celia estiver viva, vamos tirá-la de lá, é claro. — Com a mão trêmula levou o *compendium* aos lábios.

— Eu sabia que você ia dizer isso — Carew falou, perdendo de vista Esperanza e Jamal. — Vai ser mais interessante do que eu pensava — acrescentou com satisfação.

Mais tarde, naquela mesma manhã

O agá Hassan acordou com um som de vozes.

— Ele está falando? O que está dizendo?

Ele percebeu imediatamente que era a voz de Safiye. O que ela estaria fazendo naquele lugar escuro? Mas antes de descobrir a resposta, uma coisa deixou-o ainda mais perplexo: uma voz de homem respondeu. Um homem dentro do harém? Não era possível...

— Não consigo... não está claro. — Sentiu que a segunda pessoa inclinava-se, como que para ouvir melhor. — Um sonho. Ou uma alucinação. Bem natural nessas circunstâncias.

— Então ele ainda está vivo — disse Safiye de novo. — Será que pode nos ouvir?

— É difícil dizer. Seu corpo está paralisado, mas o espírito... — O homem colocou as pontas dos dedos nas narinas do agá Hassan para sentir sua respiração. — É — confirmou —, seu espírito continua vivo.

— Há alguma coisa que se possa fazer?

O homem hesitou.

— Não sou médico...

— Sei disso — ela falou com impaciência. — Trouxe-o aqui porque você tem... outros poderes. Nós... eu... quero saber se ele vai sobreviver. Preciso saber qual será o seu destino.

— Não posso dizer nada sem preparar os mapas, e isso leva tempo. Mas talvez... — houve uma curta pausa, depois o homem continuou — ... talvez eu possa examiná-lo.

— Faça o que for necessário, e sem medo. Qualquer coisa, compreendeu? Você sabe que sempre terá minha bênção.

O agá Hassan ouviu acenderem uma lâmpada e a luz ser trazida para perto. Sentiu alguém inspirando com força.

— Em nome de Deus misericordioso, compassivo — o homem balbuciou um *besmele*. — Quem poderá ter feito uma coisa assim?

— Foi veneno? — Safiye falou fora do alcance da luz que iluminava o quarto. Sua figura, toda coberta, lançava longas sombras na parede.

— Sim, foi veneno, sem dúvida. — As palavras pareciam presas na garganta do homem.

Mãos secas e quentes percorreram a pele glabra do rosto e do peito do agá Hassan. O ar foi impregnado de um leve cheiro de sândalo.

— Lesões. Veja, há lesões por todo lado. Pobre criatura... — Apertou com cuidado o lado da sua cabeça. — E ele sangrou pelas orelhas. — Inspirou com força de novo. — E pelos olhos. Quem teria feito uma coisa assim? Quem teria intenção de infligir tanto sofrimento?

— Isso não importa. Ele vai sobreviver?

O homem passou as mãos com cuidado sobre a barriga monstruosamente dilatada do agá Hassan.

— Seus órgãos internos estão inchados, muitíssimo maiores que o normal. — Pegou o pulso do agá Hassan entre os dedos durante longo tempo. — Mas por algum milagre o pulso está bom.

— Diga — ela repetiu, impaciente —, ele vai sobreviver?

— O eunuco-chefe negro tem a força de muitos homens — respondeu, sentando-se nos calcanhares. — Se for bem cuidado, é possível que sobreviva.

— Então você vai ter de ajudá-lo, você tem poderes...

— Ai de mim, creio que meus poderes, como a senhora diz, são poucos para ajudá-lo agora. Como se pode ver, o estrago já foi feito. — Olhou em volta do quarto úmido e sem janelas. — Ele precisa de bons cuidados. Mas não aqui. Precisa de luz, ar...

— Nós vamos providenciar tudo isso — disse Safiye, lacônica. — Nem mesmo eu posso manter o eunuco-chefe negro escondido indefinidamente. Mas precisava que o visse primeiro, antes de qualquer outra pessoa. Ele precisa de uma outra coisa. Faça um talismã de proteção, o mais poderoso que puder. E se ele sobreviver você será recompensado, ricamente recompensado, juro. Sempre fui bastante generosa com você, não fui?

O homem não respondeu imediatamente. Pouco depois fez uma reverência com a cabeça e disse:

— Vou fazer o que a senhora deseja, mas primeiro quero saber uma coisa: quem são os inimigos dele? E como a senhora pode saber que não vão tentar a mesma coisa de novo?

— Não há nada a temer. — A sultana Safiye deixou as sombras e entrou no clarão de luz que vinha da lanterna do homem. — Você está sob minha proteção.

— Eu não temo por mim, a senhora sabe — disse o homem, tão baixo que mal se ouvia. — A senhora sabe quem fez isso? Precisa me dizer a verdade, majestade.

Houve uma longa pausa.

— Sim.

— Então deve me dar os nomes. O talismã não vai funcionar sem esses nomes.

O agá Hassan tentou ouvir a resposta de Safiye, mas só ouvia o som do sangue nos seus ouvidos.

Mais tarde, muito mais tarde, Hassan acordou novamente. Sentiu uma pressão na bexiga e percebeu que precisava urinar. Deviam ter lhe dado água ou alguma outra espécie de líquido para substituir os fluidos que tinha perdido.

A pressão tornou-se mais intensa, mas ele sabia que não podia urinar sem sua pena. Pôs a mão na cabeça, mas o barrete branco e alto dentro do qual enfiava a pena não estava lá. Juntando todas as suas forças, rolou o corpo para o lado. O esforço fez seu coração bater mais forte. Nessa posição, esticou um braço para procurar a pena no chão frio, mas não a encontrou. Gotas de suor escorriam pela sua testa e entre as dobras da nuca gorda.

Tinham tentado envená-lo, percebia com bastante clareza agora. Tinham tentado matá-lo, mas não conseguiram. Não sabiam que o agá Hassan tinha a força de dez homens. Mas sem sua pena, sem poder urinar, nem mesmo a força de cem homens poderia salvá-lo.

O agá Hassan, o Pequeno Rouxinol, deitou-se de costas no colchão de palha com a bexiga intumescida. Seus olhos começaram a se fechar de novo, e conseguiu divisar apenas uma linha de luz passando pelo quarto. Havia uma porta. Voltou a delirar de novo. Lembrou que o tinham enfiado em um buraco na areia até o pescoço, e que uma menina vinha vê-lo e untava sua boca com um óleo para aliviar os lábios inchados.

Lilian. Pobre Lilian. Eles eram crianças então.

Juntando toda a sua força de novo, rolou o corpo de lado e dessa vez descobriu que conseguia ficar acocorado. Esperou que o coração desacelerasse. Uma lembrança veio à sua cabeça com toda a clareza, a de Lilian e ele sentados juntos observando o céu nas noites do deserto. Sentiu uma fisgada de alguma coisa que não podia identificar em um lugar que talvez fosse seu coração. Estaria sentindo remorso?

Levantou-se e foi andando na direção da luz.

Capítulo 12

Constantinopla, 2 de setembro de 1599

Manhã

nneta!
— Celia!
— Você voltou.
— Voltei, como está vendo.
— Não sabia... onde você...? Shhh! — Anneta levou o dedo aos lábios. Dois cachos úmidos de cabelo escorriam-lhe pelo pescoço. — Ela vai ouvir.

Esticou o queixo na direção da chefe das moças, uma macedônia nariguda de cara ácida que patrulhava o pátio externo da casa de banho comunitária das *cariyes*. A mulher tinha na mão um chicote com cabo de madeira que não hesitava em usar naquelas que tagarelavam muito.

— Alguma coisa aconteceu — Celia sussurrou, ajoelhando-se ao lado de Annetta em uma das banheiras de pedra.

— Que tipo de coisa?

— Não sei. Mas achei que você talvez soubesse... não disse ontem que estava com uma sensação estranha? Hoje de manhã cedo houve uma agitação no palácio e muita gritaria. Você não ouviu?

— Gritos de verdade?

Celia e Annetta já estavam havia tempo suficiente na Casa da Felicidade para avaliar a seriedade de qualquer barulho no silêncio geralmente monástico dos aposentos da sultana validé. Um grupo de chefes mais velhas conversava no pátio em voz baixa. Dos quartos de cima vinha um ruído de pés correndo e o eco distante de vozes abafadas.

— Na verdade, sei de uma coisa. — Annetta deu uma olhada rápida para a chefe que dava ordens a uma das serventes. — Mas você tem de *jurar* que não vai contar a ninguém. — Sentiu um tremor de medo. — Por muito menos puseram *cariyes* dentro de um saco e as afogaram.

— Do que está falando? — Celia olhou em volta, aflita.

— Eles o encontraram, só isso.

— Encontraram quem?

— *Ele*. O eunuco-chefe negro.

Celia olhou para Annetta sem entender nada. Lembrou-se do terrível gigante negro com um barrete branco, andando à sua frente remexendo os quadris. Lembrou que sua pele negra brilhava e o pescoço gordo era todo pregueado.

— Ele estava desaparecido?

— Você não sabe de nada, pombinha? — Annetta olhou-a exasperada, mas não ouviu nenhuma resposta. — Ontem disseram que ele tinha ido tratar de uns negócios para a validé, em Edirne. Hoje, guardas do jardineiro-chefe o encontraram caído num canto dos jardins do palácio. Ninguém tinha ideia de como conseguiu chegar lá. — Falou bem baixinho no ouvido de Celia: — Eu fiz o eunuco Jacinto me contar, aquele que está apaixonado por Fatma, a primeira camareira da validé. Dizem que ele está terrivelmente desfigurado. Foi envenenado. — As palavras pareciam presas em sua garganta. — Ninguém sabe ao certo se vai sobreviver!

Para espanto de Celia, os olhos dẽ Annetta encheram-se de lágrimas.

A macedônia fora substituída por uma das subchefes, uma georgiana, que se aproximou delas. Seus tamancos de madeira soavam no chão de mármore.

— Chega de conversa, *cariyes* — disse, estalando o chicote na banheira, mas sem a maldade da atendente-chefe, que sentia prazer em fazer sangrar as mãos das meninas com as chicotadas. — Todas para seus quartos, por ordem da validé.

No mesmo instante as outras jovens da sala de banho levantaram-se obedientemente e saíram. Celia viu que faziam sinais umas para as outras, a linguagem usada por todos no palácio quando a regra do silêncio entrava em vigor.

Levantou-se, protegendo Annetta o melhor que pôde. Pela expressão do rosto da georgiana, sabia que fora reconhecida, e sentiu, pela primeira vez, o poder do seu novo status. Embora ainda não fosse uma concubina oficial, o rosto da mulher lhe dizia claramente que ela era uma *gözde*. Valia a pena infringir uma regra por ela — pelo menos por enquanto.

Seu status lhe deu coragem.

— Madame... — disse, fazendo uma reverência de agradecimento à mulher, pela primeira vez, do modo formal que aprendera no harém. — Eu creio... creio que não estou bem. — Pôs a mão no estômago e disse com o máximo de autoridade que conseguiu: — Pedi a Ayshe, a camareira da validé, para me acompanhar até o quarto.

— Bom... — A subchefe deu um passo atrás e observou-as com ar de dúvida. Ao vê-la hesitar, Annetta pôs a mão debaixo do braço de Celia.

— Sua Majestade, a sultana validé, recomenda uma compressa fria nessas ocasiões. — Antes que a mulher pudesse objetar, levou Celia até a porta. — Vou cuidar disso imediatamente, subchefe das moças.

— Uma compressa fria? Eu estava com a mão no *estômago*, não na cabeça... o que será que ela pensou?

— Não importa, por sorte não lhe demos tempo para pensar. — Sacudiu a cabeça para Celia com um risinho. — Ora, ora. Então foi para cá que trouxeram o novo *culo* do sultão, hein? — Olhou em volta do quarto mínimo para o qual tinham mandado Celia na véspera do seu encontro com o sultão, segundo a etiqueta do palácio. Annetta passou a mão nos azulejos verdes e frios, depois olhou pela treliça do alto da porta, que dava para o pátio da validé.

— Ei, você pode ver tudo daí, não é?

— E todos podem me ver.

— E o que você esperava?

Embora Annetta ainda estivesse um pouco pálida, parecia ter recuperado seu senso de humor. Celia viu seu olhar esperto varrer o quarto rapidamente, notando as almofadas de cetim, a riqueza dos nichos azulejados nas paredes, as portas incrustadas de madrepérola. Em uma cômoda aberta viu o camisão de cambraia que ela vestia quando a levaram para o sultão, e a capa forrada de pele de marta que tinham posto em volta dos seus ombros. O quarto era muito pequeno, e fora essas pequenas coisas era bem despojado, mas nos aposentos das *cariyes*, como Celia sabia, umas seis meninas dividiam um quarto espartano não muito maior que aquele.

Annetta não queria perder tempo com ciúmes bobos. Abriu a porta para o pátio e testou as dobradiças, que rangeram.

— Hmmm. Eu já devia saber. Ela controla tudo.

— Quanto tempo mais vão me deixar aqui, você sabe?

— Ele já pediu para você voltar, para tirar sua virgindade e escrever seu nome naquele grande livro?

— Ainda não. — Celia não sabia se isso lhe dava vergonha ou alívio.

— Então não sei — disse Annetta, dando de ombros. — Talvez a deixem aqui por mais um dia ou uma semana. — Simulou um ar de indiferença, depois perguntou: — Ele deu alguma coisa a você?

— Só esses brincos — disse Celia, tirando uma caixinha de um nicho na parede. — Pérolas e ouro, acho. Nós temos permissão de pegar qualquer coisa que ele deixa para trás. Olhe aqui. — Colocou os brincos nas duas mãos. — Pode ficar com eles. Eu lhe devo isso. Pela *cariye* Lala, lembra?

— Não adiantou de muita coisa. — Acocorou-se no chão e levou os brincos mais para perto da luz. Depois deu uma mordida em uma das pérolas, para testar. — De água doce — falou, em tom meio acusador, como se Celia tivesse tentado valorizar demais as pérolas. — Não são de tão boa qualidade quanto as pérolas do mar, mas grandes como ovos de pombo. — Colocou os brincos com cuidado em cima da cama. — Quer meu conselho? Peça esmeraldas da próxima vez.

Celia guardou os brincos na caixa. Fez-se silêncio por um instante, depois ela disse:

— Eu não queria ter sido escolhida, Anneta. Na verdade, queria de todo o coração que tivesse sido você.

— Um *culo* novo em folha para aquele velho gordo? — Fez uma careta. — Não, obrigada. Você ainda não entendeu, não é? Fui criada em um bordel, para mim bastou. Esse lugar é na verdade um bordel para um único cliente, velho e gordo. Todos fazem de conta que é uma honra extraordinária ser escolhida por ele. *Madonna!* — Virou-se para Celia e falou, furiosa: — Eles fizeram um mau negócio quando me trouxeram para cá. Já parou para pensar em por que acabei em um convento? Minha mãe, uma vez, tentou me vender para um velho como esse, e eu o mordi com tanta força que juro que ele nunca mais vai tocar em um *culo*. Eu só tinha 10 anos, era uma criança. Se tentarem me levar para aquele galo velho — inclinou a cabeça, indicando os aposentos do sultão — juro que vou mordê-lo também, vou mesmo.

— Basta! — O rosto de Celia estava corado. — Um dia você vai conseguir que nos matem por causa dessa sua língua.

— Eu sei, eu sei, desculpe — disse Annetta, andando de um lado para outro no quarto mínimo. — Há alguma coisa estranha acontecendo hoje, está percebendo?

Espiou pela fenda da porta, mas não viu ninguém no pátio. Virou-se de novo para Celia, com a mão na garganta.

— Por que está tudo tão quieto? Você disse que tinha ouvido alguém gritando?

— Disse. Hoje de manhã bem cedo, no quarto da *haseki*.

— No quarto da *haseki* Gulay?

— É, o quarto dela é em frente ao meu. — Celia apontou para o outro lado do pátio. — Bem ali.

— É mesmo? — Anneta ficou bem quieta, espiando pela fenda da porta. — Há uma pequena cúpula por cima do quarto, então devem ser dois andares... — Esticou o pescoço, tentando ver mais adiante no pátio. — Muito espertos. O quarto deve ter pelo menos três entradas. Deve ser ligado também com a casa de banho da validé...

— É ligado, sim — disse Celia, chegando junto dela. — À noite dá para ver as estrelas daqui. Lembrei do dia em que Paul estava no navio do meu pai. Paul conhecia as estrelas.

— Esqueça as estrelas, sua boba! — disse Annetta, ríspida. — Esqueça tudo que pertence ao passado.

— Não consigo.

— Mas é preciso.

— Como? Como? — Celia perguntou, aflita. — Eu não sou nada sem meu passado...

— É claro que é, pombinha — Annetta disse com raiva. — Vai ser uma pessoa com um futuro.

— Você não entende — Celia falou, pondo as mãos na barriga. — Eu sonho com ele toda noite, com Paul... cheguei até a pensar, quase pensei que o tivesse visto no outro dia, visto eles todos — falou com tristeza, lembrando do navio de açúcar com as figuras nos mastros, certa agora de que não podiam ser reais.

— É melhor não pensar muito nisso — disse Annetta, virando-se para Celia, com uma expressão dura. — Quantas vezes vou precisar dizer isso? O passado não é bom para você, *capito?* Sonhar com ele não a levará a lugar algum.

Celia olhou para Annetta, pensativa. Lembrou-se de como tinha se ligado a ela nos primeiros dias e semanas do cativeiro. Os corsários otomanos disseram que ela tinha um gênio do diabo e pensaram em jogá-la ao mar, como tinham feito com as duas outras mulheres, as duas freiras do convento de Annetta, com as quais viajava, que eram velhas demais e dariam um lucro mínimo no mercado de escravas em Constantinopla. Mas Celia sabia que fora precisamente seu gênio, e sua esperteza, que as salvara. Annetta parecia sempre saber como agir — quando lutar, quando agradar; quando brilhar e ser notada e quando se fazer invisível. De certa forma, tinha conseguido manipular a todos, até mesmo a comerciante de escravas de Constantinopla, de cuja casa elas tinham sido vendidas uns dois anos mais tarde, como presente da favorita do sultão à validé.

A morena e a loura juntas, senhora. Celia lembrou como Annetta a tinha enlaçado pela cintura, lascivamente, e apertado o rosto no seu. *Olhe, nós podíamos ser gêmeas.* Contra todas as possibilidades, fora ela quem conseguira mantê-las juntas.

Mas como? Observando-a, Celia sentiu-se cada vez mais inquieta. Nunca tinha visto Annetta tão nervosa. Ela tinha até chorado, lembrou-se espantada, ao saber do envenenamento do eunuco-chefe negro. Celia nunca a tinha visto chorar. Se o agá Hassan morresse, o que aconteceria? Ele era temido por quase todas as *cariyes*. Quem no harém choraria sua morte? Decerto, não Annetta.

— Você já viu a *haseki*? — Annetta perguntou, espiando com curiosidade pela fenda da porta.

— A *haseki* Gulay? Eles me mudaram para cá há apenas dois dias, então ainda não a vi... pelo menos não daqui. Mas acho que a verei. Quando o sultão mandar nos buscar, buscar a *haseki*, a chefe das moças terá de escoltá-la até o pátio e entregá-la aos eunucos. — Celia deu de ombros. — Ela fica no quarto quase o tempo todo. Não podemos ir a lugar algum. Não há nada para fazer.

O pátio estava mais silencioso que o normal. Até mesmo Celia começou a sentir isso. Duas pombas nos telhados arrulhavam, quebrando o silêncio.

Annetta sentiu um arrepio súbito, seu rosto estava vermelho.

— Dizem que ela não está bem. A *haseki*.

— Dizem? — Celia repetiu com tristeza. — Dizem muita coisa neste lugar. — Veio-lhe à cabeça a lembrança do quarto iluminado a vela, e a concubina Gulay chorando aos pés do sultão. Sacudiu a cabeça lentamente. — O sultão ama a *haseki*, é só o que eu sei.

— Ama? O que *ele* sabe sobre amor? — Annetta disse com ar enojado.

— O que alguém neste palácio sabe sobre amor? *Você* não imagina, sua sedutorazinha, que está sendo oferecida para que ele se apaixone por você?

— Não — Celia respondeu, suspirando de novo. — Não sou tão boba a ponto de pensar isso. — Um raio de sol atravessou a fenda da porta, iluminando o interior sombrio do quarto, e ela sentou-se na beira do divã. Estendeu a mão e ficou observando sua pele pálida na claridade, e o lindo cabelo louro avermelhado. — Mas eu já me apaixonei uma vez.

— Já se apaixonou? Pois eu digo que paixão não existe.

— Existe sim — Celia insistiu.

Annetta olhou para ela.

— Você acha que estava apaixonada pelo seu mercador, é isso?

Celia ignorou seu sarcasmo.

— Meu pai queria que nos casássemos.

— Sorte sua, pombinha, a maioria dos pais não considera esses sentimentos quando escolhe um marido para a filha. Então por que não se casou com ele?

— Você sabe por quê. — Celia respondeu. — Nós íamos nos casar na Inglaterra. Eu estava voltando de Veneza no navio do meu pai quando... Você sabe o que aconteceu.

— Ainda bem que não se casou antes — Annetta acrescentou sem piedade —, ou talvez tivesse sido jogada no mar com as freiras. — Mas sentindo que podia ter ido longe demais, continuou num tom mais suave: — E então? Fale sobre ele. Se bem que não vai ser a primeira vez que ouço isso. Só não quero que despeje sua mágoa em mim. Ele era mercador, não era? — perguntou, pondo a mão no quadril.

— Era amigo do meu pai.

— Um velho, então? *Faush!* — disse, franzindo o nariz de nojo. — Mas muito rico, não é? — acrescentou, esperançosa. — Vou dizer uma coisa, eu nunca me casaria com um homem que não fosse rico.

— Não, não, ele não era nada velho — Celia falou.

— Mas *era* rico?

— E inteligente, um acadêmico. E bom.

E me amava, teve vontade de dizer. Ele me amou e eu o amei desde o começo. Lembrou-se do dia em que se encontraram no jardim do mercador Parvish, em Bishopsgate. Fora na véspera da sua viagem para Veneza, dois anos antes do naufrágio. Ela tinha 18 anos. Ele não a reconhecera, de tanto que tinha crescido.

— Não está me reconhecendo, Paul? — perguntara, rindo, fazendo uma pequena reverência.

— Celia? Celia Lamprey? — ele disse, franzindo o rosto ao sol. — Como você cresceu! Fiquei longe tanto tempo assim? Como você cresceu — repetiu, olhando-a de alto a baixo, como se não soubesse mais o que dizer.

— Vamos entrar? — ela perguntou finalmente, esperando que a voz não mostrasse sua relutância.

— Bom — ele considerou com cuidado —, seu pai ainda está ocupado com Parvish. — Olhou para a casa, depois lhe deu o braço. — Espero que você não se negue a dar um passeio comigo primeiro.

Celia lembrou-se dos lindos canteiros de lavanda azul, das folhas prateadas das bétulas do jardim murado. Ele olhou-a como se a visse pela primeira vez. Sobre o que tinham conversado? Veneza, as viagens dele, a caixa de surpresas de Parvish... Ele lhe mostraria essas surpresas — dentre elas um chifre de unicórnio e um cacho de cabelo de sereia —, mas os dois tinham muitas outras coisas para conversar...

Quando Celia voltou à realidade, Annetta continuava ao lado da porta.

— Um mercador inteligente e rico... bem interessante — disse. — E não era velho! *Madonna*, não é de surpreender que você ainda acredite no amor. Eu também acreditaria, se tivesse tido essa sorte. E não me diga que ele era bonito também. — Seus olhos brilhavam. — Tinha pernas bonitas? Sempre pensei que até mesmo eu aceitaria me casar se o homem tivesse pernas bonitas.

Com esforço, Celia recompôs-se.

— Tinha pernas bonitas, sim — falou sorrindo.

— E falava com você em um tom carinhoso? Não precisa responder, seu rosto já disse tudo — falou, com pena de Celia. — Minha pobre pombinha.

Celia ficou em silêncio, e algum tempo depois disse:

— Ele teve de fazer uma viagem semanas antes de sairmos de Veneza. Na verdade, creio que tenha vindo para cá, para Constantinopla. Com o embaixador da rainha. Iria encontrar-se conosco na Inglaterra.

— Ele veio para cá? — Alguma coisa na voz de Annetta fez com que Celia levantasse os olhos. — Você nunca me disse isso. Veio para Constantinopla? Tem certeza?

— Tenho, mas faz muito tempo, pelo menos dois anos, e ele ia ficar pouco aqui. Deve estar em Veneza agora. Por quê?

— Nada, nada. — Annetta pareceu de repente ter uma ideia. — Celia!

— O que foi?

— Ele sabe que você morreu?

— Se ele sabe que eu morri? — Celia quase riu. — Mas eu não morri, caso você não tenha notado. Que coisa boba dizer isso! Você quis perguntar se ele soube do naufrágio do navio do meu pai. Decerto soube — respondeu secamente. — Metade da mercadoria do navio lhe pertencia.

— E sobre nós? — Os olhos de Annetta brilharam. — Pombinha, já parou para pensar se alguém sabe o que realmente aconteceu conosco?

— Houve uma época em que não pensava em outra coisa — Celia respondeu com tristeza. — Mas você me curou disso, lembra? Não olhe para trás, você disse. Só conseguiremos sobreviver se não olharmos para trás.

— Sim, você tem razão, é claro.

Aquele gesto nervoso de novo, o nó na garganta.

— O que aconteceu, Annetta? — Celia perguntou, curiosa. — Você parece estranha hoje. — Tentou pôr o braço em volta dela, mas Annetta afastou-a.

— Celia, preciso lhe dizer uma coisa... mas não sei como... — Parecia lutar com as palavras, como se falasse consigo mesma. — Mas não, agora não. Desculpe, mas é tarde demais, tarde demais...

Então, parou de súbito. Afastou-se da porta, com o corpo tenso.

— Cuidado! Alguém está vindo.

Do portão que ligava o pátio da validé aos aposentos dos eunucos, vinha andando uma mulher. Apesar de não usar véu, estava com roupa de rua: uma mulher baixa e robusta, com uma longa túnica preta por cima do vestido.

— Esperanza! — Annetta sussurrou. — Esperanza Malchi.

Havia muitas *kiras* ligadas ao palácio. Mulheres, na maioria judias, que ganhavam a vida trazendo pequenas encomendas para as mulheres do harém e que, por não serem muçulmanas, tinham relativa liberdade para entrar e sair do palácio. Mas Esperanza, como se sabia, só trabalhava para a validé.

— Não gosto dela. Ela compra todos os eunucos, ninguém sabe exatamente qual é a sua função — disse Annetta, franzindo a testa. — E sabe do que mais? Melhor nem perguntar.

A mulher atravessou o pátio lentamente. Levava uma bengala com cabo de prata, que girava de um lado para o outro enquanto caminhava.

— Olhe para ela, velha medonha — disse Annetta com a expressão fechada. — Tem joanetes, espero. Todas elas têm. Já notou que todas as mulheres velhas daqui andam como se estivessem pisando em ovos?

Celia sentiu de repente uma pontada de medo, sem que soubesse por quê.

— Quieta, ela pode ouvir você!

A meio caminho do pátio, a mulher parou e olhou em volta. Depois, aparentemente satisfeita por não ver ninguém, foi andando com velocidade surpreendente até a porta de Celia.

139

Instintivamente, as duas esconderam-se nas sombras. Annetta encostou-se à parede e Celia foi para trás da porta.

Do lado de fora ouviram um arrastar de pés, depois fez-se silêncio. Celia fechou os olhos. Nada. A mulher devia estar com a mão na porta aberta. Finalmente, ouviram um suave rangido. A porta se abriu mais um pouco, depois parou. Celia podia sentir o sangue subindo a sua cabeça, como se estivesse sufocando. Finalmente, não aguentou mais. Abriu os olhos e quase gritou.

Um olho olhava-a por um buraco na treliça. Aterrorizada, deu um passo para trás. Seu coração batia tão alto no peito que a mulher devia ter ouvido. Mas ela pensou: que loucura é essa? Por que estamos nos escondendo? Tenho o direito de estar aqui. Preciso abrir a porta, enfrentar essa mulher. Mas não conseguiu. Todo o seu instinto lhe dizia para ficar quieta. Mas não adiantou, aos poucos sentiu o joelho se dobrar.

Nesse momento, evidentemente satisfeita com o que tinha visto, Esperanza recuou de repente. Fechou a porta, ajeitou-a para ficar exatamente como estava antes, e com seu andar esquisito foi para o outro lado do pátio. Na entrada do apartamento da *haseki* parou de novo, e dessa vez empurrou a porta sem olhar.

A porta se abriu imediatamente. Celia viu a mulher tirar um pacote volumoso de sob as dobras da túnica farta. Uma mão invisível pegou o pacote e a porta fechou-se novamente, com tanto silêncio como quando fora aberta. Esperanza Malchi continuou seu caminho, batendo com a bengala na pedra.

Minutos depois desapareceu de vista, e fez-se silêncio. Então Annetta começou a rir.

— Olha sua cara! Meu Deus, como você é medrosa! Parece que viu um fantasma!

— Ela olhou para mim — disse Celia, tremendo, sentada no chão. — Juro que olhou direto para mim.

— Você estava tão engraçada! — Annetta espalhou-se sobre as almofadas do divã, com a mão cobrindo a boca.

— Você acha que ela me viu?

— Não, é tão claro lá fora que ela não poderia ver nada aqui dentro. Ficaria tudo escuro como um túmulo.

— Mas ela estava muito perto... — Esticou dois dedos e viu que sua mão estava tremendo.

— Eu sei... sua cara!

Uma espécie de histeria apoderou-se de Annetta. Ela rolou de um lado para o outro e tirou a rede dourada que usava presa na nuca.

— Pare com isso! Pare, por favor... — disse Celia, sacudindo-a pelos ombros. — Você está me dando medo...

— *Não consigo!*

— Mas precisa parar. — Outra ideia ocorreu a Celia. — Além do mais, você não deveria estar aqui. Precisa ir embora. A validé vai querer saber onde você está.

— Não. Ela nos dispensa durante algumas horas. Em geral faz isso quando aquela Malchi entra.

Mas a mera menção da validé teve um efeito calmante. Annetta sentou-se e deu uma pancadinha nos olhos, assumindo de repente um ar sério.

— *Madonna*, como estou com fome, poderia comer um boi.

— Com fome? — perguntou Celia espantada, com uma vaga sensação de náusea ao pensar em comida. Annetta ajeitava o cabelo e prendia a rede como se nada tivesse acontecido, como se a tensão que sentia antes tivesse se evaporado.

— No convento — começou, alegre de novo — sempre diziam que eu ria demais e comia demais... — Parou de repente. — O que foi isso?

— Isso o quê?

— Olhe ali, na soleira da porta.

Celia levantou-se para olhar.

— Que estranho!

— Por quê?

— Parece... parece areia — disse Celia. — Areia azul e branca. Com um desenho — olhou de novo — de um olho.

— Um olho? — Annetta pulou da cama e tentou afastar Celia da soleira. — Não toque nisso.

— Deixe de bobagem, é claro que não vou tocar.

Mas quando Annetta a segurou ela perdeu o equilíbrio e caiu de lado. Ao cair empurrou Annetta, que pisou na areia. Houve um silêncio curto e desagradável.

— O que foi que eu fiz? — disse Annetta, olhando para o pé.

— Nada, nada. Venha para dentro agora.

Falando com ela da forma mais calma possível, empurrou-a para dentro do quarto e fechou a porta. As duas entreolharam-se.

— Bom, nós sabemos alguma coisa sobre Esperanza Malchi que não sabíamos antes. — Annetta, com o rosto pálido, olhou para Celia através das sombras. — Juro por Deus que essa mulher é uma bruxa.

Capítulo 13

Constantinopla, 2 de setembro de 1599

Meio-dia

— Onde o encontraram?

— No quiosque do norte, majestade. Dentro dos muros do palácio.

A sultana Safiye examinou o corpo intumescido do agá Hassan, deitado à sua frente em uma cama de almofadas.

— O que ele tem na mão?

— Um pedaço de junco, majestade. — O eunuco baixou os olhos. — Ele usava isso para esvaziar a...

— Eu sei para que o usava — Safiye interrompeu, impaciente. — O médico está aqui?

— Sim, majestade. Está esperando nos aposentos dos pajens. Quer que eu o chame?

— Imediatamente.

A um sinal, um eunuco colocou um tamborete para ela e dois outros trouxeram um biombo dobrado para ocultá-la enquanto o médico fazia o exame. A sultana Safiye sentou-se e olhou em volta. Ainda não tinham conseguido carregar o agá Hassan para a enfermaria principal, colocaram-no em um quarto grande, mais perto dos portões do harém. Era um lugar sem sol, sem móveis, de paredes azulejadas. Era tão raro a validé aparecer nessa parte do harém que os eunucos amontoaram-se uns sobre os outros no corredor, do lado de fora, os rostos negros mudos de espanto com os acontecimentos das últimas horas. A mera lembrança deles — boca aberta, queixo caído, mãos fazendo sinais na linguagem silenciosa do palácio — deixou-a subitamente furiosa. Que idiotas! Acham que eu não posso entender quando falam com as mãos, pensou; a presença e o medo deles me ensurdecem. Qualquer das minhas mulheres tem mais juízo que eles todos, a não ser o agá Hassan, é claro. Em que ele estaria pensando para fugir desse jeito? Não confiava nela, não sabia que o protegeria? Gostasse ou não, todos estavam sabendo agora; e nem mesmo ela conseguiu manter o segredo do veneno por longo tempo. De certa forma, teve um tempo vital para planejar, manobrar. Olhou de novo para a figura deitada de bruços. Encontrado no jardim... bom, já sei quem você estava procurando. Um pouco daquele antigo sentimento familiar — seria excitação ou medo? — lhe percorreu a espinha. Ele não a trairia. Não agora, depois de todos esses anos.

A seu sinal o médico se aproximou. Como o médico oficial do palácio era diferente dos outros! A sultana Safiye observou-o entrar: um eunuco branco da escola do palácio. Seu rosto era pálido, de um branco esverdeado, como uma aranha de um jardim velho.

Fazendo uma reverência na direção do biombo, o médico dirigiu-se para a cama improvisada onde estava o agá Hassan. Um grupo de eunucos negros mais antigos abriu um pouco a roda para que ele se aproximasse. Fez-se silêncio completo quando o médico pôs o ouvido no peito do agá Hassan, ao mesmo tempo colocando dois dedos na sua garganta para tentar sentir a pulsação.

— Em nome de Deus misericordioso e compassivo — pronunciou, em tom agudo —, ele está vivo!

Um suspiro coletivo, como uma brisa através das folhas de outono, passou pelo quarto.

Encorajado, o médico pegou o braço do agá Hassan e examinou a palma da sua mão com cuidado. As unhas eram grossas e curvas, amareladas como os ossos de um elefante velho. Durante longo tempo fez-se silêncio de novo. Os eunucos permaneceram imóveis, uma imobilidade imposta por anos de disciplina rígida. Finalmente uma única voz falou:

— Diga o que aconteceu com o nosso chefe.

Foi o eunuco mais jovem que falou. Mais alto e de ombros mais largos que os outros, sua voz — suave como a de uma menina — contrastava com seu físico poderoso. Estimulados pela demonstração de independência, outros eunucos manifestaram-se:

— Sim, diga o que aconteceu, diga.

De repente, como se um feitiço tivesse sido quebrado, houve uma movimentação no quarto escuro. Por trás do biombo, a validé viu os barretes brancos balançando juntos.

— Foi envenenado?

Através da treliça, Safiye viu que era a mesma criatura que tinha falado, o eunuco Jacinto.

— Ahh, não...! — Ela ouviu a inspiração de todos. — Não pode ser veneno!

Alguns eunucos mais jovens, que tinham ficado em silêncio no corredor do lado de fora, começaram a fazer força para entrar.

— Quem fez isso? Quem? — As vozes soavam com estranheza pelo quarto.

— Silêncio! — disse um dos eunucos antigos, o vigia do portão. — Deixem o médico examinar nosso chefe. Afastem-se.

Mas se o ouviram, não o levaram em consideração, e amontoaram-se ainda mais para terem uma visão melhor do chefe.

Levantando a mão para pedir silêncio de novo, o médico ergueu a túnica do agá Hassan. Imediatamente, com um lampejo de pânico, cobriu-o de novo. E o quarto foi impregnado de um odor terrível de pus e carne putrefata.

145

— Aaahhhh... ele está morrendo.

— Apodrecido, apodrecido dos pés à cabeça.

Os eunucos gemeram juntos com voz estridente.

— Quem fez isso vai pagar caro. Vai ser cortado em pedaços.

— Esperem! — O jovem eunuco Jacinto estava ajoelhado no chão ao lado do corpo do agá Hassan. — Vejam! Ele está se mexendo!

Era verdade. Diante deles, seu imenso corpo intumescido começou a mexer-se, e os lábios moveram-se em silêncio.

— Em nome de Alá, está falando! — disse o vigia do portão. — O que ele disse?

O eunuco Jacinto debruçou-se e pôs o ouvido nos lábios do agá Hassan.

— A voz está muito fraca, não consigo ouvir.

Os lábios do agá Hassan moveram-se de novo, e gotas de suor brotaram na sua testa.

— Ele disse... ele disse... — A testa macia do eunuco Jacinto se franziu pelo esforço que fazia para ouvir as palavras do agá Hassan. Então levantou-se, com uma expressão perplexa no rosto. — Ele disse que foi o navio de açúcar que os ingleses mandaram. Foi o navio de açúcar que o envenenou.

A pouco mais de 1 quilômetro de distância, Paul Pindar, secretário do embaixador inglês em Constantinopla, estava no deque do *Hector*.

Passara-se um dia inteiro da visita interrompida a Jamal al-Andalus na torre, mas ele não tivera oportunidade de voltar lá. Os negócios da embaixada — preparações para a entrega longamente adiada dos presentes da rainha Elizabeth ao sultão, e a apresentação de credenciais muito esperada do embaixador — tomavam todo o seu tempo. Naquela manhã, um dos funcionários mais antigos do palácio, o chefe agá dos janízaros, solicitara uma inspeção no *Hector*, e o embaixador tinha ordenado que a tripulação toda o recebesse.

Apesar dos preparativos para a chegada do chefe janízaro, Paul sentia-se solitário; ouvia o rangido familiar dos madeirames do navio e sentia as ondas sob seus pés.

O sol deslumbrante batia nas águas azul-marinho do Chifre de Ouro, agora com o tráfego usual do meio-dia: caíques e pequenos esquifes de pescadores, barcas longas e estreitas usadas pelos funcionários do palácio nos seus afazeres diários, balsas pesadas subindo e descendo o estreito de Bósforo, vindas das silenciosas florestas do mar Negro com suprimentos de lenha, peles e gelo. Na costa de Gálata estavam ancorados uma dezena ou mais de navios maiores. Um vaso de guerra otomano passou a caminho dos estaleiros navais do sultão.

Se Paul viu tudo isso, não demonstrou. Seu olhar estava focalizado em uma única coisa: os telhados dourados e os minaretes do palácio. Carew estaria certo? Teria mesmo visto Celia naquele dia? Apertou os olhos na direção dos contornos, já familiares: a torre da Justiça, a longa fileira de chaminés da cozinha. A distância, entre as copas dos ciprestes, viu um súbito raio de sol batendo na vidraça de uma janela. Seria ela, pensou aflito, procurando-os de um peitoril de janela escondido? Durante todos esses anos trabalhando como mercador, ouvira histórias muito estranhas de viajantes, de ingleses honestos que se tornaram turcos e viviam muito bem nos reinos e potentados do Oriente. Vários deles, pelo que sabia, encontravam-se no palácio do sultão.

Mas Celia? Todos sabiam que Celia Lamprey morrera dois anos antes no naufrágio, juntamente com o pai e os homens a bordo do navio mercante. Lembrou-se de que na sua longa viagem a Veneza, anos antes, gostava de vê-la sentada na proa do navio olhando para o mar — uma figura ao mesmo tempo delicada e destemida. Lembrou-se de que inventava motivos para sentar-se ao lado dela, e que ficavam conversando ali durante horas. Celia, com sua pele branca como pérola e seu cabelo dourado, o havia encantado, e também a todos os homens a bordo. Sua Celia tinha virado comida para os peixes, no fundo do mar Adriático. Paul estremeceu. Seria possível que ela tivesse realmente voltado dos mortos? Ainda o visitava em sonhos, às vezes, como uma sereia agonizante, os longos cabelos enrolados no pescoço, puxando-a para o abismo verde.

E se fosse verdade? E se Carew tivesse realmente visto Celia, se por algum milagre ela estivesse viva, agora prisioneira no harém do sultão? O que ele faria? Não conseguia dormir, não conseguia comer, só pensava nisso.

— Em que pensa tão profundamente, Pindar? — Thomas Glover, seu colega na secretaria da embaixada, um homem grande de cabelos vermelhos, aproximou-se.

— Olá, Glover.

Com esforço, virou-se para cumprimentá-lo. Glover estava acompanhado de três outros homens da embaixada, os dois irmãos Aldridge, William e Jonas, cônsules ingleses em Chios e Patmos, respectivamente, e John Sanderson, um dos mercadores da Levant Company, encarregado da tesouraria da embaixada. Os quatro estavam bem-arrumados, com roupas de festa. Comparados com a indumentária escura e sóbria de Paul, formavam um grupo bizarro.

— O que é isso, remoendo seus pensamentos de novo? Vamos, Paul. Você sabe que os turcos não gostam de homens tristes — disse Thomas Glover.

— Como se alguém pudesse ficar triste ao olhar para vocês, meus amigos — disse Paul, forçando um sorriso. — Thomas, você está brilhando como um cometa. O que é isso... um novo tipo de manga? — Esticou a mão para sentir as mangas elaboradas de seda vermelha e a jaqueta bordada em camurça clara e fina. — E tantas joias quanto uma sultana. Deve haver uma lei contra isso em algum lugar.

— Eu sabia que você gostaria — disse Thomas Glover rindo, o sol batendo nas pesadas argolas de ouro que lhe pendiam das orelhas. Duas grandes ametistas arroxeadas brilhavam na copa alta do seu chapéu preto; pedras preciosas, topázios, granadas e pedras da lua reluziam em todos os dedos da sua mão.

— Então, quais são as notícias, cavalheiros?

— Na verdade, temos uma grande notícia. Dizem que o próprio sultão vem de barco inspecionar o *Hector* esta manhã.

— Ora, ora, o embaixador francês vai ficar mordido — disse Paul, sentindo seu humor melhorar.

— Não só De Brèves, mas o bailio de Veneza também — acrescentou Jonas, o segundo irmão Aldridge. — Nós todos sabemos como eles se preocupam com etiqueta diplomática.

Os dois irmãos estavam quase tão ricamente vestidos quanto Glover. Mas, em vez das pedras preciosas, usavam nos chapéus penas iridescentes de pássaros.

— Sim, sabemos — Paul falou. — O que você acha, Glover? Você conhece as formalidades do palácio melhor que qualquer um de nós. Será que O Grande Homem vem realmente?

— É sempre difícil prever a atitude do Otomano, mas desta vez creio que é muito provável que ele venha. — Thomas Glover passou a mão no queixo barbudo e seus anéis reluziram.

— E é tão importante assim o sultão vir ou não inspecionar o navio? — John Sanderson, o mais velho do grupo, perguntou a Paul.

— Importante? — Paul debruçou-se na balaustrada do navio. — John, você pensa como um mercador. Não estamos falando de passas de Corinto, tecidos ou estanho, e sim de prestígio. Precisamos ser notados. E o sultão nos notou. Com a chegada do *Hector* ganhamos de todos eles. De Brèves e os outros podem caçoar de nós por sermos um bando de mercadores, mas a verdade é que é um jogo bem simples. E nos odeiam porque somos melhores nisso que eles.

— Paul tem razão — acrescentou Thomas Glover. — Todos os olhos estão voltados para o *Hector*, ou seja, para nós. Ao que eu saiba, ainda não apareceu um navio que se igualasse ao nosso nessas águas.

— Que se igualasse a um navio mercante de 300 toneladas? Creio que não — falou William Aldridge com orgulho.

— E se nos tornarmos aliados da Espanha, que melhor símbolo poderia haver da força de nossa rainha, e da força da Inglaterra? — perguntou Glover. — Agora, senhores, por favor nos deem licença. Paul, preciso lhe falar em particular.

Levou Paul a um canto, e os dois homens conferenciaram rapidamente.

— Não importa o que aconteça, Paul, se o sultão vier inspecionar o *Hector* hoje, não podemos arriscar perder nossa superioridade.

— É exatamente o que penso. De Brèves e o bailio farão qualquer coisa para interferir na nossa causa e impedir nosso livre-comércio.

— O que significa que o embaixador deve apresentar suas credenciais o mais rápido possível agora. Nem o sultão nem o grão-vizir negociarão conosco sem credenciais. Teve notícia de Dallam?

— Os reparos do presente da companhia estão quase terminados, ou pelo menos foi o que ele me disse.

— Então devemos pressioná-lo, devemos dizer que é uma questão de máxima urgência terminar esses reparos. Hoje, ou no máximo amanhã, se possível. Os presentes da nossa rainha para o sultão devem ser entregues ao mesmo tempo que as credenciais do embaixador.

— Não se preocupe, vou falar com ele — disse Paul. — Outra coisa, Thomas. Devemos ter cuidado para que Sir Henry minta o mínimo possível...

— Está dizendo que quanto menos problemas ele causar no momento, melhor será? — Glover falou, abertamente. — Eu penso da mesma forma... E por falar nisso, quase me esqueci. Ele quer falar com você imediatamente. Está esperando lá embaixo, na cabine do capitão Parson. É sobre a sultana validé.

— A validé?

— Sim — disse Glover, olhando curioso para Paul —, parece que ela quer vê-lo de novo.

— Carew? — O embaixador, Sir Henry Lello, soou como se tivesse acabado de chupar um limão. — Não acho necessário que ele o acompanhe, Pindar, certamente não.

— Não, senhor, é claro que não. O senhor tem razão.

Paul e Sir Henry estavam conversando na cabine mínima do capitão do *Hector*, na extremidade do navio. Sir Henry puxava a barba para baixo, um tique seu quando estava nervoso ou perturbado, notou Paul.

— Muito irregular.

— Sim, senhor. É melhor agir na surdina, vou providenciar isso.

— Como?

— É irregular, senhor. Como o senhor bem disse. — Paul fez uma reverência respeitosa. — Talvez seja melhor fazer esse tipo de coisa na surdina.

Fez uma pequena pausa enquanto Lello digeria a ideia, depois acrescentou com cuidado:

— Afinal de contas, o embaixador francês não vai ficar muito feliz ao saber que a validé deseja ter um encontro em particular com alguém da embaixada inglesa.

A semente germinou imediatamente.

— De Brèves? — Sir Henry Lello apertou os olhos. — Não, certamente não. — Pareceu mais animado. — É uma boa ideia, não, Pindar? Fazer as coisas na surdina como você disse, mas não estou bem certo. Talvez seja interessante... anunciar um pouco... o que você acha?

— E arriscar irritar De Brèves? — Paul sacudiu a cabeça. — Para não falar no bailio de Veneza. Como se sabe, os venezianos acham que sempre tiveram um relacionamento especial com o Otomano. Nossos informantes dizem que mandam presentes para a validé e suas mulheres quase todos os dias, para manter sua influência com o sultão. De Brèves pode achar que estamos tentando fazer o mesmo...

— Mas é exatamente isso — disse Lello. — É isso mesmo, não está vendo? Devemos incentivá-lo a pensar assim.

Paul deu a impressão de estar vendo de repente uma luz.

— Mas é claro! De Brèves pensará que essa visita é uma estratégia deliberada. E isso pode desviá-lo da nossa estratégia real: conquistar o vizir e renovar as capitulações. — Fez uma pequena reverência, com uma ponta de ironia que o embaixador não conseguiu captar. — Uma ideia brilhante! Meus cumprimentos, senhor!

— Hmmm, hmmm! — Lello emitiu uma espécie de relincho, que Paul reconheceu como sendo sua rara risada. — Além disso, Pindar, não vai nos custar um único centavo! Não teremos de subornar o vizir para isso.

— Uma ideia de chefe de Estado — disse Paul, rindo também. — O senhor não foi nomeado embaixador da Sua Majestade à toa, excelência.

— Cuidado, Sr. Pindar — disse Sir Henry, franzindo as sobrancelhas à menção da rainha. — Sua Majestade é a própria generosidade. Só pediu à companhia para custear nossos presentes ao novo sultão. Na minha opinião, muito justo.

E o custo de toda esta embaixada, meu velho amigo Espeto, disse Paul a si mesmo, uma despesa bem considerável que deve ser de alguma forma cobrada de uma companhia de mercadores ingleses ainda mais parcimoniosos que a própria rainha. Os quais, se não tivermos sucesso nesta missão, serão capazes de nos obrigar a custear todo o empreendimento.

— O que é isso? Henry, meu querido, o que é que não vai custar um único centavo?

Sem cerimônia, Lady Lello, esposa do embaixador, entrou na cabine. Uma mulher forte, com uma enorme gola plissada que deixava seu pescoço curto quase oculto, fazendo o rosto parecer a cabeça de um porco em uma travessa (como Carew gostava de dizer). Ao ver Paul, seus olhinhos se arregalaram, e ela deu um sorriso benevolente.

— Bom-dia, secretário Pindar!

— Minha senhora — cumprimentou Paul, tentando ajeitar um lugar para ela no espaço reduzido da cabine.

— Quais são as notícias, Sir Henry? — Qualquer movimento físico mais rápido deixava Lady Lello sem ar. Ela sentou-se, respirando com dificuldade e ajeitando a saia balão para sentir-se mais à vontade. — O que é que não vai nos custar um único centavo?

— Pindar foi chamado para ver a validé de novo.

— Ora! — Lady Lello tirou um lenço de cambraia que guardava dentro da manga e secou a testa. — Ora!

— Notícias fazem minha esposa ficar sem fala, Pindar — explicou o embaixador.

— Que pena, minha senhora. Sou um emissário tão fraco assim? — Pindar perguntou, virando-se para ela com um sorriso.

— É claro que não, Sr. Pindar! — Uma pequena papada apareceu no alto da gola plissada de Lady Lello, lembrando um pudim cor-de-rosa. — Mas duas vezes em poucos dias! Isso não é muito incomum? O Sr. Glover me disse que, muitas vezes, os enviados franceses têm de esperar semanas para serem recebidos pelo Grande Turco, e que a sultana validé quase nunca é vista.

— Exatamente isso! É um sinal de grande aceitação — disse o embaixador esfregando as mãos. Alto, magro e pouco atraente, bem merecia o apelido de "Espeto". Seus dedos eram longos e esbranquiçados, como estranhos tubérculos privados de luz. — Pindar e eu estávamos dizendo que o embaixador francês não vai gostar nada disso — falou para a esposa em tom confidencial.

— Bem, eu acho... — Lady Lello olhou de um para o outro.

— Parece que o presente que a nossa rainha ofereceu à validé...

— ... está se referindo à carruagem que o Sr. Pindar trouxe?

— Sim, à carruagem. — Lello esfregou as mãos novamente, e a pele dos seus dedos fez um ruído áspero. — A validé ficou encantada com o presente. Soube que já foi vista passeando nela, acompanhada pelo próprio sultão. Por isso deseja ver o secretário Pindar de novo. Para enviar seus agradecimentos à rainha, decerto.

— E ela pediu que ele fosse pessoalmente, para lhe agradecer, suponho. Bem, Paul — disse Lady Lello, sorrindo, os olhinhos quase desaparecidos nas dobras gordas do rosto —, é uma grande notícia.

Esperemos que a grande caixa de apitos da companhia, depois que for consertada por Dallam, seja tão apreciada assim — falou, dando uma fungada cética. — Agora, Sir Henry, é bom pensar em um acompanhante apropriado para o Sr. Pindar. Não podemos deixar que De Brèves e o bailio façam comentários. — Abaixou a voz e chegou mais perto de Paul. — Ouvi dizer que fazem pouco de Sir Henry, que falam que ele é um mero mercador.

— Bailio, meu amor. O embaixador italiano é chamado de bailio...

Mas Lady Lello não estava ouvindo.

— Talvez o Senhor cônsul Aldridge e o Senhor secretário Glover devam ir com você, o que acha?

— Não se apresse, meu amor — Sir Henry interrompeu, olhando para Paul, que entendeu a insinuação do embaixador.

— Como a senhora sabe, o secretário Glover e o cônsul Aldridge são necessários aqui, têm negócios mais importantes a resolver — disse Paul.

— Então precisamos mandar alguém que não seja necessário aqui, alguém que não seja importante. Digamos, Ned Hall, o cocheiro. Não, muito caipira. Ou nosso pároco, o reverendo May. Não, muito tímido. — Lady Lello arregalou os olhos de repente, como que atingida por um raio de inspiração. — Meu Deus... Carew, é claro! Seu cozinheiro, John Carew. Sr. Pindar, ele deve ir com o senhor. Não é mesmo, Sir Henry? — Sorrindo, levantou a mãozinha para ajeitar o cabelo, mas não conseguiu, por causa da gola enorme. — Ele não precisa falar nada, basta lhe fazer companhia — continuou, serenamente. — Ele tem uma charrete, não é mesmo? Uma charrete bem apresentável, eu diria, mesmo parecendo um macaco naquelas roupas venezianas que usa. O que há de errado com a boa e honesta roupa inglesa? É o que eu sempre digo, não é, Sir Henry? Sir Henry?...

Tentou, apesar da gola volumosa, olhar em volta para ver onde estava o marido, mas ele já tinha saído da cabine.

— Ele deve ter ido conversar com os homens, creio — continuou, sem graça. — Mandaram avisar que o próprio Grande Homem vem inspecionar o *Hector*. Precisamos subir para homenageá-lo.

Tentou levantar-se, e Paul segurou o braço dela para ajudá-la.

— Bom — ela disse, arfando um pouco com o esforço —, vai ser um grande dia. É muito agradável estar de novo a bordo de um navio. Nós sempre nos sentimos confortáveis a bordo, como o senhor sabe. — Sacudiu a saia, que exalou um odor forte da cânfora usada para preservar as roupas nas longas viagens marítimas. — Só entre nós, prefiro estar aqui a estar naquela casa grande e cheia de correntes de ar, com aqueles janízaros irritantes agrupados em volta.

Olhando a cabine mínima, Lady Lello deu um suspiro nostálgico.

— Um lugar para tudo, e tudo no seu lugar, era o que costumávamos dizer. Eu viajei muito de navio com Sir Henry logo que nos casamos, e mais tarde também, depois que meus bebês morreram. — Seus olhos pálidos e velhos olharam pela janela da cabine por um instante. — Bom, bom — disse, dando uma pancadinha no braço de Paul —, não adianta viver no passado. Sei que você compreende isso melhor que qualquer um.

— Deixe-me ajudá-la na escada, Lady Lello — disse Paul, estendendo-lhe a mão com gentileza. — O embaixador nos espera.

— Obrigada — ela falou, tomando seu braço. — É uma bela roupa a sua, Sr. Pindar, mas muito escura — disse, passando o dedo pela capa. — Você parece um nobre veneziano — falou com um sorriso nos lábios —, mas posso perdoar sua forma de vestir. Não quero que o aborreçam porque usa roupas tristes. Sir Henry ia falar sobre isso com você, os turcos não gostam de tristeza, mas eu lhe disse para deixá-lo em paz. Você perdeu seu amor, afogada. — Olhou-o com os olhos pálidos e azuis como um horizonte distante. — Eu lhe disse para deixá-lo em paz.

— Vamos subir, minha senhora?

— Com sua gentil ajuda, Sr. Pindar, creio que me ajeitarei muito bem nesses degraus — falou. — Queria lhe mostrar meu vestido novo. De que cor acha que é?

— Chamamos de "cor de Drake", acho eu — disse Paul, ajudando-a a subir os degraus de madeira para chegar ao deque. — Ou às vezes "sangue de dragão".

— Os nomes que dão hoje em dia são estranhos: "rubor feminino", "amarelo leão" e "azul-papagaio". Como o senhor sabe, trabalho com tecidos há muito tempo, mas nem mesmo eu consigo acompanhar isso. — Lady Lello teve certa dificuldade de passar a gola enorme pela passagem estreita. — E que tal "pimpillo"? Gostei desse nome, e você? *Pimpillo...* — Sua voz enfraqueceu um pouco, levada pela brisa do mar, quando finalmente chegaram ao deque. — É um amarelo-avermelhado, segundo me disseram. Perguntei a Carew de que cor era a capa nova dele. — Virou-se, bufando com o esforço da subida, para falar com Paul que ainda estava embaixo. — Sabe o que ele respondeu?

— Não.

— Que era verde-excremento de ganso. O que mais vão inventar, Sr. Pindar?

— É verdade! O que mais vão inventar! — disse Pindar, em eco.

— Aparentemente parece com o "espanhol morto". Será que ele estava zombando de mim?

— Ele será um espanhol morto se fizer esse tipo de coisa — Paul replicou num tom de voz jovial. — Eu mesmo vou cuidar disso.

No deque havia uma repentina agitação.

— O Grande Senhor!

— Olhem bem, o Grande Senhor!

— Lá vem o Grand Signor!

Desculpando-se com Lady Lello, Paul foi juntar-se a Thomas Glover e aos outros mercadores da Companhia.

— Lá vem ele agora, Paul — disse Glover, abrindo um lugar ao seu lado. — Meu Deus! Lá vem ele, cavalheiros, lá vem ele.

Paul seguiu seu olhar e viu a barca do sultão saindo devagar do cais imperial à beira da água. A bordo do navio inglês, a tripulação, toda a companhia de mercadores, e até mesmo Lady Lello, vestida de gala, fizeram silêncio por um instante, observando a barca aproximar-se. E naquele silêncio ouviu-se um som estranho, como o latido de vários cães, atravessando as águas.

— Ouçam! — disse Glover. — Podem ouvir? Os remadores latem como cães. Diz-se que gritam assim para que ninguém possa ouvir o sultão, caso ele fale.

A barca estava agora quase emparelhada com o *Hector*. Ao chegar mais perto Paul viu vinte homens com barretes vermelhos e camisas brancas remando, e na popa ligeiramente elevada, pintada de vermelho e ouro, vinha o sultão, cuidadosamente protegido dos olhares curiosos. O som sinistro dos remadores latindo aumentava a todo momento. Por trás da barca imperial vinha outra, não tão decorada, onde Paul divisou alguns atendentes da corte do sultão, anões e mudos vestidos com mantos de seda brilhante. Todos tinham uma cimitarra no quadril, e vários vinham acompanhados de cães de caça tão ricamente vestidos quanto seus amos, roupas roxas bordadas com fios de ouro e prata. Deslizando rapidamente na água, as barcas circundaram o *Hector* uma vez, e se foram tão subitamente quanto tinham chegado.

A bordo do *Hector* os mercadores conversavam e batiam nas costas uns dos outros. Só Paul não participou dessa exultação. Sentiu-se de repente exausto. Atender Sir Henry, lidar com os outros mercadores e até mesmo discutir com Glover era fatigante como se desempenhasse um papel num palco.

Passou a mão nos olhos. Depois de sua primeira conversa com Carew sobre Celia, às vezes achava que ia enlouquecer. De início sua reação fora de completa incredulidade, seguida de raiva, mas em seus momentos mais calmos compreendia que Carew não estava mentindo. Aos poucos permitiu-se ter esperança, e acreditar no impossível. Depois a exultação se transformara em desespero. Celia viva, mas encarcerada em um lugar onde não tinha esperança de encontrá-la. Ou teria? Na casa de Jamal voltou a ter esperança. À noite, deitava-se na escuridão, sem sono, sem sonhos, lutando com os pensamentos. Dois anos como escrava nas mãos dos turcos.

O que teriam feito com ela? Tentou não imaginar nada, mas era impossível. Com o mestre das escravas, com o sultão? Com os eunucos? Ao pensar nessas possibilidades achava que sua cabeça ia explodir.

Na costa, uma movimentação súbita chamou sua atenção, e ele viu outra barca saindo do cais imperial. Era menor que a do sultão, porém mais ricamente decorada. A cabine de treliça na popa era incrustada de marfim e ébano; as folhas de ouro, madrepérola e pedras preciosas brilhavam ao sol. Os homens remavam em silêncio. Gotículas de água das pontas dos remos de madeira formavam arcos brilhantes enquanto a barca singrava as águas na direção do navio inglês. A certa distância do navio a barca parou.

Protegendo os olhos da claridade com a mão, Paul olhou para a cabine de treliça e viu que Safiye, a própria sultana validé, também fora inspecionar o *Hector*. Mas não ficou muito tempo. A um sinal oculto, os homens pegaram os remos e a barca movimentou-se de novo, só que não em direção ao cais imperial, em direção oposta, para as águas verdes e profundas ladeadas de íngremes morros arborizados e sombrios do Bósforo.

Paul ficou sozinho mais uma vez, pensando. O que desejava a sultana validé? O embaixador deu por certo que ela desejava agradecer-lhe mais uma vez pelo presente da rainha, que fora encarregado de entregar, em seu nome, logo depois da chegada do *Hector*, mas não tinha tanta certeza assim.

Pensou de novo naquele dia, o mais estranho de todos os dias que tinha passado em Constantinopla. Rodeada de eunucos negros e protegida por um batalhão de soldados de cabelos trançados e armados com alabardas, a validé foi levada até o pátio em um palanquim cuidadosamente telado, onde o cocheiro a esperava. É claro que Paul não a viu — a etiqueta do palácio proibia que ele levantasse os olhos para a tela do palanquim —, mas se lhe perguntassem ele diria que havia muitas outras formas de perceber que a presença por trás da tela era tão poderosa que ele não precisou de olhos para ver aquela mulher miraculosa. Sua voz dizia tudo.

— *Venite, Inglesi.* Aproxime-se, inglês.

Lembrou-se de que, ao ouvir aquela voz, ficara arrepiado. A administração da companhia dizia que a validé devia ser uma mulher de pelo menos 50 anos. Mas aquela voz era de uma jovem.

— Aproxime-se, inglês — ela repetiu. E ao ver que ele olhava os eunucos com as mãos nas cimitarras curvas, riu. — *No aver paura.* Não tenha medo.

Então Paul aproximou-se do palanquim e eles conversaram. Por quanto tempo conversaram? Ele não saberia dizer. Lembrava-se apenas de um certo perfume, como o de um jardim aromatizado à noite, e quando ela partiu, percebeu o lampejo distante das joias.

A visão da barca da validé pareceu clarear a cabeça de Paul. Afastou os outros pensamentos e tentou concentrar-se nisso. Ali, quase que milagrosamente, estava outra chance de entrar no palácio e, como que em resposta a uma prece, acompanhado de Carew. Carew era um perigo às vezes, mas tinha qualidades que seus detratores jamais poderiam imaginar: olhos que não perdiam nada, nervos de aço, e uma presença de espírito em situações difíceis que Paul às vezes achava um tanto diabólica. Não havia ninguém que preferisse levar em lugar de Carew, se conseguisse encontrá-lo.

Olhou à volta do *Hector* e praguejou baixinho. Onde estava aquele idiota inútil quando se precisava dele? Desobedecendo as ordens, como sempre. Foi só então que se deu conta de que não vira Carew o dia todo. Impaciente, olhou em volta dos deques e até mesmo dos mastros, mas nenhum sinal dele.

Então notou outro navio aproximando-se do *Hector*. Dessa vez não era uma barca imperial, mas um pequeno esquife navegando apressadamente com remadores pouco hábeis, vindo da costa de Gálata. Ficou observando. Dois janízaros seguravam os remos, com os chapéus escorregando da cabeça. As remadas pareciam tão fortes que duas vezes o barquinho quase bateu em outra embarcação que passava. Quando chegou mais perto, Paul viu as figuras de alguns outros membros da embaixada amontoados no fundo: o reverendo May e, ao seu lado, os mercadores da companhia, recém-chegados de Aleppo, Sr. Sharp e Sr. Lambeth. Quando o esquife aproximou-se, viu que o aprendiz de John Sanderson, John Hanger, e o cocheiro Ned Hall também estavam remando.

— Por mais forte que remem, perderam a inspeção do Grande Homem — disse Thomas Glover, que estava ao lado de Paul agora, com as grandes mãos no quadris.

— Não — Paul replicou, balançando a cabeça lentamente, apertando os olhos para ver melhor o pequeno grupo —, há alguma coisa errada, olhe lá.

Assim que viram que Paul e Glover os observavam, os dois mercadores começaram a acenar freneticamente. O reverendo levantou-se e pôs-se a gritar com as mãos em concha, mas o vento levava suas palavras.

— Esse reverendo idiota... — disse Glover impaciente. — Não estou gostando nada disso.

— Nem eu.

Finalmente o esquife abordou o *Hector*. Quando puderam ser ouvidos, pareceram não saber como proceder.

— O que aconteceu, cavalheiros? — Paul perguntou.

Lambeth, um dos mercadores de Aleppo, levantou-se, desequilibrado.

— Foi o seu homem, Carew, secretário Pindar.

— O que houve com ele, Sr. Lambeth? — A boca de Paul estava seca.

— Janízaros vieram prendê-lo.

— Aquele patife — disse Glover, pondo a mão no ombro de Paul. — Vai acabar causando a morte de todos nós. Qual foi a acusação? O que ele fez?

— Não sabemos, eles não disseram.

Paul agarrou-se à balaustrada.

— Para onde o levaram?

— Levaram? — Lambeth tirou o gorro, e secou a testa molhada. — Não, eles não o levaram. Carew não estava lá. Viemos avisar vocês. Achamos que estivesse aqui.

Glover olhou para Paul.

— E então?

— Não está aqui — Paul respondeu num tom soturno. — Mas creio que sei onde posso encontrá-lo.

Capítulo 14

Constantinopla, 2 de setembro de 1599

Tarde

Na casa de Jamal al-Andalus, o empregado que estava trabalhando no dia anterior abriu a porta para Paul. De início, pareceu relutar em anunciá-lo, mas foi finalmente persuadido. Paul entrou e, para seu desconforto, notou que sua chegada inesperada causou certa confusão. Na antecâmara, onde em geral lhe pediam para esperar, sentiu uma grande movimentação e falatório: o som da voz de Jamal, uma porta se fechando abruptamente, passos seguindo para o quarto de cima. Enquanto esperava, ouviu duas pessoas falando juntas, um homem, possivelmente Jamal, e uma mulher, se não estava enganado. O tom de voz deles oscilava entre alto e baixo em uma discussão. Depois de mais alguns minutos, Jamal apareceu. Parecia atormentado, o que não era do seu feitio. Estaria imaginando ou vira no quarto ao lado a ponta de um manto preto de mulher? Notou que o astrônomo fechou a porta com cuidado ao passar.

— Eu posso esperar, Jamal, se você estiver ocupado.

— Não, não, você é bem-vindo, meu amigo. Não é nada importante — disse Jamal, com sua cortesia usual. — Aliás, há uma coisa que quero discutir com você. Vá para a torre, lá poderemos conversar sem que ninguém nos ouça.

— Vim falar sobre Carew — Paul começou, quando Jamal foi encontrar-se com ele na torre uns minutos depois. — Ele desapareceu, e não sei por que tenho a impressão de que você talvez...

Jamal pôs a mão no ombro de Paul.

— Carew está a salvo.

Por um instante Paul ficou em silêncio absoluto, olhando para o astrônomo. Finalmente falou:

— Onde ele está?

— Provavelmente Carew ficará melhor se você não souber. Ainda não.

— Do que está falando? — Passou a mão pelo cabelo, exasperado. — É vital que eu o encontre. Alguns janízaros foram prendê-lo hoje...

— Eu sei.

— ... e eu preciso encontrá-lo antes que o peguem... Você sabia também sobre os janízaros?

— Sente-se, Paul, por favor.

— Não posso. — Sentiu uma raiva súbita e inesperada daquela figura calma de roupa branca à sua frente. — Desculpe, Jamal, mas não tenho tempo para brincadeiras. Pelo amor de Deus, quer me contar o que aconteceu?

Se Jamal ficou surpreso com o tom de voz de Paul, não o demonstrou.

— Alguém do palácio foi envenenado e eles acham que poderia ter alguma coisa a ver com Carew...

Ao ouvir as palavras de Jamal, Paul sentiu uma onda de náusea.

— Mas você não disse que ele está a salvo?

— Está escondido em um lugar seguro até toda essa história ser esclarecida.

— Onde exatamente é "esse lugar seguro?"

— Já falei que não posso dizer.

Fez-se um silêncio desagradável.

— Quem foi envenenado?

— O agá Hassan, o eunuco-chefe negro.

— Entendo. — Paul passou a mão no rosto.

— Foi encontrado ontem, caído nos jardins do palácio. Ninguém sabe como chegou até lá, ou o que lhe aconteceu.

— Ele está morto?

— Não, continua vivo. Muito mal, mas vivo.

— E o que isso pode ter a ver com Carew?

Jamal não respondeu imediatamente. Pegou de cima da mesa um pedaço de vidro polido no meio de outros artigos e virou-o cuidadosamente nas mãos.

— John fez algumas figuras com açúcar de confeiteiro, inclusive uma com a forma de um navio? Creio que você me falou uma vez que ele era exímio nessas coisas.

— Nós chamamos isso de confeitos. É verdade, Carew é exímio nessa arte. — Paul sentiu frio e um formigamento na nuca. — Não me diga — falou, pondo as mãos na cabeça —, não me diga que estão falando que foi o navio de açúcar de Carew que envenenou o eunuco-chefe negro.

— Pobre John — disse Jamal, quase como se pedisse desculpas. — Sempre metido em encrencas, não é?

— E como. — Em imaginação, Paul envolveu o pescoço de Carew com as duas mãos, apertando sua traqueia com os polegares até seu rosto ficar roxo e os olhos, esbugalhados. Mas então lhe veio uma ideia à cabeça. — Mas isso é um absurdo! Que motivo Carew teria para colocar veneno em um navio confeitado? Estamos tentando impressionar o sultão, pelo amor de Deus, não envená-lo! Não, não, sou capaz de jurar que sei quem está por trás disso, ou o bailio ou De Brèves. Provavelmente ambos, se não estou enganado.

— Os embaixadores de Veneza e da França? — Jamal levantou as sobrancelhas. — Certamente que não.

— Não se surpreenda tanto. Eles vêm fazendo intrigas contra nós desde que chegamos aqui, vêm tentando impedir que renovemos nossos direitos de comerciar com o Turco...

— Espere, Paul, você está indo longe demais — disse Jamal, levantando as mãos. — No momento creio que ninguém sabe *o que* pensar. O agá Hassan ainda está mal demais para poder relatar o que aconteceu, mas o problema é que "navio inglês" foi a única coisa que ele falou quando foi encontrado.

— Só isso, "navio inglês"?

— Só isso.

— Como você sabe?

— Eu estava lá hoje de manhã quando o encontraram. Muitas vezes uso um cômodo nos aposentos dos eunucos para dar aulas à princesinha. O agá Hassan estava delirando, andando pelos jardins; ninguém sabe como foi parar lá nem por quê. O palácio está em alvoroço. Seria impossível *não* saber o que estava acontecendo.

— Então, vai me dizer onde está o John?

— Não, não posso. Nem eu sei — disse, dando de ombros. — Só sei que está em um lugar seguro.

— Mas como sabiam onde encontrar Carew? — Paul perguntou, perplexo.

— Aparentemente, foi ele mesmo quem entregou os confeitos. Um dos guardas do harém o reconheceu. Parece que já tinha estado lá, uma vez, a serviço.

— Mas, para o palácio, ele é um mero criado. — Paul sentou-se de novo. — Por que pôr a culpa nele? Por que não no embaixador? Ou em mim? Carew não é funcionário da embaixada, está lá porque trabalha para mim.

Ao ouvir isso, Jamal não retrucou.

— Por que Carew, Jamal? — Paul insistiu. — Nada disso faz o menor sentido.

— Creio que você já respondeu a pergunta, meu amigo: porque ele não é importante. O palácio não está interessado em um grande escândalo, nem sua embaixada. Pelo menos, essa é minha conclusão. Mas até que o agá Hassan se recupere um pouco para dizer o que realmente aconteceu, eles querem mostrar que estão fazendo alguma coisa. — Olhou de lado para Paul. — Por razões internas, digamos.

Paul foi para o outro lado do aposento octogonal. Uma brisa soprava por uma das janelas de veneziana. Olhou em volta. Tudo estava igual a quando esteve ali pela primeira vez, quatro anos antes. O espaço austero e as paredes lisas caiadas, aos olhos de um europeu mais semelhantes a uma cela monástica que a um observatório astronômico. Os instrumentos que Jamal lhes mostrara no dia anterior — o quadrante, a coleção de astrolábios e relógios de sol, a *qibla* — estavam todos lá. Porém tudo parecia de certa forma... diferente. As tintas e potes de folha de ouro, os pergaminhos e penas com as quais o astrônomo registrava suas observações e que eles tinham visto no seu banco de trabalho um dia antes, não se encontravam mais lá. No lugar deles havia peças de vidro moído, semelhantes em forma e tamanho à peça que Jamal segurava na mão. Algumas eram chatas e redondas, como moedas grandes; outras eram quase esféricas, como bolas de cristal. Em qualquer outra circunstância a curiosidade de Paul teria sido atraída imediatamente. Ele teria pegado as peças de vidro, examinado-as, e perguntado a Jamal quem eram os fabricantes e para que serviam. Agora, mal as notava.

Tinha consciência de que o astrônomo o observava do outro lado da sala. O rosto de Jamal estava na sombra. Sua túnica branca caía em dobras pelo chão como a de um alquimista. Sua expressão, Paul pensou, não era mais brincalhona. Ele pareceu de repente mais alto, mais alto e mais grave.

A cabeça de Paul girava. A sensação de náusea voltou, agora mais forte. Era o momento pelo qual tinha esperado. Se fosse pedir ajuda a Jamal, era a hora certa — mas ali estava ele, sem conseguir proferir uma palavra. Havia tanta coisa na balança, tanta coisa em jogo — Celia, e agora Carew — que sua coragem quase o deixou.

Talvez Carew estivesse certo, afinal de contas. Por que Jamal o ajudaria? Por que de repente teve a impressão de que o astrólogo sabia muito mais do que estava dizendo? Pôs a mão no bolso e tateou os contornos suaves do seu *compendium*. Sabia que Jamal o observava do outro lado do cômodo, intencionalmente ou não, e sentiu um calafrio na espinha.

— Sei que você deve ter muitas perguntas a fazer, Paul — Jamal falou. — Se eu puder responder alguma, terei muito prazer.

— Verdade?

— É claro. Por exemplo, você perguntou: por que Carew?

— Não. — Paul olhou para Jamal com firmeza. — Por que você, Jamal?

Ainda com a mão dentro do bolso, sentiu o fecho do *compendium* e abriu-o e fechou-o.

— Por que eu?

— Você teve de repente conhecimento de muita coisa que se passa no palácio.

Para surpresa de Paul, Jamal jogou a cabeça para trás e riu.

— E pensei que fosse isso que você queria de mim. — Seus olhos brilharam, era o velho Jamal de novo. — Alguém com conhecimento de assuntos internos do palácio.

— Carew lhe disse isso?

— É claro. Foi o que me disse quando veio me visitar de novo hoje de manhã.

Em sua imaginação, Paul apertou com as duas mãos o pescoço de Carew novamente, sacudindo-o como um rato até que seus dentes batessem.

— O que mais ele disse?

— Disse que você queria falar comigo de novo sobre um assunto urgente, e que precisava de alguém com esses conhecimentos. Não falou mais nada. Eu admito que sou curioso: de que se trata?

— Não importa agora.

— Verdade? — Jamal veio para o seu lado. — Por que você está tão estranho hoje, Paul? Veja suas roupas, seu cabelo... malcuidado, despenteado. Tem alguma coisa a ver com Carew?

Antes que Paul o detivesse, Jamal pegou seu pulso e puxou sua mão do bolso com o *compendium* e tudo.

— Você está doente?

— Não, é claro que não...

— Mas seu pulso está acelerado. — Ainda segurando-lhe o pulso, olhou-o bem no rosto. — Pupilas dilatadas. Pele fria e pegajosa. — Sacudiu a cabeça, pensativo. — Você parece, desculpe dizer, parece que viu um fantasma.

Depois largou a mão de Paul, e o *compendium* abriu-se na palma da sua mão.

— É isso, Jamal — ouviu-se dizer. — Acho que vi um fantasma mesmo.

Capítulo 15

Istambul, dias atuais

Na manhã da segunda-feira Elizabeth foi ao palácio Topkapi. Tinha combinado de encontrar-se no portão do segundo pátio com Berin, seu contato na Universidade de Bósforo. Não havia turistas naquele dia. Na entrada, dois guardas mal-humorados pediram seu passe e, depois de examiná-lo por um tempo enorme, verificaram seu nome na lista e deixaram-na passar, com óbvia relutância.

Berin, uma turca pequena muito bem-educada, por volta dos 40 anos, com um casaco marrom e um lenço na cabeça, esperava Elizabeth do outro lado do portão.

— Esta é Suzie — disse, apresentando Elizabeth à inglesa, assistente de produção. As duas cumprimentaram-se com um aperto de mão. Suzie usava calça jeans preta e uma jaqueta de couro de motoqueiro. Um walkie-talkie tocou e vibrou no seu cinto.

— Muito obrigada por esta oportunidade, estou realmente agradecida — disse Elizabeth.

— Gostei do seu projeto. Se alguém perguntar, diga que é pesquisadora. O que na verdade é — falou sorrindo para Elizabeth —, só que não trabalha conosco, essa é a diferença.

— Berin me falou sobre o trabalho que você está fazendo — acrescentou, enquanto as três passavam por um jardim formal, gramado e ladeado de ciprestes. Rosas tardias tremulavam no vento frio. — E disse que você suspeita que uma escrava inglesa tenha vivido aqui neste harém.

— Tenho certeza disso. Uma jovem chamada Celia Lamprey. — E Elizabeth falou do fragmento de narrativa que tinha descoberto. — Era filha do comandante de um navio que naufragou no Adriático, provavelmente no final da década de 1590. Celia foi aprisionada por corsários otomanos e veio parar aqui, no harém do sultão, segundo o trecho da narrativa que sobreviveu.

— E tornou-se esposa, concubina ou serva?

— É difícil dizer a esta altura. Pelo que li, foi vendida como *cariye*, que em turco significa uma simples escrava. De acordo com a hierarquia do palácio, esse termo era usado genericamente para mulheres de condição mais baixa, mas como toda mulher aqui era tecnicamente uma escrava, exceto as filhas e a mãe do sultão, é claro, a sultana validé, que era automaticamente libertada quando seu amo morria, talvez não fosse isso. Para mim, ela foi vendida para o palácio como uma potencial concubina. Com uma ou duas exceções, os sultões nunca tinham esposas. Uma das coisas mais estranhas do sistema otomano é que todas as mulheres do sultão vinham de outras regiões: da Geórgia, Circássia, Armênia, várias partes do Bálcãs, e até mesmo da Albânia. Mas nunca da própria Turquia.

— Houve uma francesa, ao que me lembre, no início do século XIX — disse Suzie. — Como era mesmo o nome dela?

— Provavelmente você está se referindo a Aimée Dubucq de Rivery — Elizabeth respondeu. — Prima de Josefina Bonaparte. Isso mesmo, mas até agora nenhuma inglesa, ao que se saiba.

Chegaram à entrada do harém. Uma grande quantidade de equipamento de filmagem, rolos de cabos elétricos e grandes caixotes pretos e prateados empilhavam-se em um canto, mas, a não ser por isso, o lugar estava deserto. Uma embalagem vazia de salgadinhos rolava pelo chão.

Na janela do guichê onde vendiam as entradas havia um cartaz escrito à mão, deixado no dia anterior, dizendo: "Última visita às 15h10".

Elizabeth passou com Suzie por uma das catracas desativadas, e Berin passou por último.

— Mas você está se esquecendo de que não só as mulheres eram escravas — disse Berin. — Todo o Império Otomano baseava-se na escravidão. Mas não na escravidão da forma como se concebe hoje. Não havia estigma quanto a ser escravo. E não era um sistema particularmente cruel, como a chamada "escravidão das fazendas". Era na verdade uma oportunidade de carreira — disse sorrindo. — A maioria dos nossos grão-vizires começou como escravos.

— Você acredita que as mulheres pensavam assim? — disse Suzie, cética. — Duvido muito.

— Não tenha tanta certeza — Berin insistiu, com seu jeito calmo. — Creio que era exatamente assim que a maioria das mulheres pensava. Mesmo sua Celia Lamprey, com o tempo talvez tenha pensado dessa forma. — Colocou a mão no braço de Elizabeth. — Não desconsidere essa ideia, não é impossível. Muitos homens europeus deram-se bem com os otomanos. Por que uma mulher não se daria?

Pararam diante de uma imensa porta de madeira tacheada com rebites de cobre. Por cima da porta havia uma inscrição em árabe com letras douradas. Elizabeth viu a inscrição e sentiu-se arrepiada. O que Celia Lamprey teria pensado quando entrara pela primeira vez por essa porta? Teria se sentido no céu ou no inferno? Conseguiria ela decifrar o passado?

— O fato é que ninguém realmente soube quem eram essas mulheres — disse Berin, levantando a gola do casaco como se sentisse um frio súbito. — E nunca saberemos nada sobre a maioria delas. De centenas de mulheres que passaram por essas portas, só conhecemos o nome de algumas, não temos quaisquer outros detalhes. Afinal, isso é o que a palavra "harém" significa: proibido. Não *devemos* saber — disse, dando um riso matreiro para Elizabeth. — Ainda assim, espero que você encontre sua Celia Lamprey. Vamos entrar? — disse, olhando para a imensa porta à sua frente.

A primeira coisa que Elizabeth notou foi a escuridão lá dentro. Afastou-se de Berin e Suzie e do resto da equipe de filmagem, que preparava seus equipamentos na Câmara Imperial do Sultão, e foi inspecionar o lugar sozinha. De início um dos guardas seguiu-a, mas logo se cansou e voltou para seu lugar a fim de ler um jornal em paz. E Elizabeth percebeu que podia andar livremente por aqueles quartos desertos.

Do saguão de entrada, foi andando lentamente pelo corredor dos eunucos. Nenhum móvel, poucas janelas, quartos mínimos, verdadeiros cubículos. Azulejos de Iznik de extraordinária antiguidade e beleza revestiam as paredes arqueadas, refletindo uma curiosa luz verde-clara.

No final desse corredor havia um vestíbulo com uma cúpula alta, de onde saíam três outros corredores. Elizabeth olhou o mapa e leu os nomes. O primeiro, que dava nos aposentos do sultão, vinha marcado como Via Dourada, por onde as concubinas eram levadas para ver seu amo. O segundo, que levava para o centro do harém, era chamado prosaicamente de "corredor da comida"; e o terceiro, que dava para fora do harém e para o pátio interno e as acomodações dos homens, era marcado como Portão do Aviário. Elizabeth decidiu seguir pelo segundo corredor, e viu-se em um pequeno pátio de dois andares, isolado por cordas. Uma placa dizia "Pátio das *cariyes*".

Olhou em volta. Não havia sinal do guarda, então passou com cuidado por baixo das cordas. Vários quartos davam para o pátio. A maioria das portas estava trancada. Por uma fresta em uma delas conseguiu perceber restos do mármore de um antigo quarto de banho. Os outros quartos estavam vazios, com o reboco rachado e manchado. Aquele lugar, um tanto bolorento, dava uma sensação de decadência que nem mesmo o olhar insolente dos grupos modernos de turistas conseguira dissipar. Do outro lado da casa de banho havia uma escada íngreme que descia para os quartos de dormir e para os jardins. Nesses quartos, tão pequenos e compactos que só podiam ter sido ocupados por mulheres de baixa hierarquia, as tábuas do assoalho estavam tão podres que o pé de Elizabeth quase ficou preso entre duas delas.

Voltando para o pátio, encontrou-se na entrada dos apartamentos da validé. Viu uma série de quartos interligados, também incrivelmente pequenos, mas decorados como o corredor dos eunucos, com os mesmos azulejos turquesa, azuis e verdes, e a mesma curiosa luz verde-clara. Achou que o guarda poderia estar seguindo-a, mas não estava. Prestou atenção, mas não ouviu nenhum som.

Ao ter certeza de que estava inteiramente sozinha, sentou-se em um divã alto ao lado de uma janela e esperou. Fechou os olhos e tentou concentrar-se, mas nada aconteceu. Nenhuma conexão. Passou as mãos nos azulejos, sobre os desenhos de penas de pavão, cravos, tulipas, mas nada. Levantou-se de novo e fez uma inspeção completa nos aposentos, mas continuou na mesma. Nem a descoberta de uma série de passagens de madeira interligadas por trás dos principais quartos da validé — quarto de dormir, quarto de oração e sala de visitas — ajudou a diminuir a sensação de afastamento do lugar.

Aqueles quartos estavam simplesmente vazios, pensou. E, rindo para si mesma, disse: "E o que você esperava?"

Quando estava para sair dos aposentos, viu uma porta fechada no vestíbulo mínimo. Pensou que estivesse trancada, como as outras, mas para sua surpresa a porta abriu facilmente e ela deparou-se com outro aposento.

Era um quarto bastante grande, de longe o maior do harém, fora a própria suíte da validé, ao qual era ligado, como Elizabeth notou. Por um instante hesitou no portal. Depois rapidamente deu dois passos e entrou.

Mais cheiro de bolor. A luz de inverno se filtrava através de pequenas aberturas na cúpula acima. Tapetes com bordas franjadas rotas alinhavam-se no chão. Mais adiante, outro quarto e um pátio que ela não vira antes. Um quarto impregnado da respiração do passado, como o rugido distante do mar.

Por um momento manteve-se imóvel. Cuidado. Cuidado, agora. Não respire, só ouça. Você está ouvindo. O que está ouvindo? Mas naquele harém deserto não havia um único som.

Com grande cautela, deu mais uns passos para dentro do quarto e ficou ali, sentindo-se uma invasora, o coração batendo forte no peito. Ainda o silêncio. Com a ponta da bota levantou o canto de um dos tapetes e viu pedaços decompostos de ráfia por baixo. Um divã alto tomava quase todo o centro do quarto. Ao olhar com mais cuidado viu que era coberto com colchas e almofadas antigas. Pareciam estar ali exatamente como o último ocupante do quarto deixara. Seria imaginação sua ou poderia estar realmente percebendo a marca de um corpo de mulher?

Não seja boba!, disse a si mesma, estremecendo de súbito. Lembrou-se de uma foto antiga em preto e branco que tinha visto uma vez, tirada depois de a escravidão ter sido oficialmente abolida e o harém do último sultão, desmanchado, em 1924. Na foto estavam seis das suas ex-concubinas, infelizes por não terem sido procuradas por seus parentes, que viriam a "exibir-se" em Viena, segundo a legenda. Só com os olhos de fora por trás dos mantos pretos, olhavam vagamente. Indiferentes, até mesmo um tanto melindradas, concentravam-se na câmera, parecendo mais noviças que belas odaliscas na imaginação ocidental.

Elizabeth olhou em volta. As paredes dali também era revestidas de azulejos verdes e azuis. Em certos lugares havia armários, com as portas caindo das dobradiças; em outros, pequenas alcovas para guardar coisas. Nesse momento sentiu um movimento pelo canto do olho. Assustada, virou-se, e viu que eram apenas dois pombos voando no pátio mais adiante. Suas asas faziam um som cortante no ar frio.

Voltou para o interior do quarto. Sentou-se com muito cuidado na ponta do divã e abriu seu caderno de notas, mas não conseguiu concentrar-se. Talvez fosse a atmosfera do lugar ou a sensação de estar violando um espaço privado que a deixava nervosa. Apesar do frio, as palmas de suas mãos estavam pegajosas, fazendo a caneta escorregar dos dedos. Em uma das pequenas alcovas por trás do divã viu uma pedrinha azul. Inclinou o corpo e pegou-a com cuidado. Era um pedaço mínimo de vidro azul e branco.

Foi então que ouviu.

Não as asas dos pombos, mas o som de uma risada, e uma mulher correndo pela porta calçando sapatilhas.

Capítulo 16

Constantinopla, 2 de setembro de 1599

Tarde

—A sultana Safiye mandou me chamar? — Já foi feito?

— Já, como Vossa Majestade mandou.

A *kira* da validé, a judia Esperanza Malchi, estava nas sombras. Sua vista já não era boa, mas por meio de longa prática sentia, mais do que via, o contorno sombrio da rainha deitada no escuro. Não havia janelas no interior daquele verdadeiro santuário, a câmara mais privada da rainha. Mesmo nos dias mais quentes de verão o quarto era sempre fresco, devido à espessura das paredes e ao frescor dos azulejos leitosos em arabescos azuis e verdes, como plantas em uma caverna subterrânea. No meio do assoalho, pequenos montes de resina de aroma adocicado queimavam em um pequeno braseiro.

— E então, Malchi? — A figura mexeu-se no escuro. — O embrulho da *haseki* foi entregue?

— A *cariye* Lala estava lá, como Vossa Majestade disse, e eu mesma entreguei — respondeu a judia, falando para as sombras. Depois acrescentou: — Não estou gostando disso, majestade. A *cariye* Lala anda... — hesitou um instante, em busca da palavra certa — negligente ultimamente. Como podemos saber se ela vai esconder o embrulho em um lugar seguro?

Fez-se uma pausa.

— A *cariye* Lala é confiável, é só o que você precisa saber. Vai esconder o embrulho no quarto da *haseki* até precisarmos dele — disse, com um leve sorriso por trás da linda voz. — Quando for encontrado, a *haseki* Gulay será completamente implicada. Nem mesmo o próprio sultão poderá salvá-la.

— O médico não gostou da ideia — disse Esperanza, inquieta. — Não estou certa de que aceitará fazer isso de novo.

Fez-se outro silêncio enquanto Safiye digeria essa informação.

— Bom, não vou dizer que não esteja surpresa — disse, com um suspiro. — Mas não será a primeira vez.

— Porém, isso foi há anos — disse Esperanza. — Eu disse a ele que talvez não precisemos da ajuda dele. Há sinais de que o outro plano talvez esteja funcionando.

— É verdade — a sultana Safiye considerou. — A *haseki* deve ser... posta de lado, só isso. Não importa como. Ela tem prestígio demais com o sultão, ele já nem olha para as outras *cariyes*. Não é uma boa situação. Ele precisa ser ajudado, só isso. Para o bem de todas nós.

Uma ponta de resina queimada cintilou ligeiramente na chama vermelha, iluminando os brilhantes do cinto, das orelhas e do corpete da sultana Safiye, fazendo-os brilhar por um instante. No seu dedo, a esmeralda de Nurbanu resplandecia como um olho verde.

— E o outro problema? — Esperanza aventurou-se a perguntar.

A figura aveludada movimentou-se levemente, depois imobilizou-se de novo.

— Ele foi encontrado, como você deve ter sabido. Andando a esmo dentro do palácio.

— Impossível! — A *kira* da validé torceu as mãos. — Ele parecia mais morto do que vivo.

— É mesmo? — Mais uma vez um leve sorriso por trás da linda voz.
— Você não conhece o agá Hassan tão bem quanto eu. O Pequeno Rouxinol pode não ser um homem de verdade, mas tem a força de dez juntos.

— Mas como conseguiu fugir? Estava bem aqui, dentro da cela, logo abaixo de nossos pés. Não há saída a não ser através deste quarto...

— Há uma saída. O harém é cheio de saídas. Mas isso não é da sua conta, Malchi.

Esperanza fez uma reverência, aquiescendo.

— Dizem que foi o navio inglês.

— Quem disse que foi o navio inglês?

— Eu pensei que o próprio agá Hassan tivesse dito...

— O agá Hassan não disse nada disso. — Safiye deu uma risadinha.
— Foi o eunuco Jacinto quem disse, porque eu mandei.

— Mas... por quê? — Esperanza perguntou, confusa.

— Por quê? — Safiye olhou a *kira*, pensativa. — Sempre me esqueço de que você sabe de muitas coisas nossas, Malchi, mas nunca viveu entre nós — falou, dando de ombros. — É de certa forma um truque de caça-da. — Ao ver o olhar perplexo de Esperanza, acrescentou: — Quando a presa se sente segura, não toma mais cuidado — explicou lentamente, como se falasse com uma criança. — Você não entende? Quem realmente envenenou o Pequeno Rouxinol pensa que seremos enganados por aquele brinquedo de açúcar, e com o tempo vai se revelar. Dessa forma poderemos apanhá-lo.

— E os ingleses?

— Mandei prender um dos seus cozinheiros, o homem que fez o confeito. Uma pessoa inteiramente descartável — disse Safiye com naturalidade. — Se eles tiverem algum bom-senso, e creio que têm, não vão reclamar muito. Precisam muito das suas capitulações para reagir a isso. Mais tarde soltaremos o cozinheiro na surdina.

— E quando o Pequeno Rouxinol se recuperar?

— Ele não vai nos trair, pois essas foram as regras. Nós entramos em acordo com os Rouxinóis.

A um sinal da validé, Esperanza fez menção de sair, mas hesitou na porta.

— Há uma outra coisa, majestade.

— Fale, então.

— Sua menina. A nova. A que se chamava Annetta.

— Ayshe?

— Sim.

— Ela estava no quarto com a nova concubina do sultão.

A sultana Safiye considerou a informação.

— Viram você?

— Sim, mas pensam que não as vi.

— Esconderam-se?

— Sim. Será que ela sabe de alguma coisa?

— Ayshe? — Aos poucos a sultana Safiye retirou a pele que cobria seus ombros. — Não, creio que não. — Outro pedaço de resina caiu no braseiro. Uma pequena chama iluminou o quarto por um instante. — É a outra menina, que chamam de Kaya. Celia. É ela, Malchi, que precisa ser espionada.

Depois que Esperanza saiu, Safiye deitou-se de novo nas almofadas e envolveu-se na sua solidão, como se fosse um manto. Não era frequente ela permitir-se tais momentos de indulgência.

A maioria das mulheres sob suas ordens não tinha mais que uma vaga lembrança de sua origem, de quem eram antes de entrarem para o harém. Mas a sultana Safiye, Mãe da Sombra de Deus na Terra, lembrava-se muito bem de sua vida anterior: as íngremes montanhas da Albânia; a cor do céu, azul como as gencianas; as cruéis pedras pontiagudas debaixo dos pés descalços.

Seu pai, Petko, como quase todos os homens daquelas bandas, vivia no vilarejo só nos meses de inverno. No verão, ele e outros homens subiam para as montanhas e acampavam em cavernas, ou a céu aberto, sobrevivendo por suas habilidades, tendo como companhia apenas seus alaúdes e os cães. Safiye lembrava-se daquelas figuras estranhas, que lhe pareciam bárbaros na época, com tatuagens nas maçãs dos rostos largos e nos braços, e casacos peludos de ovelha indo até os tornozelos.

As mulheres permaneciam nos vilarejos e pareciam de certa forma aliviadas sem os companheiros. A mãe de Safiye, uma bela mulher de pele clara da costa da Dalmácia, próximo a Scutari, fora comprada pelo sogro por dez carneiros como presente para seu filho. Tinha apenas 12 anos quando se casara com o pai de Safiye, e nunca tinha estado antes nas montanhas. Embora sempre dissessem que os homens das montanhas da Albânia não faziam muito uso de suas mulheres, preferindo a companhia dos companheiros de clã, ela teve oito filhos em oito anos. Poucos sobreviveram: apenas Safiye e seu irmão Mihal. O sol severo da montanha logo desgastou o belo rosto de sua mãe, e a barriga e os seios ficaram flácidos como os de uma velha. Aos 30 anos, ela estava acabada. O marido batia nela com frequência, e um dia lhe deu um soco no rosto com tanta força que quebrou seus dentes da frente e deslocou a mandíbula. Ela mal falava depois disso, a não ser para contar histórias infantis para a filha, que aprendera quando criança com a avó veneziana, e a cantar baixinho canções de ninar e trechos de músicas no dialeto vêneto, a língua de seus antigos senhores feudais, que achava que esquecera havia muito tempo, mas que depois do soco ressurgiram em sua cabeça.

Safiye tinha o rosto claro como o da mãe, mas a força e a agilidade de um menino. Voluntariosa e destemida, sempre foi a favorita do pai. O irmão, uma criança manhosa, doentia e coxa, encolhia-se toda vez que ele se aproximava, portanto era Safiye, a caçula, que acompanhava o pai nas montanhas.

Safiye ia para todo lado com o pai, como uma mascote. No verão, quando ele a levava para viver no altiplano com seus companheiros de clã, ela usava calças de couro e uma pele de carneiro jogada por cima de um dos ombros, como um menino. Com o pai aprendeu a construir armadilhas para lebres e a tirar-lhes a pele, fazer fogueiras e até mesmo preparar flechas para seu pequeno arco. Aprendeu a pular entre as gretas das rochas com a firmeza de uma cabra, e a esconder-se durante horas nas caçadas, ao lado do pai, em silêncio, agachada por trás das pedras ou oculta por pilhas de folhas. Tinha tanto orgulho de estar com ele e com os outros homens que preferia cortar a própria língua a reclamar de qualquer coisa. Não se importava que os espinhos rasgassem seus pés descalços, que a língua ficasse tão seca de sede que grudava no céu da boca, ou que o chão de pedra da caverna machucasse seus ombros quando dormia.

Truques de caça, minha donzela, dizia o pai. E sua primeira lição, ela perceberia muitos anos depois, de sobrevivência.

Tinha 12 anos quando os caçadores de escravos chegaram na sua aldeia: homens estranhos, enviados pelos senhores feudais otomanos, montados em cavalos com arreios tilintantes e alforjes. Seus turbantes e túnicas de seda tinham uma textura tão linda e cores tão variadas que deixaram Safiye e o irmão perplexos. Sua aldeia, Rezi, era pequena, e a coleta do "tributo infantil", um menino a ser dado por cada família cristã que vivia nos domínios do sultão otomano, não demorou.

— Eles vão levar Mihal também? — Safiye perguntou, observando o irmão sem grande interesse.

— Mihal? De que ele serviria? Um menino deve ter boa cabeça ou bons músculos para servir ao sultão. — A voz do seu pai era ácida. — Além do mais, eles nunca levam um filho único.

De pé, em frente ao pequeno grupo esfarrapado de aldeãos que tinham se juntado para ver a caravana sair, Safiye observou os cinco meninos, entre 7 e 10 anos, selecionados pelos coletores de tributos. Usavam na cabeça guirlandas rusticamente entremeadas de flores silvestres e capim. Suas famílias pareciam contentes, e não infelizes, com essa súbita mudança do destino. Quando a caravana partiu, alguns meninos da aldeia foram correndo junto aos cavalos, gritando e tocando tambores. Outros penduraram-se nos galhos das árvores e jogaram pétalas nas patas dos cavalos. Em uma nuvem de poeira, os coletores de tributos deram tiros de mosquete à guisa de despedida.

Em meio a tudo isso, os meninos olhavam impassíveis para o pequeno grupo de aldeãos. Para Safiye, já pareciam mais altos e, de certa forma, mais velhos, e sabiam por instinto que aqueles primeiros passos ao longo da trilha do vale os levava, na verdade, a uma divisão muito maior, mais ampla e mais profunda que qualquer greta na montanha, e os separava para sempre de suas famílias.

Ela puxou o pai pela manga.

— Se não vão levar Mihal, deixe que me levem?

— Você? — Ele riu. — Você é ainda uma criança. Por que a levariam?

Um velho que estava ao lado deles limpou o rosto, mas seus olhos brilhavam.

— Eles agora são *kul*, escravos do sultão.

— Nada de escravos! — outros disseram. — Nossos filhos vão dominar as terras do sultão. Vão se tornar soldados e janízaros...

— Vão ser paxás...

— Meu neto vai ser o próximo grão-vizir.

Conversando, voltaram para suas casas. Só Safiye ficou olhando a caravana, os meninos transformados em pontinhos na trilha da montanha abaixo. Os estribos de prata dos cavaleiros cintilando ao sol.

— Não se preocupe, minha donzela, quando meninas se tornam escravas do sultão é outra coisa — disse o pai, rindo e beliscando sua bochecha. — Vamos encontrar um bom marido para você em breve, bem aqui.

Um marido! Ao ouvir aquela palavra, alguma coisa aguda e dura atingiu o peito de Safiye como uma pedra.

— Você sabia, irmã, que encontraram uma marido para você?

Mihal estava deitado ao seu lado no colchão em que dormiam, com a colcha de feltro ensebada sobre os ombros ossudos.

— Quem?

— Todor.

— Todor, o amigo do nosso pai?

— Ele ofereceu vinte carneiros por você.

Safiye não duvidou de Mihal. Embora nunca tivessem sido muito ligados, uma certa aliança sempre existira entre eles. Mihal, que com a perna coxa nunca seria um caçador ou um *banditto* como os outros companheiros de clã das montanhas de Dukagjin, tinha uma capacidade que ela admirava muito: a de observar e ouvir, movimentar-se quase sem ser visto no vilarejo e nas pastagens vizinhas. Não parecia ressentir-se da preferência do pai pela irmã; e ela, por sua vez, muitas vezes considerava suas informações úteis.

Por uma fresta na parede viu as silhuetas das casas do vilarejo, banhadas pela luz silenciosa do luar. Nas montanhas, um lobo uivava para as estrelas. Depois de um instante ela falou:

— Mas Todor é um velho. — Sua voz soou muito fraca aos seus próprios ouvidos.

— Mas ainda pode fazer aquilo — disse Mihal rindo, apertando os quadris nas coxas da irmã. — Vai montar em você que nem um touro velho.

Safiye enfiou o cotovelo com a maior força possível no peito ossudo do irmão.

— Pare com isso. Você é nojento.

— Não tão nojento quanto Todor. — Mihal riu de novo, mais alto dessa vez, e muco escorreu das suas narinas. Limpou o nariz com a ponta da colcha fina. — Eu ouvi Todor se gabando. Uma mulher jovem sempre dá novo ânimo aos mais velhos. — Safiye podia sentir o hálito dele no pescoço. Se um menino cheirava mal assim, o cheiro de um velho seria muito pior.

— Saia da minha frente! — Retorceu-se na cama e afastou-se dele, puxando o máximo da colcha para o seu lado. — De qualquer forma, sei que você está inventando isso. — Mas ela sabia que não era invenção. Mihal era confiável, ele não mentia. Não precisava mentir.

— E você não vai poder ir mais para as montanhas porque ele não vai deixar.

De início Safiye não respondeu. Uma sensação de terror apertou tanto sua garganta que ela mal podia respirar.

— Nosso pai não deixaria Todor fazer isso...

— Você acha? — Mihal fez outra pausa; depois, a última investida e a mais venenosa: — Ora, sua boba, não está vendo? A ideia foi dele, para começar. Você não vai poder ser seu brinquedinho pelo resto da vida, sabia?

Inicialmente, o pai não acreditou que ela ousasse desobedecê-lo. Depois lhe deu uma surra, e, como isso não funcionou, trancou-a na baia dos carneiros. Durante seis dias não recebeu nenhum alimento, a não ser água, e quando ficou desesperada de fome passou a raspar musgo e o líquen das pedras e a chupar as unhas enegrecidas. A baia era baixa demais para ela levantar-se, e o cheiro das suas próprias fezes lhe dava ânsia de vômito, mas mesmo assim não cedeu. De início ficou surpresa com sua força de vontade. Mas depois de uns dias percebeu que quem quer muito uma coisa acaba conseguindo.

— Prefiro morrer — gritou quando vieram conversar com ela — a ser vendida como um carneiro para aquele velho.

Quando a fome lhe fez ter visões, achou que estava vendo a avó da sua mãe. Às vezes estava vestida como uma senhora veneziana, com pérolas no pescoço; outras, estava de azul, como a pintura da Madona da Igreja de Scutari, da qual sua mãe lhe falara um dia. Quase sempre vinha a cavalo, com os estribos cintilando ao sol.

Quando a tiraram dali, no sétimo dia, teve de ser carregada para dentro de casa. Foi Mihal, é claro, que lhe contou o que tinha sido decidido.

— Se você não se casar, terá de ser vendida — falou, dando de ombros.

Foi então que ela soube que vencera.

Duas semanas depois, Safiye foi vendida para Esther Nasi, a judia de Scutari. Esther fazia seus negócios na própria casa, uma elegante mansão construída em estilo otomano, que dava de um lado para o lago e do outro para a antiga fortaleza veneziana. Corria um boato de que tinha sido escrava, concubina de um rico governador de uma província dos Bálcãs. Apesar de ser enorme, tinha o rosto e o ar altivo de uma princesa bizantina.

Quando Safiye lhe foi levada, ela não mostrou surpresa. Não era raro as famílias venderem uma filha bonita como escrava, na esperança de lhe assegurar uma vida de luxo nos confins protetores de um rico harém. Na verdade, eram as próprias meninas que desejavam isso, queriam ter o destino nas suas mãos. Mas com aquele grupo era difícil dizer.

— Para quê me trouxeram essa menina? Ela é pele e osso — disse a judia, beliscando o braço de Safiye logo abaixo do ombro e a parte interna da coxa. — O que andaram fazendo com essa criança? Parece faminta.

— Ela engorda logo. — O pai, cujas tatuagens no rosto o identifica-ram imediatamente como um morador das montanhas, parecia constran-gido e arrastava os pés. Esther Nasi viu a menina olhar para ele com o rosto impenetrável, e voltar-se depressa para o lado.

— Para ser franca, não tenho tanta certeza assim...

A luz do sol incidiu nos ângulos retos e agudos do rosto faminto da menina. Ela tinha alguma coisa especial, pensou Esther, sem dúvida. Ao contrário de muitas meninas camponesas que vinham a Scutari, não se encolheu nem evitou seu olhar, manteve-se de cabeça erguida, exami-nando os ricos tapetes, os azulejos leitosos verdes e azuis de Iznik, o chão de mármore e os parapeitos esculpidos. Porém, era a carne que contava. A pele da menina já estava queimada — arruinada, muito provavelmen-te — pela exposição ao sol da montanha. Como aquilo tudo era cansativo, pensou Esther, suspirando e revirando os olhos escuros, deixando à mos-tra o branco muito branco. Talvez estivesse ficando velha para esse tipo de negócio.

— Muito bem! Vou dar uma olhada na menina, mas depressa, não tenho o dia inteiro.

Com o dedo forte de mulher velha, pegou Safiye pelo ombro, esti-cou seu braço para fora e correu o dedo pela pele interna. Onde o sol não tinha queimado a pele era ainda muito branca e fina, assim como as pálpebras largas dos olhos. O espaço entre as pálpebras e os ossos das sobrancelhas, Esther notou, era alto e bem moldado. Passou os dedos dentro da boca da menina, contou seus dentes, inspecionou-lhes a coloração. Aqueles dedos, Safiye se lembraria para sempre, tinham um gosto doce como açúcar em pó.

— Ela ronca? Tem mau hálito? Já esteve com um homem? — Parecia estar falando sobre um animal doméstico. — Um irmão, um tio? Você, o pai?

— Não, *signora*.

— É de surpreender como isso ocorre com frequência — disse, fungando. — Bom, posso checar isso mais tarde. Pode ter certeza de que vou checar. Há um mercado de artigos de segunda mão, mas o meu negócio não é esse.

Bateu palmas, e argolas douradas, finas como papel, balançaram nos seus pulsos.

— Ande! — ordenou.

Safiye andou lentamente até a janela e voltou.

— Agora, calce isto. — Entregou à menina um par de tamancos de madeira incrustada com flores de marfim, com 15 centímetros de altura. — Vamos ver como você se arruma com esses tamancos.

Safiye andou de novo, menos segura dessa vez, sem muito equilíbrio devido à altura inesperada. Os saltos de madeira estalavam no chão.

— Não está bom — disse Esther, batendo com a língua nos dentes. — Nada bom, você é magra e desajeitada — acrescentou, queixosa. — Por que veio aqui, para me fazer perder tempo?

Os três homens viraram-se para ir embora, mas a menina não os seguiu. Permaneceu com toda a calma diante de Esther Nasi.

— Eu sei cantar e falar a língua veneziana. — Foi a primeira vez que emitiu um som naquela sala. — Minha mãe me ensinou.

As sobrancelhas pretas de Esther, unidas com lápis no centro em estilo otomano, levantaram-se de repente.

— É mesmo?

Safiye lhe entregou os tamancos.

— E posso aprender a andar com isso.

Esther não disse nada naquele instante, mas apertou os olhos.

— Então cante uma música para mim.

Safiye cantou uma das canções de ninar que a mãe lhe ensinara. Sua voz não era forte, mas era grave e pura; uma voz que depois de ouvida não era esquecida, e que mudaria sua vida para sempre, embora ela não soubesse na época.

Logo que Esther Nasi abriu seu negócio houve quem dissesse que aquele estabelecimento era longe demais dos grandes centros de comércio de escravos, Constantinopla e Alexandria, para ser viável. Mas com seu instinto feminino e sua astúcia comercial, ela sempre soube onde estava se metendo, e seu negócio à beira do lago em Scutari tornou-se rapidamente conhecido como uma casa a meio caminho da rota dos escravos. Os comerciantes que não queriam fazer a longa e árdua viagem por mar até Constantinopla, levavam as melhores mercadorias para Esther e ela lhes pagava generosamente, sabendo que quando tivesse terminado de treinar as cruas meninas das montanhas e as filhas de pescadores ignorantes, ganharia cinquenta vezes mais com elas em *bedestens*. Logo, alguns dos comerciantes mais astutos da capital, especializados em fornecer escravos e concubinas de alta qualidade para os haréns imperiais, concluíram que valia a pena fazer a viagem a Scutari uma a duas vezes por ano e comprar o material muito bem trabalhado de Esther, por metade do preço que pagariam em Constantinopla.

Esther Nasi treinou Safiye durante um ano. Algumas meninas, entre 6 e 13 anos — que Esther comprou e vendeu, como vinha fazendo havia décadas, a uma sucessão de comerciantes que faziam negócio pelas aromáticas e arborizadas costas do mar Adriático —, vieram e foram durante esse período.

Muitas vinham da Albânia, como a própria Safiye, ou de outras partes do interior dos Bálcãs, trazidas das montanhas pelos próprios pais para serem vendidas, na esperança de uma vida melhor para as filhas; outras eram aprisionadas por corsários uskoks e otomanos, que as caçavam ao longo da costa ou atacavam os navios desprotegidos que navegavam pelo mar Adriático. Eram duas gregas, uma sérvia, duas irmãs de Veneza, de menos de 8 anos, e uma pobre menina circassiana vinda de muito longe, e que ninguém sabia ao certo como chegara lá.

Safiye observava e esperava. Não se misturava às outras meninas, que a consideravam arredia. Concentrava-se no que Esther Nasi lhe ensinava. Foi com Esther que aprendeu a aprimorar a voz e a se fazer acompanhar pelo alaúde. Aprendeu a andar, a comer, a entrar e sair de uma sala, a bordar e a costurar. Aprendeu também as maneiras refinadas e as etiquetas da corte otomana: como servir café e sorvete, como manter-se de pé durante horas atrás da sua senhora, com as mãos nas costas, com um ar recatado.

Com a dieta especial de leite que Esther programou, e sem fazer os exercícios físicos aos quais estava habituada, seu corpo magro de 12 anos logo recuperou-se. Seus seios, não maiores que figos verdes, desabrocharam. Durante seis meses foi proibida de sair de casa e, com a ajuda de Esther, a pele do rosto e das mãos tornou-se branca e macia como a de uma criança, e os braços e bochechas tornaram-se rosados.

Passados alguns meses da chegada de Safiye ao estabelecimento de Esther Nasi, uma agitação no pátio anunciou a chegada de um comerciante. Meia hora depois a própria Esther foi aos aposentos das meninas.

— Você, você e... você — disse, apontando peremptoriamente para a sérvia e as duas albanesas mais velhas. — Venham comigo. Uma de vocês vai servir o café, e as outras duas vão levar a bacia e os guardanapos para ele lavar as mãos. Depois as três ficam atrás de mim e esperam minhas instruções. Preparem-se depressa — disse, batendo palmas. — E você... — girou o corpo de repente e olhou para Safiye — você vem comigo.

— Mas não tenho de me vestir primeiro?

— Não é preciso.

Safiye seguiu Esther até um pequeno quarto que dava na grande sala de recepção do primeiro andar, onde Esther mostrava suas mercadorias aos comerciantes visitantes. Era separado da sala principal por um biombo através do qual Safiye podia ver sem ser vista.

— Quero que você fique sentada aqui. Quando eu mandar, cante para mim. Mas aconteça o que acontecer, não deve sair daqui, não deve aparecer. Compreendeu?

— Compreendi, *signora*.

Através do biombo Safiye podia ver o comerciante reclinado nas almofadas bordadas de Esther. Era um homenzinho magro, com o rosto gasto pelas intempéries, mas Safiye notou que seu manto era forrado com a pele mais linda que já vira.

— Ouvi dizer que talvez a senhora tenha uma coisa para mim — uma coisa especial — disse o comerciante.

— Tenho, sim.

Esther levantou a mão e fez sinal para uma menina sérvia aproximar-se. Ela cantou duas canções, acompanhada pelo alaúde.

— Muito bonito — falou o homem, sem entusiasmo, quando a menina terminou. — Meus parabéns, *signora* Esther. Mas está certa de que não tem outra coisa? — Olhou em volta da sala e viu as outras duas de pé, recatadamente, atrás de Esther.

— Bem... — Esther pareceu hesitar. — Na realidade, como se trata do senhor, bei Yusuf — falou, com exagerada gentileza —, *tenho* uma outra coisa que talvez lhe interesse.

Estalou os dedos e Safiye, conforme combinado, começou a cantar. Quando terminou fez-se um longo silêncio.

Enfim, o comerciante falou abruptamente.

— Posso ver a menina?

Esther Nasi sorriu, tomou um gole de café e colocou no pires, com todo o cuidado, a xícara tão mínima que podia ser usada como um dedal. Nos seus pulsos as argolas vibraram baixinho.

— Não.

O homem ficou visivelmente surpreso.

— E por que não?

— Porque ela não está à venda.

— Não está à venda?

— Tenho minhas razões para isso.

— Ela tem algum defeito? Lábio leporino, marca de nascença?

— Um defeito nas minhas meninas? — Esther deu um sorriso complacente, e enfiou os dentes em um dos seus doces favoritos de pétalas de rosa. — O senhor já deveria me conhecer melhor.

— Então é muito velha?

— Há, há! — Chupou o açúcar branco e fino dos dedos, e seus olhos pretos bizantinos brilharam.

— Posso pelo menos ver a menina?

— Não.

Por mais argumentos que usasse, Esther recusou-se a permitir que ele visse Safiye, ou que ela cantasse de novo, insistindo que a menina não estava à venda.

A partir daí, sempre que os comerciantes vinham, Esther seguia a mesma estratégia. Escondia Safiye por trás de um biombo para que pudesse ser ouvida sem ser vista, e insistia em dizer que a menina não estava à venda. À medida que o mistério se espalhava, a fama de Safiye crescia. Os boatos eram inúmeros. Diziam que ela era uma princesa veneziana, ou filha ilegítima do papa, ou até mesmo filha da própria Esther Nasi.

Depois de seis meses, o bei Yusuf voltou para sua visita de verão. Esther Nasi estava mais gorda que nunca, com cachos grisalhos misturando-se ao cabelo antes negro como ônix.

— Então, *signora* Esther efêndi, já está pronta para me vender a menina?

Enfiando um doce de mel na boca, Esther sentou-se, reclinando o corpo volumoso confortavelmente nas almofadas do divã.

— Ainda não.

O comerciante considerou-a por um instante em silêncio.

— Se me permitir uma observação — disse depois de algum tempo —, as coisa foram tão bem ajeitadas que qualquer um de nós a compraria por dez vezes mais do que a senhora pagou por ela. Em nosso negócio a senhora é tratada com o máximo de consideração. Mas não acha que podemos nos cansar dessa brincadeira?

Servindo-se de mais um doce, Esther não se perturbou.

— Acredite, bei Yusuf, eu sei o que estou fazendo. — Lambeu os dedos e continuou: — O senhor vai ver. Vai valer a pena a espera.

— Então a senhora vai vendê-la?

Esther olhou-o um instante.

— É um prêmio que merece a espera. O que o senhor pode me oferecer?

— O jovem príncipe de Manisa.

— Como assim?

— O sultão Suleyman está envelhecendo, não vai durar muitos anos. Seu filho Selim, o herdeiro, é um bêbado, mas o filho de Selim provavelmente será o príncipe. Embora seja ainda muito jovem, foi nomeado recentemente governador da província de Manisa. Em Constantinopla isso é considerado sinal não só de grande favoritismo como também de grande importância política, pois tudo faz crer que esse príncipe, Murad, será escolhido para suceder seu pai.

Murad é ainda jovem, mas não jovem demais para ter sua própria casa em Manisa. Sua prima, a princesa Humashah, pediu-me, por meio da sua *kira*, que eu conseguisse meninas escravas, concubinas da mais alta qualidade possível, para presenteá-lo.

Fez uma pausa, e tomou um gole de café.

— Creio que a princesa ficaria muito satisfeita com um prêmio como esse. Que idade ela tem?

— Treze anos.

— O príncipe tem 16.

Esther Nasi considerou a proposta do bei Yusuf por longo tempo, mais tempo que o necessário.

— Devo admitir que a menina está se tornando irrequieta — disse Esther finalmente. — E, cá para nós, duvido que eu ainda tenha alguma coisa a lhe ensinar.

— Ela já menstruou?

— Há seis meses.

— E a senhora lhe ensinou *tudo...*

— Ela sabe como agradar um homem, se é o que está pensando — disse Esther, impaciente. — Eu mesma lhe ensinei. Vocês comerciantes, *se* o senhor me permite a observação, têm ideias rudes a respeito disso.

— E a menina é bonita?

— Bonita? Ah, bei Yusuf, meu amigo — falou, debruçando-se sobre o comerciante e deixando-o ver duas lágrimas do tamanho de pérolas caírem-lhe dos olhos. — É bonita como uma feiticeira.

Como sempre soube que faria, Esther vendeu Safiye, da bela voz, ao bei Yusuf por 300 ducados, mais que dez vezes o preço que pagara por ela. E em Constantinopla, o bei Yusuf revendeu-a por quase dez vezes mais à princesa Humashah, que considerou o dinheiro bem empregado.

Safiye fez a viagem para Constantinopla, e de lá para Manisa, e foi ofertada ao futuro sultão de 16 anos. O sultão ainda ganhou de presente dois outros escravos, os melhores que a bolsa imperial da princesa Humashah pôde comprar.

Uma era uma menina quase da mesma idade de Safiye, que ela aprendeu a chamar de *cariye* Mihrimah. O outro era um eunuco jovem e negro chamado Hassan.

— Mas a princesa deu a vocês três outros nomes — Safiye lembrou-se de ter ouvido os comerciantes de escravos lhe dizerem. — De hoje em diante vocês se chamarão Rouxinóis. Os Rouxinóis de Manisa.

Capítulo 17

Constantinopla, 2 de setembro de 1599

Fim da tarde

No final da tarde bateram na porta do quarto de Celia, e apareceu uma criada negra, elegantemente vestida, com várias correntes de ouro no pescoço e nos tornozelos. Ao ver Celia, sorriu, e pediu que a seguisse. Quando Celia perguntou aonde estava sendo levada, ou quem a mandara lá, a criada simplesmente sacudiu a cabeça e recusou-se a falar.

Passaram pelo pátio, por algumas antecâmaras que ladeavam os quartos de banho da validé, e por vários corredores por onde Celia nunca tinha estado. Depois de muito andarem, chegaram a uma portinha que dava em uma escada. Embora tivessem passado por diversas pessoas — algumas meras criadas, e duas funcionárias graduadas do harém —, ninguém mostrou surpresa ao ver a criada. Ninguém a questionou nem perguntou aonde estava indo. Fizeram uma reverência respeitosa para Celia, e com os olhos baixos deixaram as duas passarem em silêncio.

No final da escada deram em outra entrada para os jardins do palácio. A criada atravessou uma série de terraços, depois virou à direita e passou pela periferia dos muros do palácio. Finalmente saíram em uma área aberta.

— Ah! — Celia viu de repente onde estavam. No meio dessa área havia um pequeno pavilhão de mármore, de onde se espraiava a cidade de Constantinopla de um lado, e o mar, como um sonho azul distante, do outro.

Pela primeira vez a criada fez um sinal para Celia na língua silenciosa do palácio, um sinal que dizia que agora ela deveria seguir o caminho por conta própria. *Quem?* Celia fez um sinal para ela, mas a menina deu um último sorriso, virou-se e desapareceu rapidamente.

Celia olhou em volta. O jardim estava tão silencioso que, de início, pensou que se encontrava sozinha. O pequeno pavilhão, com paredes de mármore branco decoradas com letras douradas, brilhava ao sol. Em alguma parte, entre os ciprestes distantes, a água corria em uma bacia de pedra. De repente um pequeno movimento chamou sua atenção, e ela entendeu que não estava sozinha.

Havia alguém esperando no quiosque, de costas, sentada muito quieta, olhando as águas do Bósforo — a última pessoa que Celia esperaria ver.

— Querida senhora, foi muito gentil da sua parte vir tão rápido. Estou me sentindo honrada, *kadin*.

— Sultana *haseki*. — Celia fez uma profunda reverência para a pequena figura no pavilhão. — A honra é toda minha.

E a *haseki* Gulay estendeu a mão para Celia.

— Desculpe não me levantar, não é por falta de cortesia. É que, como você pode ver — apontou para as pernas dobradas sob o corpo —, não estou em um dos meus melhores dias.

A *haseki*, favorita oficial do sultão, vestia uma túnica azul-clara, bordada com um delicado motivo de arabescos e flores. Na cabeça usava uma touquinha, de onde saía um véu de tecido dourado quase transparente. Abaixo da bainha da túnica, viam-se duas pequenas sapatilhas bordadas com fios de prata e ouro. Muitas joias, como convinha ao seu status de segunda mulher mais importante do harém depois da validé, cintilavam-lhe no pescoço e nos dedos. Mas quando sorriu, pareceu quase tão tímida quanto a pequena criada muda.

— Então é verdade o que dizem... — As palavras saíram da boca de Celia, antes que pudesse detê-las.

— O que é que dizem?

— Que você não está bem. Desculpe — Celia falou, envergonhada com a crueza das suas palavras —, não tive intenção de ser grosseira.

— Sei disso. — A voz da *haseki* era muito suave e grave. — É sempre a mesma coisa, não é? Tudo aqui são boatos, suposições e cochichos. — Olhou para o mar, onde os barcos flutuavam no horizonte como desenhos infantis. — Mas desta vez é realmente verdade. Não estou bem. Ficarei contente de não fazermos parte disso.

— Você... você vai a algum lugar? — Celia perguntou.

Ao virar-se de novo, os olhos da *haseki* estavam muito brilhantes.

— De certa forma, *kadin*, vou; creio que posso dizer isso. Perguntei se vão me mandar para o Eski Saray, o Palácio Antigo. Afinal, é para lá que seremos todas mandadas depois da morte do sultão.

Embora Celia tivesse visto a *haseki* Gulay muitas vezes, era quase sempre em ocasiões formais. Ela lhe parecia uma figura distante, solitária, coberta de joias, ao lado do sultão — objeto de intensa especulação entre as outras mulheres do harém. Agora, pela primeira vez, pôde examiná-la de perto. Embora fosse mais velha do que esperava, e mais esguia e magra, sua pele ainda era bonita e muito pálida. Diziam sempre que havia muitas meninas mais bonitas no harém, mas Celia podia ver agora que seu rosto tinha uma suavidade e uma doçura que não eram percebidas a distância. Havia nela alguma coisa muito repousante. Seus olhos eram azul-escuros, exatamente como o tom do fundo do mar.

Então, como que acordando de seus devaneios, a *haseki* fez sinal para Celia sentar-se.

— *Kadin*, é assim que nós todas devemos chamá-la agora, não é?, por favor, vamos acabar com as formalidades, não temos muito tempo. Eu a trouxe aqui porque quero lhe contar uma coisa.

Instintivamente Celia olhou em volta para ver se alguém estaria ouvindo.

— Não se preocupe — disse a *haseki*, ao perceber seu olhar —, ninguém vai nos ouvir, tomei minhas providências. Quero que você saiba que não lhe tenho rancor.

— Por favor, sultana *haseki*... — Celia começou, mas antes que pudesse dizer alguma coisa, a favorita pôs o dedo nos seus lábios.

— Ssshhh, nós duas sabemos o que quero dizer.

— Mas eu não quero... eu nunca quis...

— Não é questão de você querer. É questão de *ela* querer. Nós sabemos disso. Tentei lutar contra ela, mas não adiantou. Ela fez com que todas se voltassem contra mim, e vai fazer o mesmo com você. Não, não, por favor, ouça o que vou dizer — falou, quando viu que Celia ia protestar. — Ninguém, nenhuma de nós, pode ficar perto do sultão durante muito tempo enquanto ela for a validé. É o meu destino. Preciso aceitar isso. Além do mais, olhe para mim — e olhou-se com um sorriso tristonho —: emagreci muito. Por que o sultão vai querer ficar preso a um saco de ossos? De qualquer forma — olhou para Celia e desviou o olhar rapidamente —, não quero acabar como Handan.

— Handan?

— Nunca ouviu falar de Handan?

— Não, sultana *haseki*.

— Ela era a principal concubina do sultão antes de mim. Ele tinha outras parceiras de cama, é claro, mas ela era mais que isso para ele: era sua companheira. Como eu sou. O sultão, o paxá... — parou e olhou o horizonte de novo, como se fizesse um esforço para falar dessas coisas — é um homem solitário às vezes. Você deve lembrar-se disso.

— O que aconteceu com ela? Com Handan?

— Ela tem um filho, o príncipe Ahmet, que ainda vive no palácio com as outras princesas, mas a própria Handan, que ninguém mais vê, tinha um status muito acima de todas nós. — Olhou com tristeza para o mar. — Dizem que ela vive fechada no quarto. Que perdeu a vontade de viver.

— Mas por quê?

A *haseki* Gulay virou-se mais uma vez para Celia, e por um instante sua expressão mudou.

— Como é seu nome, *kadin*?

— Meu nome é Kaya.

— Não, não, querida, disso eu sei, é claro! Estou me referindo ao seu nome real, o nome que tinha quando chegou aqui.

— Era... é... Celia.

— Bem, Celia — disse a *haseki*, pegando sua mão —, eu esqueço que você não está aqui há tanto tempo quanto a maioria de nós. A validé, detesta Handan porque ela tornou-se poderosa demais. Não só era a favorita do sultão como teve um filho dele. Um filho que poderia ser, e ainda pode ser, o próximo sultão. — Alisou a mão de Celia com carinho. — Como mãe de um filho do sultão e sua favorita, seu estipêndio tornou-se muito alto, mais baixo apenas que o da própria validé. O sultão também lhe deu muitas joias e ouro. Logo ela começou a perceber o poder dessas coisas. Tornou-se poderosa, mas não sensata.

"Com uma riqueza considerável, pôde oferecer muitos presentes, mas não foi cautelosa e houve quem soubesse desses presentes. Muitas mulheres do harém, inclusive as mais antigas, leais à validé, começaram a cortejá-la. Pois se o sultão nomeasse o filho dela como seu sucessor, ela seria a próxima validé. E Handan pensava o mesmo. Aos poucos uma facção do palácio ficou a seu favor, todas sentiram isso. Não é preciso dizer o que pode acontecer por aqui. A situação tornou-se muito perigosa."

Como se esse assunto ainda a deixasse nervosa, Gulay olhou para o palácio por cima dos ombros.

— Para a sultana Safiye? — perguntou Celia.

— Para a validé? — A *haseki* riu, apertou as mãos de Celia, e as argolinhas douradas presas na sua touca tilintaram com a brisa. — Não, querida. Não para a validé, mas para Handan, é claro. Não importa à sultana validé quem dorme na cama com seu filho, mas ela nunca abrirá mão do seu poder, nunca. Quando era uma *haseki*, na época do antigo sultão, dizem que lutava com unhas e dentes com a validé Nurbanu. Mas é a validé quem sempre dá as cartas — falou, baixando os olhos —, como dizem.

Fez-se uma pausa, depois Celia disse:

— Mas você tem um filho também, sultana *haseki*.

— Sim. Ele tem o mesmo direito a ser o próximo sultão. E devo fazer tudo o que puder para protegê-lo. Eu vi o que fizeram com Handan... — Inclinou-se para a frente até seus lábios quase tocarem os de Celia, que pôde sentir o cheiro de sua pele e do cabelo perfumado com jasmim e mirra. — Lembre-se disso, *kadin*: ser uma *haseki* não significa proteção contra *eles*.

— O que você quer dizer com "eles"? — Celia pôs a mão no estômago; a dor familiar logo abaixo das costelas voltou.

— A validé tem espiões por toda parte, dentro e fora do palácio, até mesmo nos lugares menos esperados. Passou a vida reunindo espiões. Uma rede, uma verdadeira rede de pessoas leais que fazem o trabalho por ela. Como aquela judia velha, sua *kira*...

— Esperanza Malchi?

— Isso mesmo, Malchi. Você a conhece?

— Ela foi ao meu quarto hoje de manhã — Celia respondeu, mexendo-se nervosamente nas almofadas. — Creio que não percebeu que eu estava lá.

Deveria contar à *haseki* o que tinha acontecido? Não havia dúvida de que ela era a última pessoa do harém que a ajudaria, mas parecia muito séria e vulnerável. Será que podia confiar nela?

Enfim, foi a própria Gulay quem falou:

— E deixou uma areia colorida no seu quarto?

— Deixou — disse Celia baixinho, olhando fixamente para ela —, como você sabe? O que quer dizer isso?

— Não fique tão aflita, não é provável que isso possa prejudicar você... ainda não.

— *Ainda não?* — O coração de Celia pulou no peito. — Minha amiga Annetta estava lá também. Ela acha que é algum tipo de feitiço.

— Feitiço! — exclamou a *haseki*, sorrindo. — Eu sei que ela parece uma bruxa, mas não foi bruxaria. Provavelmente só um sortilégio contra mau-olhado. Veja este aqui. — Levantou o pulso e mostrou a Celia uma fina pulseira de prata com várias contas azuis de vidro. — Nós usamos isso para dar sorte. E proteção. Não percebeu? Elas precisam de você agora. Malchi é a serva da validé não ousaria lhe fazer mal. Mas uma coisa é certa — disse, com mais um olhar perscrutador —: você precisa ter muita cautela. Já está sendo vigiada.

Reclinou-se de novo nas almofadas, como se o esforço de falar a tivesse exaurido.

— Era isso o que queria me dizer?

Gulay sacudiu a cabeça.

— Esperanza não é a única com quem você deve tomar cuidado — continuou, falando depressa —, há outros muito mais perigosos. Handan sabia disso também. Você já ouviu falar dos Rouxinóis?

Celia sacudiu a cabeça.

— Os Rouxinóis de Manisa. Três escravos com lindas vozes que foram ofertados ao antigo sultão Murad por sua prima, a princesa Humashah. Eram famosos naquela época. Um deles tornou-se a *haseki*...

— A validé.

— Outro tornou-se o eunuco-chefe negro.

— O agá Hassan? Mas disseram que ele vai morrer...

— E a terceira... — A *haseki* debruçou-se sobre Celia para falar bem perto do seu ouvido, mas de repente encolheu-se, alarmada. — O que foi isso? — E olhou para trás.

Celia prestou atenção, mas só conseguiu ouvir, a certa distância, o som de martelos de operários perdido na brisa da tarde.

— Não foi nada. Só alguns operários talvez.

— Veja, elas vêm vindo. — Pegou o leque e começou a abanar-se, para seu rosto não ser visto. — Minhas criadas... estão voltando. — Pareceu muito nervosa de repente, ajeitando a túnica com dedos ansiosos. —

Pensei que teríamos mais tempo — disse baixinho para Celia por trás do leque —, mas a validé não permite que elas se afastem muito de mim.

Enquanto falava, Celia viu que as criadas estavam realmente se aproximando. Traziam bandejas de frutas formando pirâmides, e taças de sorvete que foram colocadas em uma mesinha dentro do quiosque. Embora servissem a *haseki* com toda a deferência que ela merecia, a atmosfera parecia tensa. Uma criada em especial olhou-a com uma expressão que Celia não conseguiu identificar. Com evidente relutância, por insistência da *haseki*, serviram-na primeiro. Só depois é que Gulay começou a comer, com muita parcimônia, escolhendo os mesmos sorvetes e frutas que Celia escolheu.

A presença de outras mulheres tornou a conversa impossível. As duas ficaram sentadas ali em silêncio, enquanto as atendentes movimentavam-se à sua volta. As sombras vindas dos ciprestes do jardim aumentaram, e o ar no pequeno pavilhão tornou-se mais fresco.

Celia olhou para a mulher sentada ao seu lado e percebeu o que a validé devia temer: sob aquele aspecto exterior gentil havia outra coisa, outra qualidade que, apesar do seu medo, animou-a. Detectava em seu rosto uma expressão que não era suave nem tímida, uma expressão de pura inteligência. Se você for minha amiga, minha guia, pensou, talvez eu consiga sobreviver.

— Até nosso próximo encontro, *kadin* Kaya — disse. — Ainda temos muito a conversar. — E um olhar de cumplicidade passou entre as duas.

Quando as atendentes se afastaram, Celia usou a oportunidade:

— Mas por que eu, sultana *haseki*? — murmurou baixinho, esperando não ser ouvida. — Não compreendo por que estão me vigiando.

— Por causa do navio inglês, é claro — respondeu. — Você não sabia? Foi mandado por um inglês.

No silêncio que se seguiu, Celia ficou observando as águas do mar de Mármara luzindo como prata a distância.

— Pergunte à sua amiga Annetta, ela sabe — disse a *haseki* —, ela estava aqui com a validé, neste quiosque, no dia em que o navio inglês chegou, há duas semanas.

— Navio inglês? — Celia sussurrou.

— Sim. O navio da embaixada inglesa. O que trouxe o grande presente para o sultão. O que é esperado há quatro anos. Ouça! — Veio de longe de novo o som um pouco mais fraco de operários martelando. — Eles agora estão no portão.

— No portão?

— É claro. Estão montando o presente no Portão do Aviário.

— Você sabia!

— Sabia, sim.

— Você *sabia*! E por que não me contou?

— Você sabe por quê.

Annetta estava ao lado de Celia no pátio das favoritas. Agora que era considerada uma *kadin*, uma senhora na hierarquia do palácio, era contra a etiqueta Annetta sentar-se a não ser que tivesse permissão; e Celia, enraivecida, manteve-a de pé. A noite estava quase caindo. À luz mortiça podia ver que Annetta não estava muito bem; sua pele parecia um queijo velho, engordurado.

— Você sabe que combinamos não olhar para trás. Por favor, faça sinal para que eu me sente.

— Não, prefiro que você continue assim.

Uma expressão de surpresa passou pelo rosto de Annetta, mas ela continuou de pé.

— De que adiantaria saber?

— Depois de tudo o que eu lhe disse? — Os lábios de Celia estavam lívidos, o medo, quase esquecido no calor da raiva. — Não acha que eu é que deveria julgar isso?

Annetta baixou os olhos e não respondeu.

— Um navio inglês chegou aqui há duas semanas. Um navio da *embaixada* inglesa. Paul talvez tenha vindo nele. Talvez esteja aqui agora. Não está vendo que isso muda tudo?

Annetta olhou para cima com olhos opacos.

— Você não vê que não muda nada? — As palavras saíram lentamente da sua boca. — Nós combinamos, lembra? Não voltar ao passado.

Mas a raiva deixou Celia corajosa.

— Foi o que você sempre me disse, mas não lembro de ter combinado nada. Mesmo que tivesse, isso muda tudo. *Muda* tudo mesmo.

— Não seja tola, se alguém descobrir será a nossa ruína, não entende? — Annetta protestava agora. — Não há como sairmos daqui. Você é nossa melhor chance de sobrevivência, talvez nossa única chance. Pode tornar-se uma das concubinas do sultão, talvez até a *haseki*...

— Você não está pensando em mim, está? Só pensa realmente em si própria, em como salvar sua pele.

— Muito bem, admito que sim, se é isso que quer ouvir. — Levou a mão ao pescoço, como se soltasse botões. — Minha estrela está ligada à sua, é claro. Mas eu a ajudei, você sabe disso, ou será que esqueceu? Duas é melhor que uma. Quantas vezes... ah, deixe para lá! — Sacudiu a cabeça com ar de tédio. — Já parou para se perguntar *por que* a *haseki* está lhe contando todas essas coisas? — Olhou para Celia, suplicante agora. — Por que está tentando nos separar?

— Bobagem, isso não faz sentido — disse Celia bruscamente —, você conseguiu isso sozinha. Ela estava apenas tentando me ajudar. Não tem ideia do que tudo isso significa, por que teria?

— Se é assim que você pensa... Mas acredite —, disse, dando de ombros —, é bom não chamar a atenção para sua ligação com o navio inglês, não agora, não depois do que aconteceu com o agá Hassan.

— Acho que entendi isso por mim mesma, obrigada — disse Celia, num tom amargo.

— Por favor, eu estava tentando protegê-la, só isso.

Embora a noite estivesse fresca, Celia viu que Annetta suava, gotículas de suor desciam por sua testa e se acumulavam sobre o lábio superior.

— Por favor, pombinha, preciso me sentar. — Annetta balançou-se ligeiramente para o lado.

— Então sente-se — disse Celia, mais suave, fazendo-lhe o sinal. — Mas não me chame de pombinha.

Pondo uma das mãos abaixo das costelas, Annetta sentou-se. Celia olhou para a amiga.

— Você não está bem.

Não foi uma pergunta, mas uma declaração.

— Não, estou com dor desde esta manhã, só isso. — E apertou as costelas.

— Eu também — disse Celia. — Provavelmente é só uma intoxicação.

— Intoxicação! — disse Annetta gemendo. — Foi aquela bruxa, Malchi, que nos pôs um feitiço, eu sei.

— Ela não é bruxa — Celia falou calmamente. — A areia era para nos dar sorte.

Annetta olhou-a com ar cético.

— Quem disse isso?

— A *haseki*.

— De novo — Annetta falou com voz ácida. — Já se perguntou por que ela quer se aproximar de você de repente?

— Você não compreenderia.

As duas sentaram-se lado a lado, caladas.

Já estava quase escuro. Pequenos grupos de meninas, algumas contentes, algumas em silêncio, voltavam para o quarto. Pareciam silhuetas de papel preto que os mascates de Londres vendiam nas feiras e em dias de festa, pensou Celia. Nos jardins, só as rosas brancas dos canteiros podiam ser vistas agora, brilhando com uma fosforescência sinistra. Mais acima viam-se os morcegos abrindo caminho na luz mortiça.

Dentro de poucos minutos elas precisariam entrar também, mas não ainda. A raiva que sentia por Annetta passou, sendo substituída pela terrível pergunta que lhe vinha à cabeça: será que ele pensa que eu morri? Mas não morri. Estou viva. E se ele soubesse que estou viva, ainda me amaria? Se soubesse que estou aqui, tentaria me encontrar?

— Se ele estiver aqui, vou tentar encontrá-lo de qualquer maneira — disse Celia para Annetta, baixinho. — Você sabe disso, não sabe, Annetta?

Mas Annetta não respondeu. Celia virou-se, e ao olhar para a amiga deu um pulo do banco, alarmada.

— Depressa, depressa, alguém me ajude, depressa. — Começou a correr para o palácio, e quase imediatamente um grupo de mulheres mais antigas veio socorrê-la. O caminho foi iluminado com tochas pelas criadas. Esquecendo as regras do harém, Celia foi encontrá-las.

— É Annetta, quer dizer, Ayshe. Ela não está bem. Por favor, alguém venha ajudá-la...

O pequeno grupo parou. Na frente havia duas funcionárias mais antigas do harém, a chefe das túnicas e a chefe das termas. Apesar do desespero de Celia, pareceram não registrar o que ela dizia, e nem olharam para Annetta.

— Parabéns, *kadin* Kaya, você agora é *gözde* — disseram em uníssono.

Fizeram uma profunda reverência, arrastando as mangas das túnicas na areia.

— O sultão, o mais glorioso paxá, Sombra de Deus na Terra, lhe dará a honra de vê-lo novamente esta noite.

Capítulo 18

Istambul, dias atuais

No início da tarde, Elizabeth finalmente saiu do palácio. Encontrou um táxi com facilidade em frente ao primeiro pátio e deu o endereço da pensão de Haddba. Mas antes de atravessar a ponte de Gálata notou que estava inquieta demais para voltar ao quarto. Num impulso, inclinou-se para a frente e falou para o motorista.

— Pode me levar a Yildiz? — perguntou em inglês. — Parque de Yildiz?

Lembrou que dias antes Haddba lhe falara de um pequeno café nesse parque que dava para o Bósforo, um pavilhão conhecido como Malta Kiosk, onde os moradores de Istambul iam tomar chá nas tardes de domingo. Mas ainda estava muito apática para aceitar a sugestão.

O percurso era maior do que ela esperava, e quando chegaram em Yildiz as nuvens tinham se esvaído. O motorista do táxi deixou-a junto ao muro do parque, ao pé de uma ladeira, e ela teve de subir a pé.

Yildiz era mais uma floresta que um parque metropolitano, com todos aqueles arbustos que Haddba descrevera. Árvores imensas, com poucas folhas restantes, amarelas como moedas de ouro, estendiam-se pelos dois lados em uma longa aleia. Foi andando rapidamente, apreciando o cheiro doce e úmido do ar. Gralhas piavam nos galhos. Elizabeth não sabia ao certo se era o céu azul, depois de dias de céu cinzento, ou a sensação do sol no seu rosto, mas ficou surpresa com sua energia súbita, como se depois de dias de lassidão alguma coisa dentro dela, num canto duro e amargo, começasse a derreter.

O quiosque era uma construção barroca do século XIX, rodeada de árvores. Elizabeth pediu café e pastéis baklava, e escolheu uma mesa do lado de fora, no terraço — um semicírculo de mármore branco protegido por uma pérgula, dando para o parque e para o Bósforo. Folhas rolavam pelas lajes do chão. Mesmo banhado pelo sol, o pavilhão tinha a melancolia de uma atração abandonada. No dia anterior aquela melancolia teria sido perfeita para seu estado de espírito, mas agora, depois de visitar o palácio e os quartos desertos e estranhos do harém, era diferente. Enquanto tomava o café foi tomada de uma onda de otimismo. Tinha certeza de que encontraria o fragmento restante, se não ali, talvez na Inglaterra. E saberia o que realmente acontecera com Celia Lamprey.

Mais do que nunca, sentiu uma imensa vontade de falar com alguém sobre a experiência no harém, mas não havia ninguém com quem falar. Pensou em ligar para Eve. Mas talvez fosse melhor esperar para falar do telefone do seu quarto, a conta do celular devia estar astronômica àquela altura. E se falasse com Haddba? Não, não queria ir embora do quiosque ainda. Conversaria com Haddba sobre isso mais tarde. No terraço, onde estivera até então sozinha, apareceu um casal turco que se sentou um pouco mais longe. Por um instante, Elizabeth imaginou o que eles fariam se ela fosse até lá e começasse a lhes falar da história perdida de uma menina escrava da época elisabetana.

Não, melhor não. Jogando a cabeça para trás, sorriu para si mesma e fechou os olhos, sentindo o sol quente aquecer sua pele. Com os olhos ainda fechados esperou que a figura de Celia Lamprey lhe viesse à cabeça, mas em sua imaginação viu de novo os quartos desertos do harém. Viu a ráfia apodrecida debaixo do tapete, as colchas do divã, e a leve sugestão de terem sido usadas recentemente.

Tirou do bolso o pedaço de vidro azul e branco, que brilhou na palma da sua mão. Um talismã contra "mau-olhado", foi o que Berin disse quando ela lhe mostrou. Eram usados para evitar os maus espíritos, e podiam ser encontrados por todo lado em Istambul.

— Devo mostrar a alguém? — tinha perguntado.

— É claro que não, guarde isso. É uma coisa barata, uma quinquilharia de bazar que pode ser comprada em qualquer lugar. Um dos guardas provavelmente o deixou cair. — E deu um olhar zombeteiro para Elizabeth. — Você está bem?

— Por que pergunta?

— Está um pouco pálida.

— Não é nada. — Seus dedos tocaram o vidro liso. — Estou bem.

Agora, sentada no terraço do pavilhão, tocou de novo o talismã guardado no seu bolso. Tirou uma caneta e um caderno de notas da bolsa e começou a escrever ideias a esmo: pensamentos, perguntas, qualquer coisa que lhe viesse à cabeça. Pairou no espaço, e então entrou em queda livre, descendo, descendo.

Celia Lamprey, escreveu no alto da página. *Paul Pindar. Um naufrágio. Década de 1590.* Quatrocentos anos me separam dessa história, pensou, mas podiam ser 4 mil. *E no calor da luta, diante dos olhos da menina, deu uma facada no pai com sua cimitarra...* A mão de Elizabeth voava pela página... *e cortou seu corpo ao meio.*

Pôs a caneta em cima da mesa, depois pegou-a de novo e começou a fazer um círculo em volta da letra "C" de cimitarra. Um trauma duplo. Não só Celia fora aprisionada — com dote e tudo — na véspera do casamento, como tinha visto o próprio pai morrer diante dos seus olhos. Ficou olhando o papel, sem ver. E Paul Pindar, ela o amava também? Chorou pelo amor perdido, como eu choro...?

Parou de pensar sobre aquilo, forçando-se a voltar para um campo neutro.

A pergunta era: em primeiro lugar, como a história de Celia sobreviveu? Tentou concentrar-se. Seria possível ela ter vivido o suficiente para contar a *própria* história? Quem sabe teria se encontrado com Paul Pindar, se casado com ele, e tido filhos em Aleppo...

O *Dictionary of National Biography*, com um longo verbete sobre o próprio Paul Pindar, não mencionava uma esposa, mas isso não provava que ele não tivesse se casado. Não havia nenhum verbete sobre "Lamprey", é claro. O fato era o seguinte: alguém sabia da história de Celia e a conhecia bastante bem para contá-la por escrito.

Sem pressa, continuou a rabiscar e a fazer círculos nos "números nove" da data, 1599. O mesmo ano em que Thomas Dallam, o fabricante de órgãos, apresentara sua maravilhosa obra ao sultão. Pelo menos sua história sobrevivera.

Elizabeth encontrara com facilidade essa passagem no Hakluyt, e tirou uma fotocópia do diário de Thomas Dallam. *Nesse livro há o relato de um órgão levado para o Grand Signor, e outros assuntos curiosos.* O diário descrevia sua viagem para Constantinopla no navio da Levant Company, o *Hector*, dizendo que depois de seis meses de viagem o presente maravilhoso, a esperança de tantos mercadores, chegara muito danificado em razão da água salgada; que Dallam e seus homens iam diariamente ao palácio restaurar o presente. Descrevia sua grande amizade com os guardas, e contava que num dia em que o sultão estava no seu palácio de verão, um deles lhe permitiu dar uma olhada nos aposentos das mulheres:

> Depois de me mostrar várias outras coisas maravilhosas, atravessamos um pequeno pátio quadrado pavimentado de mármore e ele me mostrou uma fenda na parede, mas fez sinal dizendo que não poderia ficar ali. Ao olhar pela fenda, vi que a parede era muito espessa e reforçada dos dois lados com ferro, mas vi através dela trinta concubinas do Grand Signor, brincando com uma bola em outro pátio. À primeira vista pensei que fossem rapazes, mas então notei os cabelos cacheados descendo até as costas, presos por cordões de pequenas pérolas amarrados na ponta, e por outros enfeites. Vi que eram meninas e muito bonitas... Fiquei olhando ali por

tanto tempo que aquele que me mostrou tudo isso teve muita raiva de mim. Fez uma careta e um sinal para eu parar de olhar, o que muito me desagradou, pois aquela visão me deixara maravilhado.

Então voltamos para o palácio onde tínhamos deixado meu intérprete, e eu lhe disse que vira trinta concubinas do Grande Turco. Ele me aconselhou a não falar absolutamente nada sobre isso, pois algum turco poderia ouvir, e se ouvisse, o homem que me mostrara essa maravilha seria morto. Nem ele próprio as olhava. Embora eu as tivesse olhado por um longo tempo, elas não me viram. Se tivessem me visto teriam todas tentado me olhar e imaginado como eu chegara lá, como eu imaginei quando as vi.

Elizabeth parou de ler e tentou organizar os pensamentos. Todos sempre supunham que seria impossível ter qualquer contato com as mulheres do harém do sultão. Mas o diário de Thomas Dallam comprovou que os aposentos das mulheres eram mais acessíveis do que a maioria dos estrangeiros imaginaria. O construtor de órgãos e seu guarda poderiam ter sido mortos se o Turco soubesse disso, mas a tentação de contar aos amigos ingleses deve ter sido irresistível. A quem ele tinha contado? Virando novamente o rosto na direção do sol, apertou as pálpebras com os dedos. Em sua imaginação viu os corredores azulejados do harém e o quarto onde tinha encontrado o amuleto de sorte. O que era tão intrigante ali? Com cuidado, fez mais círculos e cruzes no rabisco. Eu sei, devia ser um lugar triste, pensou de repente com clareza. Mas não era. Tinha ouvido passos correndo. E risadas.

Reclinando-se na cadeira, empurrou o caderno de notas para o lado e apoiou os braços atrás da cabeça. Seus pensamentos ainda estavam confusos, mas de certa forma isso não importava. "Viva na confusão." Quem teria dito isso? Era assim que os projetos sempre começavam. Ela tinha uma boa sensibilidade, um bom instinto. As coisas se tornariam claras em breve, quando os fatos lhe chegassem às mãos. Como Marius deploraria seus métodos até ali — se é que eram métodos —

tão desordenados, tão *emocionais*. Mas disse a si mesma, dando de ombros: E daí?

Ainda estava quente no terraço, e Elizabeth foi ficando por ali. Tinha terminado o café, mas não os pastéis baklava. Comeu todos, quebrando-os em pedacinhos e lambendo as migalhas com mel presas nos dedos.

Sem saber por quê, virou-se e viu de novo o casal do outro lado do terraço; alguma coisa neles, uma certa quietude, lhe disse que devia estar sendo observada havia algum tempo, e por isso é que se virara. Mas então notou que não era o casal que a observava, era um homem sozinho.

Seus olhos cruzaram-se com os dele por um instante, mas ela desviou o olhar rapidamente para que não percebesse que ela o vira. Mas é claro que percebeu.

Sentiu-se uma tola, e ficou olhando resolutamente para a frente. Pensou que estivesse sozinha ali e sentiu-se energizada pela combinação de sol e solidão, mas ao ver que fora observada por um estranho, sentiu o charme do pavilhão e da tarde desaparecer sutilmente. Era hora de ir embora.

Mas por alguma razão não foi. Esperou, mesmo com medo que o estranho tentasse aproximar-se. Mas não se aproximou. Não preciso sair correndo, disse a si mesma, ainda resta um pedaço do baklava.

Comeu o restante do pastel lentamente. As migalhas meladas grudaram nos seus lábios. Seria bom usar uma colher, pensou, mas achou melhor usar os dedos. Passou o polegar pelo lábio inferior e lambeu as pontas dos dedos, chupando-os com cuidado, um a um. Sabia que ele ainda a observava. O que está *fazendo?*, perguntou a si mesma. Mas continuou a lamber os dedos, não porque quisesse ignorá-lo, mas porque percebeu que seu olhar não demonstrava qualquer desrespeito. Ele simplesmente olhava-a com um ar de... de quê? Elizabeth procurou a palavra certa. Apreciação? Sim, mais ou menos isso. Um bálsamo para sua alma ferida. Sol depois de dias de frio e de chuva.

Mas isso é ridículo — ouviu um lado seu dizer —, *ele é um completo estranho.* E o outro lado deu de ombros: *E daí? Nunca mais vou ver esse homem.*

Durante um momento surreal, soube que ele sabia que ela sabia que estava sendo observada. Mas, de repente, achou que era demais. Deu uma última dentada no baklava, pegou a bolsa e começou a descer a ladeira.

Capítulo 19

Constantinopla, 2 de setembro de 1599

Noite

N a segunda vez que prepararam Celia para visitar o sultão, a *cariye* Lala não estava lá para ajudá-la; não lhe deram drogas para enevoar a cabeça, apagar a memória ou ajudar a carne doce — exposta como um dos confeitos de Carew — a esquecer a indignidade daquilo tudo.

Seria um consolo, o fato de não estar sozinha?

Como antes, foi levada com toda a cerimônia à câmara do sultão. Só que dessa vez havia outra menina ali, outra *gözde*. As duas, com suas coxas perfumadas e seus seios virgens, seguiram as atendentes pelo pátio da validé para encontrar-se com o grupo de eunucos que estava à sua espera.

Celia seguiu o cortejo pelo Corredor Dourado até a câmara do sultão, mas lá teve mais uma surpresa. Não ficaram na própria câmara dessa vez, foram levadas a uma pequena antecâmara que dava nos supostos pátios privados do sultão. Dois eunucos colocaram uma mesa baixa, uma espécie de estrado, no centro do quarto e cobriram-na cuidadosamente com um tapete.

À frente do cortejo principal vinha o substituo do eunuco-chefe negro, o agá Suleiman. Se da última vez Celia não vira nem lembrara-se de quase nada por causa da droga que lhe deram, dessa vez estava totalmente consciente. Mesmo pelos padrões dos eunucos do palácio, o agá Suleiman era grotesco — com o rosto de gárgula e o estômago flácido e pregueado. Quando puxou o camisão dos ombros de Celia, ela notou os olhos do eunuco fixos em seus seios nus, e sentiu as mãos macias e úmidas como massa crua em seus braços. As bochechas do agá Suleiman eram rechonchudas e caídas, imberbes como um bebê, e a boca flácida mostrava as gengivas e a língua rosadas. Estava tão perto que dava para sentir o cheiro da sua pele velha e o odor da carne que comera recentemente e que ainda recendia da sua boca. Celia sentiu gosto de bile.

As duas meninas foram colocadas juntas no estrado, com ordem expressa de não saírem daquela posição, e o agá Suleiman e os eunucos enfim deixaram-nas sozinhas.

De início Celia não reconheceu a criatura nua ao seu lado. Era uma menina totalmente esquálida, em comparação com seu corpo bem-nutrido, seu rosto pequeno e pontudo e seus malares salientes de circassiana, e, para sua surpresa, nada bonita. Na verdade, era quase feia, com uma pele grossa e tão descolorada que parecia uma planta crescida em um porão ou debaixo de pedras. Mas seus olhos eram arrebatadores — de um castanho muito claro, quase dourados, e cílios ruivos.

Ao ver que Celia a examinava atentamente, perguntou:

— O que está olhando? — O tom era tão insolente que Celia teve a impressão de ter levado um tapa na cara. E então lembrou-se dela.

— Espere um instante, estou reconhecendo você. É uma das criadas da *haseki* Gulay que nos levou frutas hoje à tarde. — Como pôde ter esquecido aquele rosto? Havia alguma coisa nela, alguma coisa malformada, quase selvagem, que a perturbou quando a viu pela primeira vez.

— Não sou mais criada dela.

— Quer dizer que não é mais uma das criadas da sultana *haseki* — corrigiu Celia, com frieza.

A menina olhou-a com um olhar insolente, depois deu de ombros.

— Aquela idiota — foi tudo o que disse.

Celia ficou surpresa demais para falar. O harém era tão exigente quanto a decoro, comportamento e linguagem, que nos poucos meses em que ali estava passara a considerar qualquer transgressão dos extravagantes hábitos de *polidez* — mesmo na situação mais informal — uma quebra chocante de etiqueta.

Embora a noite estivesse quente, naquela pequena antecâmara quase fazia frio. Celia sentiu um arrepio. Olhou para a câmara do sultão através do arco mas não viu nada de novo — o quarto iluminado por velas, criando sombras vazias no teto, continuava em silêncio.

— Você está diferente — disse, virando-se de novo para a menina.

— Verdade? Você também — resmungou num tom sarcástico, sem olhar para Celia. E arqueou as costas com naturalidade, parecendo à vontade na sua nudez.

— Qual é o seu nome?

— Você vai saber daqui a pouco.

— O meu é Kaya. *Kadin* Kaya, para você — continuou, sem tirar os olhos da menina. Depois perguntou com curiosidade: — Quantos anos você tem? Treze? Catorze?

— Como vou saber? — disse ela, dando de ombros. — Sou mais nova que a *haseki*, ela está velha agora, tem mais de 20 anos. E mais nova que você também. É disso que ele gosta, não é? De carne fresca.

— Talvez sim — disse Celia, olhando-a pensativa. — Talvez não.

Encolheu o corpo, tentando esquentar-se. As nádegas e o alto das pernas estavam geladas.

— Por que faz tanto frio aqui? — Bateu nos braços, já quase azulados.

— Quer dizer que não notou? — A menina arqueava a coluna para a frente e para trás, para a frente e para trás, como um acrobata de circo esperando sua apresentação.

— Notei o quê?

— Não percebeu onde está sentada?

Celia pôs a mão debaixo do tapete e tirou os dedos rapidamente, como se estivessem queimando.

— Gelo! Meu Deus, estamos sentadas em cima de um bloco de gelo.

Ao ver o olhar de Celia, a menina sorriu pela primeira vez, abrandando um pouco o rosto pequeno e duro.

— Bom, Srta. Todo-Poderosa, você realmente não sabe, não é? Eu posso não ser bonita como você, mas não é o meu rosto que ele vai querer, é? — disse, num tom malicioso. — Olhe para mim, veja como a minha pele está branca. — Inclinou-se para Celia e falou, quase silvando: — Quanto mais frio, mais branca fica a pele. É disso que ele gosta.

É claro, pensou Celia, como não tinha se dado conta? À luz da vela a pele da menina brilhava, branca como neve. Então olhou para o próprio corpo nu. O frio era tanto que a pele estava quase transparente. Podia ver as veias azuis correndo pelos seios e pelas coxas, indo até os pés. É claro.

— Por isso fui escolhida — ela disse alto —, e a *haseki* também. A validé tentou com você, mas não deu certo. Nós todas ouvimos falar do ópio — disse, com uma risada rouca e estranha.

— Como souberam disso?

A menina deu de ombros.

— Nós todas soubemos, só isso.

— Nós todas? Acho que não — disse Celia, enfrentando o olhar fixo da menina. Talvez por causa do frio, pensava com muita clareza. — Seria melhor dizer você. *Você* sabe de alguma coisa que não devia saber.

Outra risada, mas dessa vez as pestanas ruivas da menina piscaram.

— Quem disse que não devo saber?

— Como uma criada pode saber? Diga-me logo, *cariye* — Celia falou com rispidez.

— Descubra você mesma.

— Não se preocupe, vou descobrir. — Suas mãos tremiam, mais de raiva que de frio.

— Você está com muito frio, *kadin* Kaya.

— Não tanto quanto você.

Viu com satisfação que os lábios da menina estavam quase azuis. Tinha parado de balançar o corpo; apertava os joelhos no peito, tentando parar de tremer.

— Mas ele não vai demorar, e quando chegar eu serei a escolhida — disse a menina.

— Como pode ter tanta certeza? — perguntou Celia, apertando o queixo para os dentes não baterem.

— Porque sei o que devo fazer. Vi o sultão com Gulay, aquela idiota, — disse, com um olhar triunfante. — Ouça, lá estão eles na porta.

Enquanto Celia olhava, a menina abriu as pernas, sem vergonha de mostrar o sexo cuidadosamente depilado. Enfiou o dedo no sexo e tirou com cuidado um pequeno tablete preto, semelhante aos tabletes de ópio que Celia tomara.

— O que é isso?

— Você vai ver — disse de novo, com uma risada rouca. — Você não é a única que sabe como receber gorjetas da *cariye* Lala.

Colocou o tablete debaixo da língua, sem engolir, enfiou de novo os dois dedos do meio no sexo e esfregou a secreção por trás das orelhas e nos lábios. Ao mesmo tempo, observava Celia com um pequeno sorriso nos cantos da boca.

— São nojentos os homens, não acha? — foi tudo o que disse.

Quando o sultão entrou finalmente na sua câmara, as duas desceram do estrado gelado e postaram-se de joelhos à sua frente. Celia não ousou levantar os olhos ao ouvir sua voz irritada. Mais tarde se lembraria de que suas pernas estavam duras e dormentes, e que os dedos dos pés e das mãos queimavam quando o sangue voltou a circular pelas veias.

— O que significa isso? Não mandei buscar vocês.

Fez-se um silêncio constrangedor.

— Onde está Gulay?

Outro silêncio. Então a menina disse com voz serena:

— A *haseki* Gulay está indisposta, meu sultão, e pediu para ser dispensada. Sua Majestade, a sultana validé, que pensa sempre em seu prazer e repouso, enviou-nos em seu lugar.

O frio do chão duro penetrava na testa e nos joelhos de Celia. Como não recebeu sinal para levantar-se, permaneceu com as nádegas nuas no ar durante vários minutos. Pelo canto do olho viu uma lasca em um dos azulejos logo abaixo de seu nariz, e ficou observando-a durante longo tempo. Como nada acontecia, virou a cabeça ligeiramente de lado e viu a outra menina levantar-se, sem ser chamada, e ajoelhar-se em frente ao sultão.

Para disfarçar sua nudez, a menina pôs um braço no peito e cobriu o seio esquerdo com a mão direita — um gesto ao mesmo tempo submisso e convidativo. Seus seios eram grandes para o corpo magro, com os mamilos largos e chatos enrijecidos pelo frio. Sem uma só palavra, o sultão deu um passo na sua direção. A menina, entreabrindo os lábios ligeiramente:

— Ah!

Mal chegara a ser um suspiro. Arrastou-se para ele com os joelhos bambos, mas afastou-se em seguida, com jeito encabulado. Suas pálpebras tremiam.

— Eu não conheço você? — perguntou o sultão finalmente, e Celia notou como era estranho ouvir uma voz de homem depois de todo aquele tempo. — Você é Hanza, não é? A pequena Hanza...

A menina não disse nada, mas seus olhos estranhos brilhavam, escuros como ouro à luz de vela.

Como ele podia olhar para aquela menina tão feia?, pensou Celia. E enquanto pensava, o sultão deu outro passo à frente.

— Haaa... — suspirou a menina, molhando os lábios com a língua para que brilhassem à luz esmaecida.

O quarto tornou-se muito quieto de repente. Celia só conseguia ouvir a respiração de Hanza e seu próprio coração.

Ainda prostrada no chão, mal conseguia respirar; mas como ninguém lhe dirigiu a palavra, não ousou sentar-se, apenas virou um pouco mais a cabeça para o lado. Conseguia ver Hanza de perto agora. Ela sustentava o corpo — um corpo que lhe parecera insubstancial e esquálido ao lado do seu — como se fosse um botão de flor muito delicado, e a pele, ainda azul de frio, brilhava como as rosas brancas de um jardim à meia-luz.

Se Hanza sentia frio, não deixava transparecer. O sultão olhava-a, e ela ousou levantar a cabeça e olhá-lo finalmente. Os olhos dos dois encontraram-se.

— Ahhhh... — Com um pequeno e estranho soluço, baixou a cabeça de novo como se tivesse levado um tapa.

— Não tenha medo — ele falou. Mas a ideia não parecia desagradar-lhe. Estava junto de Hanza agora, que tinha a túnica aberta solta dos lados. Quanto mais a olhava, mais ela tentava afastar-se, virando-se primeiro para a direita e depois para a esquerda, como um inseto preso por um alfinete.

— Deixe-me vê-la.

Hanza afastou-se mais um pouco, como que se protegendo do olhar do sultão, jogando para a frente um ombro totalmente branco e deixando à mostra o pescoço também branco como a neve. Como uma dançarina, ou uma cadela submetendo-se a um cão.

Dividida entre o fascínio e o medo, Celia fechou os olhos, mas abriu-os logo em seguida. O que devia fazer? Ir embora ou ficar ali? O sultão afastou a mão com que Hanza cobria o seio. A menina tentou impedi-lo, arranhando-o e estapeando-o com a outra mão, mas ele segurou com força seu pulso e prendeu-a, molhou a ponta do dedo com saliva e começou a contornar o mamilo.

Com um suspiro, Hanza deixou o corpo cair e deitou a cabeça submissamente no peito do sultão. Ele inclinou-se para beijar-lhe o pescoço e a orelha.

— Vamos para o outro quarto — ordenou com voz forte. — Você também, sua dorminhoca. — Fez um sinal para Celia. — Cubra-se ou vai se resfriar.

Então ele se lembrava dela, afinal de contas. Sentiu sua mão tocar-lhe levemente o rosto, com dedos macios cheirando a mirra. A cama era exatamente como ela se lembrava, um canapé coberto de colchas adamascadas e de veludo, bordadas com tulipas de prata e ouro, muitas acolchoadas com pele. À luz da lâmpada, as cores brilhavam como carapaças de insetos. O resto do quarto, inclusive a grande cúpula do tamanho de uma cúpula de basílica, estava mergulhado em escuridão.

Celia pôs uma das peles em volta dos ombros e ajoelhou-se ao pé da cama. Hanza, por conta própria, estendeu-se no meio do canapé. Pegou também uma das colchas e jogou-a nos ombros com desenvoltura, esfregando as bochechas na pele. Parecia completamente à vontade, sem nenhum medo.

— Então, pequena Hanza, está pronta para mim? — perguntou, ajoelhado diante dela.

A menina puxou a pele mais para junto dos ombros, encarou-o com os olhos apertados e, lenta e deliberadamente, sacudiu a cabeça.

— Não, meu sultão.

— Como ousa dizer não ao seu sultão? — Para espanto de Celia ele riu, como que encantado com aquela resposta. E com um movimento impaciente tirou a túnica dos ombros. — Vamos resolver logo isso. — Tentou chegar perto de Hanza mas ela afastou-se, como antes. Ele investiu, pegou-a pelo tornozelo e puxou-a para perto.

— Não tão depressa — disse, resfolegando com o esforço. O som de um homem grande. De um porco selvagem atrás de uma trufa.

Celia viu-o virar Hanza de costas com dificuldade e prender seu braço por baixo da cabeça. Ela lutou, atacou-o com a outra mão e arranhou seu rosto com as unhas até ele segurar seu outro braço. Dominada, esticou o pescoço branco para o lado e manteve-se perfeitamente imóvel. Os dois arfavam. Quando ele se inclinou para tocar-lhe o rosto, parou, com a cabeça por cima do pescoço e da boca de Hanza, como que sentindo seu perfume e suas secreções internas secas ali.

— Eles lhe deram alguma coisa?

Ela sacudiu a cabeça.

— Deram? — Celia viu-o passar o dedo pelo pescoço de Hanza. Ela não respondeu, mas levantou a cabeça de repente e passou a língua na boca do sultão.

Ele riu de novo, com suavidade.

— Está pronta para mim, então? — perguntou baixinho. — Não vou machucar você... não muito.

— Não... — Mostrando relutância, pela última vez tentou tirar o braço preso, mas ele era muito forte. Então finalmente rolou para junto dele, com um suspiro.

Celia encolheu-se, com o estômago apertado só de pensar no que estava por vir.

— Então, devo trocar você por ela? — Ele fez um sinal com a cabeça para Celia, ainda ajoelhada ao pé da cama.

— Não, meu sultão — Hanza respondeu, sacudindo a cabeça de novo. Seria um soluço ou um suspiro que Celia detectou na sua voz? — Tome a mim.

Pegou a mão dele e colocou-a entre suas pernas, guiando os dedos para seu sexo, e ele a fez arfar e contorcer-se.

Resfolegando, penetrou-a. Foi tudo muito rápido. Celia ouviu Hanza gritar, e um instante depois o sultão saiu da cama.

Vestiu a túnica.

— Esperem aqui — ordenou —, os eunucos virão escoltá-las. — Deu uma palmadinha no ombro de Hanza, com indiferença. — Você me agradou, pequena Hanza, seu nome será posto no livro pelo agá.

E sem olhar para trás, saiu do quarto.

Celia continuava ajoelhada ao pé da cama. Por um instante fez-se completo silêncio, depois Hanza virou-se para ela.

— Não vai me dar os parabéns? — perguntou, levando os joelhos ao peito. — Vai ter de me chamar de *kadin* agora.

— Meus parabéns, *kadin* Hanza. — E acrescentou lentamente: — Você não tem vergonha?

— Vergonha? Por que teria vergonha? — À luz das velas seus olhos estavam arregalados. Parecia uma criança pálida no meio de uma cama imensa. — Ele *me* escolheu. Você nunca será a *haseki*.

— O sultão pode ter várias favoritas, mas tem só uma *haseki*, e esse lugar, como você sabe, já está ocupado — disse Celia devagar, como se falasse com uma criança.

Hanza deu um dos seus sorrisos selvagens.

— Não por muito tempo.

— O que quer dizer com isso?

— Você vai saber em breve.

Sem tomar conhecimento de sua nudez, saiu da cama e foi até a mesa, onde tinham colocado um prato com pequenos pastéis de mel.

— Não está com fome? — Enfiou um pastel na boca e lambeu a calda açucarada. — Esses pastéis são chamados de Mamilos de Mulher — disse rindo. — Coma um.

Celia ignorou-a.

— Quem ensinou essas coisas a você?

— Ensinou?

— A fazer tudo isso... a agradar o sultão desse jeito.

— Já disse, observei como eles faziam — Hanza respondeu, chupando os dedos.

— Não acredito em você. Ninguém aprende tudo isso só observando.

— Está se referindo aos gemidos e suspiros? — disse rindo, imitando a si mesma e girando em volta do quarto na ponta dos pés, deslumbrada com sua experiência. — Está bem, vou contar, *kadin* Kaya — falou por cima do ombro. — Quem me ensinou foi a chefe das escravas de Ragusa.

— Ragusa?

— Sim. Por que a surpresa? A validé gosta de gente de Ragusa.

Celia olhou-a em silêncio.

— E tive uma pequena ajuda da *cariye* Lala, é claro. — Parou de girar e comeu outro pastel. Seu rosto pálido tornou-se ligeiramente rosado. — Lala será a primeira pessoa recompensada quando eu me tornar *haseki*.

Celia sentiu-se muito cansada de repente.

— Então é isso que ela anda lhe dizendo, não é?

— A *cariye* Lala não me disse nada. Só me deu um remédio, o mesmo que deu a você — disse rindo. — Um "itch", como falou que o meu se chamava...

— Não estou me referindo a Lala — Celia interrompeu. — Estou me referindo à validé. É isso que a validé anda lhe dizendo? Que você pode ser a próxima *haseki*?

— Não sei do que você está falando.

— Creio que sabe, sim... — Nesse momento ocorreu-lhe uma ideia. — Os eunucos vão chegar daqui a pouco para nos levar de volta. Eles disseram o que fazer com o sangue?

— Sangue?

— É, sangue. Você sabe, na primeira vez... sempre sai sangue. E você tem de mostrar a eles. O agá Hassan não lhe disse isso? Mas ele não está aqui, não é? — Celia pôs a mão na boca. — Será que eles esqueceram?

Fez-se um silêncio constrangedor.

— Sangue? — Hanza repetiu baixinho.

Outro silêncio.

— Não saiu sangue, não é?

— Não.

A menina, tão cheia de energia um minutos antes, mudou de repente.

— O que vou fazer, *kadin*? — Sentou-se na beira da cama, como um pobre passarinho caído do galho, e olhou para Celia. — O que vão fazer comigo? Por favor me ajude, *kadin* — pediu, caindo de joelhos.

Celia pensou rápido.

— Depressa, temos de arranjar um pano. — Pegou no meio das colchas o guardanapo de linho bordado que Hanza usara. — Você vai ter de dar um corte em algum lugar do seu corpo. Com isso... olhe.

No chão, ao lado da cama, estava o cinto do sultão com uma adaga. A bainha curva era feita de ouro marchetado com brilhantes, e no cabo havia três esmeraldas grandes. Celia desembainhou a adaga e testou a ponta com cuidado. Embora fosse uma arma cerimonial, parecia afiada o suficiente para o que queriam.

— Use isso — disse, mostrando a adaga para a menina.

Mas Hanza encolheu-se.

— Não vou conseguir.

— Mas é preciso — disse Celia. — Depressa, não temos muito tempo.

— Não consigo.

— Deixe de ser boba.

— Por favor — disse Hanza, apavorada —, faça em você.

— *Em mim?*

— Você não entende? — disse, chorando. — Eu não vou poder esconder o corte. Vão descobri-lo. Vão saber que me cortei de propósito. — Ouviram passos vindos do lado de fora. — Por favor, nunca vou me esquecer da sua ajuda, nunca. Prometo.

Não havia tempo para pensar. Celia pegou a adaga e colocou a lâmina em cima do pulso.

— Não, aí não. Debaixo do braço — falou Hanza. — Onde não apareça tanto.

Celia levantou o braço e posicionou a lâmina de novo. Depois parou.

— Por que eu faria isso, Hanza? Pode me dar uma boa razão para protegê-la?

— Por favor, nunca vou me esquecer da sua ajuda, prometo. — O branco dos seus olhos revirava na órbita, de tanto terror. — Você não entende. Se descobrirem, eles cortam minhas mãos e meus pés, arrancam meus olhos, e me atiram ao Bósforo dentro de um saco para que eu morra afogada...

— Eles fazem isso, não é? — Hesitante, Celia testou a ponta da adaga no dedo. Mas por que razão ela ajudaria Hanza? Será que não aprendera nada com a experiência dos últimos dias? Hanza a atacaria pelas costas na primeira oportunidade, isso era claro como água.

Sentindo sua hesitação, Hanza fez menção de jogar a adaga para o lado, mas Celia foi mais rápida. Apanhou-a e deixou-a fora de alcance.

— Passe a adaga para cá! — disse Hanza com um soluço. — Vou lhe contar o segredo do ópio...

— Isso não basta. — Os eunucos estavam na porta agora. — Como você mesma disse, creio que posso descobrir por conta própria...

Mas antes que terminasse a frase, Hanza falou uma coisa que calou sua boca.

— O que você disse?

— O Portão do Aviário. Disse que vou lhe dar a chave do Portão do Aviário.

Os olhos das duas encontraram-se pela primeira vez. Não havia tempo para perguntas. Celia podia ouvir um som rouco, o som de sangue borbulhando nos seus ouvidos.

— Jura?

Gotas de suor escorriam da sobrancelha de Hanza.

— Juro pela minha própria vida.

Em seguida ouviram um rangido e as portas da câmara do sultão foram abertas. Celia cortou-se rapidamente. A menina segurou o guardanapo, e as duas viram três gotas de sangue caírem no linho branco.

Capítulo 20

Constantinopla, 3 de setembro de 1599

Manhã

—Ainda não posso acreditar que você soubesse que eles estavam aqui.

— Sabia, sim.

— Sabia muito bem que durante todo esse tempo a embaixada inglesa nunca saiu daqui.

— Estou imaginando, ou já tivemos essa conversa antes? Já me desculpei.

Annetta estava deitada num colchão no chão, no dormitório que dividia com 12 outras *kislars*. Embora parecesse um pouco melhor, ainda estava pálida e não tentou sentar-se.

Celia ajoelhou-se no chão frio de tábuas ao seu lado.

— E não sabia apenas que um navio inglês tinha chegado com o presente da Levant Company para o sultão, mas também que tinham mandado uma espécie de réplica, feita de açúcar, segundo me disseram, aqui para o palácio. — Para não criar suspeita nas criadas que a esperavam no corredor do lado de fora, Celia baixou a voz. — E que andam dizendo que foi esse mesmo navio de açúcar que envenenou o agá Hassan.

— Por que continua a me atormentar com isso? — disse Annetta, com voz fraca. — Eu tentei contar para você. Várias vezes pensei em contar, verdade. Mas achei que seria melhor que...

— Melhor que eu não soubesse?

— É, sua cabeça-dura! Seria muito melhor que não soubesse. — Annetta quase não conseguia falar. — Olhe só para você.

— Mas agora já sei. — Celia sentou-se nos calcanhares. — Você entende o que isso significa, não é?

— Não diga nada.

— Significa que Paul talvez esteja aqui.

— Nem pense nisso!

— Penso, sim. — Escondendo o rosto com as mãos, Celia não viu o olhar de pena no rosto de Annetta. — O que posso fazer? Dia e noite, ao acordar e ao dormir, aonde quer que eu vá, vejo-o ao meu lado. — Apertou os olhos com os dedos e sentiu as pontas frias nas pálpebras quentes. — Você diz que eu a atormento, mas lhe digo, Annetta, *eu* é que sou atormentada. — Apertou a mão no abdômen, a dor tinha voltado, dez vezes pior. — Só ontem é que você me perguntou: *ele sabe que você morreu?* E eu ri, pois parecia uma coisa estranha dizer isso, mas agora, agora só penso que tenho de encontrar um meio de dizer a ele que não estou morta. Que estou aqui. Que estou viva. De alguma forma, Annetta, preciso...

— Sei no que você está pensando.

Celia sacudiu a cabeça.

— Não, não sabe.

— Está pensando que se ele soubesse que você está aqui, viria buscá-la.

De início Celia não disse nada. Olhou nervosa para a porta, depois falou muito depressa:

— Na verdade, Annetta, acho que pode haver um meio de...

— Não! — Annetta interrompeu-a com fúria. — Não quero ouvir isso. — E pôs os dedos nos ouvidos. — Quer que nós duas sejamos afogadas?

— Eu queria ao menos *ver* Paul, Annetta — disse, olhando para cima com ar patético. — É só o que desejo. Meu pai morreu, não vou poder vê-lo nunca mais. Mas se pudesse ver Paul só mais uma vez, conseguiria aguentar isso. Conseguiria aguentar qualquer coisa.

Olhou em volta do quarto onde costumava dormir com Annetta, uma câmara sem janelas no segundo andar da parte mais nova do harém, que dava para o pátio das termas. Embora não tivesse móveis — a não ser armários pintados, onde os colchões e colchas das meninas eram guardados durante o dia —, tinha o cheiro familiar de madeira recém-serrada.

— E é bom se preparar — disse com um suspiro. — Acho que não vai demorar muito para me mandarem de volta para cá.

— Pobre Celia — falou Annetta, reclinada nas almofadas, com o rosto muito pálido.

— Não sinta pena de mim. Acredite, eu preferiria estar aqui com você. Sou muito vigiada, muito atendida, você não imagina como é. — Pôs a mão na garganta. — É como se sugassem todo o ar de dentro de mim. Mesmo quando quero visitar você, três serventes vêm comigo. — Olhou em volta do quarto de novo. Do corredor veio um som de vozes femininas. — Nunca estou sozinha. Tudo o que faço, as mínimas coisas, elas contam para a validé — sussurrou, pondo a mão na lateral dolorida do abdômen. — Estão me espionando, mesmo agora.

Annetta franziu as sobrancelhas.

— Por que pensa assim? Quem a está espionando?

— Os espiões da validé. A *haseki* me contou. Chamou-os de Rouxinóis.

— Rouxinóis? Que bobagem, ela está tentando assustá-la, só isso. — Pôs a mão no braço de Celia. — O que ela fez com você? Você não era assim antes de encontrar-se com a *haseki*.

— Não, não — disse Celia, sacudindo a cabeça e balançando os brincos. — Você não está entendendo. Ela estava tentando me ajudar. — Piscou rapidamente diversas vezes. — Se quiser mesmo saber, a pessoa que realmente me dá medo é Hanza.

— Quem é Hanza?

— Hanza era uma das criadas da *haseki*, mas na noite passada tornou-se uma das concubinas do sultão.

— Quer dizer que ele... — Parecendo de repente interessada, Annetta tentou sentar-se. — Com *vocês duas?*

— Sim, com nós duas. Mas só se deitou com ela.

— Ah, pombinha! — Fez-se um instante de silêncio. — Sinto muito.

— Não tenha pena de mim. "*Culo* fresco para aquele velho gordo", lembra que me disse isso? Foi exatamente assim. Eu sei, tive de ficar olhando.

— Você olhou! — Uma risada escapou da garganta de Annetta. — Desculpe! — falou, tapando a boca. — Como é essa Hanza?

— Não ria. Ela é quase tão má quanto a *haseki* é boa. Mas felizmente não é tão esperta quanto pensa.

E contou a Annetta sobre o sangue e o guardanapo.

— *Madonna!* — Annetta olhou para cima, espantada. — Como você sabia de tudo isso?

— Não sabia, inventei. — Ao ver a expressão no rosto de Annetta, permitiu-se dar um sorriso nervoso. — Não me olhe assim. Alguma coisa que a *haseki* disse me fez pensar que estamos bem no centro dos acontecimentos, mas ninguém nos conta nada. Nem as meninas de hierarquia mais baixa. Ouvimos apenas cochichos e conjecturas, boatos e negações dos boatos, quase todos falsos. E quanto mais subimos na hierarquia, pior. Depois de algum tempo, não sabemos mais o que pensar. Percebi então que teria de descobrir as coisas por mim mesma. Você sempre foi boa nisso, Annetta, mas eu não. É como se eu tivesse dormido esse tempo todo. — Apertou os olhos com os dedos novamente. — Meu Deus, como estou cansada.

— O que Hanza contou, então? Deve ter valido a pena salvar a pele dela.

— Valeu. — Celia sentou-se sobre os calcanhares. — Pode guardar um segredo?

— Você sabe que sim.

— O importante não foi o que ela disse.

— O que foi então? Essa expressão no seu olhar... está me deixando nervosa.

— Foi o que ela me deu — disse, tirando uma chave do bolso.

Annetta mexeu-se, desconfortável.

— Para que serve isso?

— É a chave do Portão do Aviário. Um dos portões antigos dos aposentos do harém que dá no terceiro pátio. Quase não é usado atualmente. A *haseki* me disse que os mercadores ingleses receberam instruções de montar o presente para o sultão bem atrás do portão. Eu mesma os ouvi trabalhando. Se eu puder ao menos...

— Como ela sabia? — Annetta interrompeu-a de novo.

— A *haseki*?

— Não a *haseki*! *Hanza*, é claro. Você se perguntou *como* Hanza sabia que você estaria interessada no Portão do Aviário?

— Não sei, talvez tenha ouvido Gulay falar comigo sobre os mercadores ingleses, não sei e não me importa saber — disse, dando de ombros.

— Mas devia se importar — falou Annetta. Sua testa estava úmida. — Não vê que estão observando você, nós duas?

Celia olhou para ela.

— Como assim, "nós duas"?

— Quero dizer que perceberam sua ligação com o navio de açúcar.

— Bobagem. Se pensassem que eu tenho ligação com o navio alguém já teria dito alguma coisa a esta altura.

— Mas é exatamente isso, não está vendo? — Os olhos de Annetta estavam fundos, com olheiras. — Não é assim que fazem as coisas por aqui. Eles observam. Observam e esperam. — Olhou aflita para a porta.

— Esperam o quê?

— Você ou eu cometer um erro.

— Não me importo! — Celia falou, num tom imprudente. — Essa é a minha chance, não vou ter outra. Não está vendo? Eles estão lá todo dia, do outro lado do portão. — Seus olhos estavam cheios de lágrimas.

— Não! — disse Annetta num tom enérgico. — Você não deve fazer isso!

— Mas por que não?

— Porque não deve. Por favor! Eles vão nos matar! Você não deve fazer nada que nos associe aos mercadores ingleses.

Durante algum tempo as duas entreolharam-se.

Uma sensação de medo tomou conta de Celia.

— Qual é o problema, Annetta? — perguntou com voz rouca.

— Eu não estou bem — Annetta respondeu, choramingando. Virou-se para o lado e fechou os olhos. — Aquela mulher, aquela bruxa, pôs um feitiço em mim, eu sei.

— Não seja idiota, você sabe que isso não é verdade. — Impaciente, sacudiu a amiga pelos ombros. — Ela lhe deu um susto, nada mais. Se continuar pensando assim, Annetta, vai ficar realmente doente.

— Não está vendo? — E mostrou pontinhos de espuma nos cantos da boca. — Eu já *estou* doente.

Talvez fosse verdade. A pele dela estava pálida e gordurosa. Ao olhá-la, Celia lembrou-se de uma coisa que não entendera na época.

— Eu já vi você assim, não é? Logo depois que encontraram o eunuco-chefe negro. — Você chorou quando o encontraram e eu não entendi por quê. Você não está doente, Annetta, está com medo.

— Não!

— Com medo de quê?

— Não posso dizer.

— Pode, sim — disse Celia, quase implorando. — E *precisa* me dizer.

— Não posso! Você vai me detestar!

— Não seja boba, não temos muito tempo. Elas vêm me buscar daqui a pouco.

— Desculpe! Foi minha culpa. — Lágrimas escorriam do seu rosto. — E *é* um feitiço... você não compreende. Estou sendo punida — disse, com voz histérica.

— Você tem razão, não compreendo. — Celia sacudiu a cabeça de novo, muito irritada. — Está sendo punida? É a mim que estão espionando. Por que alguém iria espionar você?

— Porque eu estava lá.

Do lado de fora dois pombos que se bicavam no pátio voaram alarmados, as asas rasgando o ar tranquilo.

— Você estava lá?

— Sim! Estava lá quando envenenaram o eunuco-chefe negro. — Sua voz era quase um sussurro. — Elas não me viram. Pensaram que fosse o gato. *Elas* não me viram — falou, nervosa. — Mas ele me viu.

A cabeça de Celia girava. Então era por *isso* que Annetta ficara tão transtornada quando o encontraram. Pelo menos fazia um pouco de sentido. Mas por quê, em nome de Deus, ela estava lá? Não era o corpo de Annetta que estava doente, mas sua mente. O pavor que sentia pelo agá Hassan era tanto que ela parecia perturbada.

— Então o agá Hassan sabe que você estava lá? Tem certeza?

— Creio que sim. Achei que estava morto. Mas não... então... não estava. E não está. Oh, Celia — disse, chorando mais ainda —, ele foi encontrado e, ao que parece, vai sobreviver. Se me viu, poderá pensar que eu tive alguma ligação com isso. — Olhou para cima, os olhos já secos queimando no rosto pálido. — Eles sabem que viemos para cá juntas.

— O que isso tem a ver com o agá Hassan? — perguntou Celia, perplexa.

— Essa é a outra coisa que eu devia ter lhe contado. O navio de açúcar, o que acham que envenenou o agá Hassan... não era a figura do navio mercante. Era uma réplica do navio do seu pai, pombinha. Uma réplica exata do *Celia*.

Capítulo 21

Istambul, dias atuais

O dia seguinte amanheceu frio e cinzento. Elizabeth acordou com uma sensação de bem-estar, surpresa por perceber que tinha dormido a noite toda. O meio comprimido de sonífero que sempre tomava continuava na mesinha de cabeceira. Seu corpo estava quente, macio e rosado de sono. Deitou-se entre os travesseiros para contemplar o céu lá fora. Alguma coisa estava diferente, alguma coisa tinha mudado. Ainda sonolenta, esticou a mão para pegar o celular e ver se tinha mensagens, mas como sempre não havia nada de Marius. Só um texto curto de Eve, decerto enviado na noite anterior: "Durma bem, querida, nos falamos amanhã, bjs."

Marius não tinha ligado à noite, não pensava nela, não lhe pedira para mudar de ideia, mas naquela manhã, por alguma razão, ela não sentiu a tristeza que estava habituada a sentir ao acordar.

Percebeu que não tinha sonhado com Marius, mas com o turco que vira no dia anterior no Malta Kiosk. Sua imagem ainda estava viva, um sussurro erótico no fundo da sua mente.

Naquele dia, foi a última a tomar o café da manhã. Os outros hóspedes — a norte-americana velha de turbante, o professor de francês e o cineasta — já tinham terminado quando ela apareceu. Pegou um café e um pedaço de pão com geleia de pétalas de rosa e foi sentar-se na sala do andar de cima, junto a uma das palmeiras plantadas em vasos. O gramofone antigo estava tocando canções marciais russas. Tirou da bolsa uma caneta e um lápis, sentou-se e, enquanto comia, começou a escrever outra carta para Eve.

Olá de novo, querida Eve, desculpe minha última carta tão melancólica. Você tem razão, eu provavelmente sou a última pessoa do mundo que ainda escreve cartas, mas sem minha amiga aqui preciso de alguém com quem conversar, entende? Quem mais vai ter a paciência de ouvir minhas lamúrias sobre Marius? É mais barato que terapia, suponho (e quem sabe, talvez um historiador ou estudante de doutorado em filosofia nos agradeça um dia; de qualquer forma, obrigada. Dizem que nenhum e-mail desaparece, mas nunca acreditei muito nisso. Para onde eles vão? Onde são armazenados? Em um microchip ou simplesmente flutuam no espaço? Textos em papel podem ser difíceis de encontrar — eu que o diga —, que dirá uma coisa do tamanho de um nanobite).

A esse respeito, não tenho nada a acrescentar sobre o cativeiro de Lamprey. Meu passe de leitora da Universidade de Bósforo ainda não saiu, estou esperando permissão para examinar os arquivos do Estado — mas até agora nada. Se Celia Lamprey tivesse escrito uma ou duas cartas, teria sido de grande ajuda..

Elizabeth lambeu a mão melada de geleia de pétalas de rosa e virou a página. O que deveria contar para Eve? Sobre sua manhã no labirinto deserto do harém, ou sobre "outros assuntos curiosos" de Thomas Dallam? Ou, melhor ainda, sobre o homem desconhecido no Malta Kiosk? Por um instante sua mão ficou parada sobre a página.

Os outros hóspedes do hotel estão cada vez mais estranhos. Dois dos russos que pensei que fossem traficantes de escravas brancas são cantores de ópera, que vieram participar de um congresso do Partido Comunista Turco. A norte-americana de turbante — que se parece com Angle

Lansbury — é escritora, ou pelo menos é o que diz ser. Haddba, a dona da pensão, foi quem me contou. Ela é a mais estranha de todos: está sempre de preto e tem cara de freira, mas de certa forma parece uma madame de um antigo bordel parisiense (puro Brassaï, você a adoraria), e por alguma razão resolveu me proteger. Talvez esteja pensando em me vender para os traficantes de escravas brancas...

Elizabeth podia imaginar a mensagem de resposta de Eve: *Vc deve estar brincando, estamos mto velhas para esse destino horrível.* Ao pensar nisso, sorriu. Velha aos 28 anos... Quantos anos então deveria ter? Treze, 14? Essa era a idade daquelas meninas escravas. Celia Lamprey era provavelmente um pouco mais velha, pois já estava noiva quando foi aprisionada, mas e as outras? Eram verdadeiras crianças. Será que Berin estava certa quando disse que elas participavam de bom grado do sistema? O que podiam saber sobre amor, sobre sexo? Essa era a questão. Não podiam saber, não podiam ter necessidades e desejos próprios, deviam ser moldadas pelos desejos dos outros. Até parecia tranquilo... Elizabeth suspirou, pensando em Marius.

O velho gramofone parou, e um silêncio pouco costumeiro pairou na sala. A cabeça de Elizabeth girava. Ficou esperando sentir aquele medo que lhe dava um nó na boca do estômago, mas para sua surpresa não sentiu. Na noite anterior tinha sonhado, não com Marius mas com um homem desconhecido. Que estranho, tentou lembrar-se exatamente do sonho, mas assim que as imagens começavam a aflorar ao seu consciente, esvaíam-se como fumaça. Restou apenas um vago sentimento de... de quê?

Calor. Não. Inquietude.

— Elizabeth? — Era Haddba. — Você não vai à biblioteca hoje, vai? Posso me sentar ao seu lado um pouco?

Sem esperar por uma resposta, sentou-se, com os dedos elegantes, ajeitou um dos seus cigarros na piteira de marfim.

— Vou mandar o garoto comprar um pouco mais de café.

Estalou os dedos para Rashid e falou alguma coisa em turco com ele. Depois virou os lindos olhos, muito pintados, para Elizabeth.

— Esse tempo... é simplesmente terrível — disse com um arrepio, pondo uma *pashmina* bordada sobre o ombro. — Acho que é um bom dia para você ir a um *hammam* tomar um banho turco.

— Eu estava pensando em passar a limpo minhas anotações... — Elizabeth começou, mas sentiu um brilho de determinação nos olhos de Haddba.

— Não, Elizabeth. — Ela pronunciava seu nome num tom cantado, separando as sílabas: E-*li*-za-beth. Bateu a piteira no braço da cadeira e as cinzas voaram, formando montinhos no chão. — Você precisa se cuidar. Não se cuida por quê? Está sempre melancólica — disse, olhando-a com olhos curiosos. O garoto chegou com o café. Haddba aceitou a xícara mais como quem recebe um tributo.

— Obrigada, mas realmente... tenho muita coisa para fazer — Elizabeth desculpou-se.

— E-*li*-za-beth, não diga não. O prédio das termas foi projetado pelo grande Sinan. É muito bonito, você precisa ver, vai gostar. — Colocou no pires a xícara mínima de café, do tamanho de um dedal. Rashid leva você lá.

Na companhia de Rashid, Elizabeth pegou o ônibus na ponte de Gálata para o distrito de Sultanahmet, depois o trem para Burnt Column, próximo ao Grande Bazar. Quando chegaram, Rashid apontou para uma porta em um prédio de aspecto comum, com fios de telefone e placas de lojas penduradas.

— Aqui? — Elizabeth perguntou em dúvida.

— *Evet...* sim — assentiu o menino. — É o *hammam.* — E deu um de seus sorrisos luminosos.

O *hammam* era dividido: um lado maior para homens, à esquerda, e um menor para mulheres, à direita. Elizabeth foi levada a um pequeno quarto de vestir, onde havia duas toalhas velhas azuis e sapatilhas de plástico manchadas. Nada animador. Várias mulheres de saias compridas e cabelo preso, com echarpes coloridas, eram encarregadas dos procedimentos. Mas não prestaram atenção às turistas que entraram atrás de Elizabeth, estudantes europeias malvestidas, protegidas do frio com jeans e horríveis casacos de náilon cinza, que ficaram sentadas, tagarelando. Era um ambiente alegre, mas com ar descuidado, cheirando a mofo.

Ao sair do quarto de vestir pouco animador, Elizabeth não estava preparada para a beleza das termas à sua frente: uma grande cúpula apoiada por quatro cúpulas menores, e uma série de nichos de mármore com pequenas fontes em forma de conchas de vieira. Uma arquitetura de espaços puros, perfeita na sua simplicidade.

Com a pequena toalha na cintura, entrou. No centro, viu uma pedra de mármore branco com quatro mulheres deitadas de bruços. A luz era difusa e perolada devido à fumaça. Não dava para ver o rosto delas, só o corpo. Uma usava uma toalha em volta dos quadris, mas as outras três estavam nuas. Não se mexiam, e falavam baixinho. Elizabeth sentou-se na borda da pedra e quase deu um pulo, pois o mármore era quente, quase escaldante. Tirou a toalha da cintura, colocou-a debaixo do corpo e deitou-se depressa.

A sala de banhos era muito calma, comparada ao barulho da cidade. Algumas mulheres –– todas europeias, tinha quase certeza, estrangeiras como ela — conversavam baixo. Depois entraram as alemãs ou holandesas, que tinham se despido junto com Elizabeth no quarto de vestir. Vieram rindo, tentando cobrir-se com as toalhas mínimas, mas em seguida foram tomadas de uma espécie de langor e descobriram-se também.

Como são bonitas, pensou Elizabeth, completamente encantada. Mulheres muito lindas. No quarto de vestir pareciam sem graça e pálidas, com aqueles jeans feios e blusões desajeitados. Na rua ninguém as olharia, mas a nudez as transformava.

Uma garota de cabelo escuro, que Elizabeth notou que estava na fila logo atrás dela, arranjou um lugar no chão de mármore ao seu lado. No quarto de vestir parecia baixa e atarracada, com o cabelo gorduroso preso em um rabo de cavalo na nuca. Agora, deitada nua naquela névoa quente, com o cabelo em volta dos ombros, parecia bem diferente. A pele era perfeita, sem mancha alguma, e as nádegas, simétricas e empinadas. Sem querer deixá-la encabulada, Elizabeth desviou o olhar.

Havia cerca de vinte mulheres no *hammam* agora. Deitada ali, Elizabeth notou outros detalhes também. A simetria das omoplatas de uma mulher, um par de seios firmes, os ossos esculturais do pescoço e das costas de outra. Dois pés perfeitos e finos.

Meu Deus, olhe só para você — pare já com isso! Rindo para si mesma, virou-se de costas e olhou para a cúpula do teto com pequenas aberturas em forma de sóis e luas, através das quais a luz do dia brilhava — mesmo no início do inverno, em dias encobertos como aquele. Uma sensação de prazer intenso apoderou-se dela. Era Sinan, o arquiteto, não fora o que Haddba dissera?

Fechou os olhos, tentando lembrar-se das datas, mas só lhe veio à memória a imagem do homem desconhecido que vira no Malta Kiosk. Quase irritada, abriu os olhos como que afastando o pensamento. Não seja ridícula, ele não é o seu tipo. Lembrava-se dele: um homem grande, não gordo, mas musculoso. Um homem de presença. E ao pensar nisso outra ideia mais forte lhe veio à cabeça: e se ele me visse agora?, seguida de uma carga erótica tão poderosa que a deixou sem ar.

Uma das meninas ciganas apareceu. Olhou para Elizabeth por trás do ombro, e sem falar nada pegou sua mão e levou-a a uma das banheiras em forma de vieira. Elizabeth, com o rosto queimando, seguiu-a resignada. A mulher fez sinal para que se sentasse no degrau ao lado da banheira. Primeiro juntou as mãos e jogou água sobre ela, depois começou a esfregá-la rapidamente com uma luva grossa.

A mulher trabalhava depressa, com movimentos bruscos, quase fortes demais. Levantou os braços de Elizabeth e lavou-lhe as axilas, os seios e a barriga. Elizabeth tentou ajudá-la, mas ela bateu nas suas mãos e sacudiu a cabeça, como se estivesse zangada. Elizabeth acabou cedendo aos comandos silenciosos e manteve-se muito quieta ali, aceitando submissa seus serviços.

E se ele me visse agora? Dessa vez permitiu-se pensar um pouco no assunto, com grande prazer. Imaginou seus olhos nela, aquele olhar erótico e extraordinário... Mais uma vez, para sua confusão, veio-lhe aquele intenso frisson de desejo. Meu Deus, o que deu em você? Quase riu alto ao pensar no absurdo de tudo aquilo, naquele seu outro ego licencioso.

A mulher começava agora a lavar seu cabelo. A água descia pelo seu corpo em arcos brilhantes, e corria pelos olhos e orelhas, jogando seu cabelo para trás em mechas pretas e longas. Elizabeth sentiu os dedos da mulher no seu couro cabeludo, depois jogou sua cabeça para trás tão bruscamente que ela estremeceu. Unhas afiadas esfregavam-na com grande vigor, chegando quase a incomodar. Depois de despejar mais água, a mulher enfim terminou.

Tremendo, Elizabeth voltou para o quarto de vestir.

Capítulo 22

Constantinopla, 3 de setembro de 1599

Noite

O agá Hassan, o eunuco-chefe negro, sobreviveria. A notícia circulou por toda a Casa da Felicidade. Os médicos do palácio — não só o eunuco branco da escola do palácio, mas também o médico pessoal do sultão, Moses Hamon — declararam que ele estava finalmente fora de perigo. Alguns falavam em milagre, outros nos sonhos da sultana validé sobre sua recuperação e na camisa-talismã que ela mandara fazer para ele. De todo jeito, era uma maravilha, comemorada com versos sagrados do Corão e com estranhos números e símbolos escritos em folha de ouro puro.

As criadas de Celia contaram que haveria uma celebração na Grande Câmara. Uma trupe de mulheres acrobatas e equilibristas — ciganas da Salônica, diziam os eunucos — tinha chegado à cidade e era a última moda nos haréns, grandes e pequenos, ao longo do Bósforo e do Chifre de Ouro. A própria sultana validé mandara buscá-la.

Naquele fim de tarde, Celia foi com as outras mulheres até o saguão que separava os aposentos das mulheres da câmara do sultão, e logo sentiu que alguma coisa estava diferente, algo havia mudado. O pressentimento que impregnara todo o pátio e o corredor nos últimos dias desaparecera, dando lugar a um sentimento de energia, quase de leveza. Se ao menos eu pudesse me sentir assim também, Celia pensou. Sem olhar para a esquerda ou a direita, foi passando pelos corredores seguida de suas atendentes. Mas embora seus olhos estivessem obedientemente fixos no chão, o coração e a mente estavam acelerados.

Paul *estava* em Constantinopla, tinha certeza disso agora. Quem mais, a não ser Carew, poderia ter feito o *Celia* de açúcar? E ela sabia que onde Carew estivesse, Paul também estaria. Mas por quê? A ideia a atormentava. O que podia significar isso? Seria um sinal? Seria possível que eles soubessem que ela estava ali? Afastou logo a possibilidade de sua mente. Não havia como saberem. Paul pensava que ela tivesse morrido afogada no naufrágio.

Mas agora sabia que não tinha escolha, por mais que Annetta fosse contra, *tinha* de avisá-los. Sentiu a chave do Portão do Aviário na corrente em volta do pescoço, por baixo das roupas. Ao pensar na chave e no que tinha de fazer, sentiu uma pontada tão aguda no abdômen que ficou sem ar e quase foi de encontro à parede.

— Cuidado, *kadin* Kaya — murmurou uma das mulheres, esticando a mão para segurá-la.

— Não foi nada. Minha sapatilha escorregou, só isso.

Compôs-se rapidamente. Não devia deixar que vissem nem percebessem o que sentia, o que sabia. Uma palavra descuidada, ou até mesmo um olhar, poderia traí-la. Observavam-na todo o tempo. Sabia disso agora.

Chegaram à Grande Câmara.

Como não recebera nenhum aviso formal sobre qualquer mudança na sua posição, Celia sentou-se no longo estrado acolchoado próximo ao divã da validé, do lado esquerdo do quarto, um lugar de honra reservado às mulheres mais importantes do harém. Ao seu lado estavam as quatro camareiras da sultana validé, Gulbahar, Turhan, Fatma e outra menina cujo nome ela não sabia, a substituta temporária de Annetta. Ao lado delas havia espaço para as funcionárias mais antigas, em estrita ordem de precedência. Depois da própria validé vinha a chefe do harém, seguida das chefes das moças, das termas, do café e de cuidados pessoais. Alguns filhos do sultão — as princesas e até mesmo uns principezinhos pequenos o suficiente para viverem nos aposentos das mulheres — eram levados pelas atendentes aos seus lugares, do outro lado do divã da sultana validé. Uma das próprias filhas da validé, a princesa Fatma, chegara mais cedo naquele dia para a ocasião, com os filhos e o próprio séquito de escravas.

Em cada canto da câmara estavam acesos turíbulos de prata, deixando o salão todo perfumado. Flores frescas — rosas, tulipas e arranjos de flores de laranjeira e jasmim — estavam dispostas em vasos azuis e brancos nos quatro cantos. Fontes borbulhavam nos nichos de mármores da parede. Ao lado do divã da validé havia uma pequena fonte com pétalas de rosas almiscaradas espalhadas na superfície, misturadas a velas que flutuavam em pequenos botes, cujas chamas refletiam-se na água verde-clara.

As meninas menores, as noviças e as *kislars* menos importantes hierarquicamente entraram em filas bem organizadas e foram orientadas pela chefe das moças e suas representantes a ocupar seus lugares em frente ao divã da validé, do outro lado do salão.

Em feriados como esse, as regras rígidas que determinavam todos os aspectos da vida do harém eram relaxadas, até mesmo a regra do silêncio. O som pouco costumeiro das próprias vozes (como dizia Annetta, mais raras no harém que um homem ainda de posse dos seus *cogliones*), agiu no salão cheio de mulheres como uma droga. Uma onda de excitação espalhou-se por todos os rostos. Todas falavam com suas vizinhas. E todas, até mesmo as menores de 8 ou 9 anos, estavam vestidas com roupas de gala. Sedas estampadas com círculos, listras e luas crescentes, brocados bordados com fios de ouro e prata, veludos estampados com tulipas e cascatas de folhas esvoaçantes brilhavam à luz das velas. Faixas, toucas e véus de gaze dourada eram presos com aigrettes de pedras preciosas — topázios azuis e amarelos, granadas vermelhas, micas, jade e esmeraldas verdes, opalas, pedras da lua e fileiras de pérolas aquecidas pela pele. Todas usavam alguma joia, até mesmo a *cariye* Lala — a mais humilde e mais antiga subchefe, que ficou bem em frente a Celia em um dos degraus no fundo do estrado da validé.

Nas primeiras vezes em que Celia vira todas as mulheres juntas assim, ficara tão fascinada que sentira grande prazer com o espetáculo. Mas agora estava quase indiferente àquela exposição. Será que alguém a vigiava ali sem que ela percebesse? Examinou a multidão. A macedônia das termas e sua auxiliar da Geórgia. A grande chefe muda de cuidados pessoais, com o rosto largo e longo, e dentes enormes e brancos como lápides. Houve um pequeno tumulto no salão quando os eunucos entraram com o agá Hassan, o eunuco-chefe negro, na liteira. Ao ver aquele monte de carne negra aparentemente diminuído pelo sofrimento, Celia sentiu seu coração pular. Como Hanza tinha conseguido a chave que estava agora pendurada no seu pescoço? Tinha sentido medo demais para perguntar... Seu rosto estava vermelho e queimava como carvão em brasa.

Quando Gulbahar pôs a mão em seu ombro, ela deu um pulo como se tivesse levado uma pancada.

— Você acha que ela vem? — Gulbahar falou baixinho no seu ouvido.

— Quem? — Celia respondeu.

— Gulay, é claro.

Gulbahar apontou para o canapé dourado na outra extremidade do salão. Abaixo do canapé havia um trono no qual o sultão se sentaria, e ao pé do trono uma pequena almofada: o lugar de honra da *haseki*.

— Por que ela não viria?

— Estão dizendo que foi substituída por Hanza — disse Gulbahar, olhando para Celia com ar inquiridor.

— O quê? Tão depressa assim? — Celia comentou, desalentada.

— Ele mandou buscar Hanza de novo, hoje à tarde.

— Ah! — Olhou em volta para ver se entrevia Hanza. — Onde ela está?

Mas antes que pudesse dizer mais alguma coisa as grandes portas do salão do sultão abriram-se e fez-se silêncio na câmara. Escoltada pelo agá Suleiman e mais três eunucos, a *haseki* Gulay entrou. Usava uma túnica de veludo azul com círculos prateados e, por baixo, um corpete e calças de tecido de ouro. Presos na sua touca, no corpete e até mesmo na faixa havia mais brilhantes do que Celia jamais vira em toda a sua vida. Em silêncio, a *haseki* passou pela porta muito lentamente, atravessou a Grande Câmara e tomou seu lugar abaixo do canapé dourado. Virou-se, diante de todas aquelas mulheres, e cuidadosamente sentou-se na almofada ao pé do trono do sultão.

Ouviu-se uma espécie de suspiro coletivo de alívio das mulheres. Celia viu todos aqueles rostos excitados, e seu olhar voltou-se para Gulay. Se ela a viu no meio daquela multidão, não demonstrou.

A *haseki* tinha razão: sussurros, rumores e conjecturas. Nós nos contentamos com isso porque não temos mais nada, pensou Celia. De início a atmosfera na Grande Câmara assemelhava-se a de uma plateia à espera de uma peça no teatro Curtain ou no novo Rose, em Londres, onde seu pai a levara algumas vezes. Mas aquilo era mais uma perseguição que uma peça, Celia pensou, estremecendo, ao olhar para aquele manequim brilhante, distante e imóvel, abaixo do canapé dourado do sultão.

Então ocorreu-lhe uma ideia, e ela virou-se para Gulbahar.

— Onde a antiga favorita do sultão se senta? Creio que nunca a vi.

— Está se referindo à *kadin* Handan? A mãe do príncipe Ahmet?

— Sim, Handan. Acho que é esse o nome dela.

— Ela nunca vem aqui— disse Gulbahar, dando de ombros. — Nunca mais veio. Creio que ninguém a vê, a não ser a validé.

De algum lugar mais distante veio o som da trupe de acrobatas: uma batida de tambores e o som lamuriante de uma flauta doce. Fez-se de novo silêncio na câmara, mais grave e mais profundo que o anterior. Todos levantaram-se. Nenhum murmúrio foi ouvido quando as portas dos dois lados da câmara abriram-se de par em par. Na entrada do harém, em um lado do salão, apareceu a sultana validé, e, do lado oposto, o próprio sultão. Os dois pararam no meio da câmara para o sultão cumprimentar a mãe, depois dirigiram-se a seus respectivos lugares.

Foi então que Celia viu Hanza. Ela esgueirou-se por trás da validé, sem ser notada, e veio sentar-se ao seu lado. Em volta do pescoço fino usava um colar de pedras, e nas orelhas, brincos de brilhantes em forma de pera — a gratificação, Celia imaginou, pelo trabalho da tarde. No rostinho pálido de Hanza tinham um aspecto quase de mau gosto, como as quinquilharias que se compravam nos bazares. Sua expressão era tão maldosa que Celia não conseguiu cumprimentá-la.

Depois que todos se instalaram, o espetáculo começou com o rufar de tambores. As instrumentistas entraram primeiro e ajeitaram-se em tapetes no chão; uma mulher tocava címbalos, a outra, um tamborim, a terceira, uma flauta doce, e a quarta, dois tambores pequenos. Logo em seguida, com gritos e lamentos, vinha a trupe de acrobatas pulando pelo salão, estranhas criaturas de aspecto bárbaro, pele escura e cabelo preto oleoso caindo nos ombros. Usavam coletes curtos de cores brilhantes que deixavam seus ombros e braços de fora, e uma calça esquisita feita de algodão fino, volumosa nas nádegas e coxas e justas dos joelhos aos tornozelos. Algumas andavam de cabeça para baixo com as mãos no chão, outras arqueavam a coluna para trás como se fossem estranhos caranguejos, e outras davam cambalhotas e estrelas.

As acrobatas mais novas eram duas menininhas de não mais que 6 a 7 anos. A mais velha, a líder da trupe, tinha seios enormes e usava uma bandana vermelha na testa. A um sinal dos tambores ela firmou os ombros, e outras seis mulheres subiram sobre ela, uma a uma, formando uma pirâmide. Os címbalos soaram. As pernas da mulher da bandana vermelha tremeram, mas ela conseguiu dar três passos no salão. Os tambores rufaram de novo e as duas menininhas escalaram a mulher e pularam para o alto da pirâmide, como macacos no topo de uma árvore humana. Os címbalos soaram mais uma vez, as acrobatas deram-se os braços, e a líder deu mais dois passos na direção do trono do sultão. Sua pele brilhava, as veias do pescoço grosso pulsavam forte com o esforço, mas ela manteve-se firme. Outro tambor rufou, e uma a uma as mulheres pularam para o chão com a mesma facilidade com que tinham subido, pisando sem fazer ruído, como se fossem pétalas de rosas caindo. Então as duas mfininhas ajoelharam-se e depositaram duas rosas vermelhas aos pés do sultão.

Os entretenimentos da noite continuaram. As acrobacias foram seguidas de uma sucessão de contorcionismos, saltos e malabarismos. As mulheres jovens e velhas ficaram fascinadas com o espetáculo. Até o agá Hassan concentrou-se, de boca aberta, imóvel nas suas almofadas. Só Celia não conseguiu concentrar-se. Com tanta gente junta e o calor das velas, a câmara tornou-se muito abafada e ela achou que ia sufocar; mas não ousou levantar-se para não chamar a atenção para essa quebra de etiqueta ou por qualquer outra coisa que demonstrasse sua angústia. Levou a mão ao peito e sentiu o contorno reconfortante da chave na corrente entre os seios, determinada a não se fazer notar, como se fosse a *cariye* desconhecida que era até uns dias antes. Não falta muito, querida, prometo, imaginou Paul lhe dizendo, não falta muito.

Então percebeu que Hanza também não se concentrava nas acrobacias. De início pensou que seus olhos estivessem fixos no sultão, mas finalmente notou que não era para o sultão que ela olhava. Era para a *haseki*.

Olhava a *haseki* Gulay com tal intensidade que Celia espantou-se com o fato de a favorita não sentir a força daqueles olhos claros e estranhos sobre ela. Se sentia, não deu a perceber. Assistia à apresentação com tanto interesse quanto as outras, ou pelo menos era o que parecia. Depois de observar Hanza por alguns instantes, Celia notou que seu olhar passava a toda hora do divã da validé para Gulay, como se estivesse procurando alguém.

— A *haseki* está bonita, não acha? — Celia não pôde deixar de sussurrar para Hanza.

— O que essa mulher ainda está fazendo aqui? — Hanza sibilou, como um gato. Parecia consumida por alguma emoção intensa; seria raiva ou desapontamento? Era difícil dizer.

— Onde mais ela poderia estar? — perguntou Celia, divertindo-se com a frustração da menina. Tinha a chave agora, pensou triunfante,

Hanza não podia tocá-la. — Será que acha que você é que devia estar sentada ali? Você é mesmo uma tola se acha isso.

Mas Hanza não respondeu.

A mulher forte da bandana vermelha apareceu sozinha e colocou vários objetos à sua frente: um grande vaso de armazenar óleo, algumas toras de madeira, uma fileira de balas de canhão de vários tamanhos, alguns amarrados em correntes. Amarrando correias aos pulsos e uma peça acolchoada de couro em volta da cintura, começou a equilibrar as toras na cabeça, depois na testa, no queixo e até mesmo nos dentes.

O sultão inclinou-se para a frente e falou alguma coisa no ouvido da *haseki*, fazendo-a virar-se para ele com um sorriso. Como ela aguenta isso?, Celia pensou. A distância, ele parecia um homem bastante comum, apesar das joias — pele manchada, barriga protuberante e barba loura comprida. Hanza estremeceu ao seu lado.

A mulher da bandana fazia agora malabarismo com duas balas de canhão, jogando-as no ar com as mãos grossas como couro. Celia viu gotículas de suor da sua sobrancelha espirrarem no ar iluminado pelas velas. O sultão virou-se para a *haseki* de novo e ofereceu-lhe uma das rosas vermelhas que estavam aos seus pés. A outra entregou à mãe, a sultana validé. Celia esperou a reação de Hanza, mas então percebeu que o lugar ao seu lado estava vazio. Ela tinha saído.

— Para onde ela foi? — perguntou por sinais a Gulbahar.

— Hanza? Não sei — Gulbahar sussurrou. — Saiu há alguns minutos. Que bom ver essa menina pelas costas. Só espero, para o bem dela, que a validé não a tenha visto sair.

Celia levou a mão à garganta, mal podendo respirar.

— Você está bem, *kadin*? — Gulbahar perguntou, segurando seu braço. — Está com um ar estranho.

— Estou bem. Só... com um pouco de calor, nada mais. — Tentou respirar normalmente. Então, sem conseguir se conter, disse: — Tenho um mau pressentimento a respeito dela, Gulbahar.

— Aquela cobra venenosa? — disse Gulbahar franzindo os lábios. — Não se preocupe, nós todas temos um mau pressentimento a respeito *dela*.

— É mais que um mero pressentimento — Celia continuou, olhando em volta para ver para que lado Hanza poderia ter ido. — Ela atrai o mal, Gulbahar, eu sei disso.

— O que ela pode fazer? — perguntou Gulbahar, dando de ombros.

— Grave minhas palavras, Hanza já arranjou encrenca porque saiu daqui sem permissão. E sei que ela tem pavor da validé, já vi as duas juntas — disse Gulbahar com um risada seca —, parecem um coelho e uma serpente. Não se preocupe, ela não vai tentar fazer nada. Aproveite o espetáculo, Kaya.

A validé, é claro! Seria ela a alma disso tudo? Alguém devia ter sugerido a Hanza que seria fácil substituir a *haseki* e atrair a atenção do sultão, uma ideia que pareceria completamente absurda para qualquer outra pessoa. Quem mais poderia ter sido tão persuasiva? Eu devia ter pensado nisso, disse Celia consigo mesma. Afinal de contas, ela tentou a mesma coisa comigo há poucos dias.

Olhou para a validé e surpreendeu-se de novo ao constatar como ela era pequena. A sultana Safiye estava sentada no divã com o corpo esguio enroscado nas almofadas, um pé enfiado debaixo do corpo, e o queixo apoiado no pulso delicado. A túnica que usava naquela noite era do mais rico adamascado vermelho, por cima de um corpete bordado a ouro e muitas joias. O cabelo longo estava trançado e entremeado de correntes de ouro e fios de pérolas. Que mulher deslumbrante e perigosa! Hanza não chegava aos seus pés.

Segurava a rosa que o sultão lhe entregara — uma rosa almiscarada de um vermelho muito escuro, quase preto — e a girava distraidamente entre os dedos. Como todas as outras, assistia com interesse ao espetáculo da trupe de acrobatas, virando-se de vez em quando para fazer um comentário com a filha, a princesa Fatma, sentada ao seu lado. A toda hora inclinava-se para a frente e cheirava a rosa. Parecia natural, mas havia alguma coisa na sua expressão. O que seria?, Celia perguntou-se. Em um instante a palavra lhe veio à cabeça: concentração. Concentração e vigilância. Ela nos observa o tempo todo, mesmo agora. O que era mesmo que Annetta tinha dito? *Elas observam e esperam, é o que fazem aqui.* E então percebeu que a validé sabia que Hanza ia sair.

A mulher forte terminou a apresentação e outro membro da trupe, que Celia não tinha visto ainda, tomou o seu lugar no centro do salão, uma mulher com ar sério e rosto pintado de branco, como um pierrô. Ao contrário das outras, ela não usava calça e sim uma curiosa túnica feita de um material listrado em cores brilhantes, com uma saia volumosa e mangas. A roupa toda era coberta de lantejoulas prateadas. Quando ela andava parecia deslizar pelo chão como se estivesse sobre rodas.

A noite caíra lá fora, e lamparinas foram acesas. A atmosfera festiva criada pelas acrobatas foi substituída por um silêncio de suspense. A pierrete pintada de branco circulou pela câmara lentamente. Sua túnica brilhava quando ela se movimentava, como se fosse de gelo. E misteriosamente iam aparecendo objetos na sua trilha. Penas, flores e pedaços de frutas — romãs, figos e maçãs — surgiam das dobras da sua túnica, de trás das orelhas e das mangas. Ela pegou um lenço bordado de cada uma das camareiras da validé e apertou-os na mão fechada, e ao soltá-los no ar os lenços foram magicamente atados, formando um arco-íris de seda. De trás das orelhas de uma das princesinhas tirou dois ovos e jogou-os para o alto, e os ovos apareceram no colo da menina menor, transformados em dois pintinhos que piavam docemente. Depois de fazer uma reverência para o sultão, a ilusionista virou-se para a *haseki* Gulay, ainda sentada na almofada ao lado. O sultão fez sinal de permissão para a *haseki* levantar-se e ela foi até o meio do salão. As instrumentistas, sentadas em silêncio durante todo esse tempo, começaram a tocar. Ouviu-se o rufar dos tambores e todas viram as portas dos aposentos da validé se abrirem. Todos olharam para ver o que aconteceria e perceberam que aquilo não fazia parte do espetáculo. Hanza surgiu no portal e entrou correndo no salão.

Sua touca estava desalinhada, e o rosto, mortalmente pálido, e ela trazia um pacote nas mãos.

— Vejam! — disse, mostrando o pacote com os braços trêmulos. — Foi a *haseki* Gulay. Foi ela.

Fez-se um silêncio mortal na câmara. A *haseki* ficou muito pálida, mas permaneceu imóvel ao lado da ilusionista de rosto pintado de branco. Celia viu que ela procurava a pulseira-amuleto de vidro azul, como que esperando proteção. A sultana Safiye continuou sentada, imóvel.

Quando Hanza percebeu que todas olhavam para ela, foi tomada de um pânico súbito. Sacudiu o pacote e deixou cair no chão um pedaço de papel com símbolos e figuras, escrito em tinta azul e dourada.

— Vejam! Um horóscopo. Eu encontrei. Estava escondido no quarto dela.

Ninguém deu uma só palavra.

— Não querem saber de quem é o horóscopo? É *dele* — disse, apontando para o agá Hassan para o eunuco-chefe negro. É bruxaria, trabalho do diabo! A *haseki* queria saber quando ele ia morrer... — A voz de Hanza anormalmente estridente ecoou na câmara silenciosa. Nos cantos de sua boca apareceram bolhas de saliva. — Vocês não estão entendendo? Foi ela quem tentou matar o agá Hassan!

Então ouviu-se o ruído de pés correndo e de metal raspando na pedra, e os eunucos entraram com espadas na mão. Estariam atrás de Hanza ou de Gulay? A câmara foi tomada de barulho e confusão. Todas gritavam ao mesmo tempo, e as crianças e algumas *kislars* menores choravam e gemiam. No centro do caos, Celia viu Hanza cair ao chão. De início pensou que ela tivesse simplesmente desmaiado, mas depois viu que era um ataque. Seus lábios estavam azuis, os olhos giravam nas órbitas, e o corpo magro contorcia-se no chão de ladrilhos.

Até mesmo as chefes mais antigas, em geral tão ciosas da sua dignidade, estavam de pé.

— Olhem! — gritavam as mulheres. — Ela está tomada pelo demônio.

A chefe muda de cuidados pessoais, uma negra gigantesca, mais alta e mais larga que os próprios guardas especiais do sultão, gritava e apontava, com sons incoerentes vindos da boca sem língua. Todas movimentavam-se, apontavam e corriam, e o salão tornou-se um amontoado de peles e sedas.

A elite da guarda dos eunucos rodeou o sultão imediatamente e escoltou-o para fora dali. Os outros cercaram Hanza e tentaram erguê-la, mas tiveram dificuldade de segurá-la e ela caiu de novo no chão ladrilhado. Sua cabeça bateu com um estalo, misturando sangue com a saliva que lhe saía da boca.

O pânico foi contagioso, e atingiu Celia também. A chefe do harém estava de pé pedindo ordem aos gritos, mas ninguém a ouvia devido ao barulho. Celia tentou correr, mas suas pernas não se mexiam. Não corra, disse uma voz dentro dela. E de repente sentiu-se calma. Manteve-se parada em meio àquelas mulheres frenéticas, e percebeu que duas outras mulheres não corriam nem gritavam, como ela.

A *haseki* continuava de pé ao lado da ilusionista, no centro do salão. De um lado o agá Hassan a observava da liteira, sem piscar, e do outro a validé, sentada absolutamente imóvel no divã. Dois eunucos mudos, entre os servos pessoais de maior confiança da validé, tinham se posicionado áo seu lado. Quando ela teve certeza de que a *haseki* a observava, levantou devagar a rosa que ainda segurava entre os dedos e quebrou-a violentamente em duas partes. Imediatamente os eunucos mudos correram para Gulay e agarraram-na pelos ombros. Ela não gritou nem se defendeu, mas antes que a levassem puxou depressa o pulso e jogou uma coisa azul e brilhante para Celia, a pulseira com os talismãs azuis. Celia esticou a mão para agarrá-la, mas a pulseira foi cair na bainha da túnica da *cariye* Lala. Celia abaixou-se para pegá-la, mas a *cariye* Lala foi mais rápida. Com uma agilidade surpreendente, inclinou-se e agarrou a pulseira.

— *Cariye*! — disse Celia com voz firme. — *Cariye* Lala, acho que isso é para mim.

A subchefe olhou-a com expressão de surpresa nos olhos azuis desbotados. Celia lembrou-se daquela noite no *hammam* da validé — a sensação do mármore frio nas coxas, o cheiro de *ot*, e *a cariye* Lala alisando a pera para cima e para baixo. Lembrou-se também da exata sensação do dedo dela, fino como uma agulha, entrando no seu sexo. O mesmo dedo com que balançava agora a pulseira de vidro da *haseki*.

— Por favor... — disse. — A pulseira.

Mas a *cariye* Lala não fez qualquer menção de entregá-la. Ficou olhando-a ali, com a cabeça de lado e os olhos muito brilhantes. Vestida com aquela roupa de festa, pensou Celia maldosamente, parecia um papagaio velho e inútil.

— A pulseira — pediu, no tom mais autoritário possível. — Por favor, *cariye*.

E esticou a mão.

A *cariye* Lala ainda não parecia disposta a lhe entregar seu tesouro.

Então, sem aviso, como se tivesse se cansado de repente de uma brincadeira de criança, ou como se já estivesse satisfeita, jogou a pulseira na mão estendida de Celia.

Seus dedos fecharam-se finalmente em volta da pulseira. Quando levantou os olhos, a *haseki* não estava mais ali.

Ninguém vê os sacos serem jogados à noite nas águas negras do Bósforo. Mas são sempre ouvidos os tiros que indicam a morte de alguma mulher do harém.

A bordo do *Hector*, Paul Pindar, insone, ouviu os tiros.

Do seu quarto no harém do palácio, Celia Lamprey ouviu também.

E o Pequeno Rouxinol, ainda enrolado na camisa-talismã, revirou-se na liteira de seda, os olhos negros cortando a noite.

Capítulo 23

Istambul, dias atuais

A pesquisa de Elizabeth na Universidade do Bósforo começou com seriedade. Ela ia para a universidade de ônibus, nos primeiros dias acompanhada de Rashid, por insistência de Haddba, mas logo sentiu-se confiante para fazer o percurso sozinha. E descobriu que gostava do percurso. Até então sentia-se como um fantasma naquela cidade antiga, mas as viagens diárias de ônibus pareceram revigorá-la e lhe deram a sensação de pertencer ao lugar, embora temporariamente, quando seguia aos trancos e barrancos com os outros passageiros pelas ruas pavimentadas de pedra de Istambul.

À noite, voltava para casa pelo mesmo caminho. Quando passou a conhecer melhor a cidade, parava às vezes em um ou outro vilarejo ao longo do Bósforo: em Ermigan, pela excelência de sua água, para tomar chá e comprar doces para Haddba na sua loja favorita, a Citir Pastahane; ou em um dos cafés da praça da cidade antiga, em Ortakoy, muito frequentada por estudantes, onde comia *meze* — iogurte temperado com alho, hortelã e aneto, mexilhões recheados e marmelada — e via o mundo passar.

Eram dias longos e solitários, mas Elizabeth não se sentia sozinha. O fim do outono deu lugar ao inverno, e a melancolia da cidade combinava com seu estado de espírito. Nas noites longas e escuras jogava cartas com Haddba, jogos antigos como *cribbage* ou *rummy*, ou escrevia para Eve. Era repousante não ter de conversar.

As primeiras semanas de trabalho na biblioteca demoraram muito a passar. Mas embora ela descobrisse que não havia material nos arquivos, fez outras descobertas inesperadas.

Um dia, deparou-se com um livro da Levant Company, e ao abri-lo a esmo viu um retrato de Paul Pindar, sem data ou proveniência. Só um nome: Paul Pindar.

Sua primeira impressão foi a de um homem moreno, olhos negros, inteligentes e curiosos, cabelo cortado rente, barba bem aparada, nenhum fio de cabelo branco. Afora a pequena gola branca plissada no pescoço, a roupa era toda preta. Ao olhar com mais cuidado, viu que o homem não era tão moço, mas o corpo ainda era esguio, sem nenhuma gordura, sem os chamados sinais de riqueza, indolência ou excessos. Uma sensação de energia e inquietude emanava do retrato. Em outras palavras, em cada centímetro via-se o mercador aventureiro. Em uma das mãos ele segurava um objeto que Elizabeth não conseguiu identificar. Ligou a lâmpada da mesa, mas o livro era uma publicação da década de 1960, e a reprodução, de qualidade tão ruim que mesmo com uma boa luz era impossível identificar o objeto.

Tirou uma fotocópia do retrato, e quando voltou para o quarto naquela noite colocou-o na mesa, ao lado da cópia manuscrita da narrativa de Celia Lamprey e da fotocópia do diário de Thomas Dallam. Pegou o diário e leu de novo as palavras:

...atravessamos um pequeno pátio quadrado pavimentado de mármore e ele me mostrou uma fenda na parede, mas fez sinal dizendo que não poderia ficar ali. Ao olhar pela fenda, vi que a parede era muito espessa e reforçada dos dois lados com ferro, mas vi através dela trinta concubinas do Grande Senhor, brincando com uma bola em outro pátio... uma visão que me agradou muitíssimo.

Ajeitou as páginas com cuidado na mesa. Quem mais saberia da fenda na parede? Se um guarda novo no palácio sabia — mesmo que não ousasse se aproximar dela —, outras pessoas deviam saber também. E Thomas Dallam constatou que se ele pôde olhar para dentro, quem estivesse dentro e soubesse da fenda também poderia olhar para fora. *Se elas tivessem me visto, olhariam também para mim e ficariam tão surpresas quanto eu, e imaginariam como eu tinha chegado lá, como imaginei quando as vi...*

Ao ler essas palavras, Elizabeth pensou nos quartos e corredores desertos do harém e na luz mortiça azul e verde. No som de risadas, tão intrigante a princípio, e no eco de pés correndo.

Não adianta, pensou, passando a mão nos olhos, tenho de me prender aos fatos. Já sei, vou perguntar a Eve o que ela acha. Nesse momento, por coincidência, ouviu o sinal de uma mensagem no seu celular. Mas não era de Eve. Era de Marius.

Leu o texto com pouco entusiasmo, como se estivesse morrendo de fome e lhe dessem um pedaço de pão duro para comer. *Por onde você tem andado, gata?* Um texto despreocupado, disse a si mesma. Mas como um texto pode ser despreocupado? Mas um texto de Marius podia. Por onde eu tenho andado? Fui ao inferno e voltei, teve vontade de responder. Apagou a mensagem, sentiu-se eufórica por cinco minutos, depois chorou por meia hora como se seu coração fosse se partir.

Novembro terminou e chegou dezembro. Os dias se passavam, agradáveis e calmos, salvos da monotonia por interferência de Haddba, que a toda hora dava novas sugestões a Elizabeth, num tom um tanto impositivo, porém gentil: ir a um certo café, ao mercado egípcio de especiarias comprar flores de camomila para suas infusões, a uma certa loja para experimentar um copo de *boza*, a bebida de inverno que se tornou conhecida por meio dos janízaros, em que um copo usado por Ataturk — fundador da República Turca — era guardado como uma relíquia em um armário de parede.

Mas na maior parte do tempo Elizabeth trabalhava e lia, tão imersa no seu trabalho que não tinha tempo nem energia para pensar na Inglaterra. Seus sonhos, quando lhe voltavam à mente, não eram com Marius nem com o homem do Malta Kiosk, mas sim com o mar, um naufrágio, e Celia Lamprey — o amor perdido do mercador Pindar.

Certo dia, quando estava indo tomar o café da manhã, ouviu a voz familiar e cantada chamando-a no saguão.

— E-*li*-za-beth?

— Haddba! Bom-dia.

— Tenho uma coisa ótima para você fazer hoje. — Haddba vestia a roupa preta habitual, e à luz mortiça do corredor seus brincos dourados balançavam no pescoço. — Se não estiver muito ocupada, é claro, minha querida. — E lhe deu um de seus olhares penetrantes.

Elizabeth sorriu. Sua cabeça estava muito longe, envolvida com as minúcias das missões comerciais elisabetanas. E pensou consigo mesma que Haddba tinha uma abordagem bastante liberal em termos de equilíbrio entre a vida pessoal e o trabalho.

— O que está tramando?

— Ando pensando sobre isso há algum tempo. Acho que já é hora de você fazer uma pequena viagem pelo Bósforo. De barco.

— De barco? Hoje?

Elizabeth esperava não demonstrar sua melancolia.

— É claro que é hoje. Você trabalha demais. Olhe só como está pálida. — E deu um beliscão na bochecha de Elizabeth. — As jovens de hoje não sabem mais se cuidar. Você está precisando de um pouco de ar puro, será muito bom para a sua pele... — Dessa vez lhe deu uma palmadinha na bochecha.

— O barco vai até a universidade?

— *Universidade?* — Haddba falou como se nunca tivesse ouvido nada tão absurdo. — Nem tudo se aprende em livros, minha querida. Não, não, eu pedi para meu sobrinho organizar um passeio a uma das *yalis*. Uma de nossas casas de verão no Bósforo. Acho que você vai gostar.

— Uma *yali?* — repetiu Elizabeth. — Em dezembro? Eu nem sabia que você tinha um sobrinho.

— Você ainda não conheceu Mehmet? — Haddba falou como se fosse uma grande surpresa para ela. — Ah, sim... — Fez um gesto pouco característico para a porta da sala de visita. — Ele está lá agora.

Elizabeth viu um homem na porta da sala vindo cumprimentá-las. Olhou bem para ele e disse a si mesma: Ah, meu Deus! Você não.

— Mehmet, quero que você conheça minha amiga Elizabeth. Elizabeth, Mehmet.

Os dois apertaram-se as mãos.

— Estou surpresa de vocês não terem se conhecido antes — disse, olhando inocentemente de um para o outro.

— Bom, é melhor irem para a sala. Vou procurar Rashid.

Os dois sentaram-se em frente um ao outro em um dos sofás duros de almofadas de crina. Não se ouviam as marchas russas, pois não havia nenhum outro pensionista naquela manhã. A sala estava silenciosa.

— Você é sobrinho de Haddba? — Elizabeth perguntou depois de um instante, constrangida com a banalidade da pergunta.

— Na verdade, "sobrinho" é uma forma de dizer. Na realidade não sou sobrinho dela — respondeu sorrindo.— Pelo menos não como você pensa. — Elizabeth notou que o inglês dele era muito correto, com um ligeiro sotaque francês, que a surpreendeu. — Meu tio era amigo de Haddba. — Usou a palavra "amigo" com cuidado. — Um amigo muito querido, creio. Deixou esta casa para ela quando morreu.

— Ah...

Os dois ficaram em silêncio de novo. Elizabeth tentou pensar em alguma coisa para falar mas não conseguiu. Será que ele me reconheceu?, foi seu único pensamento.

— Acho que já nos conhecemos antes — disse Mehmet, quebrando o silêncio.

— Mmmm?

— Não nos conhecemos exatamente. Foi aqui nesta sala. Vim ler o jornal certa tarde e você estava fazendo alguma coisa, escrevendo uma carta, creio. E mudou os discos na vitrola.

— É claro! — Elizabeth teve de se conter para não rir alto. — Creio que me lembro agora.

Então ele não se lembrou daquele dia no Malta Kiosk! Graças a Deus! Sentiu-se aliviada.

Rashid entrou com duas xícaras de café em uma bandeja.

— Devemos esperar Haddba? — disse Elizabeth, tentando ver se ela estava no saguão. Tinha consciência de que estava sentada muito empertigada no sofá formal. — Onde será que ela se meteu?

— Deve ter pensado que era... demais. — E vendo Rashid servir o café, falou: — Acho que esse menino está apaixonado por você.

— Ah... não — disse Elizabeth. Mehmet ia fazer uma brincadeira com o menino em turco, mas ela esticou a mão para detê-lo. — Não faça isso, por favor, ele vai ficar encabulado. Rashid é um bom menino, e trabalha muito. Eu dou uns presentes para ele às vezes, só isso.

— Você gosta de crianças?

Vinda de qualquer outra pessoa a pergunta teria sido estranha, mas vinda dele, não.

— Gosto — respondeu Elizabeth, falando com seriedade. — Creio que sempre gostei.

— Então é por isso que ele gosta de você.

Fez-se mais um silêncio. Elizabeth olhou em volta de novo, mas não havia sinal de ninguém no corredor. Onde estaria Haddba, quando mais precisava dela? Viu que ele a olhava e virou-se para o outro lado.

— Haddba é uma mulher muito interessante.

— É mesmo. — E está parecendo mais uma dona de bordel que uma freira hoje, pensou consigo mesma. O que estaria tramando?

Depois que recuperou um pouco da sua compostura viu que Mehmet era mais velho que ela, devia ter uns 40 anos, e era robusto, mas não pesado. Um verdadeiro perfil de uma figura de miniatura persa. Não exatamente bonito, mas... procurou a palavra... *soigné*. E bastante charmoso, para falar a verdade.

— Então você a conhece bem?

— Não! — Ele riu. — Acho que ninguém conhece Haddba *bem*... — Inclinou-se para a frente com certo ar de cumplicidade. — Não lhe contaram? Haddba é um dos grandes mistérios de Istambul.

— Que pena, e eu achei que poderia perguntar a você qualquer coisa sobre ela.

— Mas pode. Pergunte, por exemplo, se ela é turca.

— Está bem — disse Elizabeth, olhando diretamente para ele. — Ela é turca?

— Não, mas fala turco melhor que eu; não o chamado turco moderno, mas o otomano antigo da corte imperial, muito elaborado, muito cortês.

— Verdade?

— Verdade. — Quando ele sorria, seus olhos formavam rugas nos cantos. — A única pessoa que conheci, anos atrás, que falava turco antigo foi uma amiga da minha avó, que quando era criança esteve no harém do sultão.

— Mas Haddba não é velha assim, é?

— Será que não? — Olhou-a com ar de dúvida. — Não, você tem razão. Provavelmente não é tão velha. Mas deve ter aprendido com alguém.

— Mas ela nem é turca.

— Meu tio achava que Haddba era judia da Armênia, mas ela nega. Outros dizem que deve ser persa, ou até mesmo grega.

— E o que você acha?

— Minha teoria favorita é que Haddba é filha de uma dançarina russa, uma das três famosas irmãs exóticas que chegaram a Istambul na década de 1930. — Sorriu e deu de ombros. — Mas quem pode saber?

— Ninguém jamais perguntou a ela?

Ele levantou as sobrancelhas.

— Você perguntaria?

Um olhar de entendimento passou entre os dois. Ele está totalmente certo, pensou Elizabeth. Ela consideraria a pergunta uma impertinência. Interessante ele perceber isso...

— Não vai me fazer outra pergunta?

Alguma coisa nos modos dele fez Elizabeth relaxar.

— Na verdade, não — recostou a cabeça no espaldar duro da cadeira e sorriu —, mas tenho a impressão de que você vai me dizer algo.

— Pergunte sobre as joias dela.

— Joias?

— Está vendo? Tive a impressão de que você se interessaria pelo assunto.

— Tudo bem. — Sem perceber, estava se divertindo muito com aquela conversa. — Fale sobre as joias.

— Você já deve ter notado as joias de Haddba.

— Vi que ela usa brincos incríveis.

— São peças de museu.

— É mesmo?

— É — respondeu, muito sério agora. — Todas as joias. Uma coleção inestimável: colares, pulseiras, anéis, peças belíssimas. Haddba guarda tudo debaixo da cama, em uma caixa velha de cobre.

— Debaixo da cama? Não tem medo que alguém roube?

— Roubar de Haddba? Ninguém se atreveria.

— E de onde vêm essas joias?

— Essa é uma outra questão. Dizem que vêm do rei Farouk do Egito... — Esticou os dedos. — Mas ninguém sabe ao certo. De qualquer forma, eu gosto de mistérios. E você? — perguntou, levantando-se.

Elizabeth viu-o pegar suas coisas.

— Já está indo? — perguntou, e percebeu, tarde demais, que sua voz mostrava desapontamento.

— Desculpe, já tomei muito do seu tempo.

— Não, de forma alguma.

— Haddba disse que preciso levá-la para um passeio pelo Bósforo, você conhece os entusiasmos dela. Mas estou vendo que não é um bom dia. — E apontou para o laptop e para a pasta de Elizabeth.

— Talvez não.

— Estava pretendendo ir à universidade hoje, não é mesmo?

— Estava, sim. — Elizabeth não sabia o que devia dizer.

— Nesse caso, seria definitivamente uma intrusão da minha parte. Talvez seja melhor irmos um outro dia.

— É, um outro dia.

Fez-se silêncio, e quando ela estendeu a mão para despedir-se, Mehmet levou-a aos lábios e beijou-a.

— Até logo, Elizabeth.

— Até logo.

Da janela, Elizabeth ficou vendo a figura ereta descer a rua. Ouviu a tranca do carro destravar automaticamente, e pelo canto do olho viu-o entrar em uma Mercedes. O carro ainda não tinha virado a esquina, mas ela teve a estranha sensação de que ele sabia que estava sendo observado; ou talvez esperasse que ela fosse atrás dele. E por que não? Afinal de contas, o que a impedia?

O dia, de repente, pareceu perder o sabor.

— Então, Elizabeth — disse Haddba ao seu lado. Entrara em silêncio, e viu por cima do seu ombro o carro de Mehmet saindo. — Vejo que você decidiu deixá-lo esperando.

— Desculpe, Haddba. — Elizabeth virou-se e, para sua surpresa, viu a expressão de satisfação no rosto de Haddba. Seus curiosos olhos de madre superiora brilhavam.

— Tudo bem, minha querida — disse, com uma palmadinha de aprovação na bochecha de Elizabeth. — Estou vendo que você é uma moça esperta — acrescentou, com uma risada.— E não venha me dizer que ensinam *isso* na universidade.

Capítulo 24

Constantinopla, 3 de setembro de 1599

Noite

Celia foi acordada por um grito. De início não sabia o que a arrancara do sono. Ao perceber que agora ouvia tiros sobre o Bósforo, anunciando a morte da *haseki* Gulay, sentiu um horror que só se lembrava de ter sentido uma vez na vida. Naquela fração de segundo, entre o sono e a vigília, tudo voltou-lhe à memória: o rugido do mar e as águas subindo na rocha e no convés de madeira, o mastro se rachando, o peso da sua roupa encharcada, os olhos embaçados pelo vento e pelo sal, uma espada descendo, seu pai caindo ensanguentado no convés do navio que afundava.

Arfando, sentou-se. Até mesmo sob as cobertas quentes sentiu a pele fria e pegajosa. Estava tão escuro no quarto — como todos os aposentos localizados no *kislar*, que não tinha janelas externas — que não via nem as próprias mãos quando as levou ao rosto. Seria assim a cegueira? Por um instante pensou ter ouvido passos — talvez uma intrusa desconhecida andando com cuidado pelo seu quarto —, mas momentos depois percebeu que era o som do seu próprio coração batendo.

Aos poucos seus olhos adaptaram-se ao escuro, e as formas começaram a entrar em foco. Do outro lado do quarto viu suas duas criadas ainda dormindo, enroscadas no chão debaixo das colchas. Em um nicho da parede atrás dela, uma única vela tremulava, como um pequeno vaga-lume azul. Pôs a mão no nicho, pegou a pulseira da *haseki* e recostou-se de novo nas almofadas para pensar. Quem estaria realmente por trás da traição da *haseki*? Hanza era ambiciosa, mas ainda novata demais. Celia estava mais que nunca convencida de que ela não poderia ter feito tudo aquilo sozinha. A *haseki* Gulay tentara lhe contar quem era o Terceiro Rouxinol — ele teria alguma coisa a ver com isso? Mas agora era tarde demais, pensou com tristeza.

Depois que os eunucos levaram Hanza e Gulay, a validé e as chefes mais antigas do harém restauraram a ordem sem demora. Para mante-rem o *kislar* calmo, impuseram a lei do silêncio pelo resto da noite. Nin-guém sabia ao certo o que acontecera a Hanza, mas no fundo todas sabiam qual seria o destino da *haseki* Gulay — pelo menos era o que demonstra-vam os rostos pálidos e chocados que Celia viu por todo lado.

Dizem que há destinos ainda piores que a morte. Celia imaginou como seria ser jogada dentro de um saco fechado, sentir mãos grossas levantando-a e implorar aos gritos — *Não! Não! Matem-me primeiro, qualquer coisa menos isso* — e morder o saco e remexer freneticamente, vendo com terror a água penetrar no saco e cobrir suas orelhas e seus olhos, explodindo na garganta e no nariz.

Depois o frio, frio, frio.

Uma sensação de pânico, mais espessa que bile, subiu-lhe pela gar-ganta. Respirando com dificuldade, pulou da cama e correu para a porta, tremendo e arfando. Depois de alguns minutos o ar doce da noite e o chão sólido sob seus pés acalmaram-na. Levou a mão à garganta, tentando fazer com que a respiração voltasse ao normal, e sentiu a forma sólida da chave do Portão do Aviário ainda pendurada na corrente em volta do pescoço.

Seria uma loucura, não...? Deu alguns passos, explorando o pátio. Estava tudo muito quieto por ali. Sem um som. A luz da lua iluminava a área com tanto brilho que dava para perceber o vermelho da sua roupa. Ninguém a veria ali, nem ouviria. A chave já estava na sua mão...

Não, não teria coragem. *Eles observam. Observam e esperam*, Annetta tinha dito. Era verdade, quem quer que fossem "eles". Os Rouxinóis? Não sabia mais o que pensar. O medo de Annetta e da *haseki* a tinha contaminado. Sentia olhos vigiando todos os seus movimentos, em todo lugar, talvez até mesmo agora. Tentar abrir o Portão do Aviário — e para quê? — seria pior que a loucura, seria a morte.

E ao pensar nisso voltou a sentir-se sem ar, e percebeu que não era por medo de ser jogada dentro de um saco. Pôs a mão na garganta. *Este lugar, esta vida, são piores que morrer afogada.* Apossou-se dela uma sensação de desespero, quase de loucura.

Antes que mudasse de ideia, começou a correr.

Mais tarde, não conseguiria se lembrar de como chegou ao Portão do Aviário. Sem olhar para trás, correu em silêncio pelos corredores e passagens, desceu degraus, atravessou vielas e seguiu na direção daquele canto dos jardins do harém, onde — depois de ser declarada *gözde*, nos dias em que o resto do harém estava no Palácio de Verão da validé — teve permissão de entrar e observar as *cariyes* noviças jogando bola. Só parou de correr quando chegou ao muro mais distante do jardim. Seguindo as instruções de Hanza, encontrou por trás de dois arbustos de murta plantados em vasos ornamentais uma grade de metal, parte de um portão velho na parede completamente tomada de era. A grade era tão pequena e tão escondida pela vegetação que só poderia ser encontrada se soubessem exatamente onde procurar. Colocou a chave na fechadura e a porta se abriu com facilidade.

De início, como um pássaro de gaiola que não sabe mais voar, ficou no limiar da porta, sem saber o que fazer. Virou-se, tentou ouvir com cuidado, mas os jardins do harém, iluminados pela lua, mantinham-se em absoluto silêncio. Não havia uma brisa sequer. Então, viu o presente inglês do outro lado do portão. Era muito maior do que imaginava: um objeto imenso parecendo uma caixa, do triplo do seu tamanho, a uns 30 metros de distância. Como que em um sonho, sentiu sua própria forma iluminada pelo luar mover-se rapidamente na direção da caixa.

Examinou o estranho objeto com cuidado. A parte inferior consistia em um teclado com teclas de marfim e ébano, como uma espineta. Aqui e ali, pedacinhos de papel tinham sido enfiados entre as teclas, como se tivessem sido coladas recentemente. Acima ficavam os tubos do órgão, em ordem ascendente de tamanho. No meio dessa estranha engenhoca havia um relógio marcando as horas, e em cada lado do relógio dois anjos com trombetas de prata nos lábios tocando uma música silenciosa. Na parte mais alta da estrutura havia uma espécie de arbusto de arames, e entre eles as figuras de pássaros de diferentes espécies com os bicos abertos como se estivessem cantando, mas não se ouvia nenhum som. Congelados ao luar, seus olhinhos brilhantes pareciam segui-la enquanto andava em volta, maravilhada com a delicadeza e arte daquela execução.

Paul, ah Paul! Celia pôs uma das mãos no rosto. Que coisa mais linda! Você teve alguma coisa a ver com isso? Sentiu os olhos encherem-se de lágrimas, mas ao pôr a mão na boca viu que estava sorrindo também. É claro que teve! Com uma expressão de absoluta angústia, encostou os dedos trêmulos nas teclas e sentiu-as na sua pele. Ah, meu Deus! Paul, meu amor! Estava agora meio rindo e meio chorando. É uma caixa de surpresas, isso mesmo! Aposto como foi ideia sua. Encostou a testa na caixa de madeira, depois as bochechas úmidas e salgadas, e esticou os braços o máximo que pôde, como se estivesse diluindo-se na madeira, sentindo cada grão e nó, tocando neles com as pontas dos dedos, inspirando o perfume de madeira recém-cortada.

Então ouviu um som. Ficou congelada. Era um rangido vindo de algum lugar debaixo dos seus pés. Abaixou-se e seus dedos tocaram em uma coisa pequena e dura: um cotoco de lápis de operário.

Rasgou um pedaço das tiras de papel grudadas no teclado e ficou com o cotoco de lápis na mão. Qualquer coisa que eu escreva aqui poderá nos trair — o medo devorava suas entranhas —, por isso não vou deixar palavras, Paul, vou deixar uma marca minha.

Rapidamente desenhou três linhas no papel. Depois saiu correndo, de volta ao Portão do Aviário, atravessou os jardins, subiu as escadas e passou pelos corredores escuros e desertos do harém, silenciosos como o vento.

Ao chegar em seu próprio pátio foi tomada de um sentimento avassalador de incredulidade: tudo tinha sido fácil demais. Apesar da advertência de Annetta, conseguira passar pelo Portão do Aviário sem ser vista! Não foi espionada, não foi descoberta! As sombras do pátio ainda eram as mesmas; possivelmente tinha ido e voltado correndo em menos de dez minutos.

Intoxicada por seu sucesso, relutou em voltar para o quarto imediatamente. A curiosidade levou-a à entrada do apartamento da *haseki* Gulay, coisa que não ousara fazer antes. Uma das portas estava aberta, pendurada de uma dobradiça quebrada. Espiou lá dentro com cuidado. O quarto mostrava bem que tinha sido deixado às pressas: uma xícara quebrada no chão, um guardanapo bordado amassado e jogado de lado, um besouro morto. Sentiu uma coisa debaixo do pé descalço, abaixou-se para pegar e reconheceu imediatamente a sapatilha mínima bordada com fio de ouro e prata. Sentiu um nó na garganta.

A meio caminho do seu quarto, viu pelo canto do olho, ou achou ter visto, uma ligeira movimentação. Esperou. Teve a mesma impressão de novo, dessa vez de forma mais nítida: o brilho de uma lâmpada vindo do alto dos telhados, logo acima da porta. Parecia haver alguém nos aposentos da *haseki*.

Hesitou. Não tinha corrido bastante risco em uma noite? Mas provara a si mesma que era fácil andar pelo palácio sem ser vista, se tivesse coragem. Alguns minutos a mais não fariam diferença. Foi para seu quarto e constatou que não havia sinal de movimentação das criadas. Virou-se e voltou rápido para o quarto da *haseki*.

Entrou e olhou ao redor. Nada, o lugar estava vazio como um túmulo. Então lembrou-se da sua conversa com Annetta naquele dia, quando o eunuco-chefe negro foi encontrado e Esperanza Malchi deixou a areia colorida do lado de fora da sua porta. O que Annetta notara que ela, Celia, não tinha notado? O que ela tinha dito?

"Tudo muito bem pensado", podia ouvir Annetta dizendo. "Deve haver pelo menos três entradas. Os aposentos dela devem ter ligação com o quarto de banho da validé também."

Annetta percebera que os aposentos da *haseki* não eram como pareciam a princípio — constavam de dois andares e tinham mais de uma entrada.

Celia olhou em volta de novo, dessa vez com mais cuidado. À sua frente viu imediatamente uma das outras portas que, como Annetta suspeitava, devia levar ao quarto de banho da validé. Mas não viu sinal de nenhuma outra saída, nenhum meio visível de chegar ao andar de cima. Apenas armários de madeira. Olhou dentro de um deles. Nada, a não ser um colchão enrolado. Tentou o outro. A porta não se abriu tão facilmente quanto a outra, mas acabou conseguindo. Nada, estava vazio também.

Annetta estava errada, então. Se houvesse outro andar sobre aquele quarto, não havia como chegar por ali. Celia estremeceu, sentindo-se exausta e com frio. Quando estava saindo do quarto ouviu um barulho, baixo porém nítido: o rangido de um passo no teto acima. Logo acima do primeiro armário. Correu para lá e olhou dentro de novo, com mais cuidado dessa vez. Tirou o colchão enrolado e atrás dele descobriu uma segunda porta.

Abriu a porta e viu um lance de escada.

A escada era tortuosa e extremamente estreita, mal dava para subir sem bater com a cabeça nos caibros. Deveria ter trazido uma vela do quarto. Felizmente a lua iluminava o alto da escada. Subiu até o alto e encontrou-se em uma pequena área circular, um sótão velho de teto abobadado. Percebeu então que estava dentro da cúpula que Annetta mostrara no telhado do apartamento da *haseki*. E era dali, tinha certeza, que vinha a luz da lâmpada.

Olhou em volta, mas só conseguiu ver teias de aranha no pequeno espaço. Vinha do chão um cheiro forte de mofo de tapetes de ráfia apodrecida. Aquele lugar, decerto, nunca tinha sido usado por ninguém, pensou, a não ser talvez como um ponto de espreita secreto. A base da cúpula era cheia de pequenas aberturas que filtravam a luz da lua. Celia viu imediatamente, ao olhar através de uma dessas aberturas, que quem ficasse ali teria uma visão clara do pátio abaixo; poderia ver não só quem passasse como quem entrasse e saísse dos dois apartamentos.

Foi então que descobriu a segunda porta na parede, muito baixa. Também parecia um armário de início, mas ao abaixar-se para abri-la percebeu que era de fato a entrada para outro corredor. E a distância, notou o brilho fraco de uma lâmpada.

Encontrou-se em outro espaço extremamente pequeno e estreito, um corredor parecendo mais velho e mais improvisado que o resto das construções do harém. Ao que diziam, essa área tinha sido restaurada antes de o sultão mudar-se para lá. Decerto o corredor fazia parte da antiga estrutura, e não fora destruído.

Com o corpo dobrado continuou a andar, sentindo o chão com as pontas dos dedos. Virou no corredor à esquerda e à direita, subiu e desceu, deu um passo aqui, dois ou três ali, e acabou absolutamente desorientada. De início pensou que estivesse acima do quarto de banho da validé, mas então lhe ocorreu que o corredor de cima devia ter sido construído paralelo ao de baixo, que passava pelos aposentos da validé e dava no pátio das *cariyes*.

De repente deparou-se com uma bifurcação mais adiante. De um lado havia uma descida íngreme para a esquerda. Do outro, uma curva fechada para a direita, tão estreita que ela se perguntou se alguém conseguiria espremer-se por ali, ainda por cima carregando uma lâmpada.

Estava muito escuro agora. A única fonte de iluminação — a luz da lua filtrada pelas aberturas da cúpula — ficara muito para trás. Foi engatinhando, muito espremida, esfregando a nuca dolorida. Impossível, teria de voltar. Lembrou-se das histórias sobre monstros e almas penadas, *efrits* e *ghouls*, que andavam pelo palácio à noite, pálidos e tristes como a luz da lua. Alguns diziam que eram almas das *cariyes* mortas, favoritas descartadas, mortas de tristeza ou afogadas no Bósforo.

Não, não. Não devo pensar nisso agora. Tentou manter-se calma. O caminho para a esquerda era escuro como breu, mas na curva seguinte à direita percebeu alguma coisa não tão escura a distância — uma réstia de luz cinzenta.

Respirou fundo e seguiu pelo corredor. Os pés descalços arrastavam-se nos resíduos que tinham se juntado na abertura estreita. O cheiro de madeira velha e alguma coisa podre entrou nas suas narinas — excrementos de pássaros? Um rato morto? Tentou não pensar em que seus pés descalços estavam pisando.

A pequena passagem estreitou-se, e um instante depois Celia mal podia mover-se naquele espaço confinado. Com esforço, virou o corpo de lado. Teria sido essa a sensação da *haseki* Gulay quando a puseram dentro do saco? Foi tomada de pânico.

Foi então que viu a abertura na parede, exatamente à altura dos seus olhos, mas tão pequena que se o rosto não estivesse quase colado ali teria passado despercebida. E notou que era dali que vinha a luz cinzenta. Não tinha certeza de onde estava, mas achou que dali poderia ver o pátio das *cariyes*. Colou o olho no buraco e espiou.

Depois da escuridão da passagem mínima, ficou ofuscada pela luz que vinha do outro lado da parede e não conseguiu distinguir nada. Mas aos poucos os olhos foram se adaptando, e ao perceber enfim onde estava, recuou como se tivesse sido picada. Meu Deus! Não ficaria tão assustada se descobrisse de repente que se encontrava no próprio quarto do sultão. O que via não era o pátio das *cariyes*, mas o próprio coração do harém. Estava olhando diretamente para os apartamentos da sultana validé.

O buraco no azulejo ficava tão alto na parede que o esconderijo era quase perfeito; de baixo, não haveria possibilidade de ser notado. Qual seria sua penalidade se fosse apanhada espionando a validé? Celia estremeceu de terror.

O quarto era exatamente como ela se lembrava. Os azulejos das paredes, em azul, turquesa e branco, davam ao seu interior um estranho brilho esverdeado e pálido, como a luz de uma caverna de sereias. Embora não houvesse sinal de presença humana, a lareira estava acesa. Celia viu o ponto exato onde se sentara com a validé naquela manhã, ao lado da janela (apenas três dias antès), observando os barcos ancorados na baía do Chifre de Ouro e conversando com naturalidade como se a conhecesse de longa data.

As palavras de Annetta voltaram à sua cabeça. "Tente não falar muito, em nenhuma circunstância. Ela vai usar tudo o que você disser, *capito?*" Mas na hora Celia esqueceu-se do conselho de Annetta.

O que eu falei com a validé, o que lhe disse? Sim, me lembro, nós conversamos sobre navios. Ela perguntou se eu me recordava da vida que tinha antes, e me mostrou os navios na baía.

Então, durante todo o tempo a validé também sabia sobre o navio inglês.

Mesmo agora, na calada da noite, os batentes das janelas estavam abertos. Um tapete forrado de pele, jogado entre as almofadas, indicava que alguém estivera ali pouco tempo antes, olhando o jardim enluarado. Será que a validé nunca dormia?, Celia pensou. Eles observavam e esperavam, Annetta tinha dito, e era verdade. O que Safiye teria precisado fazer para tornar-se a validé? Não havia descanso ali? Não havia alívio? Celia não conseguia livrar-se da impressão de melancolia daquela cena.

Nesse momento percebeu uma movimentação. Se não fosse pelo espaço confinado em que se encontrava teria jogado a cabeça para trás, instintivamente. Ao olhar melhor, notou algo se mexendo debaixo do tapete de pele. Era um gato! Observou a criatura desenroscar-se de onde estava dormindo, a criatura malvada que lhe dera um susto.

O gato lambeu as patas e de repente parou, como se ouvisse alguma coisa. E Celia percebeu que ouvia também. Fechou os olhos para ouvir melhor. Era um ruído bem distinto, de alguém soluçando.

Os soluços não vinham do quarto da validé, mas de algum lugar no final da pequena passagem. Celia deixou o ponto de espreita e foi se espremendo até o final do corredor, onde viu um tecido pendurado como se fosse uma cortina improvisada. Cuidadosamente puxou o tecido para o lado e deparou-se com uma espécie de armário alto, no qual podia ficar facilmente de pé. As laterais eram de madeira, com orifícios no alto. O som de soluços era muito claro agora. Na ponta dos pés, Celia espiou pelos orifícios e viu um quarto. Sentia-se tão apertada dentro do armário que mal podia se mover e respirar; a qualquer momento alguém poderia ouvi-la. Estava prestes a sair dali quando os soluços recomeçaram. Alguma coisa naquele choro — um som muito solitário, muito desesperado — fez com que seus olhos se enchessem de lágrimas. Ela hesitou e disse para si mesma: Sua idiota! Você não tem ideia do que está acontecendo. É muito perigoso, saia logo daqui!, mas voltou a equilibrar-se na ponta dos pés.

Viu imediatamente que o quarto, iluminado por uma única lâmpada, era de bom tamanho e mobiliado para uma mulher de alta categoria. Os azulejos das paredes eram quase tão belos quanto os dos aposentos da sultana validé, decorados com tulipas e cravos. Em um cabide na parede estava pendurado um caftan de uma linda seda amarelo-manteiga, forrado de pele, e por cima de almofadas, várias peles e brocados bordados. Do lado oposto ao seu armário, Celia avistou uma alcova, geralmente usada para dormir. Era de lá que vinham os soluços. Ninguém tão infeliz assim poderia ser perigosa, pensou. Ou podia? Empurrou a porta do armário e entrou no quarto.

No mesmo instante os soluços pararam. Na alcova, uma forma escura ergueu-se das almofadas. Fez-se silêncio por um instante, depois uma voz sussurrou:

— Você é um fantasma?

— Não — respondeu baixinho. — Meu nome é *kadin* Kaya.

A mulher sentou-se, mas na escuridão Celia viu apenas uma silhueta.

— Você trouxe alguma coisa para mim? — Sua voz era instável, como se ela fosse chorar de novo.

— Não — Celia respondeu, dando mais um passo no quarto —, mas não vou lhe fazer mal, prometo.

Estava muito quente no quarto, e dava para sentir um cheiro ácido e estranho, como se alguma coisa estivesse queimando.

— Disseram que iam me trazer uma coisa, mas não trouxeram... — A voz lamuriosa parou no meio da frase. Celia viu o contorno de um braço fino quando a mulher puxou uma das cobertas sobre os ombros. — Estou com muito frio — disse, tremendo. — É sempre muito frio aqui. Ponha um pouco de carvão no braseiro, *kadin*.

— Pois não — disse Celia, aproximando-se do braseiro na entrada da alcova e imaginando o que estaria queimando com o carvão para produzir aquele cheiro estranho —, mas não está frio... Isto parece mais um quarto de banho a vapor.

Colocou mais um pouco de carvão fresco no braseiro, e a mulher encolheu-se nas sombras.

— Tem certeza de que você não é um fantasma? — perguntou, com a voz cada vez mais fraca.

— Certeza absoluta — Celia falou num tom bem calmo, como se falasse com uma criança. — Fantasmas e *ghouls* só existem em sonhos.

— Ah, não, não, não, não, eu já vi fantasmas — disse a mulher, agitando-se tanto que assustou Celia. — Quero ver você, quero ver seu rosto.

— Muito bem. — Celia pegou uma lâmpada no chão e acendeu-a, iluminando a entrada da alcova. Numa fração de segundo viu tudo que precisava ver. Uma mulher com olhos fundos e corpo magro e infantil olhava para ela.

Ao sentir a luz iluminando-a, a mulher levantou um braço como que para se proteger. Vacilante, abaixou o braço de novo e Celia notou que seu rosto era uma verdadeira máscara, com um mosaico de pedras coloridas grudadas na pele. O cabelo, solto por cima do rosto, era tão preto que chegava a ser azulado. Olhos pretos, pintados com delineador muito forte, brilhavam no rosto estranho coberto de joias. Um efeito ao mesmo tempo sinistro e espetacular — como se fosse uma princesa bizantina erguendo-se do túmulo.

— O que fizeram com você? — Celia perguntou, ajoelhando-se ao seu lado.

— Como assim? Ninguém fez nada comigo — respondeu, num tom lamurioso. Tocou um lado do rosto com os dedos e sentiu o contorno das pedras preciosas com certa surpresa, como se tivesse esquecido que estavam ali. — Disseram que eu tinha me arranhado. Não sei... não me lembro. Mas não gosto mais de me olhar, por isso me cubro.

Começou a se coçar na parte superior do braço, e Celia notou uma ferida aberta ali.

— Por favor, você está se machucando. — Pegou o braço leve e descarnado da mulher. Quantos anos ela teria? Trinta, quarenta? Cem? Era impossível dizer.

— Você me trouxe alguma coisa? — Os olhos negros olhavam para Celia com ansiedade. — As aranhas voltaram, estão subindo pelo meu corpo, *kadin*. — E, com um grito, passou as mãos pelo cabelo e pela colcha.— Tire as aranhas daqui, tire as aranhas daqui!

— Fique calma, não há nada aqui — disse Celia, tentando pegar sua mão, que ela sacudiu com impaciência.

— Não está vendo as aranhas?

— Não, nada, nada. Pode me dizer seu nome, *kadin*? — Celia aproximou-se mais e pegou a mão frágil da mulher. — Quem é você?

— Quem eu sou? — O aspecto da mulher era deplorável por trás da máscara brilhante, e seus olhos purgavam como os de uma velha. — Todo mundo sabe quem eu sou.

— É claro que sabe — disse Celia sorrindo —, você é a favorita do sultão, não é? Você é Handan. *Kadin* Handan.

Ao ouvir seu nome ela voltou a coçar-se freneticamente, e finalmente recostou-se nos travesseiros, exausta. Celia olhou em volta, nervosa, ao perceber que já estava ali havia muito tempo.

— Acho que preciso voltar — disse baixinho.

Mas ao virar-se, Handan segurou-a pela barra da túnica.

— Como soube que eu estava aqui?

— A *haseki* Gulay falou sobre você.

— A *haseki* Gulay? — perguntou, como se não reconhecesse o nome.

— Sim... — Celia hesitou, sem saber se falava do destino da *haseki*. Achou melhor calar-se, mesmo porque Handan, naquele seu confinamento, decerto tinha pouco conhecimento e interesse a respeito do que ocorria no harém. Outra ideia lhe ocorreu, e ela sentou-se na beira da cama de novo.

— A *haseki* Gulay também ia me dizer outra coisa, mas não teve tempo. Talvez você saiba sobre os Rouxinóis de Manisa, *kadin*.

Ao ouvir isso, Handan mudou de atitude e olhou desconfiada para Celia.

— Todo mundo sabe sobre os Rouxinóis de Manisa... — Sua voz fraquejou, e ela olhou fixo para um besouro que subia pelo lambris.

— Você está dizendo, *kadin*... — Celia sacudiu o braço, tentando fazer a mulher concentrar-se.

— Três escravos foram dados ao antigo sultão pela sua prima, Humashah, escolhidos por terem lindas vozes.

— Quem eram eles? Como se chamavam?

Handan perdeu a concentração mais uma vez. Ainda observando o besouro, agora mais perto, encolheu-se nas sombras.

— Por favor... tente lembrar quem eram eles.

— Todo mundo sabe quem eram eles: a sultana Safiye e o agá Hassan, é claro.

— E a terceira escrava?

— A terceira escrava chamava-se *cariye* Mihrimah.

— *Cariye* Mihrimah? Quem é ela? Nunca ouvi falar nesse nome.

— Ela morreu. A validé a amava demais. Como se fosse uma irmã. Dizem que faria qualquer coisa por ela. Mas a *cariye* Mihrimah foi morta. Colocada num saco e afogada. Pelo menos é o que dizem. Mas *eu* nunca vou dizer a ninguém — falou, inclinando-se para Celia. Nunca vou dizer a *ninguém* o que sei.

Depois de um instante de silêncio, Celia falou com cuidado.

— Devo perguntar então à *haseki* Gulay?

— Ela sabe? — Handan perguntou surpresa.

Celia fez que sim.

— Ela sabe o segredo deles? Sabe que a *cariye* Mihrimah ainda está aqui no palácio?

— Sabe, *kadin*. — Assentiu de novo, dessa vez mais lentamente. — Acho que era exatamente isso que ela sabia.

Safiye, a sultana validé, mãe da Sombra de Deus na Terra, voltou para junto da janela aberta onde tinha se sentado pouco antes. Puxou o xale forrado de pele sobre os ombros e chamou Gata, que lambia as patas do outro lado do divã.

Era noite. Enfiou um dos pés descalços sob o corpo e tirou os pesados brincos de cristal de rocha. Esfregou os lóbulos das orelhas, deu um suspiro de alívio e inspirou o aroma dos jardins abaixo no ar frio da noite. Mais adiante via a cidade adormecida, sempre mais bonita àquela hora. Podia apenas ver as formas familiares dos barcos e galés, os cais dos mercadores na praia, a silhueta escura da torre de Gálata, e mais adiante as casas e trepadeiras dos emissários estrangeiros. A lembrança do inglês ainda estava na sua cabeça; tinha gostado de sua conversa, de sua cortesia, e de uma outra coisa que não conseguia identificar. Uma coisa — não sabia bem o quê — no seu corpo. Quadris finos, quadris de homem.

Teria sido impulsiva quando fizera os arranjos para vê-lo de novo? Pensar nele a deixava perturbada. Em todos aqueles anos, todos os anos desde que se tornara validé, nunca tinha cometido um erro. Não valia a pena mudar agora. Tinha visto os olhos dele se demorarem na treliça do seu biombo...

A pele pesava nos seus ombros como chumbo.

Com um suspiro, espreguiçou-se nas almofadas de seda. Não havia como negar que estava tendo mais dificuldade para dormir naqueles dias. Isso não a preocupava especialmente. Ainda muito jovem acostumara-se a dormir pouco, uma vantagem inexprimível no harém de Murad, pois tinha mais tempo que qualquer outra pessoa para pensar, planejar e manter-se dez passos adiante de todos. Depois de mais de vinte anos de extrema autodisciplina, quando finalmente se tornou o que sempre almejou ser — a sultana validé, a mulher mais poderosa do Império Otomano —, descobriu que seus antigos hábitos ainda eram os melhores.

A solidão acalmava-a mais que o sono. Estar sozinha na Casa da Felicidade foi sempre um prazer mais raro que os favores do sultão, e mesmo agora era um luxo que ela raramente se permitia. Pensou na senhora grega, Nurbanu, e lembrou-se que naqueles tempos ela a repreendia por gostar de ficar sozinha. Para as *cariyes* comuns, que viviam umas por cima das outras como galinhas num poleiro, a solidão era impossível; e para as concubinas do sultão era impróprio, uma questão de prioridade. Safiye, a *haseki*, era a segunda na hierarquia depois de Nurbanu, devia ser atendida o tempo todo.

Se fosse por Nurbanu, suas atendentes a vigiariam mesmo enquanto dormia. A validé sorriu. Se você pudesse me ver agora, senhora grega, pensou, estendendo a mão e apreciando a esmeralda de Nurbanu que brilhava em seu dedo. Dentro do anel havia uma bolinha de ópio escondida, a mesma que estava lá havia 15 anos, no dia em que ela própria tirara o anel do dedo ainda quente de Nurbanu. Ah, sim, minha senhora, disse a sultana Safiye para si mesma, sorrindo, eu sei de todos os seus segredos agora.

Um ligeiro ruído abafado, porém nítido, fez com que olhasse para cima. Ficou logo *en garde*. Instintivamente seu corpo tensionou-se e ela examinou o quarto, mas não percebeu nada. Os azulejos das paredes dos aposentos pareciam um pouco opacos, mas era a escuridão e as sombras que os deixavam assim. Fechou os olhos e inspirou, com seu sexto sentido — os ouvidos, o nariz e até mesmo a pele —, seu truque favorito de caçada, como dizia para a *cariye* Mihrimah naquela época, o truque que seu pai lhe ensinara. Nunca falhava. Conseguia detectar o menor espessamento do ar, uma sombra passando sob a fresta de uma porta, o cheiro do medo.

Mas não havia nada no quarto. Só Gata.

Safiye recostou-se de novo. Nem mesmo nos piores momentos da sua vida — no dia em que Murad finalmente escolhera outra, uma concubina mais nova, e no dia em que levaram a *cariye* Mihrimah embora — ela nunca se sentira tentada a tomar a pílula dourada, como tantas outras mulheres do harém faziam. Como Handan, pobre Handan, que permitira que outra ocupasse seu lugar, que jogara fora tudo o que tinha por isso.

Fechou o anel. Afinal, havia outros sonhos, outros prazeres, mesmo agora. Debaixo de uma das almofadas tirou um espelhinho de mão revestido de marfim e incrustado de esmeraldas e rubis, e na escuridão examinou seu rosto cuidadosamente. Estaria realmente velha? Na escuridão não parecia velha. E não tinha nem 50 anos ainda. Esther Nasi lhe ensinara bem. Para ser honesta, a pele das suas mãos e do pescoço estava um pouco áspera, mas ela se recusava a aceitar isso. A pele do rosto continuava branca e sem manchas, e tão fina como a textura cremosa das pétalas de gardênia. Era o que Murad costumava lhe dizer quando iam para a cama. Naquela época não precisava de espelhos, pois Murad era seu espelho. Ela, sua *haseki*, nada mais era que o reflexo dos seus olhos.

Lembrava-se agora, noite após noite, que mesmo quando estava esperando o filho dele e o sultão era proibido de abraçá-la, chamava-a para a sua cama. Podia escolher outras concubinas, elas o aceitariam, mas, para tristeza de todas, não escolhia.

Os dois eram pouco mais que crianças na época. Ele tinha 19 anos e ela, 16 quando teve o primeiro filho. Ele pedia que se deitasse ao seu lado só pelo prazer de tê-la ali. Tirava sua roupa depois a vestia de novo, mas só com as joias; Safiye ficava muito quieta, pois sabia que ele gostava disso, enquanto ele acariciava seus seios e suas coxas com as pontas dos dedos.

Lembrou-se de que a observava maravilhado quando o bebê se mexia no ventre, de ficar deitada de lado quando a barriga cresceu demais e ela não tinha uma posição confortável, e da sensação exata das cobertas de pele — pois fazia frio em Manisa nos meses de inverno — roçando seu pescoço e a pele tenra dos seios inchados. Lembrava-se de que ele a devorava com os olhos e que ela se encantava com aquele olhar de desejo; estremecia, queimava por dentro, e implorava pelo seu amor.

Murad, meu leão.

Aos poucos Safiye soltou o cabelo que as camareiras tinham trançado com tanto esmero, até que chegassem à cintura. Tirou a cinta pesada, passou os dedos por baixo das saias e alisou as coxas macias. Com ar sonhador, levou a mão mais para cima. Havia pelo ali agora, onde antes — no tempo em que ela era uma *haseki* — a pele era depilada.

Recostou-se suavemente nas almofadas.

Mais tarde Safiye foi tomada por um sentimento de calma, e ao mesmo tempo de uma sensação mais perturbadora: uma leve lembrança, como uma nuvem distante, ou o fraco eco de uma música da sua infância. Não pensava muito em Murad atualmente. Ele a amara durante bastante tempo. Durante mais de dez anos em Manisa, e quase o mesmo tempo em Constantinopla, fora fiel a ela, por mais que fizessem tudo para separálos. Não era apropriado, diziam, o sultão viver com uma única concubina, mesmo que ela tivesse chegado à posição de *haseki*. A mãe dele, Nurbanu, e a irmã, Humashah, tinham procurado por todo o império as escravas mais lindas para lhe dar, tinham até mandado um enviado especial a Esther Nasi, ela se lembrava bem, que quase vinte anos depois, por incrível que fosse, continuava comerciando em Scutari apesar da idade avançada (estava muito gorda e velha para andar, disseram os informantes de Safiye, porém rica como um paxá).

Durante muito tempo Safiye resistiu. Primeiro com sua beleza, e, quando isso não bastou, com a ajuda do Pequeno Rouxinol e da *cariye* Mihrimah. Desde o início, desde os primeiros meses em Manisa, os três tinham prometido fazer tudo o que pudessem para ajudar-se mutuamente. E cumpriram o prometido. Quando o destino favorecia um deles, os três aproveitavam. Por indicação de Safiye o Pequeno Rouxinol tornou-se agá Hassan, o eunuco-chefe negro; e no antigo harém, ainda presidido pela sultana validé Nurbanu, a *cariye* Mihrimah — Safiye só se lembrava dela com esse nome — tornou-se o segundo nome, precedida apenas pela chefe do grande harém, Janfreda Khatun.

O Pequeno Rouxinol e a *cariye* Mihrimah eram os primeiros e os mais importantes elos da fantástica rede de alianças de Safiye, uma rede que levara um tempo enorme para ser criada. Como caçadora que era, Safiye confiava na surpresa e no disfarce, e muitas vezes só ela sabia onde se encontravam os mudos, os eunucos, as escravas do palácio e, acima de tudo, todas as mulheres do harém que comprara a preços altos e libertara depois de alguns anos de serviço, casando-as de forma vantajosa com algum paxá ou vizir agradecido.

Mas sabia que só os Rouxinóis, cuja lealdade era absoluta, fariam qualquer coisa que ela pedisse. Por ela, mentiriam, espionariam, adulariam, roubariam e talvez até matassem. Em suma, fariam o que fosse preciso — que, no final, era tudo.

E quando não conseguiu mais manter o interesse do sultão, foi o Pequeno Rouxinol quem encontrou o médico para ela. E quando o trabalho dele foi descoberto, a *cariye* Mihrimah — quem mais seria? — assumiu a culpa.

Outro som, ainda mais fraco que o primeiro, foi registrado em algum lugar da consciência da sultana Safiye, como se fosse um rato subindo pelos lambris. Olhou para o teto sombrio e sorriu. Muito bem, minha pequena Judas. Já é tempo de resolvermos esse assunto, de uma vez por todas.

Capítulo 25

Istambul, dias atuais

Num sábado, em meados de dezembro, foi finalmente combinado o passeio de barco de Elizabeth pelo Bósforo.

Por instruções de Haddba, ela tomou um táxi de manhã cedo para o pequeno cais próximo à ponte de Gálata, onde o barco estava ancorado. Mehmet ia encontrar-se com ela. Elizabeth ligou para o celular que Haddba lhe dera e ficou tremendo de frio no cais, esperando que ele aparecesse.

— Elizabeth!

Ele era mais alto do que ela se lembrava.

— Oi.

Imaginou que Mehmet fosse beijar sua mão de novo, mas ele não beijou.

— Parece que escolhemos um bom dia para o passeio, afinal.

Ela lembrou-se como a voz dele era bonita.

— Haddba me mandou trazer isto — falou, com uma cesta na mão.

— Um piquenique? Ah, Haddba pensa em tudo! Deixe que eu pego a cesta.

E tirou a cesta da mão dela.

— Você não se importou de acordar tão cedo num sábado de manhã?

— Não, gosto de acordar cedo.

— Então somos dois — falou, sorrindo por trás do ombro. — Meu tio dizia que quem acorda cedo tira mais proveito do dia.

O barco era uma lancha com uma pequena cabine na frente. Eles saíram imediatamente pelo Chifre de Ouro e seguiram na direção do Bósforo. Havia pouco tráfego na água àquela hora. O dia estava frio, porém claro, e o céu, transparente, salpicado de nuvens cor-de-rosa e douradas. No mar de Mármara, Elizabeth viu vários petroleiros reunidos, parecendo recortes de hipopótamos pintados de preto e vermelho.

Mehmet seguiu seu olhar.

— Você gosta deles?

— São fantásticos.

Ele divertiu-se com aquele entusiasmo.

— Está rindo de mim? — ela perguntou, sem se importar. Marius teria rido também, fazendo-a sentir-se diminuída. Mas com ele, não; para sua surpresa, achou engraçado e ficou encantada com a estranheza daquilo tudo.

— A maioria das pessoas preferiria ver barcos a vela, uma linda chalupa, ou até mesmo um dos transatlânticos que chegam e vêm para cá agora. Mas não os... como eu diria? — Lançou-lhe um olhar de pilhéria.

— Esses petroleiros velhos.

— Olhe só para eles, são maravilhosos, muito grandes, mas parecem... estar flutuando. Como nuvens, completamente sem peso, flutuando no horizonte.

— Estão esperando sua vez para entrar no Bósforo, em geral para chegar ao mar Negro. É um canal muito estreito onde têm de navegar. Antigamente, quando a maioria das pessoas vivia bem à margem da água, as famílias acordavam com a impressão de que os petroleiros estavam entrando em suas casas.

Mehmet levou-a primeiro à costa oeste do Bósforo, passando por palácios e pequenos cais, belos iates e transatlânticos na baía de Bebek.

A água abafava o barulho da cidade. Elizabeth viu cardumes de águas-vivas lilases flutuando como se fossem cabelos de sereias na água. Estava completamente à vontade na presença dele. Os dois sentiam-se confortáveis, conversando ou não.

— Você está muito pensativa — ele falou, enfim.

— Estou tentando imaginar como a cidade seria antes...

— Antes de quê? Antes de o carro ser inventado e termos engarrafamentos no trânsito?

— Não, muito antes disso. No século XVI.

Embora não tivesse essa intenção, acabou lhe contando a história de Celia e Paul. Contou tudo: sobre a Levant Company, os mercadores e seu maravilhoso presente para o sultão, o órgão mecânico com relógios astronômicos, anjos tocando trombetas e pássaros cantando automaticamente; o naufrágio e o fragmento perdido da narrativa.

— Esta foi a razão que me trouxe a Istambul: tentar encontrar o fragmento perdido.

Mehmet ouviu com atenção, sem interrompê-la, depois disse:

— Nunca pensei que a vida acadêmica fosse tão emocionante. Você fala como se fosse um trabalho de detetive.

— E é exatamente assim que me sinto às vezes. Creio que foi por isso que gostei tanto dessa história. Haddba acha que sou absolutamente maluca de me fechar num quarto o dia inteiro com um monte de livros.

Uma rajada de vento passou pela porta da cabine. Elizabeth estremeceu e ajeitou o casaco em volta dos ombros. Não fez menção às outras razões que a levaram a Istambul.

Nos morros da costa leste do Bósforo um pálido sol de inverno apareceu enfim. A luz que incidia nos telhados das casas fez com que a água cinzenta passasse a um azul brilhante.

— E então? Encontrou alguma pista?

— Até agora nada sobre Celia. Solicitei permissão para pesquisar os arquivos do país, mas eles querem cada vez mais documentos, cartas de recomendação da minha supervisora, e outras coisas mais. É sempre a mesma história com arquivos. Exigem que você diga exatamente que documentos está procurando — disse com um suspiro —, o que, naturalmente, não é possível até você ir lá e descobrir por si mesmo o que eles têm.

— Tudo muito bizantino — disse ele, dando-lhe um sorriso de lado. — Então sua pequena escrava continua a ser um mistério?

— Até agora, sim. Mas tenho a sensação... — Virou-se para ele.

— Que espécie de sensação?

— Quanto mais penso nisso mais acho que ela acabou fugindo, e deve ter fugido mesmo. Senão, como sua história poderia ter sido escrita?

— Por que ela teria de fugir? Já pensou que talvez haja uma explicação muito mais simples? Todos acham que a escravidão era eterna, mas pelo que aprendi no colégio, no sistema otomano quase nunca era. As escravas eram frequentemente libertadas, pelas mais variadas razões.

— Mesmo no Harém Imperial?

— Especialmente no Harém Imperial. Quando a mulher não prendia a atenção do sultão, depois de alguns anos recebia um dote e casava-se com algum homem de alta hierarquia, em particular as escravas pessoais da validé. Era considerado um ato muito louvável da parte dela. Em razão do treinamento que recebiam, e dos seus contatos com o palácio, essas escravas eram extremamente cobiçadas. É perfeitamente possível que a sua Celia Lamprey tenha sido uma delas.

— Talvez você tenha razão.

Elizabeth pensou na estranha atmosfera que captara no harém naquele dia. Não só nos aposentos da validé, com paredes duplas e corredores ocultos por trás dos lambris, como nos quartos mínimos, pútridos e claustrofóbicos das escravas de mais baixo escalão, que davam uma sensação de um labirinto sem janelas. Estava certa de que Celia teria saído do palácio a certa altura, mas a explicação de Mehmet parecia... fácil demais.

— E se ela saiu do palácio, o que teria lhe acontecido? — ele perguntou.

— É o que estou tentando descobrir.

— Você acha que foi se encontrar com o mercador?

— É o que eu gostaria que tivesse acontecido.

— Ah! — Ele sorriu de novo. — Não só uma detetive, mas também uma romântica. Se deseja realmente saber como era Istambul no século XVI — falou, apontando para o Bósforo na direção de onde tinham vindo —, é essa a visão certa.

Elizabeth virou-se e viu a silhueta da cidade antiga no horizonte. Sob o sol, uma névoa dourada pairava sobre a cidade. Muros cinzentos desciam até os jardins verdes; cúpulas douradas, minaretes e copas dos ciprestes elevavam-se em um pálido céu azul de inverno. E no estranho ardil da luz, a cidade parecia erguer-se de todo aquele deslumbrante volume de água, uma cidadela invocada pelos espíritos djinns.

Por volta do meio-dia chegaram a Andalous Hisari, a última aldeia na costa da Ásia antes de o Bósforo abrir-se para o mar Negro. A costa ali era muito arborizada. Restos de névoa da manhã ainda cobriam os interiores escuros, e homens pescavam nas pedras.

Ancoraram em uma pequena baía. A água era mansa e de um verde opaco que refletia as árvores.

— Vamos, vou levar você para almoçar. Se tiver sorte poderemos ver golfinhos aqui.

— E o piquenique que Haddba preparou?

— Em dezembro? Acho melhor não. — Ele riu, estendendo a mão para ela. — Não se preocupe, Haddba não vai se importar.

Ele conhecia um restaurante de frutos do mar à beira da praia. Embora não fosse alta estação, o lugar estava aberto. Um garçom gentil indicou-lhe uma mesa dando para a água, e enquanto esperavam para serem servidos conversaram e admiraram os barcos de pesca e as gaivotas, incrivelmente grandes, flutuando como rolhas na água.

Mehmet falou da sua família — pai turco, mãe francesa, quatro irmãos — e ela falou da sua — pai do vilarejo de Oxfordville, filha única, e uma grande amiga, Eve, que era como a irmã que nunca teve. Estavam tão concentrados um no outro que a conversa parecia desenrolar-se em taquigrafia.

— Você tem alguém? Na Inglaterra, quero dizer.

— Eu tinha, mas acabou — Elizabeth respondeu, observando um bando de corvos-marinhos sobrevoando a água.

Nenhuma outra explicação pareceu necessária. A imagem de Marius lhe veio à cabeça, e então notou que não se lembrara dele o dia todo. Como se estivesse em uma praia distante, acenando para ela e tornando-se cada vez menor, até desaparecer em um pequeno rolo de fumaça.

Virou-se para Mehmet com um sorriso.

— E você?

— O mesmo. Ou coisa parecida.

Para passar o tempo ele pediu um prato de amêndoas frescas. Enquanto falava com o garçom, ela examinou-o com cuidado. Não era um homem bonito, mas tinha grande vivacidade.

— Qual é sua bebida favorita? — ele perguntou.

— Deixe eu adivinhar... a sua é... suco de abacaxi? — ela perguntou também.

— Suco de abacaxi? Não seja ridícula!

— Qual é então?

— Vodca. Grey Goose, é claro. E a sua?

— Você nunca vai adivinhar.

— Aposto que sim.

Ela sacudiu a cabeça.

— Aposto 1 milhão de libras como não consegue adivinhar.

— Champanhe.

— Champanhe? Devo admitir que gosto bastante de champanhe, mas não é minha bebida favorita.

A conversa animou-se:

— Qual é então?

— Chá de garrafa térmica em piquenique.

— Chá de garrafa térmica em piquenique? — repetiu rindo. — Tudo bem, acho que vai guardar seu milhão de libras. Mas — inclinou-se para ela sobre a mesa — aposto que vou adivinhar qual é seu prato preferido. — Olhou-a, apertando os olhos.

— É mesmo? — Sorriu, e ao ver que ele a olhava, seu desejo foi despertado com tal violência, que ela achou que ia desmaiar.

— Baklava — ele falou, observando a boca de Elizabeth. — Daria tudo para ver você comer baklava de novo.

A comida chegou, mas Elizabeth não comeu muito. Não porque não estivesse com fome, mas porque não queria que ele a visse desconcertada. Tinha disfarçado o melhor que pudera quando ele fizera menção à baklava; fingira não ter ouvido bem, não ter entendido a indireta. Mas tinha medo de trair-se de outras formas. De repente sentia-se desajeitada. Sabia que toda vez que levantava o garfo suas mãos tremiam, que se levantasse um copo a água se derramaria. Ele a reconhecera desde o início. E no fundo, ela sabia.

Embora a conversa continuasse como antes, o teor mudou. A familiaridade que fora criada acabou. Como se o próprio ar entre os dois, cada molécula individual, tivesse sido atingida. Como? Elizabeth não sabia — não ousava — dizer.

Não estou pronta para isso, disse a si mesma. Sabia que ele tinha percebido seu jeito evasivo, e sem se desculpar passou a tratá-la com um tom cortês e inocente, porém carinhoso.

— Você está com frio, Elizabeth. — Não foi uma pergunta, mas uma declaração.

— Eu estou bem. — Mas sabia que estava tremendo.

— Vou pedir um copo de vinho.

— Não precisa.

— Acho que deve beber.

Fez um sinal para o garçom e o vinho foi trazido imediatamente.

Elizabeth viu que ele observava sua boca de novo quando levou o copo aos lábios. Ele me faz sentir como uma rainha e ao mesmo tempo como outra coisa bem... diferente, pensou. Com um esforço consciente conseguiu parar de tremer. Quando Mehmet inclinou-se sobre a mesa e tocou sua boca, ela esquivou-se, como se fosse levar um tapa.

— Um fio de cabelo — disse, com os dedos nos lábios dela —, um fio de cabelo na sua boca, só isso.

Sentiu a pele quente onde ele a tinha tocado.

— Elizabeth... — começou.

— Eu não... eu não... — ela tentou dizer.

De repente o telefone dele tocou. Ambos olharam para o celular, o BlackBerry que estava em cima da mesa.

— O que você acha? Devo atender ou não?

Elizabeth passou a mão na bochecha.

— Talvez seja melhor atender.

Mehmet apertou o botão.

— *Evet?* — disse em turco. Depois em inglês. — Ah, sim, só um instante.

Ela demorou um instante para perceber que ele lhe passava o telefone.

— É para você... — disse, com os olhos dançando sobre ela.

— Para mim? — perguntou, pegando o celular. — Alô... sim, *alô*! Ainda em Istambul. Mas como...? Ah, sei. Que gentileza a sua... verdade? Que notícia fantástica... Vou procurar imediatamente. Sim, muito obrigada.

Quando desligou o telefone, eles se entreolharam.

— Deixe-me adivinhar...

Os dois riram.

— Haddba deu o número a ela.

— Quem era? Sua amiga Eve?

— Não. Minha supervisora de Oxford, a Dra. Alis. Como meu celular não atendia, telefonou para a pensão e Haddba deu o seu número.

Ao entregar o telefone, ele segurou a mão dela. Dessa vez ela não tentou se esquivar.

— Foi uma boa notícia?

— Foi — disse, olhando a mão dele no seu pulso. — Uma notícia muito boa. Ela acha que conseguiu encontrar o retrato de Paul Pindar. Lembra-se de que falei que tinha encontrado o retrato reproduzido em um livro?

— Sim.

Com os olhos ainda baixos, Elizabeth virou a mão aos poucos até entrelaçar os dedos nos dele.

— A reprodução era tão ruim que não consegui ver os detalhes.

Viu que ele passava o polegar na pele delicada do seu pulso.

— Mas talvez agora... — disse, baixando a voz. — De qualquer forma, ela vai explicar tudo por e-mail.

— Quer usar o BlackBerry?

— Não — falou, sacudindo a cabeça. — Posso esperar.

Fez-se silêncio entre os dois. Ela levantou os olhos e viu que ele soria, e de repente voltaram à familiaridade inicial.

— Está querendo me dizer alguma coisa? — ele perguntou.

O vinho deixara-a valente. Debruçou-se sobre a mesa e falou:

— Você andou me seduzindo.

— Verdade? — Pegou as duas mãos dela e beijou os pulsos e a palma das mãos. — E eu pensei que você é que estivesse me seduzindo.

Capítulo 26

Constantinopla, 4 de setembro de 1599

Madrugada

Assim que amanheceu, Paul saiu para a audiência com a validé. Funcionários do palácio mandaram avisar que um barco da própria casa da sultana validé o levaria, mas quando o barco chegou — um pequeno caíque conduzido por apenas seis escravos — viram logo que era pequeno demais para a comitiva organizada por Paul com tanto cuidado. Ele subiu no barco sozinho, observado em silêncio pelos outros funcionários da embaixada — reverendo May, Sr. Sharpe e Sr. Lambeth, o aprendiz de John Sanderson, John Hanger, e o cocheiro Ned Hall —, que resolveram voltar para Vinhas de Pera.

Os homens remavam em silêncio e, para surpresa de Paul, seguiram na direção oposta ao Chifre de Ouro; subiram o Bósforo, e meia hora depois deixaram para trás os sete morros da cidade. Descendo rapidamente a favor da corrente, passaram primeiro pela costa europeia. Em frente, na costa leste, Paul viu os telhados e minaretes de Üsküdar, a aldeia onde o sultão comprava e vendia seus cavalos. Viu também várias casas e mansões, com jardins e pomares viçosos à beira da água. Ele sabia que a validé era proprietária de vários palácios de verão naquela área, e achou que talvez estivessem se dirigindo para lá. Mas o pequeno caíque não mostrou sinal de cruzar o Bósforo, e nem o comandante do barco nem seu acompanhante, um dos eunucos do palácio, responderam às perguntas.

As habitações distanciaram-se, e depois de mais meia hora em silêncio o caíque finalmente cruzou para a costa asiática e seguiu à sombra dos bosques.

A água era calma e verde, com a superfície reluzente. Quando Paul passou a mão pela borda do barco sentiu cheiro de água de rio. As árvores — castanheiras, amendoeiras e freixos — eram de um dourado escuro. Uma colônia de garças cinzentas e arqueadas, parecendo velhas, agrupava-se junto a pinheiros frondosos, e um bando de corvos-marinhos passou por eles sobrevoando a água. Paul viu algumas casas em palafita e homens pescando nas pedras. Exceto isso, um silêncio frio e lúgubre permeava as árvores.

Ele estremeceu. Embora ainda estivessem no começo de setembro e os dias fossem em geral quentes, tinham lhe dado uma capa com forro de pele e uma cesta com cerejas e romãs forrada com linho bordado. Cobriu os ombros com a capa.

— Ainda falta muito?

O eunuco mudo emitiu um som estranho e fez um sinal com a cabeça. Olhando para o lugar indicado, Paul percebeu que tinham chegado a uma pequena enseada. E foi surgindo um pequeno prédio rosado, como que deslizando entre as árvores.

Ao descer do caíque Paul foi recebido por mais dois eunucos, que o escoltaram a um jardim formal localizado bem à beira da água. Por canaletas de mármore, água corria entre laranjeiras e limoeiros, e frondosos pinheiros e plátanos sombreavam os canteiros de rosas. Havia também algumas fontes e um lago de peixes onde várias carpas nadavam preguiçosamente.

Bem no centro do jardim, à sombra de uma magnólia, Paul deparou-se com um pavilhão. Essa construção lhe era familiar, assemelhava-se às casas de banquete então em moda na Inglaterra, mas esse pavilhão não era coberto por telhas, era todo construído em vidro. Paul examinou-o e constatou que quem estivesse dentro do quiosque poderia ver o jardim todo sem ser visto.

Esperou um pouco, e como não aparecia ninguém, supôs que estivesse inteiramente sozinho no jardim. Não viu sinal dos dois eunucos que o tinham recebido. De repente, pelo canto do olhos percebeu um pequeno movimento — uma tremulação esverdeada. Virou-se, curioso, mas não viu nada, e sentiu-se tão sozinho quanto antes.

Nesse momento notou um gato vindo na sua direção, um gato grande e branco, de olhos penetrantes — um verde e o outro azul.

— Oi, venha cá.

Abaixou-se para acariciá-lo, mas o animal raspou nas suas pernas e seguiu adiante com ar de desprezo. Dirigiu-se para a beira da água e manteve-se de costas para ele, olhando a meia distância como se fosse uma esfinge.

— Gostou do meu gato, Paul Pindar? — Uma voz, *aquela* voz mais linda que um sonho, falou com ele de dentro do pavilhão de vidro.

Paul resistiu à vontade de virar-se. Tirou o chapéu e ficou ali imóvel, com a cabeça afundada no peito.

— Muito bem, inglês. — Sua risada era exatamente como ele se lembrava. — *Va bene*. Tudo bem. Pode virar-se agora.

Ao virar-se, Paul percebeu que ela estava dentro do pavilhão, mas não sabia dizer como chegara lá sem que ele visse. Na entrada da porta, uma cortina de tecido grosso escondia-a por completo.

— Venha, não tenha medo. Pode aproximar-se. Como vê, estamos sozinhos aqui.

Com os olhos fixos no chão, Paul foi andando lentamente até o pavilhão.

— Então, estamos nos encontrando de novo, agá Paul Pindar. — Fez-se uma pausa. — Sinto muito seus companheiros não terem cabido no meu pequeno barco, mas é melhor assim, estou certa de que concorda comigo.

— É uma grande honra da parte de Vossa Majestade.

Fez uma reverência até quase o chão para a figura oculta por trás da cortina.

— Sim? — Ela parecia estar se divertindo. — Mas estou certa de que seu embaixador esperava... como vou dizer? Esperava talvez um pouco mais de cerimônia.

— Meu embaixador tem consciência da grande honra que Vossa Majestade nos deu — Paul respondeu. — Pediu-me para vos transmitir que todos nós desejamos servir Vossa Majestade da melhor forma possível.

— Muito bem dito, agá Paul Pindar! Em primeiro lugar falemos de negócios, e por que não? É um dos seus pontos fortes. Nós todos sabemos que vocês desejam renovar as capitulações e, só entre nós, creio que não vão ter grandes problemas, apesar de toda a generosidade mostrada por De Brèves ao grão-vizir. O comércio nos favorece, como eu mesma lhe disse; nossa grande cidade sempre dependeu disso. Além do mais, França e Veneza não podem querer manter vocês comerciando para sempre sob a bandeira deles, não é? Ouvi dizer que os holandeses em especial desejam comerciar sob a proteção inglesa atualmente — acrescentou.

— Mas tudo isso é realmente de pouca importância. O fato é que seremos aliados agora, não é? Seu maravilhoso navio... como se chama mesmo?

— *Hector*, majestade.

— Ah, sim, o *Hector*... — outra pausa —... o *Hector*... foi uma boa ideia — continuou, pensativa. — Esse maravilhoso navio é o assunto da cidade, segundo me disseram. Só um monarca muito poderoso, diz o povo, poderia mandar um navio assim. E por acaso descobrimos que temos um inimigo em comum: a Espanha. Seremos muito úteis um para o outro, não acha? Até mesmo os espanhóis teriam dificuldade de nos enfrentar juntos.

— A amizade com vosso grande império é o maior desejo da nossa rainha.

— Muito bem dito, agá Paul Pindar.

Paul fez outra reverência, e ao abaixar-se notou um pé branco e acetinado aparecendo por baixo da cortina; desviou imediatamente o olhar.

— Mas o fato é que eu realmente não o trouxe aqui para conversarmos sobre isso — disse Safiye. — Diga-me, você sabe onde está?

— No palácio de verão de Vossa Majestade? — Paul respondeu.

Os dedos dos pezinhos cheios de anéis curvaram-se.

— Esse lugar mínimo não poderia ser meu palácio de verão. Olhe em volta, Paul Pindar, você não pode estar pensando isso.

Paul olhou e viu que o pequeno prédio de madeira que notara ao chegar nada mais era que uma guarita. Embora não tivesse percebido de início, encontrava-se em um mero jardim de prazeres, propositalmente bem afastado da formalidade e da etiqueta da corte.

— Majestade, é verdade, não há nenhum palácio aqui — disse, finalmente. — Nunca tinha visto um lugar assim. Um jardim digno de uma rainha.

— Não uma rainha, Paul Pindar. Um jardim para a *haseki*, a favorita do sultão. O antigo sultão, meu senhor, o sultão Murad, me deu este jardim de presente há muitos anos. Nós costumávamos vir aqui caminhar à beira da água e admirar os barcos. No verão, quando as noites eram quentes, era seu lugar preferido para ver a lua nascer. Ele mandava pendurar cordões com luzes nos galhos das árvores para refletirem na água como se fossem estrelas.

A distância, na borda do jardim, o Bósforo dançava à luz do sol. Paul viu o gato branco farejando em uma das poças d'água. Abaixo da superfície, a carpa dourada, sem perceber sua presença, nadava lentamente.

— Durante toda a vida, isto é, desde que meu senhor mudou-se de Manisa para cá, durante todo esse tempo uma das minhas distrações era ver os navios dos mercadores navegando nessas águas. Ficava imaginando se algum estaria voltando para o meu país, um pensamento perigoso para uma escrava — disse a linda voz, soando como uma carícia em seus ouvidos. — Então, mais tarde, muito mais tarde, certas coisas ocorreram. Por algum tempo perdi as atenções do sultão, e este lugar tornou-se um refúgio para mim. Um lugar, o único lugar, onde podia às vezes estar sozinha. Até que a antiga validé Nurbanu não me permitiu mais vir. —

Safiye deu um suspiro profundo. — Era indecoroso, ela dizia, que eu, a *haseki* do sultão, viesse aqui desacompanhada. Devia trazer criadas, camareiras, companhias. E fui proibida de voltar aqui sem elas.

O sol tinha nascido nos morros da Ásia, e o jardim começou a iluminar-se. Por trás da cortina um leque ondulou lentamente. Paul viu-se tentando delinear os contornos do rosto dela. Existiria algum homem neste mundo que não tentasse imaginar um rosto para aquela voz depois de ouvi-la uma vez? Haveria alguém que pudesse lhe dizer? O pé de Safiye continuava ali. Paul afastou com dificuldade o olhar fascinado.

— Sabe por que eu o trouxe aqui, inglês?

— Não, majestade.

— Em parte, é claro, porque desejava agradecer os presentes da rainha trazidos por você. E também avisar que seu empregado, o cozinheiro, foi solto. Um mal-entendido muito lamentável. É isso que você vai dizer ao seu embaixador. — Por trás da cortina ele viu a silhueta mexer-se ligeiramente. — E também... — ela suspirou de novo, mas dessa vez parecia um suspiro de puro prazer — ... digamos, porque eu posso.

Não havia uma brisa sequer no jardim. Paul sentiu o sol quente em sua cabeça descoberta. Qualquer que fosse o assunto que ela tivesse a tratar com ele, não parecia ter pressa em falar, nem ele em ouvir. Poderia ficar naquele jardim para sempre.

— Você gosta de jardins, agá Paul Pindar? — perguntou depois de algum tempo.

— Sim, gosto muito. Quando era aprendiz, meu mestre Parvish me ensinou tudo sobre jardins; foi uma das grandes coisas que aprendi com ele.

— Ah, sim? E o que mais aprendeu?

— Aprendi matemática, e também a ler mapas e a navegar. Ele era um mercador, é claro, mas também um bom astrônomo. E um erudito. Não havia nada que não suscitasse sua curiosidade. Colecionava todo tipo de instrumentos, em sua maioria instrumentos de navegação, compassos, astrolábios; e amava todas as raridades: relógios grandes e de bolso, e até mesmo brinquedos de criança, desde que tivessem um mecanismo secreto. Eu era menino quando comecei meu aprendizado, e por influência dele tornei-me fascinado por essas coisas também.

Paul viu que o peito do pé de Safiye era alto e branco, e que as unhas pintadas brilhavam como conchas. E viu no tornozelo uma pequena rosa tatuada.

— Então você também é um erudito?

Paul sorriu.

— Não, sou pura e simplesmente um mercador, majestade, e agradeço a Deus por isso.

— Vamos, não há nada de puro ou simples na vida que você leva. Vocês mercadores ingleses podem em breve se tornar reis dos mares, segundo me dizem, e muito ricos. O mundo torna-se menor a cada dia na proa dos seus navios. Mesmo agora sua companhia está planejando novas rotas comerciais, para as ilhas das especiarias, e até mesmo para a Índia. Vocês nunca tiveram medo de correr riscos. Eu gosto disso. — Ela parecia contente. — Está surpreso por eu saber de todas essas coisas? Pois não devia estar. Nós temos agentes de inteligência bem qualificados, agá Paul Pindar. Sabemos que seus mercadores ouvem e falam como aquela grande dama, a sua rainha. Até o embaixador dela é escolhido entre os mercadores, um escândalo entre os francos, que consideram isso uma impropriedade, segundo fui informada. — A validé fez uma pausa, depois continuou:

"Se eu fosse um rapaz jovem, começando a vida, talvez escolhesse um caminho como o seu. Liberdade, aventura, riqueza... — Ela aproximou-se mais da cortina e Paul ouviu o farfalhar da seda de suas roupas. — Venha trabalhar conosco, agá Paul Pindar. O sultão sempre acolheu e prestigiou homens como você, homens inteligentes e ambiciosos. Você pode fazer parte do maior império que o mundo já viu. Terá uma bela casa, muitos escravos, lindas esposas. — Fez mais uma pausa. — Especialmente lindas esposas."

Paul tentou responder, mas não conseguiu. Pôs a mão no bolso e sentiu a suavidade familiar do seu *compendium* nos dedos.

— Você não diz nada? — Sua voz parecia desapontada. — Parece distraído, agá Paul Pindar.

Como não ouviu resposta, continuou:

— Você tem uma esposa e uma família esperando-o em casa?

Uma ideia louca passou pela cabeça dele. Use sua chance agora! Mostre o retrato de Celia! O *compendium* queimava na sua mão.

— Eu tive uma mulher, majestade — ouviu sua própria voz finalmente —, muito, muito querida para mim.

— Você foi casado?

— Nós íamos nos casar. — O coração de Paul estava acelerado. Na sua imaginação viu a pele, os olhos e o dourado do cabelo de Celia. As cores do jardim pareciam luzir e dissolver diante dos seus olhos. — Ela era filha do sócio de Parvish, Tom Lamprey, na época da antiga Venice Company. Tom era comandante da Marinha Mercante. Nunca houve homem tão destemido e honesto como ele. Antes de eu entrar para a Levant Company, como mercador, durante muitos anos trabalhei como agente de Parvish em Veneza. Conheci Tom muito bem. Era seu grande desejo que eu me casasse com a sua filha.

— Desejo dele, mas não o seu?

— Era meu desejo também. Esse casamento me convinha por todas as razões...

Mostre a ela!

— Então era ela que não desejava?

Não posso. Não posso arriscar.

— Creio que ela me amava muito — disse, forçando-se a usar as palavras de forma correta —, quase tanto quanto eu a amava, se isso fosse possível. Mas ela... se perdeu.

— Perdeu-se?

— Perdeu-se para mim.

— Como assim?

Você não terá outra chance!

— A companhia me pediu para acompanhar Sir Henry até aqui, em Constantinopla. E como Vossa Majestade sabe, nossa missão levou mais tempo que o esperado. — Paul hesitou. — Há dois anos ela voltou para a Inglaterra no navio do pai. Foi o último navio mercante a navegar naquele ano, antes das tempestades de inverno. Mas era tarde demais. Houve uma grande tempestade, o navio e tudo que se encontrava nele foi perdido. Toda a nossa carga. E Tom e sua filha também. Na costa da Dalmácia, disseram.

O polegar dele mexeu no fecho do *compendium*.

— Como era o nome dela?

— Celia, majestade. — Tirou a mão do bolso e repetiu: — O nome dela era Celia.

Exceto o som da água correndo nas canaletas de mármore, tudo mais era silêncio. Nenhum passarinho cantando na mata densa que rodeava o jardim dos dois lados.

Depois de um instante a sultana Safiye falou:

— Nurbanu, que era a validé quando eu vim para Constantinopla, me ensinou tudo que sei. Foi uma excelente professora, da mesma forma que seu mestre, como ele se chamava mesmo?

— Parvish.

— Da mesma forma que seu Parvish. Nunca nos esquecemos dessas primeiras lições, creio que concorda comigo. Mas acho que a minha mestra era diferente do seu mestre.

"Nurbanu não sabia nada de mapas nem de matemática, mas sabia muito sobre o mundo. Isso o surpreende? Vocês francos sempre supõem que como nós mulheres vivemos isoladas nos confins do harém, não sabemos nada do que vai pelo mundo lá fora. Nada pode ser mais errado que isso. Nurbanu me ensinou que há apenas duas coisas mais preciosas que o amor: poder e lealdade. Nunca divida o poder, foi o que essa grande dama me ensinou. E no que diz respeito aos servos, valorize a lealdade acima de tudo."

Fez-se outro longo silêncio, ligeiramente mais longo que o anterior.

— Faz muito tempo que não venho a este lugar, agá Paul Pindar — ela continuou enfim, e Paul detectou uma ligeira melancolia na voz dela. — Sempre gostei das rosas daqui, especialmente das rosas cor de damasco. O sultão mandou buscá-las para mim da longínqua Pérsia. Imagine, as caravanas trazendo rosas empacotadas em gelo através do deserto. Minhas rosas foram mais caras que esmeraldas, ele disse. Creio que Nurbanu nunca soube disso.

— Posso colher uma para Vossa Majestade?

— Sim... sim..., colha uma, inglês.

Paul pegou uma única rosa semiaberta. Estendeu a mão e viu a forma sombria oculta por trás da cortina inclinar-se para a frente.

— Meu conselho é o seguinte: volte para casa, volte para a Inglaterra, agá Paul Pindar. Desde que sua lealdade seja preservada, você terá suas capitulações. — Estava tão perto agora, apesar da cortina, que ele pôde ver o brilho das joias das roupas dela, perceber seu cabelo, e quase sentir o perfume do seu hálito. — Mas guarde minha rosa, Sr. Pindar, é mais que justo, pois vejo que já tenho uma coisa que lhe pertence.

Capítulo 27

Constantinopla, 4 de setembro de 1599

Dia

Quando Paul voltou para a embaixada naquele dia, o lugar estava tumultuado. Empregados da própria embaixada e diversos dignitários otomanos apinhavam-se na entrada, guardada por um batalhão de janízaros com as plumas dos chapéus altos flutuando na brisa. Dois cavalos, ricamente ajaezados, com mantas vermelhas e azuis e rédeas crivadas de joias, entraram na rua calçada de pedras.

Paul encontrou Thomas Glover no pátio.

— Já não era sem tempo — disse Glover com um enorme chapéu de pluma na cabeça —, íamos mandar um grupo de busca atrás de você.

— O que é isso? — Paul mostrou os cavalos. — Um comitê de recepção?

— Os homens do grão-vizir. Estão com Sir Henry agora.

Paul olhou-o de cara amarrada.

— E você deixou-o lá sozinho?

— É uma visita de etiqueta, só isso. Disseram que não vieram falar de negócios, portanto não podem causar muito problema.

— Eu não confiaria nisso.

— Não se preocupe, estou indo para lá agora.

— Vai dar um apoio moral a Sir Henry?

— Mais ou menos. — Glover deu um risinho. — Vou avisá-lo assim que você for para lá. Há boas notícias, Paul. Dallam terminou os reparos, e vão avisar que Lello pode apresentar suas credenciais finalmente. Tenho de ir vê-lo logo, antes que ele faça alguma coisa e eles mudem de ideia. — Sacudiu as mangas, que se abriram deixando ver a camisa de seda cor de cereja. — Como estou?

— As mangas não têm lantejoulas suficientes para meu gosto, mas são muito bonitas mesmo assim — disse com um sorriso cansado, andando com ele até a escada.

— E o encontro com a validé? — Glover começou a perguntar, mas parou e olhou curioso para Paul. — Meu caro amigo, o que aconteceu? Você parece exausto.

— Nada, só estou um pouco mareado, aqueles eunucos não conseguem remar em linha reta nem com todas as piastras do tesouro do sultão. — Tentou dar outro sorriso, e pôs a mão no braço de Glover. — Quer ouvir mais uma boa notícia? Vamos receber nossas capitulações, Thomas. Depois eu conto. Vá logo, é melhor não deixar Sir Henry sozinho muito tempo.

Thomas começou a subir as escadas.

— O que você acha que pode moer mais devagar: os moinhos de Deus ou o escritório do grão-vizir? — Paul falou alto.

— Essa pergunta não vale. — No alto da escada, a meio caminho da sala de espera do embaixador, Thomas Glover parou novamente. — Aliás, mais uma boa notícia, se é que você considera boa — falou para Paul.

"Carew, aquele patife, apareceu hoje de manhã, atrevido como sempre. Parece que cometeram um engano. Os janízaros pegaram o homem errado, ou coisa assim; a história contada não fez muito sentido, mas isso não é novidade — disse, dando de ombros. — A meu ver, um longo tempo na masmorra não lhe faria mal algum. De qualquer forma, ele está de volta."

E ao terminar de falar, desapareceu.

Mais uma vez Paul encontrou Carew sentado na mureta do jardim.

— Então finalmente soltaram você, hein?

— Bom-dia, secretário Pindar.

— Onde ficou preso? Nas Sete Torres?

— Não, na verdade no porão do seu amigo Jamal. Obrigado pelas comidas que você me mandou — Carew respondeu, sem levantar os olhos. Em uma das mãos segurava um limão, que examinava atentamente. O cabelo estava despenteado e a expressão, emburrada.

— É bom agradecer alguma coisa, pelo menos você está de camisa hoje. — Paul sentou-se na mureta ao lado dele. — E já é boa-tarde, acho eu. Você não deveria estar trabalhando em algum lugar?

Carew pegou uma das facas que guardava numa bainha de couro presa ao cinto e, com a delicadeza de uma costureira, deu um corte no alto do limão.

— Tenha piedade, sou um homem condenado.

— Isso foi ontem.

Carew resmungou:

— Parece que o danado do Cuthbert conseguiu costurar o dedo de volta — continuou em tom soturno — e não vou ter mais permissão de entrar nas cozinhas. Nem para fazer gelatina com creme para Lady Lello. — Muito concentrado, começou a cortar a casca da fruta em espiral. — Não ria — disse, com os olhos brilhando. — Eu bem gostaria de voltar, melhor que caçar ratos no porão de Jamal.

— E eu sei de algumas pessoas que teriam muito prazer em mandar você de volta para lá — disse Paul. Como Carew não respondeu, ele acrescentou: — Lello deixou você usar suas facas de novo?

— Sim, como você está vendo — Carew respondeu, mostrando a casca de limão na ponta da faca. Suas mãos eram cheias de cicatrizes e queimaduras.

— Quando Jamal o soltou?

— Hoje de manhã.

— Ele disse por quê?

— Aquela velha, a que está sempre de preto, lembra-se dela? Esperanza Malchi, mandou um recado para Jamal. Parece que se tornou um hábito para ela — Carew falou, apertando os olhos para proteger-se do sol. A cicatriz do seu queixo era muito branca contra a pele escura. — Acontece que ela é uma espécie de pombo-correio da validé. Eu diria que a informação é muito boa, como eu suspeitava. — Virou-se para Paul e continuou: — Você sabia que Jamal faz mapas astrológicos para uma pessoa do palácio?

— Não, mas faz sentido. Ele é um observador das estrelas, afinal de contas.

— Não sei se essa é a única coisa que ele faz. Parece que descobriram quem realmente envenenou o eunuco-chefe negro, por isso me soltaram. Uma mulher do harém. Você ouviu os tiros ontem à noite? Jamal disse que era isso que estavam anunciando — falou, limpando a faca na manga. — Jogaram a pobre criatura no Bósforo dentro de um saco.

— Eu ouvi os tiros — disse Paul, olhando para as águas do Chifre de Ouro, brilhantes e inocentes ao sol da tarde. — Você tinha razão sobre Celia. Ela está lá mesmo.

Carew olhou-o intrigado.

— Como pode saber?

— A validé me contou.

— O *quê?*

— Não nessas exatas palavras. Ela é esperta demais para isso.

— Como, então?

— É uma coisa muito curiosa — disse Paul, franzindo as sobrancelhas. — Mas creio que foi por isso que quis me ver. Devo dizer a Espeto que nossa conversa girou em torno dos presentes da embaixada, e que ela prefere conversar comigo porque falo veneziano. É isso que todos pensarão, inclusive nosso próprio pessoal. Mas a conversa não teve nada a ver com isso.

"Não fui levado ao seu palácio de verão, mas a um pequeno pavilhão que ela tem na costa da Ásia. Disse que o antigo sultão lhe deu de presente há muito tempo, quando ainda era sua favorita. Um verdadeiro jardim na água. — Paul pensou nas cores do jardim de verão, no brilho da luz, no pé branco com o peito arqueado como o de uma dançarina. — Um dos lugares mais lindos que já vi, John; achei que estava sonhando."

— E o que ela disse?

— Na verdade não disse nada. Ela falou, nós falamos, sobre todo tipo de coisas. Sobre jardins. Sobre a vida de mercador. Sobre Parvish e sua caixa de surpresas. — Por um instante sentiu o absurdo daquilo. — Depois ela disse algo como, "Vejo que tenho uma coisa que era sua". — Paul abriu uma sacola que estava carregando. — E me deu isto.

Carew pegou o navio de açúcar da mão de Paul. Olhou-o com calma por um instante e entregou-o de volta.

— Passei dois dias em um porão infestado de vermes por causa desse barquinho, não quero mais vê-lo.

Paul pegou o objeto e segurou-o contra o sol, até que as velas, as cordas de açúcar e os homens feitos de caramelo brilhassem à luz.

— Você se superou dessa vez, meu amigo — disse Paul. — Este é o *Celia*, não há dúvida alguma, o navio mercante de Lamprey, com todos os detalhes, até o último cordame — Colocou o barquinho numa mesa com cuidado. — E até mesmo o nome dela está inscrito aqui do lado.

— A validé sabe ler a inscrição em inglês?

— Não é provável. Mas muitas outras pessoas sabem.

— O que não é provável é que ela pense que isso tem alguma coisa a ver com Celia. Por que faria esse tipo de ligação?

— Não está se esquecendo de uma coisa? Seu confeito, seu confeito não tão sutil — disse Paul secamente — acabou criando um escândalo no harém. O eunuco-chefe negro quase morreu. A coisa toda parece ter sido abafada de forma muito hábil, não sabemos por quê, mas sabemos que durante um tempo pensaram que o confeito tivesse alguma ligação com o atentado. — Guardou com cuidado o navio de açúcar na sacola de lona. — Pouca coisa escapa à validé, aposto que está uns bons passos adiante de todos nós.— Seus olhos pareciam fatigados. — Acredite, ela nos descobriu, Carew.

— Tem certeza?

— Tenho. — Paul mexeu impaciente nos ombros e puxou uma das mangas. Estava abatido, com olheiras profundas.

— O que acha que ela vai fazer?

— Se fosse fazer alguma coisa, já teria feito a esta altura.

— Você acha que ela contou a outra pessoa?

— Se alguém do palácio soubesse que havia um mínimo de intriga em torno de uma das mulheres do sultão, nós estaríamos mortos.

— Talvez seja apenas uma advertência.

— Talvez — Paul repetiu, passando a mão no cabelo. — Não sei bem por quê, mas tenho a impressão de que tudo isso é parte de outra coisa... de uma coisa maior.

Por um instante ficaram em silêncio. Paul podia ver lá embaixo as águas do Chifre de Ouro fervilhando com o tráfego do meio-dia. A bordo do *Hector* um marinheiro subia no alto dos mastros. Aos poucos o sol foi caindo por trás dos telhados dourados do palácio do sultão.

— Ela quer que nós vamos embora, John. Quando o *Hector* partir para a Inglaterra, daqui a dois dias, deveremos partir também.

Carew, mexendo distraído com as facas, fez que sim em silêncio.

— E vou ter de contar para os outros.

— Contar para Espeto? — Carew olhou-o desgostoso.

— Está maluco? É claro que não. Estou falando de Thomas Glover e dos outros. Especialmente Thomas, que está aqui há mais tempo e trabalhou mais que qualquer um de nós para a companhia. Ao que parece, Dallam terminou finalmente os reparos e só precisaremos esperar até que Lello apresente suas credenciais. Quando tudo estiver pronto e o *Hector* içar velas, nós partiremos também.

— Se é assim que você quer...

— Nada de tentar enviar recados para Celia.

— Se é assim que você quer...

— Graças a Deus, Jamal recusou-se a ajudar quando...

— Eu agradeço todos os dias.

— Ela não sabe que estamos aqui, e, como não sabe, não vai sofrer.

— Certo.

Outro silêncio entre os dois. Nesse meio-tempo ouviram a voz lamuriosa dos muezins chamando os fiéis para as orações do fim da tarde.

— Eu quase disse a ela, Carew.

— A quem?

— À validé.

— Deus me livre, Pindar, e você ainda *me* acusa de correr riscos.

— Cheguei *quase* a mostrar o retrato de Celia.

A imagem lhe veio à mente novamente. Não a imagem de Celia na miniatura do seu *compendium*, mas como uma sereia com o cabelo enrolado no pescoço, flutuando nas profundezas verdes e douradas do mar. E pensou angustiado: por que não mostrei o retrato? Tive uma oportunidade e não a usei. Devia ter me atirado aos seus pés e pedido misericórdia, suplicado por piedade. Cobriu os olhos com os nós dos dedos, como se raios de luz explodissem em seu cérebro. Ela é a única pessoa que poderia me dizer com certeza onde Celia está. Às vezes penso que seria melhor saber e morrer do que não saber.

— Pode ser verdade mesmo? — disse, virando-se para Carew. — Será que Celia ressurgiu dos mortos, John, será? Diga que não estou sonhando.

— Você não está sonhando — Carew repetiu.

Naquele momento, uma figura familiar com roupa de trabalhador apareceu no jardim. Era Thomas Dallam, o que fabricava o órgão. Ao vê-los, apertou o passo.

— Então, Tom, quais são as novidades? — Paul perguntou, descendo da mureta. Soube que devo parabenizá-lo. O presente do sultão estava novo em folha.

— É.

Dallam, que nunca foi de muitas palavras, ficou ali torcendo o chapéu nas mãos.

— O que você deseja, Tom?

— Bom, Sr. Pindar, provavelmente não é nada, mas...

— Mas...?

— Aquilo de que estávamos falando no outro dia...

— Diga logo, homem.

Dallam olhou de Paul para Carew, como se estivesse pensando como proceder.

— Pelo amor de Deus, homem, se você falou uma única sílaba sobre aquilo...

— Encontrei isto — ele disse de repente.

Paul pegou o pedaço de papel da sua mão.

— O que é isso? — Carew olhou por cima do ombro dele. — Parece uma figura, um tipo de desenho...

— Onde encontrou isso? — Paul perguntou, mortalmente pálido.

— Logo de manhã cedo, senhor, quando fui fazer minha última inspeção no órgão. Alguém deve ter deixado ali na noite passada.

— Tem certeza?

— Absoluta. Eu mesmo fiscalizo tudo para que nenhuma das nossas ferramentas seja esquecida, esse tipo de coisa.

— Onde estava?

— No órgão. Enrolado dentro da trombeta de um dos anjos. Bem visível.

— Tem certeza de que não foi um dos seus homens, Bucket ou Watson?

— Tenho certeza.

— É uma figura de quê? — Carew continuava com o pescoço esticado sobre o ombro de Paul. — Parece um verme... Não, parece mais uma enguia. Uma enguia com nadadeiras...

— Brilhante, Carew. Não está vendo, seu idiota? — Paul tentou evitar que a mão tremesse. — Meu Deus, é uma lampreia.* John, é o desenho de uma lampreia.

---

*Lamprey, em inglês. (N. da T.)

Capítulo 28

Constantinopla, 4 de setembro de 1599

Noite

Jamal al-Andalus trabalhou a noite inteira no observatório de Gálata. Como era seu costume, foi para a sala de leitura no alto da torre, acima do observatório, onde guardava a maioria dos seus instrumentos e livros e onde recebia as visitas e os viajantes eruditos que vinham vê-lo ocasionalmente — um laboratório secreto onde ninguém entrava, nem mesmo seus próprios empregados. Sentou-se no chão de pernas cruzadas em frente a uma mesa larga e baixa e ficou desenhando figuras em um livro. Um grande mapa de estrelas estava fixado nos quatro cantos com pedras, e tabelas com dados astronômicos espalhavam-se diante dele. Durante muitas horas o único som da sala foi o arranhar da pena no pergaminho fino. A toda hora olhava na direção das estrelas, esperançoso, mas não havia ninguém lá.

Se alguém observasse Jamal, notaria que seu rosto ali era diferente do rosto que ele mostrava ao mundo. Mais velho ou muito mais moço do que normalmente? Difícil dizer. Em repouso, a expressão animada do rosto, quando estava com alguém, dava lugar a uma maior concentração. Era naquela sala que transcorria sua vida real: uma vida intelectual, na qual se aprofundava tanto que quando voltava à superfície deixava transparecer um deslumbramento, como se tivesse bebido com os anjos.

Sua mesa de trabalho era despojada e monástica como as figuras matemáticas com as quais lidara naquela noite. Mas o outro lado da sala secreta tinha uma história diferente — mais parecia o estúdio de um artista que o laboratório de um astrônomo. Almofarizes e pilões, uma variedade de vidros, funis e peneiras; manchas de tinta preta, tiras de tecidos finos cobertas com folhas de ouro, frascos com pós vermelhos, verdes e azuis, originados de uma variedade de substâncias: lápis-lazúli, malaquita, cinabre, chumbo branco e vermelho, vitríolo verde, hematita, pedra-ume, verdete e gipsita. Diversas escovinhas, réguas e penas enfileiravam-se em ordem. No chão estava espalhado uma espécie de caftan, um camisão aberto de alto a baixo, no qual ele trabalhava. Um lado ainda tinha de ser feito, o outro era coberto de figuras talismânicas tão pequenas que pareciam ter sido pintadas por djinns.

Jamal tirou os óculos e esfregou o rosto com as mãos, onde o aro de metal marcava o nariz. Guardou os óculos com cuidado no estojo de madeira e pegou na mesa dois instrumentos de aspecto estranho. Abriu uma cortina na parede de trás e passou por uma porta oculta, que dava em um pequeno lance de escadas para o telhado.

A noite estava perfeita. Sem nuvens, sem qualquer brisa, e uma bela lua cheia. Jamal tirou um astrolábio do bolso, e começou a montá-lo com movimentos experientes, apertando dois discos de metal em uma estrutura circular externa. O *tímpano*, que mostrava a latitude correta e as coordenadas de Constantinopla, e por cima a rete, uma carta estelar aberta, coberta de arabescos pontudos. Fazendo parte da rete havia um disco menor, o círculo elíptico, no qual vinham marcados os 12 signos do zodíaco. Quando os discos estavam bem presos e prontos, Jamal olhou para o céu e foi tomado, como sempre, daquela sensação vertiginosa. As estrelas resplandeciam no firmamento acima. Algumas, mais brilhantes que outras, piscavam com uma luz sobrenatural: Aldebarã, Betelgusa,

Markab, Alioth, Vega. Os próprios nomes eram encantados, tão poderosos como poesia.

Qual de vocês vou usar esta noite, minhas irmãs? perguntou a si mesmo. No horizonte divisou a constelação do Cão Maior. Ah, lá está você minha amiga Sírio, você vai servir. Com um movimento experiente levou ao olho o anel de metal na ponta do astrolábio e girou a alidade, o dispositivo de alinhamento óptico, para que a abertura ficasse ao nível do seu olho. Quando localizou Sírio, segurou o instrumento com bastante firmeza e com os dedos ajustou a rete, girando-a com delicadeza para que um dos ponteiros, o correspondente a Sírio, fosse corretamente alinhado.

Colocou o instrumento na mesa e começou a leitura, quando ouviu uma voz vinda de trás.

— Não precisa ler, Jamal. É a sétima hora depois do pôr do sol, como você pediu.

De início o astrônomo não levantou os olhos, mas disse com um sorriso e com voz calma:

— Saber as horas pela luz da estrela é um entusiasmo que não posso compartilhar com muitas outras pessoas.

— Mesmo as horas desiguais?

O astrônomo virou-se finalmente e falou com voz suave:

— Não fui eu que tornei as horas desiguais, meu amigo.

Um homem de roupa escura surgiu na sombra.

— *Al-salam alykum*, Jamal al-Andalus.

Jamal pôs a mão no coração e fez uma reverência para o visitante.

— *Wa alaykum al-Salam*, inglês. Estava começando a pensar que você não viria. Faz muito tempo que não olhamos as estrelas juntos.

— Você tem razão, faz muito tempo.— Paul saiu da sombra e subiu para o telhado do astrônomo.

— Você está com uma expressão séria, Paul. Alguém o deteve quando vinha para cá? Espero que meu amigo John Carew não esteja em dificuldades de novo. — Os olhos pretos de Jamal brilharam.

— Não. Carew não está em dificuldade, pelo menos ainda não. — Paul piscou à luz da lua. — Perdão, Jamal. Ainda não lhe agradeci por tudo o que fez por ele. E por mim. Aliás, por todos nós.

— Mas não foi o suficiente. Aquele outro problema, a menina... Naquele dia, na última vez em que você esteve aqui, achei que tinha se zangado comigo. Eu me recusei, e peço desculpas por isso...

— Por favor, não — disse Paul, levantando a mão —, não diga mais nada, foi um erro perguntar.

Os dois ficaram em silêncio, olhando a noite.

— E Carew? — Jamal perguntou finalmente. — Ele está bem?

— Está bem, obrigado.

— Creio que só uns poucos dias no porão não foram suficientes para deixá-lo perturbado.

— É verdade.

— E seu embaixador, Sir Henry Lello? Espero que não tenha sido muito incomodado pelos batalhões de janízaros socando as portas.

— Nós conseguimos esconder tudo de Sir Henry até você soltar Carew. Não houve problema. Eu soube que o vizir mencionou o caso quando foi falar com o embaixador hoje de manhã; pediu mil desculpas pelo engano, e, longe de entrar em desgraça, a embaixada saiu ganhando. O órgão mecânico foi finalmente reparado e vai ser entregue ao sultão amanhã.

— E Sir Henry conseguiu as credenciais?

— Sim.

— Então está tudo bem.

— Quanto a isso, está — disse Paul, olhando em volta do terraço. — Você disse que tinha uma coisa para me mostrar?

— Disse. Uma coisa na qual venho trabalhando nos últimos meses. Queria que você fosse o primeiro a ver.

Pegou um objeto de aspecto curioso, um cilindro estreito e longo de cerca de 60 centímetros de comprimento, feito de couro, estreito em uma ponta e ligeiramente mais largo na outra.

— É isso? — Paul perguntou, interessado. — Como é o nome desse brinquedo? — perguntou, tirando o cilindro da mão de Jamal.

— Então já tinha visto isso também? — Jamal observava Paul ansiosamente.

— Acho que vi na bandeja de um funileiro — disse Paul, animado — e na loja do Sr. Pearl, em Bishopsgate, onde o mercador Parvish costumava comprar seus suprimentos ópticos.

Levantou o instrumento e examinou as duas pontas, com três cilindros interconectados, cobertos por uma película de couro.

— Uma luneta de criança, Jamal? Muito bonito, devo admitir, mas... pensei que você tivesse pelo menos descoberto a pedra filosofal.

— O que eu iria fazer com a pedra filosofal? Que bobagem — disse Jamal, pegando de novo o cilindro. — Aliás, *foram* essas lentes que me deram a ideia. Não é um brinquedo de criança, posso garantir. O aspecto externo pode parecer grosseiro, mas é um trabalho ainda incompleto, Paul. A beleza e a arte podem vir mais tarde. A genialidade está nessas duas lentes simples: aqui e aqui — disse, apontando para dois discos grossos de vidro transparente colocados em cada ponta do cilindro. — Essa é uma lente convexa fraca, e a outra, uma lente côncava forte. Cada uma em separado não tem nada de muito especial. Mas se colocadas juntas assim, a lente côncava mais perto do olho... — Colocou uma ponta da luneta no olho e dirigiu a outra para o céu. — Foi para isso que eu o trouxe aqui, para você ver por si mesmo. É bem pesado, precisa de apoio. — Puxou um suporte de madeira e ajudou Paul a equilibrar o instrumento no alto. Veja você mesmo, Paul.

— Não consigo ver nada, está tudo escuro — disse Paul depois de algum tempo.

— É preciso paciência. — Jamal chegou mais perto e girou o cilindro. — Leva algum tempo para seus olhos se ajustarem. Fica mais fácil se você decidir o que vai procurar.

— Que tal a lua? Ela é bem grande.

— Não. É isso que quero que você veja. — Girou o cilindro e apontou para o grupo luminoso de luz leitosa que atravessava o céu da noite. Paul pegou o instrumento e ficou olhando durante longo tempo, em silêncio. Finalmente virou-se para Jamal, com um olhar estranho e deslumbrado.

— Estrelas, Jamal, milhares, não, milhões de estrelas...

— Milhões e milhões, Paul. Mais estrelas do que pensávamos que pudessem existir.

— É incrível.

— Meu instrumento tem o poder de trazer tudo mais para perto. Com essas lentes de vidro, como está vendo. Tive essa ideia logo depois que comecei a usar óculos, e fui ajudado também pelo trabalho óptico de Ibn al-Haytham, o *Kitab al-Manazir* — disse Jamal com ar de modéstia. — As lentes usadas em separado não têm muita força, mas quando são usadas uma em frente à outra, você mesmo vê como são poderosas.

— É extraordinário — disse Paul, pegando o instrumento outra vez. — Absolutamente extraordinário. Quantas vezes mais perto?

— Creio que umas vinte vezes — disse Jamal, dando de ombros —; talvez um pouco mais.

— Então a névoa luminosa que vemos no céu à noite é na verdade um monte de estrelas, milhões e milhões de estrelas — Paul repetiu, encostando o olho na lente de novo. — É inacreditável.

— Tenho visto coisas que você não acreditaria, Paul.

— A lua?

— É claro. E Vênus. Com este instrumento pude constatar que Vênus tem fases, como a lua. Posso mostrar a você.

Esfregando a mão nos olhos, Paul afastou-se do instrumento e debruçou-se nas balaustradas do telhado, olhando o firmamento estrelado.

— Creio que seu doutor herege estava certo quanto ao modelo que propôs — Jamal disse.

— Nicolau Copérnico?

— Sim — disse Jamal, sorrindo. — O que acabei de mostrar prova sem dúvida que o universo é infinitamente maior do que se imaginava.

— E que não é o céu que se move, somos nós? — Paul perguntou.

— Por que não? Acredito que meu instrumento poderá ajudar a provar isso — disse o astrônomo, com seu sorriso malicioso. — Vocês cristãos são muito presos às suas crenças.

Aproximou-se de Paul e por um instante os dois ficaram contemplando o céu estrelado em silêncio.

— Quando me tornei astrônomo, há muitos anos — Jamal falou depois de algum tempo —, minha tarefa era fazer mapas do céu e das estrelas fixas. Minha função era prever os movimentos do Sol, da Lua e dos planetas, e ocorrências específicas como eclipses, oposições, conjunções, solstícios, equinócios, e assim por diante. Não era minha função saber a causa dessas ocorrências. Mas hoje — apontou para o cilindro — sei que não posso mais me satisfazer com isso. Preciso saber as razões por trás das coisas.

— Eu também preciso saber as razões por trás das coisas, Jamal — disse Paul. — Já vi muito mais hoje à noite que talvez qualquer inglês jamais viu, mas mesmo assim... mesmo assim, Jamal, para falar com toda a franqueza, há coisas aqui, bem debaixo do meu nariz, que não são claras como eu gostaria que fossem. Antes de partir preciso saber.

— Antes de partir?

— Ela me quer fora daqui, Jamal. A validé. Quando o *Hector* içar velas amanhã, Carew e eu estaremos a bordo.

Jamal olhou para Paul, pesaroso.

— Vou sentir sua falta, agá Paul Pindar, mais do que possa imaginar.

— Mas como? Não está surpreso? Não tem nenhuma pergunta a fazer? Não vai perguntar *por que* ela me quer fora daqui?

— Creio que nós dois sabemos a resposta, não é?

Enquanto falava, Jamal cobriu a cabeça com o capuz da túnica e seu rosto ficou oculto pela sombra. Paul teve a impressão de que ele ficara de repente mais alto e mais magro.

— O que houve, Paul? — Jamal deu um passo à frente. — Está me olhando com um ar estranho.

— Estou? — Instintivamente deu um passo atrás.— Talvez seja uma das coisas que preciso saber. O que quer dizer tudo isso? Quem é você, Jamal?

— Não seja ridículo, você sabe quem eu sou. O astrônomo, Jamal al-Andalus.

— Mas é só isso?

— Eu não sabia que você se interessava por metafísica — disse o astrônomo, secamente.

— Eu vim aqui outro dia pedir sua ajuda porque sabia que você tinha livre acesso ao palácio. Nenhum de nós imaginou como era livre esse acesso. Aquela mulher que veio procurá-lo, Esperanza Malchi...

— Ah, então você descobriu quem ela é. Achei que fosse descobrir mesmo.

— Foi Carew quem descobriu. Ele é bom nisso. Essa Malchi é uma das servas de maior confiança da validé. E a mais temida, segundo meus informantes. Mas você tem um bom relacionamento com ela...

— Seus *informantes*...

— Você sabia tudo sobre o eunuco-chefe negro e sobre o navio de açúcar de Carew — Paul continuou. — Escondeu Carew para protegê-lo, e liberou-o assim que encontrou o verdadeiro culpado; tudo sem confusão, sem alarde, aparentemente sem o menor burburinho no palácio, nem o próprio grão-vizir ficou sabendo. — Paul fez uma pausa. — Como conseguiu tudo isso?

— Bom, devo admitir que fiquei orgulhoso da forma tranquila como as coisas aconteceram...

— E existe tudo isso aqui — Paul fez um gesto para o instrumento de observação das estrelas de Jamal.— O danado do Carew tinha razão. Você tem uma extraordinária coleção de coisas aqui, Jamal. O melhores instrumentos de precisão que já vi: astrolábios, globos, livros. De onde veio tudo isso?

— Talvez seja melhor perguntar aos seus informantes, não é? — Jamal não estava mais sorrindo. — Você me espiona e tem coragem de pedir que eu espione *para* você.

— Não, não queria que espionasse. Eu só queria informações...

— Existe alguma diferença?

— É claro que existe.

— Ninguém no palácio entenderia isso. Vocês, estrangeiros, são todos iguais, verdadeiras crianças. Sempre querem saber de coisas que são *haram*. Não pense que você é o primeiro a tentar isso comigo.

— Desculpe, mas só Deus sabe que tenho boas razões para tanto. — Paul passou a mão nos cabelos. — Estamos falando de Celia, a mulher que eu amei e que ainda amo. — Sua voz estava desesperada. — A mulher que ia ser minha esposa. Durante todos esses anos pensei que ela estivesse *morta*, Jamal. Mas Celia não está morta, está vivendo aqui em Constantinopla. Durante todo esse tempo, bem debaixo do meu nariz. — Paul pôs as mãos na cabeça. — E eu não fiz nada para ajudá-la!

— E se Carew estiver enganado?

— Ele não está enganado, olhe isso aqui. — E mostrou o pedaço de papel para Jamal.

— O que é isso?

— O desenho de uma lampreia, um peixe semelhante a uma enguia. É um jogo de palavras com o nome dela. Dallam encontrou isso escondido no órgão.

Sem uma palavra, Jamal devolveu o papel a Paul.

— Como? Você não tem nada a dizer? Ela sabe que eu estou aqui, Jamal, tenho certeza...

— Você ainda não compreendeu, não é, inglês? Os aposentos das mulheres na casa de qualquer homem, ainda mais do sultão, são *haram* — Jamal repetiu lentamente, como se falasse com uma criança —, isto é, proibidos, totalmente proibidos para qualquer outro homem. Ninguém pode ver ou falar com elas, nem ao menos pensar nelas. Se sua Celia Lamprey estiver realmente na Casa da Felicidade, como você diz, pertence agora ao sultão. Não mais a você. Não importa o que ela era no passado, hoje é escrava dele, pertence a ele. Nada, nem por milagre, pode mudar isso.

Com um suspiro, Jamal continuou:

— Eu pensei que você fosse diferente, Paul — disse, olhando para o cilindro revestido de couro —, pensei que vinha aqui porque se interessava pelo meu trabalho.

— Não seja ridículo, você sabe que eu me interessava — Paul falou, num tom angustiado.

— Eu sei — disse Jamal, com mais gentileza dessa vez. — Vejo seu interesse. Percebi do fundo do meu coração o que você realmente é: um homem honesto. Mesmo quando vi que as coisas entre nós não eram, como eu diria?, não eram bem como pareciam ser.

— Eu pensei que conhecesse você — disse Paul, esfregando a mão na testa. — Mas de repente me deparei com um estranho.

— Você é o estranho aqui, Paul — disse Jamal, olhando-o pesaroso. — Eu esqueço às vezes que é um estrangeiro na nossa terra. Quero que me diga com toda a franqueza o que veio falar comigo. Mas primeiro vamos entrar — e deu o braço a Paul —, a noite está fria, você está gelado.

Levou Paul para o observatório, onde um braseiro aceso em um dos cantos aquecia a sala. Um dos empregados de Jamal entrou trazendo copinhos com chá quente de menta.

— Sente-se um pouco para se esquentar — Jamal convidou. — Enquanto toma o chá vou lhe contar uma coisa, uma coisa que espero que explique por que resolvi ajudar Carew.

"Quando eu tinha uns 10 anos era aprendiz de um escriba, um dos calígrafos do palácio. Eu era um menino talentoso e capaz, e logo aprendi minha profissão, e aprendi bem, mas não me satisfiz.

"Alguma coisa dentro de mim queria mais da vida que copiar palavras que os outros tinham escrito, mesmo sendo palavras sagradas, suras do Corão. No palácio, ao lado da oficina do meu mestre havia a oficina de outro artesão, um homem que fazia relógios mecânicos, relógios de sol e todo tipo de instrumentos para o sultão. Eu vivia fascinado por aquelas obras, tanto pela beleza quanto pelo uso a que se destinavam. Passava todo o tempo possível com esse outro mestre, aprendendo tudo o que ele me ensinava, inclusive rudimentos de aritmética e geometria, para espanto dos outros artífices e desespero do meu próprio mestre. Felizmente ele era um homem bom, quase um pai para mim, e ao perceber que não podia me dissuadir desses interesses, e que eu tinha capacidade matemática, arranjou para que eu frequentasse a escola do palácio.

"Fui muito feliz para a escola. Finalmente tive a impressão de estar fazendo aquilo a que Deus me destinara. Em breve viram claramente que eu era um menino com talento fora do comum. Em poucos anos aprendera tudo o que os professores poderiam me ensinar na área de matemática, e continuei a estudar por conta própria quando era preciso. No mundo cristão vocês acreditam que o universo é voltado para a música das esferas, mas eu sei que a linguagem do universo, sua música mais profunda, são os números. — Jamal sentou-se com um sorriso nos lábios. — A maioria dos outros meninos da minha idade só se interessava por arco e flecha ou cavalos, e lá estava eu, intrigado com os problemas de Euclides!

"Quando o sultão tinha 13 anos, Selim morreu, e seu filho, o sultão Murad, pai do atual sultão, subiu ao poder. E levou para o sultanato um erudito, seu antigo professor, Hoja Sa'd al Din, que se interessou por mim. Esse homem, por sorte, era amigo do astrônomo-chefe Takiuddin. Durante muitos anos Takiuddin desejou que construíssem um novo observatório em Constantinopla. As cartas astronômicas disponíveis tinham se tornado antiquadas, e ele queria compilar cartas atualizadas, baseadas em novas observações. Quando foi falar com o sultão e o Diwan, conselheiro dos vizires, sobre sua proposta, Hoja Sa'd al Din foi dos maiores defensores do projeto. Takiuddin construiu seu observatório muito perto daqui, na área Tophane de Gálata, e dois anos depois, quando o observatório ficou pronto, fui aceito como um dos seus principais assistentes.

"O resto você sabe como foi — disse Jamal com um suspiro. — Naquele mesmo ano, 1577, um grande cometa apareceu no céu e Takiuddin preparou um relatório para o sultão. Disse que o cometa era precursor de boas notícias, e um sinal de que os exércitos otomanos sairiam vitoriosos nas guerras contra a Pérsia. Ele estava certo, naturalmente. Os persas foram derrotados, mas os exércitos otomanos também sofreram muitas perdas. Além disso, uma peste abateu-se sobre nossa cidade naquele ano, e muitas autoridades importantes morreram em curto espaço de tempo. Bem diferente das notícias propícias do meu mestre.

"Meu antigo patrono, Hoja Sa'd al Din, e seu aliado, o grão-vizir, paxá Soqullu Mehmet, tinham feito perigosos inimigos na corte. Um deles era o xeque al-Islam, a principal autoridade das leis islâmicas em Constantinopla. Esse xeque foi ao sultão e tentou convencê-lo de que a causa de todos os males era o próprio observatório. Intrometer-se nos segredos da natureza, segundo ele, só poderia trazer infortúnio para todos nós. Na verdade, os impérios onde eram construídos observatórios sofriam rápida dissolução.

"De início o sultão não quis ouvi-lo, pois tinha grande respeito à cultura, mas depois de alguns anos o xeque e sua facção prevaleceram. Enviaram um esquadrão de demolição... e o resto você sabe — disse Jamal, em tom sombrio. — Não houve aviso algum, simplesmente invadiram um dia e destruíram tudo. A torre de observação, todos os nossos instrumentos, a biblioteca, nossas cartas inestimáveis. O pior é que nossa equipe dispersou-se. Caímos em desgraça. Para onde poderíamos ir? O que poderíamos fazer? Todo o nosso precioso trabalho estava destruído. A maioria dos outros assistentes tinha família para a qual voltar, mas eu não. Então vim para cá, para esta torre.

"Este lugar, ainda rodeado de campos, era conhecido como Pequeno Observatório, parte de um grande complexo, embora um pouco separado. Também foi arrasado pelos soldados do sultão, mas não tanto quanto o observatório maior. Restou o suficiente para eu construir um abrigo provisório em um canto. Foi daqui que resgatei alguns livros e instrumentos menores.

"Quando o povo da cidade ouviu dizer que um dos astrônomos vivia aqui como um eremita, as pessoas começaram a me visitar. De início com cautela. Eram simples na sua maioria, com ideias muito rudimentares de astronomia. A princípio me pediam coisas pequenas: interpretar seus sonhos, fazer o horóscopo dos filhos, ou calcular uma data propícia para um casamento ou uma circuncisão. Aos poucos os pedidos tornaram-se um pouco mais sofisticados. Às vezes me pediam amuletos e talismãs ou proteção contra mau-olhado e contra doenças, esse tipo de coisa. E ocasionalmente... alguma coisa mais forte."

— Feitiçaria?

— É assim que vocês chamam? — perguntou Jamal, olhando intrigado para Paul. — Quase todos os pedidos eram bastante inofensivos. Às vezes, apenas alguns versos do Corão enrolados em uma sacola de pano. Eu ainda sabia escrever com uma bela caligrafia. Como disse, eram coisas inofensivas na maior parte das vezes.

— E então?

— Então, um dia recebi a visita de uma pessoa que mudou tudo: um eunuco negro do palácio, chamado agá Hassan.

— O eunuco-chefe negro?

— O próprio. Mas isso ocorreu há vinte anos, ele ainda não era chefe dos eunucos, é claro.

— E pediu para você lhe fazer um horóscopo?

— Não exatamente. Disse que uma senhora muito poderosa desejava meus serviços, mas tudo com o máximo sigilo. Se eu pudesse ajudá-la seria recompensado muito além do que esperava. Mas se divulgasse a natureza do seu pedido — Jamal deu um sorriso pesaroso — seria castrado, como ele.

— E você ajudou essa senhora?

— Na verdade, recusei. Um homem sensato normalmente não ousaria recusar um pedido do palácio, mas eu recusei. A natureza do pedido me assustou tanto que de início não tive coragem, mesmo que pudesse ajudá-la, o que duvido. Mas eles me seduziram. Disseram que eu poderia reconstruir a torre, que me forneceriam novos instrumentos, novos livros. Eu poderia trabalhar de novo como um acadêmico independente e perseguir meus interesses, dessa vez sob o patrocínio dela.

— Uma senhora poderosa.

— Ah, sim.

— E o que ela queria que você fizesse?

— Queria que eu lançasse um feitiço no sultão. Um feitiço para que ele não conseguisse deitar-se com nenhuma outra mulher senão com ela.

— Tornar o sultão impotente?

— Precisamente.

— Quem era essa mulher?

— Naquela época era a *haseki*, a favorita do sultão. Você a conhece como sultana Safiye.

Paul ficou olhando para Jamal.

— E o feitiço funcionou? — perguntou depois de um instante.

— Há! Meu talismã? — Deu uma risada súbita. — É claro que funcionou. — Depois acrescentou, sério de novo: — Por algum tempo. O sultão Murad foi fiel a Safiye durante quase vinte anos. Foi uma coisa escandalosa, para dizer a verdade. Era voz geral que ele não tinha outras concubinas, que resolvera ter filhos só com ela. Mas quando voltou para Constantinopla como sultão, as coisas mudaram. Para começar, sua mãe, Nurbanu, estava lá e detestava Safiye, tinha ciúmes do poder que ela exercia sobre seu filho. Foi ela quem tentou persuadir Murad a ter novas concubinas. Ela e a filha, Humashah, procuraram por todo lado as mais lindas escravas do império, mas de nada adiantou. Apesar de a sultana Safiye já ter perdido a juventude, ele só tinha olhos para ela. — Jamal tomou um gole do chá de menta, e com todo o cuidado colocou a xícara mínima na mesa ao lado. — Até que um dia elas encontraram alguém. Duas mulheres, aliás, duas escravas, lindas como anjos. Assim que Safiye as viu, soube que estava derrotada. Foi então que mandou me buscar.

Jamal deu outro gole no chá.

— O talismã que fiz funcionou durante muito tempo. Por mais que tentasse, o sultão só conseguia deitar-se com a própria *haseki*. Mas depois descobriram.

— O talismã?

Jamal fez que sim.

— Uma das camareiras levou a culpa, segundo me disseram, e foi afogada no Bósforo por seu crime.

— E Safiye, o que aconteceu com ela?

— Resolveu procurar meninas para o sultão, cada uma mais bela que a outra; ao todo ele teve 19 filhos antes de morrer...

— Mas continuou apaixonado por ela?

— Mais ou menos, suponho.

— Então foi assim que você construiu sua torre. Todos os astrolábios, os globos. E a biblioteca.

— Foi, a sultana Safiye cumpriu sua palavra. Uma grande patrocinadora, e generosa também.

— Você ainda trabalha para ela, às vezes?

Jamal fez que sim, lentamente.

— De vez em quando. Mas até ocorrer esse problema com o agá Hassan, fazia tempo que ela não me pedia nada, embora eu vá ao palácio com frequência ensinar no colégio. A validé sabia que Carew não tinha ligação com o envenenamento, e me pediu para ajudar. É isso.

"Você deve saber que eu não sou o único que a validé usa, Paul. Há vários outros que ela chama quando precisa. Diz que eu sou seu médico. Quando o agá Hassan foi envenenado fui chamado para ajudar. Relutei a princípio — disse, sacudindo a cabeça de novo. — O homem tinha ingerido muito veneno, eu não poderia fazer nada e acho que ela sabia disso. Foi obra de Deus ele ainda estar vivo, pode crer. Isso e..."

— E o quê?

— Quem sabe? — Jamal deu de ombros. — Ele deve ter uma razão muito preciosa para viver. Mas é um eunuco, afinal de contas, qual poderia ser essa razão?

Quando Jamal terminou sua história, Paul permaneceu um instante em silêncio, olhando para as próprias mãos. Sentiu-se de repente tão exausto que não conseguia falar, e mal conseguia pensar.

— E eu, Jamal? — Fechando os olhos, jogou a cabeça para trás e encostou-a na parede. O amargo sabor de derrota, como cinzas, deixou suas palavras pouco nítidas. — Eu não tenho uma razão preciosa para viver?

— Você tem tudo para viver — disse Jamal, olhando-o com compaixão. — Mas vou lhe dar um conselho. Volte para casa, Paul. A validé lhe deu uma chance. Você não terá outra.

A madrugada estava chegando quando os dois homens se despediram finalmente.

— Até a próxima, agá Paul Pindar.

— Até a próxima.

E abraçaram-se.

— Jamal?

— Meu amigo?

— Um último favor?

— Qualquer coisa — disse sorrindo. — O que é?

— Meu *compendium*.

— Ah, sim, estou vendo.

E pegou o *compendium* de Paul.

— Entregue a ela. Por favor.

Pelo que pareceu um longo tempo, o astrônomo ficou olhando para o *compendium* sem dizer nada.

— Não é um olhar, nem uma palavra, nem mesmo um pensamento — disse Paul —, mas ela vai compreender. Pelo menos saberá que eu tentei.

— Muito bem, é como eu disse, Paul Pindar, nenhum *homem* na face da terra pode ajudar você, mas... talvez outra pessoa possa.

Capítulo 29

Istambul, dias atuais

Só depois do passeio pelo Bósforo com Mehmet é que Elizabeth conseguiu abrir o e-mail da sua supervisora, Dra. Alis.

Minha querida Elizabeth,

Estou contente com a sua produtividade em Istambul. Tenho uma boa notícia: o departamento aprovou sua transferência da área de literatura para a de filosofia. Quando voltar podemos discutir o que fazer a partir daqui, por enquanto aí vai o retrato escaneado que você pediu, espero que seja uma cópia mais clara que a sua...

Sem esperar para ler o resto da mensagem, Elizabeth clicou no anexo. Depois de um instante veio uma mensagem na tela: *houve um problema temporário para acessar essa página, clique em atualizar ou tente mais tarde.* Ela clicou em "atualizar", a ampulheta girou um pouco, mas nada apareceu.

Droga! Voltou para a mensagem e rolou a tela até chegar onde tinha parado.

... espero que seja uma cópia mais clara que a sua. Caso você não saiba, o objeto que ele está segurando é um compendium, um instrumento em parte matemático, em parte astronômico. Olhando com cuidado dá para ver que é composto de várias partes diferentes: um sextante, uma bússola magnética, uma tabela de latitudes e um relógio equinocial. Vem dentro de um estojo de metal, pequeno o suficiente para caber dentro do bolso (mais ou menos como um relógio de bolso com corrente), mas no retrato está aberto. Esse compendium em especial parece ter uma divisão a mais no fundo, provavelmente para guardar alguma coisa, talvez apetrechos de desenho. Você deve procurar saber por que ele quis ser pintado com esse compendium na mão. Qual era o seu significado? Os elisabetanos adoravam símbolos e códigos desse tipo. Talvez a data (visível apenas no canto de baixo à direita) lhe dê uma pista.

Existe uma data? Droga de máquina! Impaciente, Elizabeth tentou abrir de novo o anexo mas viu a mesma mensagem: *clique em atualizar ou tente mais tarde.* Por que os computadores dos cibercafés sempre davam defeito? Não adiantava, teria de esperar até segunda-feira para tentar nos terminais da universidade.

Ao voltar para a pensão de Haddba, encontrou um envelope pardo, parecendo um comunicado oficial, com selo do correio local e endereçado a *bayan* Elizabeth Staveley. Naquela noite, ligou para Eve.

— Adivinhe o que chegou afinal. Minha permissão para examinar os arquivos.

— Já não era sem tempo. Quais são as outras novidades?

Elizabeth falou do retrato de Paul Pindar segurando o compendium e do diário de Thomas Dallam. E acrescentou:

— É estranho, sabe em que tenho pensado muito?

— Em quê?

— Tenho pensado na casa de Pindar. Lembra-se de eu ter falado sobre essa casa com você?

— Hm, vagamente. Só me lembro de que era grande.

— Mais que isso. Vou ler o que encontrei no Google outro dia. — Tirou o caderno de anotações e começou: — "Um dos mais lindos exemplos da arquitetura londrina, com vigas de madeira, construída por volta de 1600 por um rico mercador inglês, Paul Pindar. A casa, que se tornou famosa, era constituída de dois pavimentos, com painéis ricamente entalhados em carvalho nas sacadas dos dois andares e vidraças divididas em pequenos quadrados."

— Essa casa ainda existe?

— Não. Tornou-se um prédio público em 1787 e foi completamente demolida na década de 1890 para dar lugar à atual estação de Liverpool Street. Mas a fachada está no Museu de Victoria & Albert, um dia pretendo ir lá dar uma olhada.

— Tudo bem, já entendi — disse Eve, parecendo exasperada. — Mas não vejo como isso possa ajudar você a descobrir o que aconteceu com Celia Lamprey.

— Não ajuda... não diretamente — disse Elizabeth. — Tentei encontrar alguma imagem da casa de Pindar, e por incrível que pareça encontrei. Alguém se deu ao trabalho de disponibilizar on-line o livro *Smith's Antiquities of London, 1791*, e lá estava não só a casa, mas também o parque original que a rodeava, aparentemente existente na época em um lugar chamado Half-Moon Alley. "Hoje ainda podem ser vistas as amoreiras e outros vestígios do parque próximo", Elizabeth leu na legenda.

— E daí? Paul Pindar tinha uma grande propriedade com um jardim em volta. Bishopsgate ficava fora dos muros da cidade antiga. No final do século XVI a área toda devia ser composta de campos e propriedades rurais.

— Mas você não entendeu. Aqui diz que a casa foi construída em 1600, só um ano depois que os mercadores presentearam o sultão com o órgão. Sabe-se que Pindar esteve em Constantinopla até pelo menos 1599, pois Thomas Dallam menciona no seu diário que ele foi um dos dois secretários que acompanharam o embaixador durante a apresentação das suas credenciais. Mas essa casa não era uma residência antiga qualquer, era uma mansão imensa, como a de Thomas Gresham e outros grandes homens de finanças de Londres. Se ele estivesse sozinho, se fosse solteiro, sem mulher e filhos, por que construiria uma coisa tão grande?

— Talvez por ser muito rico — disse Eve. — Como você mesma disse, Pindar foi o primeiro banqueiro-mercador. O que mais iria fazer com seu dinheiro? Ao que parece, todos os elisabetanos eram extravagantes e ostentadores.

— Mas ele não era nem uma coisa nem outra. — Elizabeth pensou no retrato do homem com o gibão simples, de veludo preto. — Você fala como se Pindar fosse um terrível novo-rico, o que não é verdade. Ele era um cavalheiro, um erudito.

— Talvez fosse gay — Eve replicou. — Pense só naqueles interiores suntuosos.

— Não concordo com sua teoria — Elizabeth falou. — Uma casa como essa era voltada para o futuro, para a posteridade. Uma coisa a ser passada para a próxima geração.

— Talvez tenha se casado com outra mulher. Já pensou nisso?

— É claro que sim. — Elizabeth apertou os olhos com os dedos. — Já considerei todas as possibilidades. Mas acho que ele nunca amou ninguém a não ser Celia. Tenho certeza de que ela conseguiu fugir.

Olhou pela janela do seu quarto e viu lá embaixo o Chifre de Ouro e o palácio — uma linda vista da antiga Constantinopla, a mesma que os mercadores da Levant Company deviam apreciar das suas casas em Gálata. Que estranho ela mal ter notado isso logo que chegou. Em poucas semanas habituara-se tanto ao seu quarto que nem prestava mais atenção aos detalhes, mas naquele momento, por uma fração de segundo, viu-o como se fosse a primeira vez: as tábuas do assoalho meio afundadas e as duas camas de solteiro monásticas, como camas de uma cabine de navio.

Eve estava falando alguma coisa.

— Desculpe, o que você disse?

— Disse que você declara isso sem nenhuma comprovação. — E enfatizou as três últimas palavras.

— Não fale comigo como se eu fosse uma perfeita idiota. Não posso explicar por que, mas eu *sei* — Elizabeth replicou. — E não *preciso* de comprovação para isso.

As palavras saíram da sua boca sem que ela pensasse. Por um instante fez-se silêncio do outro lado da linha.

— Para uma tese de doutorado em filosofia? — Eve falou laconicamente. — Acho que precisa, sim.

— O que estou querendo dizer é... — Elizabeth suspirou. — Droga, não sei bem o que estou querendo dizer — falou, quase que consigo mesma. — Você algum dia teve a sensação de estar ouvindo o passado?

Mais uma vez, silêncio do outro lado da linha.

— Não da forma ilusória como você parece ouvir — Eve murmurou. Elizabeth não disse nada.

— Sua voz parece cansada — Eve falou um pouco depois.

— É verdade... — Elizabeth esfregou os dedos nos olhos de novo. — Não tenho dormido muito bem.

Outro silêncio na linha.

— Aconteceu alguma outra coisa? Marius tentou entrar em contato com você? — Eve perguntou finalmente. — Soube que ligou para a faculdade umas duas vezes.

— Marius? — Elizabeth quase riu. — Não.

Veio-lhe uma imagem, não de Marius, mas de Mehmet. *Tire Marius da cabeça.* Será que tinha conseguido mesmo?

— Que bom!

Fez-se uma pausa embaraçosa.

— Certo, é melhor eu desligar agora.

— Tudo bem.

— Tchau.

— Tchau.

Elizabeth deitou-se na cama, olhando para o teto. O que estava acontecendo? Tinha quase brigado com Eve. Podia ter feito algum comentário sobre Mehmet mas não fez, por quê? Ela sempre contava tudo para

Eve, por que não agora? Rolou na cama, pegou o celular na mesa de cabeceira e examinou as fotos que tinham tirado no dia anterior — o perfil dele, com o nariz bem delineado. Daria tudo para ver Mehmet em carne e osso naquele momento, ouvir sua voz. Mas ele estava longe, tinha ido a Ankar a negócios, ficaria fora por dois dias.

Largou o telefone e deitou-se de novo na cama. A distância, na escuridão do lado de fora, ouviu os muezins chamando os fiéis para as orações.

Fechou os olhos. Estava mesmo cansada. Mal tinha dormido na noite anterior pensando em Mehmet. Um sono leve e agitado. Pensando no dia em que estava no *hammam* e imaginou os olhos dele sobre seu corpo nu. Ou no dia em que ele a levou ao restaurante e passou o polegar na pele delicada do seu pulso.

Lembrou que quando voltaram do passeio tinham se sentado bem juntos um do outro, tão juntos que sentiu a respiração dele no seu pescoço.

— Você está bem?

— Estou.

— Está tremendo de novo?

— Não...

— Tem certeza? — Passou uma mecha de seu cabelo por trás da orelha.

— Tenho.

— Olhe para lá.

E apontou para uma fileira de imponentes casas de madeira à beira d'água em uma pequena baía. — São as *yalis* das quais eu estava falando. Veja aquela ali — disse, mostrando uma das maiores, com paredes de madeira pintadas de castanho-avermelhado. — Era isso que Haddba queria que mostrasse para você.

— É linda — disse Elizabeth. — De quem é a casa?

— Da minha família — Mehmet respondeu. — Um das minhas tias-avós, irmã caçula da minha avó, ainda mora lá, mas está passando o inverno na Europa. — Olhou longamente para Elizabeth. — Vou trazê-la aqui um dia. Você vai gostar.

Continuaram o passeio em silêncio durante algum tempo. O sol já desaparecia no horizonte, por trás das nuvens. Um bando de cormorões passou voando bem junto da água.

— Está com medo? — ele perguntou.

— Não — respondeu Elizabeth.

— Que bom. Não precisa ter medo, você sabe disso, não sabe?

— Sei — ela disse.

Passara quase toda a noite pensando nele. Havia momentos em que nem sabia se estava sonhando ou acordada. Em certa hora teve a impressão de ouvir passos no quarto. Sentou-se na cama e deu um grito.

Sentiu a sombra de uma mulher jovem, com cabelos soltos e pérolas no pescoço.

Ouviu uma voz gritando — seria a sua?

Celia?

Mas não havia ninguém ali.

Capítulo 30

Constantinopla, 5 de setembro de 1599

Manhã

Só dois dias depois de encontrar Handan é que Celia teve oportunidade de falar com Annetta de novo. Ela estava sozinha, sentada no meio das almofadas, ainda um pouco pálida, mas bem-vestida e com o cabelo bem penteado e trançado.

— Está com um aspecto melhor.

— E a sua está horrível — disse Annetta como um olhar crítico, olhando para o corredor por cima do ombro. — Onde estão suas acompanhantes hoje?

Celia baixou os olhos.

— A chefe do harém disse que tinha outro trabalho para elas.

— Quer dizer que você não é mais *gözde?* — perguntou Annetta, sem rodeios.

— Parece que não. — Celia pensou no sultão, naquele monte de carne branca, cavanhaque e papada caída. E lembrou-se da figura frágil de Hanza por cima dele, reprimindo estranhos soluços, como uma criança tentando não chorar. — Não me importo com o que você vai dizer — falou, puxando Annetta pela mão —, não me arrependo de ter perdido minha posição.

— Tudo bem, pombinha.

— Espero voltar para cá dentro de pouco tempo. — Deu uma olhada em volta do pequeno dormitório sem janelas, onde Annetta dormia com mais cinco *cariyes*. — Não me queixaria por isso.

— Vamos ficar juntas — Annetta apertou a mão dela de novo — aconteça o que acontecer, agora mais que nunca.

— É verdade — disse, olhando-a. — Então você deve me contar o que realmente aconteceu na noite em que Hassan...

— *Madonna*, lá vem você de novo! — Annetta recostou-se nas almofadas, mal-humorada. — Por que não esquece isso?

— Esquecer? Você disse que ia me contar! "Chega de segredos", você falou, lembra? Será que pensa que a situação vai resolver-se sozinha? Não vai. Se o agá Hassan realmente a viu lá, você está tão encrencada quanto eu. — Celia deu um suspiro. — Ssshh! O que foi isso?

— O quê? Não ouvi nada.

— Espere um instante. — Correu para a porta e deu uma olhada rápida nos dois lados do corredor e no outro que ia para o pátio das *cariyes*. Não havia ninguém à vista, mas ao voltar para o quarto, estava muito pálida. — Andaram mexendo nas minhas coisas, tenho certeza. A onde quer que eu vá tenho a sensação de que estão me espreitando, me escutando. Todo o tempo. Até as pessoas em quem eu achava que podia confiar, Gulbahar... Jacinto... todas. Você não imagina como tem sido. Não sei mais quem é quem.

— Por quê? Por causa do navio de açúcar? Mas já provaram que isso não teve nada a ver com o envenenamento...

— Provaram? Não tenho certeza. Vivo pensando nisso, Annetta. E se descobriram Paul, e se ele estiver em perigo também? — Pôs a mão na lateral do abdômen, onde sentia sempre aquela dor. — Annetta, o problema continua, meu nome estava naquele barco! — Começou a sentir falta de ar. — Não temos muito tempo. Você precisa me contar o que viu. Acredite, isso não vai se resolver por si só.

— Para mim, o melhor *é* deixar tudo resolver-se por si só. Se não mexerem nas coisas de novo, tudo se resolve — disse Annetta, olhando-a fixamente. — A verdade é que nada *aconteceu*. Descobriram que a culpada foi Hanza, a *haseki*, ou ambas. Fiquei com pena — acrescentou, de má vontade — porque sei que você gostava da *haseki*. Se o agá Hassan tivesse me visto no quarto, já teria falado. Você acha que não pensei nisso? Ninguém falou nada e nem vai falar. Agora podemos deixar esse assunto de lado?

— Você não diria isso se estivesse lá. Foi terrível, Annetta, eu estava presente quando elas foram levadas. — Celia estendeu o pulso, mostrando a pulseira da *haseki* com as contas de vidro azuis e pretas brilhantes. — O eunuco-chefe negro foi envenenado e duas mulheres morreram por causa disso. Foram colocadas em sacos e jogadas no Bósforo. Imagine... — Passou os dedos nas contas de vidro, sentindo o material suave. — O fato de o agá Hassan não ter dito que a viu no quarto pode ser um bom sinal, talvez não tenha visto mesmo. Ou talvez esteja esperando o momento certo. É assim que sempre agem aqui, lembra? Observam e esperam, foi você mesma quem me ensinou isso.

Annetta rolou nas almofadas, virando-se de costas para Celia a fim de não ouvi-la.

— A *haseki* tentou me contar uma coisa mas não teve tempo de terminar — disse Celia, sacudindo Annetta pelo ombro. — Você acha que Esperanza Malchi pôs mau-olhado em você, mas a meu ver ela não tem nada com isso. Há outra pessoa envolvida. A *haseki* disse que havia uma pessoa muito mais perigosa.

— Nesse caso, muito mais razão para você deixar as coisas como estão — disse Annetta, ainda com o rosto virado para a parede.

— Não posso. Agora não posso mais.

Fez-se um longo silêncio.

— Você foi lá, não foi? — Annetta perguntou, virando-se finalmente.

— Onde?

— Não banque a inocente comigo. Você foi ao Portão do Aviário, não foi?

Celia piscou, não adiantava negar, pelo menos não para Annetta.

— Ninguém me viu.

— Acha mesmo? — perguntou Annetta, fechando os olhos em desespero. — Não acredito no que estou ouvindo.

— Tenho ainda outra coisa para contar.

Celia falou rapidamente sobre Handan e suas descobertas de duas noites antes. Annetta ouviu-a em completo silêncio, e finalmente disse com raiva.

— O que deu em você? *Santa Madonna*, não é *comigo* que você deve se preocupar, é *você* que realmente vai se encrencar agora.

— Shhh! — Olhando em volta, Celia pôs o dedo no lábio dela. — Pense bem, *cariye* Mihrimah. Já ouviu falar nesse nome?

— Eu sei que o eunuco-chefe negro era chamado de Pequeno Rouxinol. Mas nunca ouvi falar em *cariye* Mihrimah. — Annetta sacudiu a cabeça. — Nunca ouvi falar nesse nome.

— Se pudermos descobrir quem é ela, creio que teremos a chave da questão.

— A chave?

— A chave de tudo. Descobrir quem envenenou o eunuco-chefe negro e quem está realmente por trás da morte da *haseki* Gulay — disse Celia, impaciente. — Descobrir por que o navio de açúcar, um confeito com a forma do navio do meu pai, com meu nome inscrito, foi parar no meio dessa confusão. Está tudo interligado, tenho certeza que era isso que a *haseki* queria me contar, mas não teve tempo.

— Mas eles descobriram que foi ela! — Annetta estava quase chorando agora. — E o horóscopo que Hanza encontrou?

— Nunca acreditei nisso. E você? Será que alguém acreditou? Deve ter sido uma prova plantada. Lembra do dia em que vimos Esperanza Malchi colocar uma coisa no apartamento da *haseki*? Alguém deve ter entrado lá, mas eu não vi quem foi, você viu? Creio que Gulay sabia que alguma coisa assim poderia acontecer. Ela me disse isso indiretamente. Certamente sabia que tinha inimigos. Inimigos perigosos o suficiente para obrigá-la a desistir de ser a *haseki*.

— Então foi isso que ela contou? — Annetta olhou de lado para Celia.

— Não está se esquecendo de uma coisa? Gulay tinha um *filho*. Esse filho poderia ser o próximo sultão, e ela se tornaria a próxima validé. Claro como água. Quando o atual sultão subiu ao trono, seus 19 irmãos foram assassinados. Lembra-se das histórias da *cariye* Lala? E Gulay sabia que, a não ser que vencesse, isso aconteceria com seu filho também. E ainda pode acontecer — acrescentou, com voz soturna. — Não dá para negar. Mas ainda assim creio que ela arquitetou um plano.

Annetta estremeceu, puxou a coberta para os ombros e continuou:

— Já lhe ocorreu que talvez fosse isso que ela quisesse que você pensasse? Que ela teve suas razões para falar sobre os Rouxinóis? Quanto mais ouço essa história, menos gosto.

— Você está errada — disse Celia. — Confie em mim. E agora, por favor, quer me dizer exatamente o que viu?

— Está bem, vou contar— disse Annetta, fechando os olhos.

"Naquela noite, a mesma noite em que a levaram para o sultão pela primeira vez, eu não consegui dormir. Fiquei pensando em você. Imaginando se estaria segura ou não. Imaginando... — deu um sorriso sem graça e continuou: — ... que tipo de truques a *cariye* Lala estaria escondendo, e se merecia o dinheiro que lhe pagamos. — Seus olhos faiscaram. — Muita coisa parecia depender disso, e eu sabia que essa podia ser nossa única chance de sermos bem-sucedidas. Inúmeras meninas vêm para cá, mas a maioria não é notada. Porém você, Celia, é bonita e gentil, e tem um porte nobre. Eu sabia que seria notada. Enquanto eu, olhe bem para mim — disse rindo —, sou uma magricela de cabelo preto, como as freiras costumavam dizer. Ninguém, muito menos o sultão, olharia para mim. Mas eu sou esperta, muito esperta, e entre as duas... bem, duas é melhor que uma.

"Continuando, naquela noite não consegui dormir, como já disse. Se você bem se lembra, havia poucas meninas aqui. Exceto as novatas, quase todas estavam no palácio de verão da validé e só voltariam no dia seguinte. Desci até as termas para tomar um pouco de água. Estava tudo calmo. Lembro que vi minha própria sombra à luz do luar, e pensei que fantasmas deviam ser assim.

"Foi então que ouvi um barulho, um murmúrio de vozes falando bem baixinho, vindo de dentro dos aposentos da validé. Achei que poderia ter alguma ligação com você, e fui até a porta que liga o pátio das *cariyes* às antecâmaras dela para poder ouvir melhor. Quando cheguei lá, a porta abriu-se com violência e a *cariye* Lala apareceu, carregando o navio de açúcar. Nós duas morremos de susto e fizemos força para não gritar. Pensei que ela fosse me mandar para a chefe do harém, mas ela simplesmente me entregou o navio de açúcar e disse que ia levar o confeito para o quarto do eunuco-chefe negro, mas que eu mesma poderia levar.

— Então foi assim que o navio foi parar lá? *Você* levou! Meu Deus, Annetta — disse Celia, olhando fixamente para a amiga. — Então duas pessoas sabem onde você estava naquela noite?

— A *cariye* Lala é inofensiva, todo mundo é da mesma opinião — disse Annetta, estalando a língua com impaciência. — A pergunta a fazer é *quem* a mandou lá.

— Sim, mas vamos por partes — disse Celia, passando os dedos nos olhos. — Primeiro me diga o que aconteceu quando você chegou ao quarto do agá Hassan.

— Por estranho que pareça, não havia ninguém lá dentro. Coloquei o naviozinho em uma bandeja ao lado do divã, mas antes dei uma boa olhada nele. Sinto muito, pombinha, sei que devia ter lhe contado — falou, olhando para Celia e engolindo em seco. — Depois de colocar o confeito na bandeja não sabia o que fazer. Pensei em esperar o agá Hassan para dizer o que tinha levado para ele, mas como ninguém apareceu, disse a mim mesma que aquela era minha chance de dar uma olhada ali...

— O *quê?* — Agora era Celia quem estava horrorizada. — Você bisbilhotou o quarto do agá Hassan?

— Veja só quem fala! — disse Annetta, baixando a voz e chegando mais perto de Celia. — E tem mais, eu encontrei uma coisa, ou melhor, *ouvi* uma coisa. Ouvi o miado de um gato.

— Um gato, o que há de tão extraordinário nisso? Este harém é cheio de gatos.

— Mas o barulho vinha *de dentro* de uma das paredes. Escutei melhor e descobri que o som vinha por trás dos azulejos de uma das paredes, a que fica imediatamente em frente ao divã. O miado do pobre gato tornou-se cada vez mais alto, então passei as mãos pelos azulejos e encontrei uma espécie de trinco. Puxei o trinco e imediatamente toda uma parte da parede abriu-se diante dos meus olhos.

— Uma porta secreta! Outra!

— Precisamente, e por trás da porta havia um armário bem grande, grande o suficiente para uma pessoa, até mesmo um eunuco gordo, esconder-se. E lá estava o gato...

— Pobrezinho!

— Mas não era um gato qualquer. Era o gato branco da validé, sabe qual é? O que tem olhos azuis diferentes?

— É claro que sei — respondeu Celia, atônita —, mas o que o gato estava fazendo lá?

— Já vou explicar. Quando abri a porta, o gato saltou do armário e quase me derrubou pois estava com pressa de sair, e eu vi que no fundo do armário havia outra porta.

— Acho que sei o que você vai dizer...

— Exatamente! Por trás da segunda porta descobri uma escada secreta. Como a que você descobriu no apartamento da *haseki*.

— Então era por isso que você estava tão interessada nas diferentes entradas para o apartamento dela. Acha que as duas entradas podem ser interligadas?

— É claro que sim. Deve ter sido assim que o gato entrou lá, encontrou um caminho e acabou ficando preso. De qualquer forma, eu ainda estava dentro do armário quando ouvi o som de vozes vindas do quarto. — Annetta olhou para Celia com ar constrangido. — O que eu podia fazer? Não podia mais sair. Só tive tempo de fechar a porta do armário, antes de o agá Hassan entrar.

Celia olhou-a, perplexa.

— Eu sei, eu sei — disse Annetta dando de ombros. — Não me olhe assim. Foi uma burrice, mas talvez eu não seja tão burra quando pareço. O velho rinoceronte não estava sozinho. Ah, não, estava com uma menina, a servente da *cariye* Lala das termas da validé. Vi os dois com toda a clareza por uma fresta na parte interna da porta.

— A menina com o cabelo trançado? Eu me lembro bem dela — disse Celia abruptamente. — Foi quem ajudou a me preparar naquela noite. Nunca mais a vi depois daquilo.

— Porque ela está morta.

— Morta? — Celia repetiu. — Ela também?

— Também.

— Mas como?

— Aquela menina, a menina de ar inocente, era na verdade o *culo* particular do eunuco-chefe negro.

— Impossível.

Ao ver o ar horrorizado de Celia, Annetta deu uma risada estranha.

— Você acha que pelo fato de os eunucos serem castrados não podem fornicar — Annetta fez um gesto eloquente com os dedos de uma mão —, não têm afetos, não têm desejos? Não podem satisfazer uma mulher de outras formas? Bem, o que presenciei naquela noite prova o contrário. — Franziu o nariz, enojada. — De todas as coisas estranhas e bestiais que já vi...

— Você não...

Annetta deu de ombros.

— Eu já disse que todos os bordéis são iguais. Mas não era tanto o que ele fazia com ela, ou obrigava-a a fazer com ele, eram as palavras de carinho, os arrulhos, as lisonjas. *Que nojo!* — Annetta estremeceu. — Fiquei enojada com aquilo. Acho que ele realmente sentia alguma coisa por ela, o pobre idiota iludido. Ela sussurrava *Meu pequeno fauno*, e ele murmurava *minha florzinha, tire a roupa para mim, meu lindo passarinho, quero vê-la nua, quero beijar seus pezinhos, quero chupar os bicos dos seus seios, tão macios, tão doces, como tenras tulipas cor-de-rosa.* — Annetta franziu o rosto e imitou a voz esganiçada de falsete do eunuco. — Todas essas nojeiras, que horror! Aquele hipopótamo velho e monstruoso fuçando o corpo todo dela, tive ímpetos de sair do armário naquele minuto e dar um tapa naquela cara feia.

Celia olhava atônita para ela, imaginando a cena.

— Mas como você pode ver, fiquei ali mesmo.

— É claro.

— Então notei que a menina tirava uma coisa do navio de açúcar.

— Tirava um bloco de açúcar?

— Não — disse Annetta franzindo a sobrancelha —, acho que havia alguma coisa escondida lá dentro. Aliás, tenho certeza disso. Não vi muito bem, pois estava escuro e eu não estava procurando nada; mas ela devia saber que estava ali, pois pegou a coisa e enfiou-a imediatamente na boca.

— E ele não viu nada?

— Não. Tinha se virado para pegar um xale para cobrir os ombros dela. Ela esperou que ele lhe desse as costas.

— E então?

— Quando ele achou que ela estava bem confortável e *teve vontade de servi-la*, imagine o eunuco-chefe negro fazendo o papel de servente!, tentou beijar sua boca. De início ela não quis. Esquivou-se, mas ele insistiu. Puxou-a para o divã e prendeu-a com tanta força que ela não conseguiu se mover. Eu podia ouvir, a coisa mais repugnante!, o som daqueles lábios úmidos chupando a boca da menina, lambendo todo o seu rosto como se fosse um cachorro! — Annetta estremeceu de nojo. — Não aguentei ver mais. Fiquei sentada dentro do armário com os olhos fechados, mas logo depois percebi que alguma coisa estava errada. Foi ela quem gritou primeiro, um grito de dor. Eu supus que ele tivesse feito alguma coisa com ela, violando-a de alguma forma, não sei como, talvez com os dedos ou até mesmo com um pênis falso. — Notou a expressão horrorizada de Celia, mas continuou: — Já vi coisas piores. Mas em seguida ele gritou também. E ouvi outros sons, e cheiros... Ah, minha pombinha, você não pode imaginar como foi. — O rosto de Annetta estava branco. — Vômito por todo lado, evacuação, aquele cheiro horrível! Mas de um momento para o outro tudo acabou. A menina morreu em questão de segundos.

— Você acha que ela pôs veneno na boca, e quando ele a beijou foi envenenado? — Celia perguntou.

— Não, não — disse Annetta com veemência. — Aposto mil ducados ou mais como ela não tinha ideia de que fosse veneno, nem a menor intenção de envenenar o eunuco. Provavelmente pensou que fosse alguma poção de amor...

"Ela devia ter acesso a essas coisas. A *cariye* Lala tem uma farmácia completa dentro daquela sua caixa. Seria facílimo tirar uma coisa qualquer da caixa quando ninguém estivesse olhando.

"Então, por que se dar tanto trabalho de esconder dentro do navio de açúcar? De qualquer forma, ela não poderia saber que eu ia levar o naviozinho e colocá-lo naquela bandeja... Ah, meu Deus! Tudo isso está fazendo minha cabeça girar. Não, não, está tudo errado. Além do mais, por que ela cuspiria no prato em que ia comer? Ser amante do eunuco-chefe negro, por mais revoltante que possa parecer para nós duas, lhe daria mais poder do que ela poderia imaginar. Quase tanto poder quanto o da própria *haseki*. Não, ela foi usada por alguém, tenho certeza de que não poderia saber o que estava realmente fazendo. Alguém estava por trás de tudo isso, tenho certeza.

"Alguém que sabia que ela estaria com ele naquela noite.

"Talvez tenha sido mandada para lá de propósito, quem sabe? — Annetta deu de ombros. — Mas espere até eu contar o que aconteceu depois.

"Fiquei dentro do armário esperando durante um longo tempo, ou pelo menos me pareceu longo. — Annetta engoliu em seco, nervosa, ao lembrar-se da cena. — Estava muito assustada, você nem pode imaginar, assustada demais para me mexer. Se alguém me encontrasse ali, pensaria que eu tinha alguma coisa a ver com aquilo. Algum tempo depois, criei coragem para sair. Tinha certeza de que àquela altura os dois estariam mortos. Abri a porta, e quando me preparei para voltar para o quarto ouvi mais vozes, mais gente chegando. Então voltei, o que mais podia fazer?, para aquele bendito armário. E quem entrou foi a própria validé, com Gulbahar e Esperanza Malchi.

— A validé? Então ela sabia o tempo todo. Mas ninguém deu o alarme. Como ficaram sabendo?

— Não tenho ideia, mas alguém deve ter avisado. — Annetta sacudiu a cabeça. — No início ficaram na porta, como que com medo de entrar. Mas estavam muito perto, eu conseguia ouvir tudo o que diziam. Tinha certeza de que me descobririam ali. Em certo momento cheguei a fazer um ruído, mas graças a Deus pensaram que fosse o gato...

— O que elas fizeram? — Celia estava pálida.

— A validé *haseki* perguntou: "Eles estão mortos?" Esperanza entrou no quarto, olhou e disse: "A menina está." Depois olhou o agá Hassan bem de perto e pôs um espelho junto do seu nariz. Quando viu que ele não estava morto ofereceu-se para buscar o médico do palácio, mas a validé disse alguma coisa como "Não, ainda não".

— Ela recusou-se a ajudar o agá Hassan?

— Não exatamente. Era como se... — Annetta franziu o rosto tentando lembrar-se — ... como se já tivesse outro plano. Como se já soubesse, ou no mínimo esperasse que alguma coisa assim fosse acontecer.

Por um instante Celia não disse nada, mas finalmente sussurrou:

— Você acha que foi ela? A validé?

— Pode ter sido, mas por que ela o mataria? — Annetta respondeu.
— O eunuco-chefe negro é um dos seus principais aliados. É seu braço direito. Aquele com quem sempre pôde contar. Além do mais, se o tivesse matado não teria corrido logo para a cena do crime. Teria se mantido bem afastada — disse Annetta, sacudindo a cabeça. — Não, creio que ela apareceu para tentar deter os acontecimentos.

— Quer dizer que ela sabia o que ia acontecer?

— Creio que tinha uma ideia de que *alguma coisa* ia acontecer.

— E desde então vem protegendo a pessoa que cometeu o crime.

— Ela sabe quem foi, tenho certeza disso — Annetta assentiu. — Você não conhece a validé como eu conheço. Por que acha que não fizeram uma investigação real durante todo esse tempo?

— É óbvio, não é? — disse Celia, levantando-se.

— É, sim.

— Não há dúvida. Quem, fora o próprio sultão, a validé protegeria a esse ponto? Os outros Rouxinóis, é claro. O Pequeno Rouxinol claramente não envenenou a si próprio... então deve ter sido...

— O terceiro Rouxinol?

— Exato.

— A *cariye* Mihrimah.

— A que todos pensam que está morta.

— E se eu decidir descobrir quem é *cariye* Mihrimah — disse Celia —, só uma pessoa poderá me ajudar.

— Quem?

— Vou precisar ver Handan de novo.

— Isso é uma loucura, por favor, é uma completa loucura — disse Annetta, agarrando Celia pelo braço. — Você vai ser apanhada, e mesmo que não seja, dizem que Handan é meio louca. Como vai saber se é verdade o que ela disser? Eu já falei, é uma má ideia.

— Eu consegui que ela me falasse sobre a *cariye* Mihrimah, não foi?

— Foi, mas...

— Então talvez consiga que me conte o resto. Além do mais, não creio que ela seja louca. Está muito enfraquecida e doente por causa do ópio, mas de louca não tem nada.

Nesse momento ouviram vozes no pátio de baixo. Quando Celia se levantou, Annetta segurou-a pelo braço.

— Por favor, pombinha, estou implorando para que você não vá.

— Preciso ir — disse Celia, beijando-a no rosto e saindo antes que Annetta a amedrontasse mais e a fizesse mudar de ideia.

Desceu as estreitas escadas de madeira e entrou no pátio. Duas velhas serventes negras estavam varrendo o local com vassouras de folhas de palmeira, e ao verem Celia deram um passo atrás e cumprimentaram-na respeitosamente. Um pombo voou de um dos telhados, as asas cortando o ar parado como um tiro de pistola. De repente Celia lembrou-se da manhã em que Annetta a chamara pela primeira vez para ver a validé e que as duas tinham ficado juntas bem ali, do lado de fora da porta dos seus aposentos. Não dava para acreditar que tivesse ocorrido apenas uma semana antes. E aquela garota, aquela Celia — *Kadin* Kaya, a que tinha sido *gözde* —, ela mal reconhecia.

Ouviu o ruído de uma vassoura caindo no chão e olhou para as velhas pela primeira vez. Não eram as mesmas que estavam varrendo o pátio naquele dia? Annetta tinha falado com elas rispidamente, mas, afora isso, não tinha nenhuma lembrança das duas. Mesmo na Casa da Felicidade, onde todas viviam muito juntas, as serventes pareciam todas iguais. A *cariye* Mihrimah teria feito isso? Voltado para o harém disfarçada de servente para que ninguém a reconhecesse?

Em um impulso, parou e virou-se para as duas mulheres. Quando elas a viram, baixaram a cabeça e fizeram uma reverência em uníssono.

— *Kadin*! — Celia ia seguir adiante quando percebeu que uma delas a chamava. — Minha senhora!

Essa usava uma corrente fina de ouro no tornozelo. A outra, de cabelo muito crespo, mais ralo e mais grisalho que o da companheira, tinha um pequeno tampão em um olho. A da corrente no tornozelo puxou a outra pela mão e as duas aproximaram-se com cuidado.

— Por favor, minha senhora...

Ao chegarem mais perto, não souberam como proceder.

— Vocês desejam alguma coisa, *cariyes?* — perguntou Celia, curiosa. — Como é o seu nome? — perguntou à mulher da corrente de ouro.

— *Cariye* Tusa.

— E o seu? — disse, virando-se para a outra.

— *Cariye* Tata, minha senhora.

Ainda de mãos dadas, olharam-na maravilhadas. São inocentes como crianças, Celia pensou. E de repente notou uma coisa.

— Vocês são irmãs, não são? Irmãs gêmeas?

— Sim, *kadin.* — A *cariye* Tusa pôs a mão no braço da irmã, com ar de proteção. A outra, com o tampão no olho, olhou direto para Celia. Não exatamente para ela mas através dela. Celia virou-se e espiou por cima do ombro para ver se havia mais alguém, mas o pátio estava vazio.

— Você, *cariye* Tata, sabe quem eu sou? — perguntou.

A velha examinou o rosto de Celia com o olho bom. A córnea era de um azul brilhante como o de uma centáurea. A irmã, *cariye* Tusa, começou a responder por ela, mas Celia interrompeu-a.

— Não, não, quero que ela mesma responda:

— Eu... eu... — Confusa, sacudiu a cabeça grisalha de um lado para o outro, e ficou olhando por cima do ombro de Celia com um ar estranho e vago, como se só visse fantasmas naquele pátio deserto. — Você é uma das *kadins...* — disse finalmente. — Isso mesmo, sei que devo chamá-la de *kadin...* — Fez uma reverência, baixando e levantando a cabeça, cada vez mais depressa. — Por favor, é assim que devo chamá-la. Por favor, minha senhora.

— Por favor, *kadin* Kaya. Por favor perdoe minha irmã, ela não quis ser desrespeitosa — a *cariye* Tusa falou, com os olhos cheios de lágrimas.

— São vocês que devem me perdoar, *cariyes* — disse Celia, agora num tom mais gentil. — Eu não tinha visto... — e corrigiu-se: — só agora notei que sua irmã é cega.

E de repente imaginou que elas deviam ter sido duas pequenas escravas negras esquálidas de olhos azuis, como perfeitas pérolas do fundo do mar. Todas tinham sua história, qual seria a delas? Quantos anos teriam quando chegaram ali? Seis, 7? Deviam ter se unido na época, assustadas e longe de casa, como ainda se mantinham unidas, velhas e uma delas cega, a serviço do sultão. Enquanto pensava nisso, a *cariye* Tusa estendeu a mão e lhe ofereceu uma coisa que tirou do bolso, uma coisa que brilhava como cobre.

— Para você, *kadin* Kaya — disse, pondo na mão de Celia um objeto macio e redondo. — Foi isso que viemos dizer. Uma das *kiras* nos pediu para lhe entregar isso.

Celia abriu os dedos e o estojo de metal dourado do *compendium* de Paul brilhou sob a luz do sol.

— O que aconteceu? — A *cariye* Tusa pôs a mão no braço de Celia. — Não está se sentindo bem, *kadin*?

Celia não respondeu. Mexeu no fecho oculto, o *compendium* se abriu e seu próprio rosto apareceu.

> Como o tempo e as horas passam, assim a vida do homem decai,
> Como o tempo não pode ser redimido sem custo,
> Use-o bem, não desperdice nenhuma hora.

Naquele momento, sem saber o que estava fazendo, sentou-se nos degraus das termas e chorou. Chorou muito, muito, pela *cariye* Tata e a *cariye* Tusa, duas velhas que só tinha conhecido naquele dia, pela *haseki* Gulay, afogada no fundo do Bósforo. Mas acima de tudo chorou por si mesma, por ter sobrevivido ao naufrágio, e pelos marinheiros do navio, por não terem sobrevivido. Chorou pela morte de seu pai e por seu amor perdido, que nunca estivera mais perdido para ela agora que o reencontrara.

Capítulo 31

Istambul, dias atuais

No dia seguinte ao seu sonho, Elizabeth ficou no quarto lendo durante quase o dia todo. No final da tarde, quando desceu para mandar Rashid comprar um sanduíche, ficou surpresa ao ver Haddba esperando-a no saguão.

— Elizabeth, afinal você desceu... Acabei de ligar para seu quarto. Que bom encontrá-la. — Com um ar enigmático, levou-a a uma salinha debaixo da escada. — Minha querida, você tem uma visita.

— Mehmet voltou? — perguntou Elizabeth, feliz.

Ia correr para a sala de visitas quando Haddba pôs a mão no seu braço.

— Não, minha querida, *não* é Mehmet...

Mas antes que pudesse terminar a frase Elizabeth ouviu uma voz familiar.

— Oi, Elizabeth.

Virou-se e lá estava ele. O mesmo de sempre. Jeans desbotado, jaqueta de couro, olhos insinuantes. Sem querer, sentiu desejo por ele.

— Marius?

— Oi, gata.

— O que está fazendo aqui? — Que pergunta mais idiota. — Como me encontrou? — Pior ainda. Seriam seus nervos que a faziam sorrir para ele?

— Vim atrás de você, meu bem. — A voz dele era suave, quase cantada. Algum tempo antes ela se prestaria a qualquer humilhação só para ouvir de novo aquela voz.

— Sinto muito, Marius, não...

Mas antes que pudesse protestar ele pôs o braço em volta dos seus ombros e beijou-a na boca.

— Você fugiu de mim — sussurrou.

— Não... — Tentou afastar-se, mas sentiu seu quadril colado ao dele.

O que há com ele?, podia ouvir Eve dizendo. *Ele não quer você mas também não larga.*

— Como me encontrou aqui? — Olhou para ele e estremeceu. Teria sentido excitação ou medo? Seu cabelo, sempre despenteado, parecia mais comprido e formava cachos em volta da gola da jaqueta. Estava tão perto dele que podia sentir o cheiro familiar do cabelo e da pele dele, o cheiro de cigarro e de lençóis sujos, e o cheiro desagradável e ligeiramente azedo do couro da sua jaqueta.

— Senti falta de você, meu bem... — Descarado. Nem respondeu à sua pergunta, pensou Elizabeth, irritada, ao vê-lo com o braço em volta do seu pescoço, acariciando seu cabelo. Quase seis semanas tinham se passado, e para quê?

— Vamos para o seu quarto? Precisamos conversar. — Elizabeth sentiu os dedos dele nas suas costas. — Tentei convencer a zeladora a me deixar subir — murmurou no seu ouvido —, mas ela não cedeu. Quem é essa velha, afinal de contas?

Elizabeth deu-se conta de repente de que Haddba estava a poucos metros dos dois, com seu ar imperturbável.

Ele brinca com o seu coração, ouviu uma voz dizer.

Assustada, virou-se para Haddba.

— O que você disse?

— Não disse nada — Haddba falou, parada ali. O comportamento impróprio de Marius estava tão claramente escrito no seu rosto que parecia uma ducha de água fria. Envergonhada, Elizabeth afastou-se dele.

— Desculpe... Haddba, este é Marius. Marius, esta é Haddba, a dona da pensão.

Marius estendeu a mão, mas Haddba não a apertou. As esmeraldas dos seus brincos brilhavam como olhos de gato sob a luz suave. Elizabeth viu que ela o olhou com uma expressão de desprezo.

— Tenha um bom dia — disse finalmente.

Até mesmo Marius ficou desconcertado.

— Meu Deus, que megera dos infernos. — Para desapontamento e alívio de Elizabeth, não pôs o braço em volta dela de novo, enfiou as mãos nos bolsos da jaqueta e foi andando pela rua um pouco à sua frente. — Você normalmente deixa que ela use esse tom autoritário? Deixa, não é? É claro que sim.

— Não fale dela dessa maneira, Haddba é minha amiga.

— A zeladora do hotel?

— Ela não é *zeladora*. — A essa altura estava quase correndo para seguir os passos dele. O ar da tarde estava tão frio que seus dentes doíam.

— Verdade? — ele disse, num tom ácido. — Mas parece.

Elizabeth teve vontade de rir. Era raro Marius não deixar uma mulher encantada, fosse jovem, velha ou de meia-idade, ninguém ficava imune a ele. Não era de surpreender que estivesse aborrecido.

Os dois foram caminhando juntos em silêncio, subindo as ruas estreitas e íngremes na direção de Istiklal Caddesi. Era quase noite, e o céu estava pontilhado de nuvens roxas. Gatos esquálidos protegiam-se nas entradas das portas. Passaram por delicatéssens, pelas lojinhas onde Rashid ia comprar chá e jornais, por barbearias e lojas de doces, e pelo homem que vendia castanhas na rua. Como aquela paisagem se tornara familiar em poucas semanas, pensou.

Em uma esquina havia uma casa em ruínas, com tábuas pregadas à porta. Marius parou, puxou-a de repente e apertou-a contra a porta.

Seus lábios roçaram os dela.

— Agora posso beijar você?

Puxou-a pela lapela do casaco e os dois ficaram bem juntos.

Não!, gritou a voz dentro da sua cabeça, mas não adiantou. Ela sentiu a respiração de Marius no seu pescoço, no seu cabelo. Fechou os olhos com um suspiro, e aconchegou-se no peito dele. Ele veio me procurar, foi só o que pensou. Quantas vezes sonhei com isso? Houve época em que venderia minha alma para estar com ele. Mas quando o beijou, sentiu a língua dele fria.

— Meu Deus, está um gelo aqui — disse ele finalmente. — Podemos ir a algum lugar?

— Podemos, eu conheço um lugar bom.

Levou-o ao seu café favorito em Istiklal Caddesi. Já estava escuro, e tão frio, que dava para sentir cheiro de neve no ar. Foi andando na frente, subiu a rua que vendia instrumentos musicais e passou pelo cemitério do dervixe *tekke*, com os túmulos iluminados pela luz da lua.

— Onde estamos exatamente? — Marius perguntou, seguindo-a pelas ruas estreitas.

— Estamos em Beyoglu, em outros tempos chamado Pera, onde moravam os estrangeiros.

Entrou em uma passagem estreita para cortar caminho e foi parar em uma espécie de praça, onde alguns velhos tomavam chá e jogavam dominó à luz de um lampião de rua da década de 1930. Os velhos levantaram os olhos quando viram Elizabeth passar seguida de Marius.

— Tem certeza de que é seguro aqui? — ele perguntou, hesitante.

— Seguro? — Rindo, Elizabeth virou-se, surpresa. Seria sua imaginação ou ele lhe pareceu diferente? Menor. Menos substancial. — Depende do que você entende por seguro.

O café era aquecido por lâmpadas de cobre, à moda dos cafés vienenses, com paredes cobertas de espelhos e painéis de mogno. Elizabeth pediu chá e bolos. Quando a garçonete se afastou, notou que Marius olhava para ela.

— Você está diferente — disse finalmente, com um ar pensativo. — Está bonita, Elizabeth. Muito bonita. — Ela teve a estranha sensação de que Marius a olhava pela primeira vez.

— Obrigada — respondeu simplesmente.

— Estou falando sério.

Normalmente ela falaria qualquer coisa para quebrar o silêncio, mas dessa vez deixou-o falar primeiro.

— Você não respondeu às minhas mensagens — ele disse enfim.

— Não.

Outro silêncio. Marius pegou uma das colheres de chá da mesa e revirou-a na mão. Meu Deus, pensou Elizabeth, não pode ser. Marius está nervoso!

— Senti sua falta, meu bem.

— Sentiu mesmo?

Será que era verdade? Ele parecia estar sendo sincero.

— Senti, sim.

Que estranho, era só o que conseguia pensar, que estranho estar sentada ali com Marius. Sua conversa não tinha nada a ver com ela. Depois do choque inicial ao vê-lo, conseguiu avaliar o homem à sua frente com serenidade. Bonito, barba por fazer, mas de uma beleza vulgar e sem classe.

— O que você quer, Marius? — perguntou, curiosa. — O que aconteceu com aquela outra garota, a loura? — Nem mesmo essa lembrança, que antes a deixava desolada, a incomodava mais.

— Ah, ela.... ela não significava nada para mim.

— Não, suponho que não. — Pôs a xícara na mesa. Sua mão continuava firme. — Então, por que está aqui? — Ouviu-se dizendo, espantada.

— Vim buscar você. Vim levar você comigo.

Ele brinca com o seu coração.

Ouviu a frase com clareza, e olhou em volta para ver se havia alguém no banco ao lado. De onde vinham aquelas palavras? Um dia Eve lhe dissera isso em Oxford, e outro dia Haddba repetira as mesmas palavras. Mas agora não havia ninguém por perto.

Do outro lado do café viu uma mulher jovem de casaco azul-marinho, com o cabelo caído sobre um dos ombros. Enquanto admirava a serenidade dela, percebeu que era seu próprio reflexo.

— Por que está rindo? — Marius perguntou. — Eu disse que vim levar você para casa. — Repetiu as palavras como se achasse que ela não tinha ouvido.

— Veio me salvar?

— Em outras palavras, sim — ele disse, intrigado. — Não vejo qual é a graça.

— Desculpe — disse Elizabeth secando os olhos. — Você tem razão, não é nada engraçado. É... até um pouco triste.

Ouviu o telefone vibrar na bolsa com uma nova mensagem. Olhou o visor rapidamente, e sem dizer nada colocou o celular na bolsa.

Fez-se outro silêncio.

— Você conheceu alguém — disse Marius, finalmente.

Elizabeth olhou-o de novo e teve uma estranha sensação de vertigem, como se estivesse caindo, caindo, não para baixo, mas para cima.

— Conheci, sim — Olhou-o com a cabeça um pouco virada de lado. — Mas não é por isso.

— Não?

— Não é por isso que não vou voltar com você.

Levantou-se, beijou-o no rosto, e Marius viu que ela se preparava para sair dali.

— Espero que saiba o que está fazendo, Elizabeth. Vai se sentir segura aqui? — perguntou.

— Se vou me sentir segura? — ela falou, parando na porta. — Não, mais que isso. Muito mais. — Virou-se para ele, parecia estar andando nas nuvens. — Vou me sentir livre.

Capítulo 32

Constantinopla, 5 de setembro de 1599

Manhã

As duas velhas deixaram Celia chorar durante algum tempo, depois saíram do pátio com ela para que as outras mulheres e empregadas do harém que faziam a ronda diária não a vissem e esconderam-na nas termas por trás de uma das banheiras de mármore. Ficaram acariciando seus cabelos em silêncio, dando estranhos estalos com a língua entre os dentes.

Passado algum tempo, as lágrimas de Celia secaram. Ela sentou-se no chão de mármore entre as duas banheiras e deixou as mulheres limparem seu rosto e colocarem panos frios nos seus olhos inchados. Sua respiração voltou ao normal, mas a sensação de cansaço era tão imensa que não conseguia levantar-se daquele chão de mármore.

— Não posso ficar aqui — disse, mais para si mesma que para as velhas. E o cansaço deu lugar a uma horrível sensação de medo, ao pensar no que ainda tinha de fazer.

Olhou as banheiras de mármore com as torneiras em forma de golfinhos e tentou organizar os pensamentos. Na última vez que fora às termas estava acompanhada de Annetta e das outras camareiras da validé. Elas conversavam, mas sobre o quê?

Olhou de novo para as duas velhas e foi tomada de uma profunda sensação de angústia. Pegou a mão da *cariye* Tusa e perguntou:

— *Cariye*... quantos anos você tem?

— Não sei, *kadin* Kaya — disse a mulher, dando de ombros. — Só sei que sou velha — acrescentou com simplicidade.

Então veio à cabeça de Celia uma ideia, ou seria uma lembrança?

— Vocês se lembram do antigo sultão?

— É claro que nos lembramos — respondeu uma delas.

— Chegamos aqui primeiro — disse a outra, sorrindo orgulhosa. — As outras foram mandadas para o Palácio das Lágrimas, mas nós, não. Servimos à atendente do harém, Janfreda Khatun.

Aquele nome, *Janfreda Khatun*. Uma lembrança. Definitivamente uma lembrança.

— Isso mesmo, todas foram embora. Todas. Até mesmo os pequenos príncipes. Eram 19. Todos morreram. Nós choramos muito!

Onde tinha ouvido essas palavras antes? Seu coração quase parou de bater. E aqueles olhos — talvez não tão azuis, mas meio... leitosos. Onde ela tinha visto aqueles olhos antes?

— Já que vocês são as mais velhas daqui — disse, sorrindo para encorajá-las —, talvez possam me ajudar a encontrar uma pessoa. — Falou lentamente, esforçando-se para manter a voz firme, mas sua boca estava seca. — Sabem onde posso encontrar... a *cariye* Mihrimah?

A *cariye* Tusa sacudiu a cabeça.

— Ela foi embora há muito tempo. Não sabia?

— O que está dizendo, irmã? — Os olhos cegos da *cariye* Tata abriram-se, surpresos. — Eu ouço a voz dela o tempo todo.

A *cariye* Tusa virou-se para a irmã.

— Ouve mesmo, minha irmã? — perguntou, atônita. — Mas você nunca me disse isso.

— Nem você me perguntou. — O rosto da *cariye* Tata era inocente como o de uma criança. — Ela voltou para as termas.

— Tem certeza? — perguntou Celia, sentindo os olhos molharem-se de lágrimas. — Tem certeza de que é a *cariye* Mihrimah?

— Ela não é mais chamada por esse nome, *kadin*. Voltou a ser chamada de Lilian, seu nome antigo, não sei por quê. Pelo menos é como agá Hassan a chama. Um nome lindo. Mas nós a chamamos de Lala — disse a velha com um sorriso radiante. — É esse o nome que usamos agora, *cariye* Lala.

Celia correu para o pátio da validé e encontrou o antigo apartamento da *haseki* exatamente como o deixara na noite anterior — no chão, uma xícara quebrada e um pé descartado da sapatilha de contas. Lá estava a porta no fundo do armário e as escadas mínimas que davam em um corredor oculto. No alto da escada achou uma segunda porta. Abriu-a rapidamente e foi andando com cuidado. Passou pela bifurcação, pela pequena fenda de onde se podia ver o apartamento da validé, e finalmente saiu na porta do armário e no quarto de Handan.

Como antes, o quarto estava muito quente. Apesar da riqueza dos móveis, das cortinas bordadas com brocados, das túnicas forradas de pele penduradas nos ganchos da parede, espantou-se mais uma vez com o ar viciado do quarto, que transmitia uma sensação quase selvagem. Viu em um canto uma arca de sândalo. Em cima da arca havia uma jarra com flores mortas e uma caixa de ouro incrustada de cristal de rocha e rubis, e adornada com várias pedras preciosas — a maioria diamantes e uma magnífica aigrette feita com uma esmeralda do tamanho de uma pedra. Tudo muito empoeirado e sem brilho — as riquezas vazias da concubina descartada.

Ao som dos seus passos, um vulto mexeu-se na cama.

— Sultana Handan! — disse Celia, ajoelhando-se no chão ao seu lado. — Não tenha medo, sou eu, Kaya.

Um som, como que um suspiro fino, foi emitido por aquela forma frágil debaixo das cobertas.

— Sultana Handan, acho que sei quem é a *cariye* Mihrimah, mas preciso que a senhora me diga se estou certa.

Debaixo da máscara semelhante a uma joia, os olhos pintados de Handan fixaram-na. Estavam abertos, mas tão vidrados que não dava para saber se ela estava acordada.

— Handan! Por favor, está me ouvindo? — Celia perguntou baixinho junto ao seu ouvido. Ela sacudiu o ombro esquelético e as cobertas escorregaram do seu corpo. Um cheiro terrível, nauseante e doce como um ninho de ratos velhos, penetrou tão fundo na garganta de Celia que ela quase vomitou.

— Acho que ela não consegue ouvir você, *kadin*.

Celia girou o corpo com tanta pressa que quase derrubou o braseiro.

— Mas não precisa se preocupar — disse uma voz familiar —, Handan não está nem acordada nem dormindo. Está sonhando. Lindos sonhos. Não vamos interrompê-la, não é?

— *Você*! Mas nós todos pensamos que você estivesse...

— Morta? — A *haseki* Gulay entrou no quarto. — Como vê, não estou — disse sorrindo. Em uma das mãos trazia a pequena sapatilha bordada com joias. — E encontrei minha sapatilha — acrescentou, com uma das suas risadas charmosas e alegres. — Pobre menina, você parece que vai desmaiar! Desculpe tê-la assustado tanto. Quer tocar em mim? — Esticou a mão com ar persuasivo. — Quer ter certeza de que não sou um fantasma?

— Quero! — Celia segurou a mão dela e levou-a aos lábios. — Ah, graças a Deus, graças a Deus — disse, beijando os dedos frios de Gulay e passando a mão dela pelo seu rosto. — Pensei que eles... — falou, com os olhos cheios de lágrimas. — Pensei...

— Sei o que você pensou — disse Gulay. — Eu sabia que tentariam me acusar. Aquele caso infeliz com o eunuco-chefe negro foi uma oportunidade boa demais para não ser aproveitada. A validé mandou fazer um horóscopo que previa a morte do agá Hassan e alguém o colocou no meu quarto. Felizmente eu descobri e troquei o papel, e quando o horóscopo foi aberto, naquele dia na Grande Câmara, quando apreciávamos as acrobatas, encontraram uma receita de fazer sabão — falou, com um risinho matreiro. — Imagine a cara deles. Imagine a cara *dela*, aquela idiota. — Puxou a mão que Celia segurava com ansiedade. — Uma falta de cuidado deles, não acha? A validé, deve estar furiosa.

— Então foi a validé, o tempo todo — disse Celia, assustada. — Eu sabia que não podia ser você. E Hanza?

— Não se preocupe, *ela* não vai voltar dos mortos — disse Gulay, com sua risada feliz.

Gulay aproximou-se do divã de Handan, gingando exageradamente. No quarto silencioso, seu vestido de brocado fazia um ruído suave. Sentou-se no divã e pegou a mão dela para sentir seu pulso. Olhou para Celia com um ar sério e virou a cabeça de lado. Seu rosto, de proporções perfeitas, era exatamente como Celia se lembrava: pele aveludada, cabelo escuro e macio e olhos azuis como um céu de inverno. Inúmeros brilhantes reluziam nas suas orelhas e costurados na touca. Eram tantos que ela parecia coberta por uma geada de joias.

— Hanza — disse a *haseki* baixinho, como se falasse para si mesma —, aquela putinha, tentou voar alto demais. Você sabe disso tão bem quanto eu.

Celia abriu a boca para dizer alguma coisa, mas calou-se.

— Você deve agradecer de joelhos por não ter sido escolhida como mensageira — Gulay acrescentou. — De início eu não sabia bem qual de vocês ela escolheria. Mas depois tornou-se óbvio que seria Hanza. As ambiciosas são sempre mais fáceis de manipular, pensam que podem fazer tudo por conta própria. Foi uma lição que aprendi muito cedo.

Fez-se silêncio, um silêncio longo como o guincho agourento de um espírito, tão alto que Celia teve vontade de tapar os ouvidos para não ouvir mais.

— E o seu apartamento? Tiraram tudo de lá, todas as suas coisas — disse finalmente. — Você vai se mudar para o palácio antigo?

Ao ouvir isso, Gulay deu uma gargalhada divertida.

— Acredita realmente que faria isso? Sair daqui e deixar o caminho aberto para *ela*? — disse a *haseki* apertando os lábios. — Se é o que acredita, deve ser mais boba do que eu pensava. Não, vou para um novo apartamento, só isso. Passei os dois últimos dias com o sultão no palácio de verão. Depois de todo o aborrecimento daquela noite, achamos que seria melhor assim. Além do mais, estava se tornando um pouco... desconfortável para todos.

— Todo o "aborrecimento", foi só isso que você acha que aconteceu?

Na cama ao lado, Handan virou o corpo frágil. Um som baixinho, como o miado de um gato, veio das cobertas. Gulay deixou cair a mão, enojada.

— *Puxa!* Como ela está cheirando mal.

— Você não está vendo? Ela não está bem — disse Celia tremendo. — Não posso acreditar que a validé tenha feito isso com ela.

— Hmmm... — A *haseki* Gulay virou a cabeça de lado, pensativa. Não foi exatamente a validé.

— Como assim, *não foi exatamente?* Quem foi então?

— Minha pequena Kaya, fui eu, é claro — respondeu a haseki, olhando fixamente para Celia com seus olhos azuis. — Fui eu, de certa forma. Quando o filho de Handan, o príncipe Ahmet, nasceu, ela teve alguns problemas, problemas de mulher, você sabe. Ela ficou muito doente, e lhe deram ópio para aliviar a dor. Todo mundo tem suas pequenas fraquezas. Tentaram tudo para que ela parasse de usar ópio, e a validé mandou trancá-la aqui, pobre criatura. Mas suas amigas sempre encontravam um meio de ajudá-la — disse, com um suspiro. — Elas sempre ajudam, como eu ajudei você — falou, virando-se para Celia e olhando-a demoradamente.

— Você me ajudou?

— É claro. Assim que se tornou *gözde*. Pensei comigo mesma, "preciso ajudar essa pobre menina na sua penosa experiência". E mandei a criada levar uma bebida para você.

— Ah! — disse Celia, pondo a mão nas bochechas quentes. — E eu pensei que a *cariye* Lala é que tivesse me dado ópio demais.

Gulay riu de novo, incrédula.

— Sinto muito, mas precisei fazer isso — falou, dando de ombros. — Tive medo de que ele gostasse realmente de você.

— Mas não gostou — Celia retrucou num tom grave. — Gostou de Hanza.

— Hanza? Aquela magricela? Aquele feixe de ossos da Bósnia? — disse Gulay, brincando com os anéis dos seus dedos. — As Hanzas vêm e vão. Vi muitas assim ao longo dos anos, ela não teria durado, acredite. Depois de se deitar com ela algumas vezes, *puf!* — Fez um gesto grosseiro com os dedos. — Voltam para os pequenos dormitórios apinhados de gente. Ah, não, nunca me preocupei com as Hanzas. — Virou os olhos azuis para Celia de novo. — Ele gosta de suavidade e de doçura — falou, recostando-se nas almofadas de Handan para que Celia visse seus seios brancos como leite através das finas pregas da camisa —, pele doce e macia. — Seu olhar era quase lascivo. — Pelo amor de Deus, não me olhe assim. Nós todas fazemos o que temos de fazer para salvar a própria pele. Mesmo as mais chegadas a nós. Mesmo sua amiga Annetta.

— Não, ela não faria isso!

— Você acha? Que adorável! — Gulay deu de ombros. — Olhe aqui, é o que nós todas fazemos, e é o que você vai fazer.

— O que está querendo dizer?

— Estou querendo dizer que você vai me ajudar a destruir os Rouxi-nóis de Manisa.

Os Rouxinóis de novo. Por que sempre vinham à baila?

— Por que os Rouxinóis são tão importantes?

— Porque se eu conseguir destruí-los, posso destruí-la.

— Quem?!

— Quem você acha que é? — Gulay perguntou com impaciência. — A validé, naturalmente. — Suspirou, como se estivesse lidando com uma menina muito idiota. — Muito bem. Já vi que vou ter de me expli-car melhor. A propósito, você já me ajudou consideravelmente, mais do que eu esperava.

— Então Annetta estava certa — disse Celia devagar. — Eu passei a ser um joguete seu. Como não sabia quem era a *cariye* Mihrimah, fez com que eu descobrisse para você.

— E o que você teria feito? — Gulay riu, num tom persuasivo. — Na minha posição, eu realmente não poderia sair por aí fazendo perguntas estranhas. Você viu por si mesma como a validé me espiona. Precisei encontrar alguém, digamos, que fosse nova nessa forma de vida, alguém um pouco mais velha que a média das *cariyes* e com algum status para movimentar-se no palácio com relativa liberdade. Acima de tudo, alguém que tivesse raciocínio próprio e se dispusesse a descobrir. Alguém que mexesse um pouco nas coisas...

— Mas eu não tinha nenhuma razão para descobrir quem era a *cariye* Mihrimah — Celia contestou. — Nem ao menos sabia que estava procurando por ela, até que...

— Até que...? — Os olhos azuis da *haseki* pareciam quase pretos à luz mortiça do quarto de Handan.

— Até que surgiu o problema com o navio de açúcar. — Celia sentou-se na cama, sentindo muito calor de repente; suas pernas estavam fracas e a cabeça girava.

— Fui bem esperta, não é? Fiz com que você soubesse que a embaixada inglesa estava aqui. E que eles é que tinham mandado o navio de açúcar... O navio que teria envenenado o agá Hassan... Também conhecido como o Pequeno Rouxinol.

Mais uma vez Celia manteve-se em silêncio.

A *haseki* levantou-se. Foi até o braseiro, pegou um pouco de resina de uma cumbuca, enrolou-a nos dedos e jogou uns pedaços no carvão quente. Imediatamente surgiram chamas, e o quarto fétido foi impregnado de um cheiro doce.

— Você errou ao pensar que eu não sabia quem era a *cariye* Mihrimah. Durante muito tempo suspeitei que a *cariye* Lala fosse o terceiro Rouxinol, mas não podia provar isso e precisava ter certeza. Aquela insignificante subchefe das termas, íntima da validé e do eunuco-chefe negro! Não parecia possível.

"Então comecei a observá-la. Observei-a com muito cuidado. Nas poucas ocasiões em que a vi na presença da validé, nenhuma das duas deu o menor sinal de que fossem ligadas. Mas com o agá Hassan era diferente. À noite, quando havia pouca gente em volta e nenhum guarda, via os dois juntos com frequência. Quando ele e sua guarda de eunucos me escoltavam até o sultão à noite, a *cariye* Lala muitas vezes estava presente.

"Primeiro interceptei um olhar entre eles, mas ao longo dos meses comecei a ver outras coisas, gestos pequenos, mas inconfundíveis, imperceptíveis a quem não estivesse prestando atenção especial: um sorriso, algumas palavras sussurradas, mãos encostando-se. Então suspeitei de que ela fosse a *cariye* Mihrimah, o terceiro Rouxinol, mas ainda não tinha comprovação disso.

— Mas por que tudo isso tem de ser um grande segredo?

— Porque todos achavam que a *cariye* Mihrimah estivesse morta.

— Morta?

— É, como Hanza. Amarrada em um saco e jogada no fundo do Bósforo.

— O que ela fez de errado?

— Foi no tempo do antigo sultão, há muitos anos. Tudo foi mantido em sigilo na época, pois a sultana Safiye estava envolvida, mas havia muitos boatos. Ouvi esses boatos pela primeira vez de um dos eunucos mais velhos quando morava em Manisa, antes de virmos para cá. Diziam que a antiga validé tinha planos contra Safiye, tentava afastá-la do sultão oferecendo a ele novas concubinas. A sultana Safiye ficou apavorada de perder sua influência, apavorada de o sultão preferir outra, ou pior, escolher o filho de outra concubina como seu sucessor. Segundo dizem, ela o enfeitiçou, fez bruxaria ou até mesmo magia negra para que ele não amasse nenhuma outra mulher. Mas um dia foi descoberta. Talvez uma das suas próprias servas a tenha denunciado, quem sabe? Mas quem levou a culpa foi a *cariye* Mihrimah. Foi condenada à morte, mas acabou não morrendo.— A *haseki* deu de ombros.

— O que aconteceu com ela?

— Não sei. Creio que devem ter subornado os guardas e mandado-a para um esconderijo até o velho sultão morrer, quando todas as mulheres que faziam parte do seu harém foram mandadas para Eski Saray, o palácio antigo. Menos a sultana Safiye, é claro, que se tornou a validé e passou a presidir a nova casa do seu filho.

Nem tampouco a *cariye* Tata e a *cariye* Tusa, Celia pensou. Mas não disse nada.

— No harém do sultão Mehmet ninguém saberia quem ela era — Gulay continuou —, ninguém a reconheceria. Então trouxeram-na para esta casa de novo e mudaram seu nome, para maior segurança.

Gulay jogou mais resina no braseiro, fazendo com que o fogo se reavivasse.

— Mas o que isso importa agora? Levei anos observando e esperando, sorrindo como se não tivesse preocupação alguma na vida, mas finalmente encontrei seu ponto fraco. Como encontrei o dessa aqui... — Passou a mão no cabelo de Handan e com um movimento brusco virou a cabeça, com um olhar triste e vago. Celia viu as chamas criarem duas centelhas mínimas nas pupilas pretas dos olhos de Handan.

— Sultana *haseki* — disse Celia finalmente, dirigindo-se formalmente a Gulay —, a *cariye* Lala já está velha. Por que quer lhe fazer mal?

— Não é ela que me interessa, sua boba. É a validé. Não está vendo? Quando o sultão descobrir que ela agiu deliberadamente contra uma ordem real, a morte da *cariye* Mihrimah, ficará tão desacreditada aos seus olhos que será banida do palácio de uma vez por todas.

— Você acha que o sultão faria isso com a própria mãe? — Celia perguntou incrédula. — Dizem que ele não dá um passo sem se aconselhar com ela.

— O sultão é gordo, fraco e ocioso — disse Gulay com uma careta, como se tivesse comido uma coisa azeda. — Logo que se tornou sultão, há quatro anos, precisava realmente da mãe. Mas você realmente acredita que ele gosta das suas intromissões? A validé tenta intrometer-se em tudo o que ele faz, as embaixadas estrangeiras que deve favorecer, o próximo grão-vizir que deve nomear. Chegou a mandar fazer uma porta secreta na câmara do conselho para poder estar presente nas audiências dele. Houve época em que tentou impedir que ele me escolhesse como sua *haseki*, por alguma razão achava que eu seria mais difícil de controlar que ela. — E apontou para Handan. — Esse foi seu maior erro.

Então era isso, Celia pensou, sentindo a testa molhada de suor. Ao longo de toda a conversa, Gulay falava com o mesmo tom gentil e sereno com que falara na primeira vez em que as duas se encontraram no jardim. Mas quando ela se virou, viu de novo aquele expressão inteligente e uma obstinação tão terrível que desviou o olhar, como se pudesse se queimar.

— Nada impedirá meu filho de ser o próximo sultão.

— Com isso você se tornará a próxima validé.

— Eu serei a validé.

Por um instante fez-se completo silêncio no quarto.

— Como você vê, pequena Kaya, na minha posição preciso usar todos os trunfos, pois tenho tudo a perder. — Com os dedos cheios de anéis, ajeitou a gaze de sua touca. — Se perder, posso não só ser banida com todas as outras para o palácio antigo, como meu filho pode ser assassinado. Pode ser estrangulado com uma corda de arco, como os outros. — Por um instante uma sombra pareceu passar pelo seu rosto. — Eu estava aqui e presenciei tudo. Vi os 19 caixõezinhos e as mães chorando pelos seus bebês. — Sua voz vinha agora do fundo da garganta. — Você não tem ideia, *kadin* Kaya, não tem ideia de como foi.

Na cama, a forma frágil de Handan movimentou-se ligeiramente debaixo das cobertas.

— O sultão está cansado das intromissões da mãe. Já ameaçou várias vezes mandá-la para o palácio antigo, e se isso ocorresse seria mantida lá para sempre.

— E os outros dois?

— Eles não têm poder algum sem a proteção dela. Talvez ela leve junto o agá Hassan, mas a *cariye* Lala não escapará do Bósforo uma segunda vez.

— Mas a *cariye* Lala já está velha — Celia disse baixinho. — Por que seria culpada de novo por um crime que não cometeu?

— Mas desta vez ela cometeu um crime. Não entende que foi ela quem envenenou o eunuco-chefe negro?

Celia teve vontade de gritar que não entendia, mas em vez disso perguntou:

— Eu pensei que você tivesse dito que o agá Hassan era amigo dela.

— Creio que era mais que um amigo — disse Gulay, rindo. — Tenho um instinto sobre essas coisas. Nunca ouviu falar sobre esses entendimentos? Pequenos acordos quase sempre inocentes, facilmente detectáveis, sentimentos infantis, beijos roubados e mãos dadas o tempo todo. — Gulay levantou-se e foi até a arca, pegou um par de brincos de brilhantes empoeirados e levantou-os junto ao rosto. — Alguns amores são muito fortes, e alguns, como me disseram, podem durar a vida toda. — Deixou cair os brincos num movimento descuidado. — Por isso eu sabia que ela faria alguma coisa — continuou, medindo as palavras com cuidado —, talvez até uma coisa terrível se o descobrisse com outra pessoa.

— O que quer dizer com isso?

— Quero dizer que eu quis desmascarar a validé — respondeu, num tom áspero. — Fazer com que ela se expusesse completamente. — Pegou a aigrette de esmeralda e alisou suas plumas. — Fiz com que uma das minhas próprias servas o seduzisse. Encontrei a noite perfeita. Por coincidência foi na mesma noite em que você foi escolhida para visitar o sultão, aliás, por interferência da validé. Se você se lembra... será que pode se lembrar de alguma coisa daquela noite?, o harém estava quase vazio, a maioria das mulheres e dos eunucos ainda se encontrava no palácio de verão.

— Depois que me livrei de você, o sultão e eu... descansamos... um pouco, e quando ele dormiu, pedi que um dos guardas me trouxesse a *cariye* Lala. Dei a ela o navio de açúcar que tinham deixado na cama do sultão, e que depois do nosso pequeno descanso me pertencia, e lhe disse para levá-lo ao quarto do eunuco-chefe negro com minhas desculpas por tê-lo incomodado naquela noite — disse com um sorriso.

— E você sabia que ela o encontraria com a menina.

— Sabia.

Gulay pôs de lado a aigrette de esmeralda, que caiu no divã junto ao corpo adormecido de Handan.

— E ela encontrou? — Celia sentiu um fio de suor escorrer pela barriga. Esperava que sua voz parecesse normal.

— É claro que encontrou. Você sabe o que aconteceu, ela envenenou os dois. Afinal, quem mais teria interesse em ver os dois mortos?

— Mas... — Celia levantou-se, mas as palavras não saíram da sua boca. Sua cabeça girava naquele quarto abafado.

— Mas ele acabou não morrendo, é claro. Precisamos ser pacientes, você e eu, sempre pacientes...

— Você e eu?

— É claro, você e eu. Você precisa aprender que as coisas nem sempre ocorrem como se espera. — Ela parecia falar consigo mesma. — A validé acobertou tudo dessa vez, mas nem mesmo *ela* pode proteger a *cariye* Lala para sempre...

— Mas a *cariye* Lala... — Celia tentou falar de novo.

— Sim — disse Gulay com os olhos queimando.— A validé deve realmente *amar* a *cariye* Lala, ou *cariye* Mihrimah, qualquer que seja o nome dado a essa lamentável velha gasta e murcha — falou, cuspindo as palavras. — Salvar essa velha inútil foi provavelmente o único erro que ela cometeu. — Nas suas bochechas apareceram duas marcas vermelhas e brilhantes. — Consegui minha chance, finalmente. Vou expor todos eles para sempre, e você vai me ajudar a fazer isso. Vou acabar com o poder da validé. E partir seu coração!

— Mas a *cariye* Lala não fez isso.

— O quê?

— A *cariye* Lala não fez isso. — Celia estava quase gritando agora. — Não foi ela quem envenenou o eunuco-chefe negro, foi você.

De repente a *haseki* foi tomada de raiva, e seus olhos apertaram-se.

— Você está louca.

— Não, não estou nada louca.

Fez-se silêncio por um instante.

— Você não vai poder provar isso.

— Posso provar que não foi a *cariye* Lala.

— Não acredito em você.

— Não foi ela quem levou o navio de açúcar para o quarto do agá Hassan naquela noite. Foi outra pessoa.

Deu um passo atrás, mas a *haseki* foi mais rápida e pegou-a pelo pulso.

— Quem foi?

— Eu seria uma louca se contasse, não é? — Podia sentir as unhas da *haseki* no seu pulso. — Ela viu a menina tirar uma coisa da bandeja que estava no chão e pôr na boca, uma coisa que não tinha nada a ver com o navio de açúcar...

— Então sabemos que era uma mulher, já é um começo...

— Foi você quem lhe deu o veneno, não foi? Disse que era uma coisa afrodisíaca, mas na verdade era veneno...

— Diga quem era ela, ou mato você também.

O pulso de Celia queimava como ferro em brasa.

— Ela teve uma morte horrível, e ele só por um milagre não morreu também. Foi essa a sua ideia de "acabar" com a *cariye* Lala? Fazer com que ela presenciasse isso?

Um gemido terrível foi ouvido no quarto. Pelo canto do olho Celia viu uma figura pequena e nua, pele e osso, voar de repente para cima delas. A *haseki* largou o pulso de Celia e pôs a mão no pescoço com um grito de dor. O alfinete da aigrette de esmeralda estava enfiado no seu pescoço.

— Essa putinha... veja o que ela fez.

Enraivecida, foi para cima de Handan e jogou-a de costas na cama sem esforço algum, como se enxotasse uma mosca. Um sangue preto como piche começou a esguichar do seu pescoço ferido.

— Você vai pagar por isso...

Deu um passo atrás e levantou a mão para bater em Handan, mas parou de súbito, petrificada, com a boca formando um "O" de surpresa. Inclinou-se para a frente e prostrou-se de joelhos, esfregando o rosto na poeira.

— Agora é tarde para isso, Gulay — disse uma voz familiar.

Um painel na parede, onde estavam penduradas as roupas de Handan, abriu-se silenciosamente por trás delas.

— Tenho a impressão — disse a validé, no portal — de que você é quem vai pagar.

Capítulo 33

Constantinopla, 6 de setembro de 1599

Manhã

Safiye, a sultana validé, mãe da Sombra de Deus na Terra, sentou-se em um quiosque nos jardins do palácio e ficou apreciando a confluência do Bósforo com o Chifre de Ouro. Uma brisa corria pela superfície da água formando mínimas ondas de espuma com tons de turquesa, roxo e pérola. Quando a brisa vinha na direção oposta, ouvia-se a distância os carpinteiros martelando.

— Dizem que amanhã veremos o presente do sultão oferecido pela embaixada inglesa — disse para sua companheira. — Está ouvindo os homens trabalhando, *kadin* Kaya?

Celia fez que sim. Já tinha ouvido os operários martelando no Portão do Aviário.

— Dizem que é um órgão que toca automaticamente, e um relógio com o sol, e a lua e anjos tocando trombetas, uma verdadeira maravilha.

— Será que o sultão vai se encantar com o presente?

— Ah, sim, ele é louco por relógios.

— Então o embaixador inglês será favorecido?

— Está se referindo às capitulações, o direito de comerciar livremente nas nossas terras? — A sultana Safiye mudou de posição nas almofadas.

— Os franceses sempre reivindicaram esse direito, e não vão aceitar isso com facilidade. Dizem que o embaixador francês ofereceu ao grão-vizir um presente de 6 mil chequins para ele não ceder às exigências dos ingleses... — Ficou com ar pensativo. — Mas os mercadores ingleses não devem se preocupar, eles são espertos, sempre achei isso. — Pegou uma rosa cor de damasco deixada na bandeja de frutas e doces e levou-a ao nariz, pensativa. — E também têm amigos.

Por um instante as duas ficaram contemplando a vista, a água e os ciprestes. Em volta do quiosque, as sebes de jasmim perfumavam a brisa. Celia respirou o ar adocicado, uma mescla de maresia e flores, e por um momento chegou a acreditar que sua vida na Casa da Felicidade sempre tinha sido assim, repleta de beleza e cortesias, nunca assustadora. Olhou para a validé e admirou sua pele macia de cortesã, quase sem rugas apesar da idade, e os brincos de ouro e turquesa que pendiam das orelhas e em volta do pescoço. Apesar de toda essa ostentação havia alguma coisa estranhamente *simples* nela, pensou. Ela ficava horas imóvel ali, com o lindo perfil voltado para o horizonte. Sempre observando, sempre esperando — esperando o quê?

Olhou para as mãos dela, sem saber como devia começar a falar. Seria permitido fazer perguntas? Seria por isso que fora levada para lá? Desde o incidente no quarto de Handan não soubera de mais nada, não ouvira um só boato sobre o que aconteceria com elas.

— Majestade? — A palavra saiu da sua boca antes que mudasse de ideia.

— Sim, *kadin* Kaya?

Celia respirou fundo.

— O que vai acontecer com Handan e a *haseki* Gulay?

— Handan vai acabar se recuperando, tenho certeza. Durante muito tempo foi um mistério, até mesmo para mim, o fato de ela se dar tão mal com ópio. Depois comecei a suspeitar de que Gulay encontrava sempre um jeito de lhe dar uma quantidade maior. Resolvi então mudar Handan para o quarto acima dos meus aposentos, o lugar mais seguro que eu conhecia, mas Gulay encontrou um caminho pelos corredores antigos que estavam fechados desde a época do antigo sultão.

— O que vai acontecer com ela?

— Com Gulay? Ela vai ser mandada para o palácio antigo, onde não poderá fazer mal a ninguém.

— Não será mais a *haseki*?

— Não! — disse a validé, com uma risada. — É claro que não será mais a *haseki*. O sultão decidiu, a meu conselho, não ter mais concubinas favoritas. Depois do que ela fez, teve sorte de escapar com vida.

Celia olhou para o pequeno quiosque de paredes de mármore branco, o mesmo onde conversara com Gulay pela primeira vez.

— Eu acreditei em tudo o que ela disse — falou, sacudindo a cabeça incrédula. — Tudo.

— Não se culpe. Muita gente acreditou.

— Como a senhora descobriu que Gulay sabia sobre os Rouxinóis de Manisa?

— De certa forma, ela me contou. Lembra-se do dia em que ela mandou buscar você? Foi nesse dia que começou a falar sobre os Rouxinóis, não foi? Não fique tão surpresa, Hanza me contou tudo.

— Eu lembro que Hanza trouxe frutas para nós duas.

— Ela tinha bons ouvidos — disse Safiye secamente. — Não sabia o que aquilo queria dizer, é claro. Mas da parte de Gulay, foi um grave erro.

— Então a senhora mandou Hanza... — Celia procurou a palavra certa —, espionar Gulay?

— Não, mandei Hanza espionar você.

— Espionar a mim?

— Não está se esquecendo de uma coisa? Você e sua amiga Annetta me foram dadas de presente pela *haseki*. Desde o início vi que não eram meninas comuns; quase todas as *kislars* chegam aqui muito crianças. Eu mesma cheguei com 13 anos. Nunca entendi qual seria o verdadeiro objetivo desse presente de Gulay, achei que talvez ela quisesse usar você. E estava certa. Não é difícil descobrir isso. Quando os homens saem para caçar nas montanhas, em geral usam um animal como isca para os outros...

— Então esse foi o meu papel? Servir de isca?

— Alguma coisa assim, mas isso não importa mais, não é? — A validé deu um dos seus sorrisos deslumbrantes. — Está tudo terminado, *kadin* Kaya.

Ainda com a rosa entre os dedos, voltou a contemplar o horizonte do lado asiático do Bósforo.

— Não estou procurando ver as montanhas, se é isso que está pensando — falou, como se lesse o pensamento de Celia. — Parei com isso há muito tempo. A não ser que você chame aquilo de montanha. — E exclamou de repente: — Olhe lá!

Duas pessoas caminhavam lentamente entre as árvores em um dos terraços abaixo. Embora o homem mancasse e estivesse um pouco curvado, Celia reconheceu a forma familiar do eunuco-chefe negro; ao seu lado vinha uma mulher com roupas simples de servente.

— São meus Rouxinóis. Como costumavam nos chamar quando ele nos tornou escravos. — Fechando os olhos, a validé passou as pétalas aveludadas da rosa no rosto. — Você não pode imaginar como isso me parece distante agora. Nós três cantávamos... — Sua voz embargou-se.

O tom de tristeza na voz da validé deu coragem a Celia.

— E o que será da *cariye* Lala? Ela vai ficar segura?

— Eu falei com o sultão — foi só o que a validé disse.

Percebendo que não devia fazer mais perguntas, Celia manteve-se em silêncio.

— A *cariye* Lala está feliz. Olhe para ela — disse a sultana Safiye. — Sua pequena Lilian, como ele sempre a chamou. *Minha* pequena Mihrimah. Ela pode parecer velha para você, mas para mim será sempre a pequena Mihrimah. Era muito pequena e muito assustada. Uma criança assustada. E eu prometi que sempre cuidaria dela, e que lhe ensinaria todos os truques de caça que conhecia. Mas no final foi ela quem me salvou.

Celia seguiu o olhar da validé. As duas figuras pararam um instante; não falavam muito, mas andavam juntas, olhando para o mar aberto, com os navios parecendo recortes de papel no horizonte distante.

— É verdade que ela o amava? — Celia perguntou sem pensar.

— Amava? — A validé pareceu ligeiramente intrigada. — O que amor tem a ver com isso? Amor é para os poetas, sua bobinha. Para nós nunca foi amor, foi sobrevivência. Ela salvou-o também. Ou pelo menos foi o que ele sempre disse.

— Como?

— Há muito, muito tempo. No deserto.

— No deserto?

— Sim. Depois que foi castrado. Há muito, muito tempo.

Pegou umas pétalas da rosa e jogou-as no ar.

— Sua Lilian. Sua Lala. Sua Li.

E eu? O que será de mim?, Celia perguntou-se, mudando de posição na cadeira. Decerto a validé vai dizer qual será o meu destino. Mas ela não disse nada. Lá embaixo, os navios seguiam caminho entre as duas costas do Chifre de Ouro. O som dos martelos vindo do Portão do Aviário parou. O silêncio tornou-se absoluto na quietude da tarde.

Finalmente Celia não aguentou mais.

— Essas capitulações... — começou, com coragem.

— O que quer saber sobre elas?

— Ouvi dizer que não são apenas direitos comerciais.

— Como assim?

— Que nos termos das capitulações, qualquer pessoa de nacionalidade inglesa que for capturada deverá ser libertada, desde que o valor da compra seja pago por completo. É verdade?

— Era assim antigamente. Mas o tratado não está em vigência há quatro anos, desde a morte do antigo sultão. Ainda não foi renovado.

Ao longe via-se o *Hector*, um navio mercante tão grande que sobrepujava todas as outras embarcações. Celia só conseguia perceber algumas figuras mínimas nos cordames e mastros, e um marinheiro solitário acima de todos os outros, no cesto da gávea.

— Vejo que o navio inglês está se preparando para voltar para casa — disse a validé, finalmente.

— Foi o que me disseram... — Celia não conseguiu terminar a frase. — Desculpe... — Pôs a mão na garganta, com dificuldade de respirar e de engolir. — Desculpe, majestade.

— Ora, ora, não se desculpe. Tudo acabará bem, *kadin* Kaya. As coisas têm de seguir seu rumo. — E enfiou os dedos no pelo do gato branco que dormia nas almofadas ao seu lado. — Quando nos vimos pela primeira vez, lembro que falei que você um dia me contaria sua história. Creio que chegou a hora. Vai me contar agora? Vai confiar em mim?

A jovem entristecida levantou os olhos, e para sua surpresa viu que os olhos da sultana Safiye, como os seus, estavam cheios de lágrimas. As duas entreolharam-se por um longo tempo.

— Vou — disse Celia finalmente. — Vou contar tudo.

Capítulo 34

Istambul, dias atuais

Quando Elizabeth deixou Marius no café, os primeiros flocos de neve começaram finalmente a cair e logo a cidade tornou-se um tapete branco. Do outro lado da ponte de Gálata, as cúpulas e torres fantasmagóricas da cidade antiga reluziam sobre a água. O ar estava puro, e tão frio que dificultava a respiração.

Como da outra vez, encontrou-se com Mehmet no cais.

— Achei que você gostaria de usar isto — ele disse, pondo um casaco em volta dos ombros de Elizabeth. O casaco era macio, mas tão pesado que parecia forrado de chumbo.

Ao sentir aquele peso, ela perguntou:

— De que é feito?

— De pele de marta — respondeu, rindo ao ver a sua expressão assustada. — Já sei o que você vai dizer. Não se assuste, considere isso uma antiguidade. O que de certa forma é, pertenceu à minha avó. Uma antiguidade muito prática. Vai ser útil no barco, está muito frio junto da água.

Pegou a mão dela e levou-a aos lábios.

— Você está parecendo uma rainha — disse, puxando-a para mais perto e beijando sua mão de novo.

— Eu me sinto uma rainha — Elizabeth falou.

Os dois entreolharam-se e sorriram.

Mehmet deu partida no barco. As águas do Bósforo pareciam tinta prateada. Embora houvesse pouco tráfego naquele fim de tarde, uma embarcação passou por eles brilhando como um vaga-lume.

— Quando você voltou?

— Hoje à tarde — ele respondeu, ainda segurando sua mão. — Fiz bem em ligar? Haddba me disse que você estava com alguém...

— Haddba! Eu devia saber que tinha um dedo dela nisso tudo — Elizabeth falou, rindo. — Na verdade, seu recado chegou em boa hora — disse hesitante. — Eu estava com alguém, sim, mas... — Não sabia como explicar a chegada súbita de Marius.

— Tudo bem, não precisa explicar.

— Não preciso, mas quero. Não sei o que Haddba contou para você...

Lembrou-se com certa vergonha de que Marius tinha tentado levá-la para o quarto, e que ela quase o seguiu como um cachorrinho.

— Eu não me preocuparia. Haddba não se choca com coisa alguma. Mas acha que ele não serve para você, só isso.

— Não serve... isto é, não servia, mas como Haddba pode saber? Nunca falei nada sobre ele. Ela só sabe o seu nome.

— Haddba é, como eu diria?, uma *sorcière*. Sempre falei isso.

— Uma feiticeira?

— Quando se trata de casos amorosos. Estou brincando, é claro. Haddba é uma espécie de gênio para essas coisas, é difícil explicar — disse sorrindo. — Afinal de contas, foi ela quem nos aproximou.

Elizabeth foi tomada de uma sensação que não sabia descrever. Sensação de clareza, de luz.

— É isso que vamos ter? Um caso amoroso? — Dirigidas a outra pessoa essas palavras poderiam parecer formais, quase tímidas. Mas não dirigidas a ele. Apesar do peso e do calor do casaco de pele de marta, ela se viu tremendo.

— Creio que sim — ele disse.

Os dois mantiveram-se lado a lado, muito próximos mas sem se tocarem. Elizabeth sentiu tanto desejo por ele que achou que ia desmaiar.

— Creio que já temos um caso, não é? — disse, virando-se para ela. — Minha linda Elizabeth.

Mehmet não disse para onde se dirigiam, mas Elizabeth sabia que estavam indo para a *yali*, a casa de madeira na costa asiática do Bósforo que lhe mostrara na última vez. Quando chegaram, um caseiro a ajudou a subir para o pequeno cais e encarregou-se do barco. Por trás da casa o vento zunia, agitando as folhas das árvores cobertas de neve. Elizabeth foi caminhando com Mehmet pelo chão gelado até uma espécie de antecâmara. A casa estava iluminada e quente naquela noite de ventania, como se esperasse hóspedes. Mas afora o caseiro, que não apareceu mais, não havia mais ninguém por ali.

— Pode me esperar aqui uns dois minutos? — Beijou-a na boca. — Preciso fazer uma coisa.

— É claro que sim — ela falou, mas nenhum dos dois se moveu.

Baixou a cabeça para beijá-la de novo. E ao sentir seu gosto e seu cheiro, uma espécie de doçura penetrou seu corpo inteiro.

— Não vou demorar.

— Tudo bem.

— Prometo.

— Verdade?

— Verdade.

Ainda a beijava, agora não só na boca, mas no cabelo e no pescoço.

— Tem certeza?

Seu corpo estava junto ao dele.

— Certeza absoluta — ele disse, passando a mão no seu rosto.

— Mehmet?

— Sim? — ele respondeu, olhando para sua boca.

— Nada...

Fechou os olhos e sentiu os dedos dele contornarem seus lábios.

— Tem certeza? Não se importa por tê-la trazido aqui? Eu posso esperar. — Olhou-a de uma forma que fez com que seu coração pulasse.

— Tenho certeza. Pode ir — falou, empurrando-o finalmente. — Eu espero aqui.

Seguindo suas instruções, Elizabeth subiu uma escada e viu-se em uma galeria longa que corria ao longo da casa toda. No centro, um pouco acima, havia uma alcova dando para a água. Almofadas cobertas de veludos, brocados e sedas tinham sido colocadas nos três lados da alcova, de tal forma que quem se sentasse ali teria a sensação de estar flutuando logo acima da beira da água. Reclinado no centro do último divã estava um gato preto grande.

— Oi — disse Elizabeth para o gato, tirando dos ombros o casaco forrado de marta para lhe fazer um carinho. Mas ele não se mexeu, continuou imóvel, de olhos fechados. O único sinal de que tinha registrado sua presença foi um ligeiro movimento com a ponta do rabo. Lá fora, na costa europeia, as luzes da cidade brilhavam. Uma lancha pequena passou junto da casa, reluzindo como um vaga-lume na escuridão da noite.

— Se eu tivesse um lugar assim, nunca iria embora — disse para si mesma e para o gato.

— Nunca iria embora de onde ? — Era Mehmet, voltando.

— Nunca iria embora desta casa.

— Gostou mesmo daqui?

— Muito, muitíssimo.

— Que bom. Os otomanos construíam essas *yalis* de madeira como casas de verão, pois ficavam bem perto da água fria — explicou, sentando-se ao seu lado. — Mas por serem de madeira, queimavam com facilidade, houve muitos incêndios. As casas deixaram de ser usadas, e muitas apodreceram. Agora estão de novo em moda.

Os dois ficaram admirando o brilho da cidade do outro lado da costa.

— É bonito aqui no inverno também, não acha?

— É maravilhoso — Elizabeth respondeu.

Fez-se uma pausa.

— Ao que parece, você já foi apresentada a Milosh — disse, ao vê-la acariciando o gato.

— É esse o nome dele?

Fez-se mais uma pausa.

— Um anjo está andando sobre o túmulo de alguém — disse Elizabeth, olhando para ele. — É o que dizemos quando se faz silêncio de repente.

— Está se sentindo melancólica?

— Não... bom, acho que sim. É que tive um dia estranho, *muito estranho*. Você não pode imaginar. E agora...

Ficou imaginando, com uma súbita apreensão, quantas mulheres ele teria levado àquele lugar, um lugar perfeito para o ato de sedução.

— E agora o quê?

— Bem, esta parece a parte mais estranha do dia.

Como se lesse seus pensamentos, ele disse:

— Percebo que você quer me fazer algumas perguntas. Pode perguntar o que quiser, você sabe disso.

— Sei. — E sabia mesmo, o que nunca teria acontecido com Marius.

— Gostaria de perguntar quantas mulheres você já trouxe aqui — disse, olhando o quarto, espantada com a própria coragem —, mas não sei se quero ouvir a resposta.

— A verdade é que só trouxe uma mulher aqui antes — ele disse, soltando o cabelo de Elizabeth, que caiu nos seus ombros.

— Recentemente?

— Não. Coisa do passado — falou, tirando os sapatos dela.

— Então acabou?

— Nosso caso acabou, se é isso que quer saber — respondeu, sorrindo —; agora ela está casada, mas ainda somos ótimos amigos.

— Entendi. — Ficou imaginando com dificuldade como seria manter uma amizade com Marius.

— Você parece surpresa.

— Não — disse, enquanto ele desabotoava sua blusa e abria o casaco de pele por cima das almofadas.

— É isso que vamos ser? — perguntou, agora deitada, completamente nua, vendo-o tirar a roupa. — Ótimos amigos?

Mas teve a impressão de que aquilo era mais que amizade. Seria amor?, pensou, assustada de repente.

— Elizabeth, por que está pensando no fim se ainda nem começamos? — ele perguntou rindo e beijando seus ombros nus. — Vamos nos amar primeiro.

Elizabeth riu também, deitou-se por cima dele e segurou-lhe os braços por cima da cabeça. E teve de novo aquela sensação extraordinária de leveza e clareza. Talvez estivesse simplesmente sentindo-se feliz.

Olhou-o maravilhada e disse:

— Vamos nos amar.

Capítulo 35

Istambul, dias atuais

No terceiro pátio do palácio Topkapi, Elizabeth dirigiu-se para o escritório do diretor, onde teria a entrevista tão esperada para receber permissão de pesquisar os arquivos do palácio.

— Elizabeth Staveley? — Um homem em um irrepreensível terno marrom com camisa branca abriu a porta para ela.

— Sim.

— Meu nome é Ara Metin, um dos assistentes do diretor. Entre, por favor.

Elizabeth entrou.

— Sente-se, por favor — disse o homem, indicando a cadeira do outro lado da mesa. — Ao que eu saiba, a senhorita solicitou permissão para consultar nosso arquivo, certo?

— Certo.

Elizabeth viu que seus papéis estavam na frente dele: a solicitação e a carta de recomendação da sua supervisora, Dra. Alis.

— Diz aqui que está interessada na missão inglesa de 1599, na época do nosso sultão Mehmett III — falou, olhando a ficha de Elizabeth. — Deseja também ver o órgão que foi presenteado ao sultão pelos mercadores britânicos?

— Isso mesmo.

— E por quê? — Olhou-a gentilmente através dos óculos.

— Por causa da minha tese. Minha tese de doutorado em filosofia.

— Sobre missões comerciais a Constantinopla? — ele perguntou, intrigado.

— Sim.

Por que eu me sinto uma fraude?, pensou Elizabeth, mexendo-se na cadeira. Lembrou-se do conselho da Dra. Alis: o importante é pôr o pé na porta, se não souber o que procurar quando estiver tentando pesquisar um arquivo, peça para ver alguma coisa — qualquer coisa — que eles possam ter.

— Meus parabéns –- ele disse, com um sorriso gentil —, a senhorita vai se formar em filosofia, Dra. Staveley?

— Bem, ainda falta um bom tempo, mas espero chegar lá um dia — respondeu, pensando em mais alguma coisa para dizer. — Obrigada por me receber com tanta presteza.

— Diz aqui que dentro de poucos dias a senhorita vai deixar Istambul, certo?

— Vou voltar para casa no Natal.

— Nesse caso, precisamos lhe dar uma permissão expressa — disse sorrindo. — Especialmente porque essa é sua segunda solicitação, não é? A primeira foi em... vamos ver... — Virou as páginas para trás.

— Eu estava procurando algum tipo de informação sobre uma jovem inglesa, Celia Lamprey. Creio que ela tornou-se escrava na época do sultão Mehmet, mais ou menos na mesma época em que a missão inglesa chegou aqui.

— Mas ainda não conseguiu nada?

— Não.

— Não é de surpreender. A não ser no caso de algumas mulheres mais antigas, como a mãe do sultão, por exemplo, uma concubina ocasional ou uma importante empregada do harém, não temos praticamente qualquer informação sobre elas. Nem seus nomes adotados foram registrados, nem os nomes de batismo. Sua mocinha, Celia Lamprey, não teria sido conhecida assim, teria recebido um nome árabe, provavelmente antes mesmo de chegar aqui. Mas você sabe disso, não é? — Olhou para Elizabeth de novo por cimas dos óculos e sacudiu a cabeça. — Por que essa obsessão dos ocidentais pelos haréns? — falou, como que para si mesmo. Depois continuou, um tanto sem jeito: — Vamos ver se podemos ajudar mais desta vez.

Pegou outro papel debaixo do formulário de solicitação de Elizabeth e leu com cuidado.

— Sinto muito — falou finalmente, olhando-a com certa pena —, sinto muito dizer que parece que não poderemos ajudar como gostaríamos.

— Nenhuma ajuda? Deve haver alguma coisa a esse respeito.

— Esta nota aqui é de uma das minhas colegas — disse, mostrando o pedaço de papel preso no formulário de Elizabeth. — Ela diz que há um registro oficial da apresentação original — e correu os olhos sobre a nota —, mas que no registro vem apenas uma lista dos objetos apresentados. Nada mais, em outras palavras, mas posso providenciar para a senhorita examinar a lista, se desejar. O órgão, por outro lado, não existe mais. Parece que foi destruído há muito tempo.

— Há quanto tempo?

— Muito tempo — ele disse sorrindo. — Na época do sultão Ahmet, filho de Mehmet III. Parece que, ao contrário do pai, o sultão Ahmet era um homem muito religioso e acreditava que o órgão oferecido pela rainha da Inglaterra era..., como vocês chamam?, tinha imagens de seres humanos, o que não é permitido no islamismo...

Elizabeth pensou nos anjos com as trombetas e nos passarinhos cantando nos arbustos.

— Idolatria?

— Isso mesmo. Era idolatria.

— Então o órgão foi destruído?

— Infelizmente, sim. Não sobrou um só vestígio do presente dos mercadores. — Ele parecia verdadeiramente desapontado de não poder ajudá-la.

— Entendo — disse Elizabeth, levantando-se. — Obrigada pela sua atenção.

— Mas há uma coisa, Srta. Staveley.

— O quê?

— Há uma coisa que minha colega achou que talvez a interessasse.

Elizabeth virou-se e viu que ele segurava um pequeno objeto na palma da mão, dentro de uma pequena sacola de veludo vermelho desbotado.

— O que é isso?

— Foi descoberto junto de algumas contas do palácio relacionadas à missão inglesa. Ninguém sabe bem como veio parar aqui. Mas há uma data definitiva, aparentemente 1599, no calendário europeu.

Elizabeth pegou o objeto. Através do veludo desbotado sentiu o peso sólido de uma coisa metálica na palma da sua mão: um objeto liso, com a forma semelhante a um antigo relógio de bolso. Com os dedos rijos puxou o cordão da sacola e jogou na palma da mão um objeto muito antigo, menor do que ela esperava. O estojo de cobre, delicadamente decorado com flores e folhas, ainda mantinha um ligeiro brilho.

— Abra. Minha colega acha que é um instrumento astronômico — disse Ara Metin.

Com o polegar Elizabeth soltou com cuidado o fecho e o estojo se abriu devagar, como se tivesse sido criado recentemente, para revelar seus componentes. Admirou-o em silêncio, depois explicou baixinho:

— É um *compendium*.

— Então você já viu um antes? — ele perguntou surpreso.

— Só em fotografia. Em uma foto.

Durante um instante manteve-se calada, maravilhada com aquela obra de arte.

— Este é um quadrante. — E com o indicador apontou para o fundo do estojo. — Este é um compasso magnético. O outro é um relógio de sol equinocial. No fundo da tampa aqui... está vendo as gravações?, vê-se uma tabela de latitudes das cidades da Europa e da Levant Company.

Levou o *compendium* até a altura dos olhos, e encontrou no fundo duas folhas com dobradiças presas por fechos mínimos, como uma mão esquerda e uma direita. — E no fundo, se não me engano... — Olhou para ele. — Posso mexer?

Ele assentiu. Ela girou com cuidado os fechos de um lado para o outro, e abriu o compartimento.

Viu a miniatura de uma jovem de pele clara e olhos escuros, cabelo dourado-avermelhado e pérolas no pescoço e nas orelhas. Um dos ombros era coberto por uma espécie de estola de pele; o outro ombro estava nu, deixando ver a pele branca leitosa, quase azulada. Ela segurava uma única flor, um cravo vermelho.

Celia? Elizabeth achou que as duas entreolhavam-se através dos séculos. *Celia, é você?* Mas de repente a sensação desapareceu.

— Que extraordinário — disse Ara Metin ao seu lado. — Você sabia que esse retrato estava aqui?

Elizabeth sacudiu a cabeça. Quatrocentos anos, era tudo que podia pensar, quatrocentos anos na escuridão.

— Eu poderia usar seu computador por um instante? — perguntou, indicando o laptop que estava em cima da mesa.

— Bom...

Ele pareceu hesitar, mas Elizabeth insistiu:

— Por favor. Não vou demorar muito.

— Na verdade é o computador do diretor, e não tenho certeza se...

— É ligado à internet?

— Sim, nós temos banda larga aqui, é claro...

Mas Elizabeth já estava acessando seu e-mail. Havia apenas uma nova mensagem para ela, com anexo.

Ah, Dra. Alis! Deus a abençoe! Sem parar de ler a mensagem da supervisora, clicou direto no anexo, e o retrato de Paul Pindar apareceu imediatamente na tela.

— Aí está ele, olhe — disse Elizabeth, apontando para a tela —, dá para ver o que ele está segurando?

— Parece... esse mesmo objeto — disse Ara Metin, olhando por cima do ombro dela.

— Não parece o mesmo, *é* o mesmo! — disse, encantada. — A questão é o que esse *compendium* está fazendo aqui? Seria um dos presentes da embaixada para o sultão?

— Não — ele disse, sacudindo a cabeça. — Se fosse, teria sido listado com os outros presentes, totalmente certo disso. Quem era esse homem afinal?

— Um mercador. Seu nome era Paul Pindar, um secretário da mesma embaixada da Levant Company que ofereceu o órgão de presente ao sultão. Creio que esse *compendium* lhe pertencia. Olhe, há uma inscrição aqui que não consegui ler quando vi o retrato pela primeira vez. É em latim. *"Ubi iaces dimidium, iacet pectoris mei."*

— Você sabe traduzir isso?

— Creio que sim. — Durante um instante Elizabeth examinou as palavras da tela. Era alguma coisa como: Onde minha outra metade estiver, lá estará meu coração.

— O que quer dizer isso?

— Não tenho certeza — ela respondeu lentamente. — A não ser que... — Pegou o *compendium* e examinou a miniatura de novo. — Sim, é isso, olhe! — Levantou a miniatura até junto da tela e começou a rir. — Não posso acreditar que não tenha visto antes. Eles formam um casal.

— Você acha realmente? — Ele parecia cético.

— Veja como os dois estão posicionados. Ela está olhando para a direita, segurando um cravo com a mão esquerda. E ele está olhando para a esquerda, segurando o *compendium* com a direita. Não vi antes porque a reprodução era muito ruim, mas o retrato de Pindar deve ser uma miniatura também. Não é de surpreender que seja tão granulada. Deve ter sido ampliada várias vezes para caber em uma página quadrada. Seriam retratos de noivado?

— Há alguma indicação da data em que os retratos foram pintados?

— O senhor tem razão, deve haver uma data em algum lugar aqui, lembro que a Dra. Alis mencionou isso. — Dizendo isso, sentou-se no computador de novo. — Posso dar um zoom nisso? Sim, está aqui. — Uma imagem ampliada da inscrição apareceu na tela. Elizabeth ficou perplexa. — Mas é impossível!

O número 1601 estava bem à vista, não havia dúvida.

Ara Metin foi o primeiro a falar:

— Talvez não fossem retratos de noivado, então. — Deu de ombros. — O retrato da mulher deve datar de antes de 1599. E o do seu merca- dor — indicou a tela — foi pintado pelo menos um ano depois, possivel- mente mais.

— Mas como pode ser? — Elizabeth pegou o saquinho de veludo velho onde o *compendium* ficava guardado e passou a mão no tecido des- gastado. — O senhor disse que isso está aqui desde 1599, mas ele está segurando o *compendium* em 1601... — falou com uma voz sumida. — Neste caso não pode ser o mesmo, pode? Não sei até que ponto posso ampliar isso... — Fez um zoom sobre o próprio instrumento. — Olhe — disse, apontando para o compartimento. — Ampliado assim dá para ver o compartimento oculto com bastante clareza. Olhe, não há nenhuma miniatura dentro. Nenhum retrato. Parece que eu estava errada sobre tudo isso. Muito errada. — Afastou a cadeira da mesa e levantou-se.

— Está se sentindo bem, senhorita?

Ara Metin, ainda olhando por cima do ombro de Elizabeth, viu que ela estava pálida.

— Estou.

— Parece que vai desmaiar. Sente-se de novo, por favor — falou, pondo a mão no seu ombro.

— Não, obrigada.

— Quer um copo de água então?

Elizabeth não o ouvia.

— *Onde minha outra metade estiver, lá estará meu coração* — disse em voz alta. — Não está vendo? É muito simples: na verdade, significa exatamente o que diz. É uma espécie de jogo, um enigma, se quiser. Essa *é* a outra metade, mas não apenas dos dois retratos. Creio que significa que ela era sua outra metade. — Olhou para o retrato da jovem de olhos calmos e pele de porcelana. — A outra metade do seu coração, da sua alma. E ela está *aqui*. Literalmente, aqui neste palácio.

Então ele sabia, Elizabeth pensou, sabia todo o tempo que Celia estava ali. Paul Pindar, como Thomas Dallam, teria conseguido de alguma forma olhar pela fenda da parede e ver Celia? Elizabeth sentiu um arrepio na espinha. E Celia? Ela sempre imaginou-a rindo, correndo para ele pelo pátio deserto. Mas é claro que não foi o que aconteceu no final. Ele sabia, e deixara-a ali.

— Mas realmente não vejo como a senhorita possa saber ao certo... — disse Ara Metin.

— Mas eu acho que sei — Elizabeth falou com convicção. — Eu estava enganada o tempo todo. Fui tateando, tentando adivinhar o que teria acontecido. Não havia mais nenhum caminho a seguir. Mas agora tenho uma prova — disse, com um ligeiro sorriso. — Olhe aqui. — Apontou de novo para o objeto pintado no retrato, para o fundo onde a miniatura de Celia devia estar. — Não há miniatura no *compendium* pintado porque o *compendium* original estava aqui neste palácio. Creio que nunca saberemos exatamente como nem por quê. Mas *há* uma coisa no lugar da miniatura.

— Não consigo ver, só vejo algumas gravações no estojo de metal — disse Ara Metin, olhando a tela por cima do ombro dela. — Parece uma espécie de peixe, uma enguia talvez.

— Os elisabetanos chamavam as enguias de lampreias. — Elizabeth segurava o *compendium* de cobre com a miniatura na palma da mão. — Ela é Celia Lamprey, a menina de quem eu estava falando. — Consternado, Ara Metin viu que Elizabeth chorava baixinho. — O retrato não é uma pintura de noivado. É uma homenagem. Uma homenagem a alguém que já estava morta.

Capítulo 36

Constantinopla, 6 de setembro de 1599

Noite

— Celia!

— Annetta!

— Você voltou!

No pátio da validé, Annetta pôs os braços em volta da amiga e abraçou-a com força.

— O que aconteceu? O que foi... você está tremendo — falou Celia rindo.

— Eu pensei... quando ela mandou buscá-la de repente... não importa o que eu pensei. — Abraçou-a de novo, com mais força ainda. — O que ela disse? Por que queria falar com você? Não posso acreditar que... — Examinou o rosto de Celia e passou a mão com carinho na sua bochecha. — Não, aqui está você, em carne e osso. Vai ter de me contar tudo — disse, olhando em volta —, mas não aqui; venha.

Levou Celia para seu antigo apartamento, e ela viu imediatamente que estava vazio. Suas coisas, roupas e poucas posses tinham sido retiradas. O quarto parecia já estar esperando a chegada de uma nova ocupante.

— Então você já foi mudada? Para onde?

— Não sei... — Celia respondeu. Olhando o quarto vazio, ficou perplexa por um instante. — Ainda não me disseram. Rapidamente correu para o nicho acima da cama e pôs a mão dentro. — Pelo menos não encontraram isto. — Tirou do esconderijo na parede o bracelete da *haseki* e outro objeto, uma coisa pequena que escondeu na palma da mão.

— Creio que não vou precisar mais disto. — Dando uma última olhada, devolveu para o nicho o bracelete com as contas de vidro azuis e brancas. — Eu devia ter ouvido você. Você estava certa sobre Gulay. Naquele dia na Grande Câmara, quando ela jogou o bracelete para mim, eu devia ter percebido que não estava jogando para mim. Queria atirar em cima da *cariye* Lala, era uma espécie de dica, acho eu. Queria que eu começasse a colher informações sobre ela, levantar suposições, expor a *cariye* Lala e dessa forma expor a validé. Foi tudo uma espécie de jogo para ela, um jogo de xadrez.

— Ah, ela era esperta, posso garantir. Quase comparável à validé, mas não tanto.

Annetta viu Celia olhar o apartamento pela última vez, mas não parecia triste nem angustiada, parecia misteriosa, quase exultante com relação a algum conhecimento secreto.

— Está quieto aqui, não acha? — Celia foi até a porta e olhou para fora. Sentiu um arrepio. — Lembra-se da última vez em que estivemos aqui juntas? Quando Esperanza Malchi nos deu um susto?

— Sim.

— Agora estão todos admirando o presente inglês, o maravilhoso órgão automático, sabia? — disse Celia, falando depressa. — Foi entregue ao sultão hoje à tarde.

— Mas você não quis ir?

— Não... — Sentiu um arrepio e pôs a mão na lateral do abdômen, onde a dor era constante agora.

— Fale sobre a validé.

— Ela foi muito boa, como você sabe que pode ser quando quer... — disse, andando pelo quarto de novo. Parecia inquieta, quase febril.

— Eu sei. — Uma semente de suspeita passou pela cabeça de Annetta.
— O que ela disse a você?

— Nada — Celia respondeu, evitando o olhar da amiga.

— Então o que você disse a ela?

— Ora, nada.

— Você parece... diferente.

— Pareço?

— Sim.

Annetta viu que Celia estava corando.

— E então, pombinha!

Celia não respondeu.

— Ah, pombinha. — Annetta sentou-se no divã. — E não disseram
nem para onde você vai, agora que não é mais *gözde*?

— Devo esperar aqui...

— Esperar o quê?

— Escurecer.

Durante um longo momento fez-se silêncio absoluto.

— Esperar escurecer? O que vai acontecer ao escurecer?

Mais uma vez Celia não respondeu. Olhava o objeto que tirara do
nicho, uma coisa redonda e metálica.

— O que vai acontecer ao escurecer? — Annetta insistiu.

Celia virou-se para ela com o olhar luminoso.

— O Portão do Aviário, Annetta. Ela disse que eu posso vê-lo lá pela
última vez.

— Ela disse isso?

Mas Celia não a ouvia.

— Se eu puder vê-lo só mais uma vez, ver seu rosto, ouvir sua voz,
acho que ficarei feliz — falou, olhando para cima. — Eu sei que ele está
aqui. Ele me mandou isto, olhe. — Apertou o fecho e o *compendium* se
abriu na palma da sua mão.

— Ei, é você! — disse Annetta, olhando para a miniatura com
espanto.

401

— Era eu. Existiu em outros tempos uma garota chamada Celia Lamprey. — Olhou para baixo com tristeza. — Mas não consigo me lembrar dela, Annetta, ela se perdeu... ela se foi — disse, tentando recobrar o fôlego.

— Mas, e o Portão do Aviário? Certamente...

— Eu recebi a bênção dela.

— É uma armadilha, você sabe disso.

— Mas preciso ir, você entende, não é? Eu daria qualquer coisa, *qualquer coisa*, para vê-lo uma última vez. E essa é a minha chance, preciso ir.

— Mas você não deve ir! — disse Annetta, de modo frenético. — É uma *armadilha*. Ela está testando você, não percebeu? Quer ver onde está sua lealdade. Se você for, não passará no teste...

— Mas eu já estive lá, Annetta, já atravessei o portão. Quando fui lá, na outra noite, parei no portão um instante e quase me lembrei de como era ser livre. — Olhou em volta do quarto sem janela com os olhos brilhantes. — Não posso mais continuar com isso, Annetta... não posso.

— Pode sim, eu vou ajudá-la, como sempre ajudei.

— Não.

— Não vá, não me deixe aqui... — Annetta pediu chorando. — Se você for lá, hoje à noite, não vai voltar. Ela não deixará você voltar. Você sabe tão bem quanto eu!

Mas Celia não respondeu. Pôs o braço em volta de Annetta, beijou-a e acariciou seu cabelo escuro.

— É claro que vou voltar, sua boba. Vou vê-lo só mais uma vez, a validé disse — falou finalmente, embalando Annetta. — Agora quem está sendo a tola?

Depois de um instante levantou-se de novo e foi até a porta, olhou para cima e viu uma nesga de céu.

— Está na hora?

O céu do fim de tarde estava coberto de nuvens cor-de-rosa.

— Não, ainda temos tempo. — Voltou e sentou-se ao lado de Annetta. Tirou uma chave da corrente do pescoço e guardou-a na mão. Durante muito tempo as duas mantiveram-se em vigília, sentadas muito juntas, muito quietas, abraçadas, imóveis. Depois Celia levantou-se. O quarto já estava escuro.

— Está na hora?

Celia não respondeu. Foi até a porta e olhou para fora de novo. O céu rosado estava cinzento agora. Um morcego passou voando. Ela voltou para o quarto. A dor tinha desaparecido.

— Eu amo você, Annetta — falou baixinho, beijando-a no rosto com carinho.

E tirou do bolso um pedaço de papel.

— O que é isso?

— É para o Paul. — Dobrou o papel e colocou-o na mão de Annetta. — Se alguma coisa... — começou — se eu não voltar você lhe entrega isso? Prometa, Annetta, prometa que vai dar um jeito de entregar para ele.

Annetta olhou o pedaço de papel na sua mão.

— Então está na hora? — foi só o que conseguiu dizer.

— Não posso acreditar, não posso acreditar que vou vê-lo de novo, Annetta! Fique feliz por mim. — Parou na porta, muito feliz. — Prometa que vai fazer o que eu pedi, Annetta.

— Mas você vai voltar, lembra? — disse Annetta, tentando sorrir.

— Prometa mesmo assim.

— Eu prometo.

— Se quebrar sua promessa, eu voltarei para assombrar você.

E com essas palavras saiu, rindo e correndo, silenciosamente rindo e correndo pelo pátio, com suas pequenas sapatilhas, na direção do Portão do Aviário.

Epílogo

Oxford, nos dias de hoje

Em uma manhã fria de janeiro, na primeira semana do segundo trimestre da Universidade de Oxford, Elizabeth encontrou-se com sua supervisora, a Dra. Alis, nos degraus da Biblioteca Oriental. Havia um final de neve no chão sujo, e até mesmo os tijolos dourados do teatro Sheldonian do outro lado da rua pareciam cinzentos à meia-luz da manhã.

— *Você* certamente está com uma cara boa. — Susan Ali, uma mulher pequena e enérgica, com seus 65 anos, deu um beijo no rosto de Elizabeth. — Istambul deve ter lhe feito bem.

— Eu terminei com Marius, se é o que quer saber — disse Elizabeth, com um sorriso.

— *Ha!* — disse a Dra. Alis, com voz triunfante. — Imaginei que fosse isso — falou, num tom mais suave, puxando Elizabeth e beijando-a de novo, com um ligeiro cheiro de pó de arroz antiquado. — Está contente de ter voltado, não é?

— Não teria perdido isso por nada deste mundo.

— Está se referindo ao nosso especialista em manuscritos? Sim, parece que eles terão de engolir o que disseram. "Não é muito interessante" foi a primeira declaração que deram, se bem me lembro. Mas eles sempre falam isso, especialmente quando é uma pesquisa ligada a mulheres. — Seus olhos redondos brilharam.

Ouviram por perto o som abafado de um relógio batendo as horas. Um pequeno grupo de estudantes passou e os faróis de suas bicicletas cortaram o ar frio.

— Devem ser 9 horas — falou a Dra. Alis, mexendo os pés dentro das botas de neve para mantê-los quentes —, vamos esperar lá dentro. Está frio demais aqui.

Apesar das luzes elétricas, estava muito escuro dentro da Biblioteca Oriental. Elizabeth seguiu a Dra. Alis por um corredor forrado de linóleo até o Salão de Leitura. A mesma sala de sempre: um espaço funcional relativamente pequeno, mesas de madeira longas e nuas, estantes de livros ao longo das paredes, gavetas com fichários antiquados; e pendurado entre as janelas, o retrato de Sir Gore Ouseley, pedante e de nariz aquilino.

O Legado de Pindar, vinte volumes de manuscritos em árabe e siríaco, encadernados em couro, aguardava-as em um carrinho. Elizabeth deu uma ligeira folheada em cada um, admirando a beleza dos escritos. Na mesa da bibliotecária um telefone tocou.

— Então são esses os manuscritos de Pindar? — A Dra. Alis aproximou-se de Elizabeth.

— Paul Pindar era amigo de Thomas Bodley, que mostrou desejo de ver os livros das suas viagens, e esse foi o resultado.

— Quando foram adquiridos?

— Os livros foram legados em 1611, mas é claro que podem ser muito mais velhos.

— Meu Deus, muito anteriores então. — A Dra. Alis pegou um e olhou a contracapa. — E olhe os números catalogados, devem ser os primeiros mil livros de todo a Biblioteca Bodleian. Nós sabemos que livros são?

— A maioria livros didáticos de astronomia e medicina, creio eu. Consegui uma lista dos sumários no antigo catálogo latino. — Elizabeth pegou na bolsa seu caderno de anotações.

— Uma escolha bem esotérica para um mercador, não acha?

— Talvez — falou Elizabeth, pensativa. — Mas Paul Pindar era obviamente um homem muito sui generis; um erudito, ao que parece, e também mercador e aventureiro.

— Um homem absolutamente perfeito — falou a Dra. Alis, com uma risada rouca. — Quer me dar o número do telefone dele?

Pegou na bolsa os óculos de armação oval moderna.

— O seu Paul Pindar era também interessado em raridades, lembro daquele lindo *compendium* que possuía. Os elisabetanos gostavam tanto de raridades quanto de enigmas; o *compendium* era um instrumento pequeno e maravilhoso. Indicava as horas do dia e da noite pela luz das estrelas, orientava o caminho pela bússola, media a altura das construções, tinha inúmeros usos diferentes. Se ele estivesse vivo hoje, teria não só o humilde celular, mas talvez um poderoso BlackBerry ou um iPhone.

— Talvez o humilde livro também não lhe bastasse.

— Livros eletrônicos, então.

— E creio que não teria interesse em corresponder-se com a Biblioteca Principal.

— Claro que não. Com todos esses fascinantes novos professores de Estudos Cibernéticos do Instituto de Internet de Oxford? Definitivamente não.

Elizabeth riu. O entusiasmo da Dra. Alis por tecnologia era lendário entre seus colegas muito mais moços, a maioria dos quais, como dizia brincando, ainda se confundia com os aparelhos básicos de vídeo.

— Veja, ali está o manuscrito com o fragmento que você encontrou dentro.

Entusiasmada, Elizabeth pegou um dos volumes. O livro era menor do que se lembrava. Bodley Or. 10. Identificou o verbete do catálogo no seu caderno de anotações.

— Olhe aqui: *Opus astronomicus quaorum prima de sphaera planetariwm.*

O manuscrito tinha sido encadernado em couro muito mais tarde, mas quando ela o abriu, sentiu nas páginas um ligeiro cheiro de pimenta, como se fosse o interior de uma velha arca do mar. Examinou os hieróglifos em preto e vermelho, passou os dedos nas páginas e sentiu as bordas ásperas e o papel grosso e ligeiramente pegajoso.

Isso também, disse a si mesma. Quatrocentos anos — a frase lhe voltou à cabeça de novo. *Quatrocentos anos na escuridão.*

— É realmente um espanto ainda termos verbetes escritos em latim — disse a Dra. Alis, interrompendo o devaneio de Elizabeth.

— Eu não me preocuparia com isso, em breve poderemos certamente ler esses manuscritos no computador, mas não será a mesma coisa, não acha? — disse Elizabeth.

— Está falando sério? — A Dra. Alis olhou-a com um de seus olhares típicos.

— Sei como me senti quando vi esse fragmento pela primeira vez. Como me senti quando percebi que estava segurando o *compendium* de Paul Pindar. Como me sinto olhando para isso agora... — disse Elizabeth, olhando para o livro.

— Minha querida, você sempre foi uma romântica irrecuperável.

— Verdade? — perguntou Elizabeth, olhando-a de novo. — Não me considero romântica. Creio que é porque se refere a... — e procurou a palavra certa — coisas humanas. Coisas que outras pessoas viveram, escreveram e respiraram há centenas de anos. Como se de alguma forma estranha esses manuscritos contivessem o passado das pessoas a quem pertenceram. A página que estou tocando agora foi tocada no passado por algum astrônomo desconhecido que escreveu em siríaco... — Deu de ombros. — Quem teria sido ele? Creio que nunca saberemos, nem saberemos como um mercador da Levant Company adquiriu este manuscrito.

— É verdade. Concordo com você. Mas também sei que essas coisas podem ser muito arbitrárias. E que devemos ter cuidado, minha querida, para não irmos longe demais. — A Dra. Alis tirou o livro de sua mão e examinou uma das páginas. — Nós sabemos que ele tinha uma bela caligrafia — disse, brincando, olhando para a escrita em preto e vermelho —, e que era bom com cores também. E vou dizer mais uma coisa: não importa o que o catálogo diz, este livro não é didático, parece mais o livro de anotações de um astrônomo. Olhe, algumas páginas ainda estão em branco.

— É verdade.

Elizabeth viu que havia mesmo algumas páginas em branco. Em outras tinham sido desenhadas grades com tinta vermelha; algumas estavam vazias, outras preenchidas pela metade com números e símbolos estranhos que ela não conseguiu interpretar. A escrita parava de repente, como se o escriba tivesse sido interrompido no meio do trabalho.

— Dra. Alis? — disse alguém chegando.

— Sim. Sou Susan Alis. E você deve ser nosso especialista em manuscritos, não?

— Meu nome é Richard Omar — disse o rapaz, cumprimentando-a. — Foi a senhora que encontrou o fragmento?

— Não, bem gostaria que tivesse sido eu. Quem encontrou foi Elizabeth, Elizabeth Staveley, minha assistente.

— Ah, então creio que vai gostar de ver isso de novo — falou, virando-se para ela.

Tirou da pasta um fichário de plástico selado. Entre as páginas Elizabeth viu o contorno do fragmento do manuscrito, com as marcas d'água e tudo.

— Que maravilha, você trouxe o original. Eu não tinha certeza... — Seu coração acelerou. — Posso ver?

— É claro — disse, passando-lhe o fichário —, pode ficar para você.

Elizabeth tirou o papel do fichário e cheirou-o.

— Ah...

— Qual é o problema?

— O papel não tem cheiro.

— É claro que não, foi tratado depois que você o encontrou. Assim é mais seguro para ser manuseado — disse, sorrindo para ela, mostrando os dentes muito claros na pele escura. — Que cheiro tinha? — perguntou intrigado.

— De nada — disse Elizabeth, sentindo-se uma boba —, cheiro de papel velho.

Colocou o fragmento na mesa com cuidado: a mesma página frágil, cor de chá, com as marcas d'água ainda visíveis.

Querido amigo... você deseja conhecer todos os detalhes da desventurada Viagem e do naufrágio do belo navio *Celia*, e da ainda mais desventurada e trágica história de Celia Lamprey...

Os olhos de Elizabeth examinaram rapidamente as palavras familiares.

O *Celia* saiu de Veneza, no dia 17, com vento favorável...
Foi atingido por uma rajada de vento vinda do norte
E também de sua filha Celia... Chamou-os de cães sarnentos... mortalmente pálida... implorou que parassem com aquilo, que poupassem seu querido pai...

Elizabeth fechou o fichário em silêncio.

— Sabe quem ela era?

Richard Omar tirou um laptop da pasta que trazia na mão e colocou-o em uma das mesas.

— Celia Lamprey? — Elizabeth pôs o fichário na mesa. — Era a filha do comandante do navio.

— *Isso* eu sei — ele falou sorrindo. — Eu também li o fragmento. Estou perguntando se você sabe mais alguma coisa sobre ela. Ao que parece, andou fazendo algumas pesquisas. Sempre gosto de saber como as histórias terminam, e você? — perguntou, com ar brincalhão. — A mocinha fica com o mocinho?

— Por que acha que havia um mocinho?

— Há sempre um mocinho — ele falou, franzindo as sobrancelhas e conectando os cabos na tomada da mesa. — O que quero dizer é que ela sobreviveu ao naufrágio, mas será que sobreviveu depois de ser resgatada?

— É uma boa pergunta. — Elizabeth olhou-o, pensativa. — Durante algum tempo me convenci de que Celia Lamprey fora libertada, que fugira do harém. Como podemos ter sua narrativa se ela não a escreveu? É uma narrativa muito viva, muito cheia de detalhes... todos esses detalhes sobre as roupas encharcadas, pesadas como chumbo. Você acha que um homem escreveria isso?

— Não, provavelmente não.

— Foi o que pensei no início também. Mas agora não estou tão certa. Tenho certeza de que ela nunca saiu do harém. A mocinha, como você disse, não ficou com o mocinho.

— Mas se não foi ela quem escreveu sua própria história, então quem foi?

— É exatamente isso que estou tentando descobrir: quem foi e por que escreveu a história de Celia.

— Para mim, parece o relato de uma testemunha — disse a Dra. Alis.

— Nesse caso, se não foi Celia deve ter sido alguém que estava a bordo do navio durante o naufrágio — disse Richard. — É óbvio, não é? Uma das freiras, é claro.

— Uma das freiras? — A Dra. Alis riu.

— Estou falando sério.

— Não vai dizer que a tripulação de um navio mercante turco deu-se ao trabalho de salvá-las. As pobrezinhas provavelmente foram jogadas no mar.

— Por que a senhora acha que eram todas velhas? Havia pelo menos uma jovem, se bem me lembro

— Você tem razão, também me pergunto isso — disse Elizabeth —, mas mesmo que uma delas tivesse sido levada como escrava, como Celia, iriam parar em lugares diferentes. A narrativa original devia contar tudo. Como uma das freiras saberia o resto da história de Celia?

— Bem — ele deu de ombros, parecendo perder o interesse de repente —, você é a historiadora.

— Sr. Omar — disse a Dra. Alis, retomando seu ar profissional —, o que pode nos dizer sobre o fragmento? Confesso que estou surpresa. Em geral é muito difícil conseguir que vocês se interessem por esse tipo de coisa.

— A senhora tem razão, de início não pensei que fosse importante. A maioria do trabalho que faço é com pergaminho, com manuscritos mais antigos que esse. Mas, felizmente para vocês, o sujeito que geralmente trabalha com coisas menos antigas está de licença no momento, e o manuscrito foi passado para mim. Foi a história que me intrigou: uma moça branca inglesa tornando-se escrava na corte do Grande Turco. Eu nem sabia que havia escravas brancas na época. — Virou-se para Elizabeth. — Então notei uma coisa, especialmente depois do que você me contou, que creio que devia ver com seus próprios olhos. Vai ser mais fácil explicar se eu lhe mostrar.

Digitou uma coisa no teclado.

— A primeira coisa que fazemos com manuscritos hoje é fotografar tudo digitalmente, muito simples. Esse, como podem ver, foi fotografado.

Uma imagem do fragmento apareceu na tela.

— Uma letra clara de secretária — disse a Dra. Alis examinando a tela —, fácil de ler. Qualquer estudante pode fazer isso. O que mais pode nos dizer?

— O papel é sem dúvida otomano, embora curiosamente tenha-se a ligeira impressão de ter sido usado um selo italiano, provavelmente em uma outra página que não tenha resistido ao tempo. Para ser mais preciso, veneziano.

— Então é daí que vem sua teoria das freiras — disse Elizabeth, virando-se para a Dra. Alis. — As freiras vinham do Convento de Santa Clara, em Veneza.

— Certo, mais alguma coisa?

— Bem, a primeira coisa que me chamou atenção foi que grande parte da página *não* estava escrita, olhe como as margens são largas — ele apontou para o original —, mas o que mais me intrigou foi o verso da página. — Colocou uma segunda fotografia na tela. — Como podem ver, está em branco, completamente em branco.

— E daí?

— O papel era valioso no século XVI. Valioso demais para ser deixado em branco assim. Como eu estava dizendo, a maioria do trabalho que venho fazendo recentemente é com pergaminho, com manuscritos muito mais antigos que esse. O pergaminho era tão valioso que nos tempos medievais os monges desenvolveram uma técnica de lavar e raspá-lo para apagar o que estava escrito, e escrever um texto novo por cima do original.

— Está se referindo a um palimpsesto? — perguntou a Dra. Alis.

— Exatamente, um palimpsesto. Hoje há uma técnica de imagem de raio X fluorescente que nos permite ver através da superfície escrita, por assim dizer, e ler o original que foi apagado.

— Está querendo dizer que usou imagem de raio X fluorescente aqui? — Os olhos da Dra. Alis se iluminaram.

— Não aqui — ele respondeu, rindo —, mas tive uma ideia. Nesse fragmento usei uma coisa bem mais simples, aliás não muito mais complexa que o velho Photoshop — fez uma ligeira pausa —, que qualquer estudante pode fazer.

— Você tem razão — disse a Dra. Alis solenemente. — Agora podemos continuar? Estamos em suspense.

— Fiquei pensando sobre as páginas em branco do fragmento e me ocorreu que talvez elas não estivessem realmente em branco. As marcas de tinta resistiram ao tempo, como vocês podem ver, mas talvez alguém tivesse escrito alguma outra coisa a lápis.

— Acha que pode ter sido apagada? — Elizabeth perguntou.

— Exatamente. Na verdade, ao longo do tempo o que foi escrito a lápis desaparece, mas as marcas deixadas na página pelo grafite permanecem. Era exatamente nisso que eu estava trabalhando com os manuscritos em pergaminho. Há uma forma relativamente fácil de descobrir, basta colocar o papel em diferentes espectros de luz e ver se aparece alguma coisa. O ultravioleta não mostrou nada, mas eu tentei o infravermelho... — Fez uma pausa, como se fosse um mágico pronto para tirar um coelho da cartola.

— E aí?

Ele ajeitou a tela.

— E consegui isso.

E apareceu uma espécie de negativo fotográfico esfumaçado da figura original; letras em branco sobre uma página preta. Elizabeth examinou a tela.

— Não vejo nenhuma diferença.

— Não desse lado. Mas olhe no verso da página.

Clicou de novo na teclado e surgiu a segunda imagem, e onde se via uma página em branco apareceram marcas definidas. Frágeis como uma teia, com uma letra tão pequena que Elizabeth mal podia entender as palavras, elas brilhavam em uma luz azul fantasmagórica, como que escritas em ectoplasma.

Por um instante todos olharam a tela em silêncio.

— Meu Deus... — disse a Dra. Alis finalmente. — O que está escrito aqui?

— Não tenho muita certeza... a letra é muito pequena para ler — disse Elizabeth, virando-se para Richard. — Dá para aumentar um pouco?

Ele assentiu, em silêncio.

— Ah, meu Deus... — Elizabeth sentiu lágrimas nos olhos.

— O quê? O que é isso?

— Parece um poema.

— Leia — pediu a Dra. Alis —, leia para mim, Elizabeth.

E ela começou a ler:

Ao meu amor, adeus...

Quando te avistei do portão
Apartado por meu destino de escrava
Soube naquele instante cruel
Que nunca mais te veria:
Ah, meu amor! Meu pobre coração sangrou
E por ti lágrimas correram dos meus olhos!

E imagino agora onde estarás
E sinto um peso no coração solitário,
Desejaria saber de ti, para dizer
Que talvez o duro destino um dia
Aplaque sua cruel divisão em mim:
Meu triste coração aqui, e meu amor contigo...

Mas nas horas mais escuras da noite
Quando até mesmo a lua perde o brilho
E das torres escuras das mesquitas vêm
Os mais estranhos lamentos da meia-noite
Permaneço acordada e ouço a verdade:
Eu te perdi, não mais te encontrarei.

Ah, meu amor! Lembra-te de mim, eu suplico
Quando a teus olhos o dia inglês
Lançar um fulgor suave e avermelhado
No jardim em que pisávamos abaixo,
Quando o mundo e o tempo eram nossos
Com suas inúmeras horas de felicidade

Lembra-te de mim, pois na praia
Do Bósforo teu nome ainda me vem
Sob o galho de uma árvore estrangeira
Em sussurros na minha memória:
Eu te amo ainda, e sempre amarei
Embora a dor do tempo mate meu coração.

O telefone tocou de novo na mesa da biblioteca com um som estridente, interrompendo finalmente o silêncio do Salão de Leitura. Susan Alis foi a primeira a falar:

— Bem, bem — disse, virando-se para Richard Omar —, parabéns, meu jovem, retiro tudo o que disse, é uma descoberta maravilhosa, absolutamente maravilhosa.

Richard meneou a cabeça em reconhecimento.

— Eu sei que não é a parte que falta da narrativa — disse para Elizabeth —, mas parece que você chegou à conclusão certa, afinal. Creio que a mocinha não ficou com o mocinho.

— Você já sabia disso.

— Só se o poema foi realmente escrito por Celia Lamprey. Acha mesmo que foi?

— Sim, tenho certeza. Mas creio que nunca poderá ser comprovado. Lembrei agora que a senhora disse — e virou-se para a Dra. Alis — que nosso conhecimento do passado pode ser muito arbitrário. Às vezes é como se soubéssemos *apenas* o suficiente para nos perguntarmos o que *não* sabemos, o que está faltando.

Virou-se para a tela de novo. *Quando te avistei do portão...* Que portão? Ela estaria se referindo à fenda na parede de Thomas Dallam? Não, se estivesse se referindo a isso certamente teria dito.... Passou a mão no cabelo, com ar impaciente.

— Ao que parece, ela o viu pela última vez, ou esperava ver. Mas o que terá acontecido depois? Creio que nunca saberemos ao certo.

— Mas alguém sabia — disse a Dra. Alis pensativa, pegando o fragmento de papel tratado. — Quem escreveu o poema, e talvez tenha realmente sido Celia Lamprey, devia saber que nunca seria libertada. Mas talvez outra pessoa, anos mais tarde, uma concubina, quem sabe, que a conhecia e sabia da sua história. Alguém que gostava tanto dela que escreveu tudo isso e mandou para Paul Pindar, seu "Querido Amor".

— Talvez Richard tenha razão. Talvez uma das freiras, quem quer que ela fosse.

— Você acha que elas sobreviveram juntas ao naufrágio? — perguntou a Dra. Alis. — É plausível. Mas então as duas teriam sido compradas exatamente ao mesmo tempo, depois vendidas como concubinas para o serralho exatamente no mesmo momento. Ora, há pouca possibilidade de isso ter acontecido.

— A senhora está certa, é claro — disse Elizabeth.

— Mas é com isso que lidamos o tempo todo. — Richard falou, guardando o laptop na maleta. — Com possibilidade. Com coincidência. Coisas menos plausíveis, aparentemente arbitrárias, acontecem todo o tempo. — Fechou o zíper. — Afinal de contas, qual era a possibilidade de encontrarmos esse fragmento depois de tantos anos? Ou de encontrarmos o poema no verso da página? Pensem o seguinte: se tivéssemos descoberto isso uns dois anos antes, não teríamos tido chance alguma. Essa tecnologia simplesmente não existia.

Quando se levantaram para sair, Elizabeth segurou o fragmento pela última vez.

— Então ela aguardou o tempo. Esperou exatamente o momento certo.

— Como assim? — perguntou Richard, vestindo o casaco e a echarpe.

— Celia. Eu sei que a senhora vai dizer que é fantasia minha — falou, olhando pra a Dra. Alis —, mas durante todo o tempo tive a curiosa sensação de que Celia é quem tinha me encontrado, não o contrário. Não sei por que — continuou, devolvendo o fichário para Richard. — É bobagem minha. Pode levar. Não vou precisar mais disso.

A Dra. Alis e Elizabeth despediram-se de Richard Omar nos degraus da biblioteca.

Quando ele se afastou, Susan Alis respirou o ar de fora.

— Olhe, até que o dia está bonito.

Era verdade. O céu estava azul e o sol brilhava sobre a neve.

— E agora? — Olhou para Elizabeth com ar matreiro.

— Está querendo saber se vou voltar a Istambul? — perguntou Elizabeth, rindo. — Espero que sim.

— Estava só perguntando o que vamos fazer agora.

— Vou me encontrar com Eve, mas só mais tarde — respondeu, dando o braço para a Dra. Alis. — Posso acompanhar a senhora até a faculdade?

— É claro.

— Sabe de uma coisa? Fico me perguntando o que teria acontecido com ela no final. — disse Elizabeth pensativa, enquanto caminhavam.

— E me ocorreu nesse momento que de certa forma talvez *seja* esse o final da história de Celia Lamprey. A descoberta do fragmento e do *compendium*, e agora do poema. E nós aqui, lembrando juntas de sua história...

— ... depois de quatrocentos anos na escuridão.

— O quê? — Elizabeth deu uma risada assustada. — O que acabou de dizer?

— Eu disse "depois de quatrocentos anos na escuridão".

— Foi o que pensei.

As duas pararam e entreolharam-se.

— Que estranho — disse a Dra. Alis, olhando intrigada para Elizabeth e virando a cabeça de lado, como se estivesse ouvindo alguma coisa. — Não sei por que eu disse isso.

Agradecimentos

Gostaria de agradecer a Doris Nicholson, do Salão de Leitura Oriental da Biblioteca Bodleian, por encontrar o legado de Paul Pindar e por me ajudar a decifrar os textos em siríaco e em árabe. Agradeço também a Silke Ackermann do Museu Britânico, que me apresentou ao astrolábio. Minha gratidão a Ziauddin Sardar, Dr. Ekmeleddin Ihsanoglu e professor Owen Gingerich, por suas explicações sobre astronomia islâmica e copérnica, a Abdou Filali-Ansari por sua orientação de transcrições árabes, e mais especialmente a John e Dolores Freeely, que — quando comecei minha pesquisa para este livro, há 14 anos — tiveram a generosidade de me mostrar a cidade de Istambul do passado e do presente. Agradeço também a John Gilkes, Justine Taylor, Reina Lewis, Charlotte Bloefeld, Melanie Gibson, Maureen Freely, Simon Hussey, Tom Innes, Dr. David Mitchell, e a minha agente Gill Coleridge. Meus efusivos agradecimentos a Lucy Gray e Felice Shoenfeld, que me ajudaram a cuidar da minha casa e da minha família durante os três anos em que escrevi este romance.

Finalmente, gostaria de agradecer a A.C. Grayling por suas inúmeras leituras de várias versões de *A chave do portão* e do poema de Celia. E a todos da Bloomsbury, especialmente a Mary Morris, Anya Rosenberg e Kathleen Farrar, em Londres; Karen Rinaldi, Gilllian Blake e Yelena Gitlin, em Nova York; e em especial à minha editora Alexandra Pringle, que, com sua visão e extraordinários poderes de diplomacia, me possibilitou escrever este romance.

Este livro foi composto na tipologia Electra LH
Regular, em corpo 11/16, e impresso em papel
off-white 80g/m² no Sistema Cameron da
Divisão Gráfica da Distribuidora Record.